Phébus *libretto*

MAURIN DES MAURES

JEAN AICARD

MAURIN DES MAURES

roman

préface de
JEAN-CLAUDE IZZO

Phébus *libretto*

OUVRAGE PUBLIÉ SUR LA RECOMMANDATION DE
JEAN-CLAUDE IZZO

Illustration de couverture :
Camille Corot, *Paysage* (détail)
© RMN, Paris

www.phebus-editions.com

SANS ENTRAVES

OÙ L'ON CROIT UTILE DE RAPPELER AU LECTEUR QU'EN PROVENCE
LA GALÉJADE A VALEUR DE LÉGENDE
ET QUE CELLE DE MAURIN, NATIF DES MAURES,
INITIE A L'ART DU CYPRÈS QUI PLACE SON HONNEUR
A SE TENIR TOUJOURS DROIT

J'ai, depuis l'enfance, une folle amitié pour les rêveurs, les poètes, les solitaires et les révoltés. Pour les bandits de grand chemin aussi. Ma passion pour Rabelais, qui me fit rencontrer Villon, me mit au fait, d'une manière définitive dirai-je, de la condition humaine. Et de tous ses aspects contradictoires : Dieu et le Diable, la Vie et la Mort, le Roi et les Gueux, le Riche et le Pauvre, le haut et le bas de la Fortune, et ce rire aux larmes qu'illustre un vers de la Ballade du concours de Blois :

Je ris en pleurs et attens sans espoir…

Aux aventures de Gargantua et de Pantagruel succédèrent celles des Chevaliers de la Table ronde. Traversées par des images de bandes dessinées : Tarzan, Zorro, Superman, qui ont nourri mes fièvres de croissance adolescente. Don Quichotte voisina bientôt avec Mandrin. Puis, pas loin d'Ulysse, et alors que j'avais résolument pris parti pour Edmond Dantès, s'installa bientôt dans ma mythologie un curieux braconnier, qui aurait lu Socrate : Maurin des Maures.

Ce Maurin, qu'imagina Jean Aicard à la fin de sa vie[1]*, tel un point d'orgue, magnifique, à toute une œuvre poétique et romanesque baignée de lumière et de légendes provençales, ce Maurin*

1. Pour préciser les choses, rappelons que cet enfant de Toulon – né en 1848, mort en 1921 – est de la grande famille des écrivains qui doivent tout à certaine lumière méridionale. Les gens issus de ce climat ont l'esprit prédisposé à la netteté, à une rectitude

m'alla droit au cœur, moi qui suis, comme lui, un enfant de la Méditerranée. Entre le golfe « éternellement bleu » de Saint-Tropez et les collines d'Hyères, les Maures, au sud de la Provence calcaire, sont, en soi, une bizarrerie géologique : un demi-département où le sol – de gneiss, de schistes, de granit – appartient à un continent méditerranéen aujourd'hui disparu. C'est quelque part par là qu'Hercule, sans nul doute le parrain de notre Maurin, débarqua un jour.

Les Maures devinrent ma forêt de Sherwood. Une forêt où, à cette époque, dominaient encore le chêne-liège et le châtaignier. Où le gibier abondait. Où les villages étaient aussi rares que les humains. Et les femmes sauvages et fières. Belles, forcément.

On est au début du siècle. Dans cette forêt, Maurin est partout chez lui. Il braconne – comme son « frère » solognot, le Raboliot de Maurice Genevoix. Il a abattu quelque soixante-quinze sangliers, dont les dépouilles ornent sa cabane, et se fait fort de ramener dans une journée « vingt-quatre perdreaux, huit lapins et deux lièvres ». Pour lui, braconner est la seule façon qu'a un homme libre de vivre librement. Que des lois puissent régir l'art de pister le gibier dépasse son entendement. C'est pourtant à cela que les gendarmes veulent amener Maurin. Et de lui rappeler que la loi existe, et qu'il faut la respecter. Dans un grand rire, Maurin leur expliquera que les lois, ses ancêtres ne les respectaient déjà pas au temps des rois, et qu'il n'y a aucune raison pour qu'il en aille aujourd'hui autrement sous prétexte de République.

Il s'ensuit ce que l'on devine. Un chassé-croisé entre « gendarmes et voleur ». De piège tendu en piège déjoué, l'histoire rebondit sans cesse en autant de chapitres courts, incisifs, inoubliables. Parce que

qui ne triche pas avec les ombres – et le talent d'évoquer « moralement » la terre où ils sont nés. Ainsi Jean Aicard, poète et romancier, peut se dire à bon droit fils de Virgile.

Le reste de son œuvre est loin d'être sans intérêt, mais on en aurait peut-être oublié l'auteur (que Fantin-Latour a pourtant représenté dans son fameux *Coin de table*, au côté de Verlaine et Rimbaud) s'il n'avait publié en 1908 ce *Maurin des Maures* qui lui valut dès l'année suivante un fauteuil à l'Académie française. Suivra *L'Illustre Maurin* (à relire aussi !), et une réputation non usurpée d'esprit libre – et de conteur de la grande espèce. Un conteur servi – insistons-y – par une langue unique : chaude et pure, et comme gorgée elle-même de soleil.

si Maurin est habile, les gendarmes ne sont pas forcément idiots. Ils savent où sont ses faiblesses. Des faiblesses d'homme libre : l'amour, les femmes, les enfants. Et Maurin, il a tout cela. En abondance même ! Une vieille mère et un gamin dans une cabane perdue au bout de la campagne. Un autre fils, Césariot – grandet, celui-ci –, fruit d'amours anciennes avec une belle fille aujourd'hui défunte. Et une sauvageonne qu'il se promet, Tonia, la « Corsoise », fille d'Orsini le garde-forêts, lui même fils d'un bandit d'honneur corse. Tonia que son père a fiancé à Sandri, le chef des gendarmes !

« Toute bête vient au piège en venant à ce qui lui plaît. L'amour est le roi des pièges. Où attend-on le lion d'Afrique ? A l'abreuvoir pardi ! » C'est là que les gendarmes l'attendront. Après que Gondrard le charbonnier, petit malfrat vicelard, l'aura accusé d'un meurtre dont, bien sûr, il est innocent. Chacun alors fait valoir sa vraie nature. Et Maurin, braconnier jusqu'au fond de l'âme, n'a pas son pareil pour débusquer l'hypocrisie, la lâcheté, la bêtise qui partout dominent.

Tout cela, les joies et les bonheurs, les peines et les misères, les imbéciles qu'il berne, et les tours pendables qu'il joue aux gendarmes, Maurin, un verre de vin clairet à la main, le raconte dans les auberges de la forêt. Comme une légende ancienne qui se rejouerait aujourd'hui. Parce que les rois passent et que les lois demeurent.

Car ici en Provence, il ne suffit pas de revendiquer sa liberté. Il faut aussi la raconter. Haut et fort. Et la raconter bien, qui plus est ! Quitte à l'enjoliver par la « galéjade », cette parole qui, frôlant le mensonge sans jamais le toucher, se voudrait plus vraie que la vérité ! Tout un art.

Cet art, c'est celui de Jean Aicard. Méditerranéen, et qui a sa source chez Homère et Aristophane. Un art qui, d'écho en écho, a traversé les misères du monde. Et offre aux humbles, à tous ceux qui doivent plier devant la loi, une arme terrible : le rire. Satirique, ironique. Libérateur, toujours. Qui permet, tel le cyprès après grand mistral, de relever la tête. De s'affirmer debout.

C'est pour cela que Maurin des Maures *est infiniment supérieur au* Tartarin de Tarascon *d'Alphonse Daudet. Deux romans « provençaux » que l'on a maintes fois comparés, et d'abord à l'avantage de* Tartarin *(la mode étant alors au pittoresque) – jusqu'à faire oublier* Maurin, *longtemps banni du catalogue des éditeurs et des rayons de la librairie. Mais le temps a plus de patience, plus de constance surtout que la pauvre mémoire des humains : il sait remettre à la fin les pendules à l'heure et les choses à leur juste place. A relire les deux œuvres aujourd'hui, le doute n'est plus permis :* Maurin *– et* Maurin *seul – est taillé dans l'étoffe qui fait les chefs-d'œuvre.*

Tartarin n'est qu'un bouffon, qui nous fait rire de lui, de ses faiblesses. Il est, disons-le, sans âme, sans vrais sentiments. Peureux, et s'inquiétant de tout même de l'ombre de son voisin pharmacien. A peine un homme, dont on peut juste croire qu'il n'est pas méchant. C'est-à-dire prêt à s'accommoder de n'importe quel pouvoir, à condition qu'on l'autorise à s'apitoyer sur son sort.

Maurin, lui, est un cœur délicat. Un caractère droit. Il aime les hommes, il sait comment on élève les enfants, et il adore ses amis. Il parle bien, et fait profession de foi de son horreur des partis politiques, de leur faiblesse de cervelle et de leur misère morale. Il est, selon son expression, un « révolutionnaire de gouvernement ». Et ce n'est pas le revolver chargé d'un « gendarme sans pitié », braqué sur lui, qui pourra le faire changer d'opinion. Maurin est à l'image de son pays : d'un heureux naturel, et d'une indépendance fortement affirmée. Prince d'une terre qui refuse d'abdiquer devant l'ordre, et qui continue de façon pathétique à en appeler, envers et contre toutes les raisons du siècle, envers et contre tous les Tartarin franchouillards, aux valeurs de la vie sans entraves.

Oui, tel est Maurin. Un « Don Quichotte méridional ». D'aucune école. D'aucun parti. D'aucune idéologie. Anarchiste, peut-être. Mais sans idéal. Si ce n'est celui que lui offre l'errance : le gibier que l'on met à rôtir sur la braise, la gourde de vin partagée au bord du chemin. Si ce n'est, encore, le désir têtu de se borner à faire ce qu'il faut pour rester droit. Vivant.

J'aime Maurin pour cela. Pour ce bonheur d'aller sans déchoir, jamais. D'offrir, de donner sans rechigner. Et d'avoir au cœur le goût de l'insoumission. A ceux que le courage manque, je dis : lisez ce livre, il y a urgence. Et ne le lisez pas à la hâte, sous la lumière artificielle de vos abat-jour parisiens. Allez là-bas, un jour d'été, sur cette route des Maures. Certes, le pays a changé. Urbanisé (un peu), brûlé, mutilé. Mais entre La Foux et Berthaud, face à la mer, il y aura, c'est sûr, un pin parasol séculaire à l'ombre duquel vous pourrez toujours vous asseoir. A l'ombre de Maurin. Vous entendrez alors son rire résonner. Comme l'unique leçon dont nous avons besoin. Hier comme aujourd'hui. Comme demain.

JEAN-CLAUDE IZZO

CHAPITRE PREMIER

LEQUEL DÉBUTE COMME UN PROVERBE DE M. ALFRED DE MUSSET
ET OU LE LECTEUR APPRENDRA QUE LES PROVENÇAUX
SONT LES SEULS A SAVOIR RIRE D'EUX-MÊMES
AVEC UN ESPRIT PARTICULIER
QU'ILS NOMMENT LA *GALÉGEADE*

L'homme entra et laissa grande ouverte derrière lui la porte de l'auberge.

Il était vêtu de toile, guêtré de toile, chaussé d'espadrilles.

Il était grand, svelte, bien pris. Ce paysan avait dans sa démarche une profonde distinction naturelle, on ne savait quoi de très digne.

Il avait un visage allongé, les cheveux ras, un peu crépus, et sous une barbe sarrasine, courte, légère, frisottée, on sentait la puissance de la mâchoire. Le nez, fort, n'était pas droit, sans qu'on pût dire qu'il fût recourbé.

De la lèvre inférieure au menton, son profil s'achevait en une ligne longue, comme escarpée, coupée à la hache.

Sous sa lèvre, la mouche noire s'isolait au milieu d'une petite place libre de peau roussie, d'un rouge brun de terre cuite.

Un souffle d'air froid, sentant la résine des pins et la bonne terre mouillée, s'engouffra avec Maurin dans la vaste salle haute, fumeuse et noire, de la vieille auberge des Campaux.

Cette auberge est bâtie presque à mi-chemin entre Hyères et La Molle, au bord de la route qui suit dans toute sa longueur la sinueuse coupée du massif montagneux des Maures, en Provence, dans le Var.

– Tu es toi, Maurin ? fit l'aubergiste. Ferme la porte vivement. Tu nous gèles du coup, collègue ! On dirait que tu amènes avec toi tout l'humide et tout le froid de la montagne.

– Mais en même temps, fit Maurin narquois et immobile, toute la bonne odeur du bois, collègues ! Vous êtes dans une fumée à couper vraiment au couteau ! Par l'effet de vos pipes, comme aussi de la cheminée où vous brûlez un chêne-liège entier auquel on aura laissé son écorce, vous êtes dans un nuage qui m'empêchait de vous voir. Ça n'est pas sain, camarades ! Respirez-moi un peu cette « montagnère ».

– La porte ! ferme la porte ! crièrent tous les buveurs sur des tons divers, mais où dominait une manière de déférence.

– La porte, Maurin, on te dit ! Il fait un vrai temps à bécasses !

Il y avait, parmi les buveurs, paysans et bûcherons, deux gendarmes et aussi un garde-forêts reconnaissable à son uniforme vert.

Ce garde forestier se tourna à demi et d'une voix de commandement :

– La porte ! on vous dit ! animal ! Comment faut-il qu'on vous le dise ?

Il avait l'air bourru et l'accent corse.

– Malgré vous, fit Maurin très tranquillement, malgré vous, vous en aurez, du bon air frais pour votre santé ! De quoi vous plaignez-vous ?... Ah ! enfin, on vous voit maintenant, les amis !... Mais je ne connais pas ce garde. C'est un nouveau, je le devine. Et un Corse, cela s'entend... Ah ! n'est-ce pas qu'on respire ? Ton auberge maintenant, Grivolas, sent le thym et la bruyère. C'est bon !

Il s'obstinait à ne pas fermer la porte. Il y eut un silence pendant lequel on « entendit le dehors », un bruissement prolongé à l'infini, qui se renflait et s'abaissait comme celui de la mer roulant des sables.

– Entends-tu le bruit des pinèdes ? fit Maurin. Trente lieues de bois de pins qui chantent à la fois, compères ! C'est ça une musique.

Et il se mit à rire.

Alors, la fille du garde, assise près de son père et tournant le dos à la porte, regarda Maurin en face. Les deux « vïores » de verre, qui, plantées dans des chandeliers de cuivre, fumaient sur la table, posées près de la fille, éclairèrent pour Maurin son visage ovale, régulier, d'une pâleur brune et mate. Les cheveux étaient collés sur les tempes en deux bandeaux plats, mais épais, lisses et reluisants comme l'aile bleue de l'agace et du merle ; et sous les sourcils qui semblaient peints, Maurin vit luire, en deux yeux d'un noir de charbon, d'une couleur rousse de bois brûlé, deux étincelles.

– J'ai froid, l'homme ! dit-elle placidement.

Aussitôt, la porte lourde, en se fermant sous la poussée de Maurin, fit résonner dans toute la vaste auberge comme un écho de montagne.

– Excusez, mademoiselle ! fit Maurin. Pour vous servir on aurait fermé plus tôt.

Le galant Maurin n'avait pas seulement la réputation d'être le premier chasseur et piégeur du pays – comme aussi le plus franc *galégeaïré* (ou moqueur et conteur d'histoires joyeuses) –, mais encore il passait pour le plus beau coureur de filles dont on eût jamais entendu parler. « Agradavo », il plaisait. Telle est la brève explication que donnaient de ses innombrables triomphes amoureux les gens du peuple à qui on parlait de Maurin; et sa double renommée débordait sur les départements voisins.

En le voyant si courtois pour la fille du garde, un des deux gendarmes s'agita sur sa chaise. Ce gendarme, jeune, bien fait, était fort soigné de sa personne; joli, la figure ronde, les traits réguliers, la peau tendue, bien lisse, la moustache d'un noir excessif. Rasé de frais, il avait les joues et le menton bleus comme le ciel. On eût dit une poupée en porcelaine, toute neuve. Un détail de cette physionomie était caractéristique, et semblait plaisant sous un chapeau de gendarme : ses deux pommettes se surélevaient, très roses, comme deux gonflements, deux demi-sphères, deux enflures de santé, signes évidents d'une conscience tranquille et d'une indolence à toute épreuve.

Cela rassurait et donnait envie de rire. Ce beau gendarme, gentil comme un ténor, était amoureux de la « Corsoise »; il s'était fait agréer, mais par le père seulement, en qualité de fiancé. Persuadé qu'il plairait un jour à Antonia, il n'avait pas voulu cependant « brusquer les choses », reconnaissant de bonne grâce qu'il ne suffisait pas de s'être montré trois fois à une jeune fille, et chaque fois durant quelques minutes à peine, pour être certain de n'avoir pas quelque rival secrètement préféré.

Depuis un mois tout au plus, le garde nouveau était installé dans la maison forestière du Don, et le gendarme, appartenant à la brigade d'Hyères, ne pouvait venir au Don, dans la commune de Bormes, qu'en voisin...

Maurin avait surpris le mouvement d'impatience du gendarme et il en avait aisément deviné la cause.

Il vint s'asseoir près des deux gendarmes dont il n'avait rien à redouter, s'étant toujours gardé avec soin de chasser en temps prohibé et sur des terrains interdits – ou du moins de s'y laisser prendre.

– Grivolas! du café! du café bien chaud! cria-t-il.

– Tu as donc soupé, Maurin?

– J'ai toujours soupé, moi! dit-il. Dès que j'ai faim, tu sais bien, je mange, n'importe où je suis. Et je soupe toujours sans soupe. Voilà pourquoi le bon café me réjouit plus qu'un autre.

Il but une gorgée de café brûlant avec une satisfaction visible et se mit à bourrer sa pipe lentement.

Presque tous le regardaient avec beaucoup de curiosité. C'était un homme légendaire que ce Maurin, un homme qui faisait « sortir du gibier aux endroits où il n'y en avait pas ». Et quel tireur, mon ami ! Bête vue était bête morte. Toujours chaussé d'espadrilles, il parcourait en silence les bois, les mussugues (coteaux couverts de cistes), les lits pierreux des torrents, les sommets couverts d'argeras (genêts épineux), les vallons de roches et de bruyères.

Cet homme en pantoufles ne couchait pas trente fois par an, comme tout le monde, dans une vraie maison. Son carnier de cuir, exécuté d'après « ses plans » par le bourrelier de Collobrières, était une fois plus grand que le plus grand modèle habituel et, tout chargé, pesait quarante livres, qu'il trimbalait « comme rien ». Qu'y avait-il là-dedans ? Un monde ! Tout ce qu'il faut pour vivre à la chasse, seul, au fond des bois, à savoir : douze gousses d'ail, renouvelables ; deux livres de pain, un litre de vin, un tube de roseau contenant du sel, une gourde d'*aïgarden*[1] ; une coupe taillée dans de la racine de bruyère, coupe d'honneur offerte à Maurin par les chasseurs de Sainte-Maxime ; deux paquets de tabac de cantine, deux pipes, un couteau-scie ; un couteau-poignard de marin, dans sa gaine de cuir ; un briquet, de l'amadou, trois alènes de cordonnier, un tranchet, une paire d'espadrilles de rechange (il en usait deux paires par semaine); une demi-peau de chèvre tannée, pour le raccommodage de ses chaussures ; deux tournevis, six livres de plomb, trois boîtes de poudre, deux boîtes de capsules (car bien qu'il possédât un fusil « à système » il prenait quelquefois son vieux fusil à piston); une boîte de fer-blanc pour les œufs et les sauces ; douze mètres de cordelette fine et solide dite septain ; une paire de manchons. Ces manchons étaient des gants de cuir de son invention, sans doigts, où ses bras plongeaient jusqu'aux épaules. Ces manchons, qu'il faisait admirer volontiers, ne semblaient pas d'un usage pratique, mais ils lui rendaient, au contraire, les plus grands services en de certaines occasions.

Quand on disait, chez les paysans, sur un point quelconque du

1. Eau ardente, eau-de-vie.

département : « Maurin… » quelqu'un de l'assistance aussitôt ajoutait, sur le ton de l'interrogation : « Des Maures ? » Et si celui qui allait parler répondait : « Oui », vite les têtes se rapprochaient, on faisait cercle pour apprendre quelque nouvelle aventure du roi des Maures, du don Juan des bois.

Les domaines de Maurin étant immenses, on l'apercevait peu de temps dans la même région. C'est pourquoi, ce soir-là, à l'auberge des Campaux, la curiosité était si vive autour de lui.

Les joueurs oublièrent leurs cartes, pour le regarder attentivement. Les conversations étaient en déroute.

– Je suis tombé ici, dit-il, comme une pierre dans un marais, donc ! que les grenouilles ne disent plus rien ?

Le beau gendarme grommela sottement :

– Grenouilles ! grenouilles ! parlez pour vous, camarade !

Il ne fallait jamais agacer Maurin. Il avait la superbe d'un chef, et la susceptibilité d'un solitaire que rien ne vient heurter à l'ordinaire.

De plus, en présence d'une femme qui ne lui déplaisait pas, jamais Maurin n'eût « laissé le dernier » (le dernier mot) à qui que ce fût. En pareil cas, ce mâle devenait terrible, à la manière de tous les fauves.

– J'ai dit : « grenouilles » ! gronda Maurin, vous faisiez dans cette salle un tapage de *grenouilles !* et vous vous taisez comme des *grenouilles* dans le marais, depuis que j'ai fermé cette porte. Je l'ai fermée pas pour vous, mais seulement pour plaire à la demoiselle… Et vous vous taisez, je dis, comme des GRENOUILLES ! – Il enflait le mot. – Voilà ce que j'ai dit. Et la gendarmerie ne peut pas y changer une parole. Ça, elle ne peut pas le faire, la gendarmerie !…

La gendarmerie ne peut pas non plus verbaliser contre une phrase inoffensive, après tout, comme celle que Maurin avait prononcée.

Le gendarme, vexé, se tut. La Corsoise, sympathique à Maurin, souriait.

Les Corses, race héroïque, sont ou gendarmes ou bandits. Le père de la Corsoise était fils d'un célèbre bandit corse.

Élevé dans le maquis jusqu'à l'âge de vingt ans, il était devenu un excellent soldat. Maintenant il était garde forestier et sa fille avait dix huit ans. Elle eût épousé sans répugnance un gendarme, mais elle n'y avait jamais songé. Au choix, elle eût préféré un bandit, et elle n'y songeait pas.

Elle regarda Maurin. Maurin en éprouva une joie physique bien connue de lui.

C'était un peu ce qu'il ressentait parfois au sommet d'une montagne, à l'aube, lorsque la vie lui revenait nouvelle, aux lèvres et dans le sang, après un bon somme, et que le souffle de la mer, chargé des parfums de la montagne, pénétrant jusqu'à la chair par le col ouvert de sa chemise, courait dans tout lui, et le faisait frissonner d'aise.

Le regard de la Corsoise l'émut plus que jamais ne l'émut un regard de femme. Le descendant des pirates maures rapteurs de filles tressaillit sous le regard de cet œil très noir, très grand, enflammé, où il reconnut une race de feu, sœur de la sienne. L'envie lui vint de faire le beau, comme elle vient au faisan dans le temps des amours.

– Tu n'as rien tué aujourd'hui ? lui demanda l'un des buveurs.

Alors la physionomie du galégeaïré devint sérieuse :

– Il m'en est arrivé une, dit-il, dans son français traduit du provençal et semé d'idiotismes : *osco, Manosco* !

Il abattit sur la table son poing fermé, avec le pouce rigide en l'air.

Cela signifiait : « Il m'en est arrivé une bien bonne, surprenante, inénarrable ! »

Osco, c'est-à-dire : *marque-la !* et *Manosco*, ajouté pour la rime, pour rien, pour le plaisir, pour faire sonner une deuxième fois le *osco* en invoquant une cité provençale qui a donné, dans les temps, de fortes surprises aux gens de guerre.

Les têtes se groupèrent autour de Maurin. Seuls les gendarmes ne se dérangèrent pas. L'aubergiste fut attentif. Quel gibier lui apportait Maurin ?

Maurin, lui, songeait surtout à plaire à la fille, en contant de son mieux une histoire étonnante.

La belle Corsoise s'était dérangée comme les autres pour écouter le conteur jovial, le fameux galégeaïré.

Maurin repoussa en arrière son petit feutre fané et dit gravement :

– Voilà. Figurez-vous, je n'ai vu, de tout le jour, qu'un gageai (un geai).

Il y eut un : ah ! de désappointement dans l'auditoire.

– Mais espérez un peu ! poursuivit l'homme avec une expression narquoise répandue dans tout son visage, espérez un peu… vous allez voir… Le geai me passait sur la tête. Je lui envoie mon coup de fusil.

Pan ! il descend à terre et se pose sur ses pattes comme un homme ! Je me dis : « Il est blessé ! » Et vous auriez dit comme moi. Manquer un geai qui vous passe sur la tête ! le coup du roi ! quand on est Maurin ! le manquer, ça n'est pas possible ! je ne pouvais pas me le croire !

– Alors ?

– Alors je vais pour le ramasser… il fait un bond, mes amis, et se pose à terre, un peu plus loin ! Je me dis : « C'est une masque (un sorcier) ! Nous allons voir s'il m'emportera mes deux sous de poudre et de plomb, ce voleur ! » Je prends mon chapeau… et vlan ! je le lui lance : le voilà coiffé ! mes amis ! je vous l'ai coiffé… il était sous le chapeau, pris, mes amis, pris, flambé, cuit… Avec une sauce bien piquante un geai peut nourrir un pauvre… Je vais donc encore pour le ramasser… Ah ! misère, mes enfants ! misère de moi !… au moment où j'envoie la main en avant, voilà mon chapeau qui fait un bond, lui aussi, et qui se pose dans un arbre ! Je voyais sortir, de dessous le chapeau, les pattes de mon geai… Un chapeau à pattes, là-haut, sur le ciel !… Pauvre de moi !… Il fait encore un bond… et voilà mon chapeau sur une branche plus haute, au bout d'un pin cette fois !… Il n'est pas neuf, mon chapeau, c'est vrai, tenez, le voilà… mais il vaut bien encore vingt sous… n'est-ce pas, gendarmes ? Alors je me dis : « Vingt sous de chapeau et deux sous de poudre et de plomb, ça fait bien vingt-deux sous, si Barrême n'est pas un âne… » Qu'auriez-vous fait à ma place ?… Je tremblais pour mon chapeau. Je me disais : « Voilà un vieux chapeau fichu, il va s'en aller qui sait où ! » Alors, mes amis, je ramassai une motte de terre, je visai bien, je la lançai – et le chapeau tomba comme un gibier ! mais le geai, mes amis, prit son vol et fila comme un chasseur en faute poursuivi par des gendarmes… C'était, je vous le dis, une masque… *Osco, Manosco* ! Marquez-moi celle-là !

On riait. La belle fille riait, près de Maurin, qui, de façon à être entendu d'elle, dit à voix basse au patron de l'auberge :

– Trois lapins et deux lièvres, ma chasse d'aujourd'hui, sont à l'endroit que tu sais ; vends-les pour mon compte et pour le mieux ; personne n'a besoin de savoir mes affaires.

Il rayonnait, Maurin ; il avait d'une seule histoire fait deux coups doubles : il avait fait rire la belle fille, et agacé les gendarmes : un ! – dissimulé aux yeux des autres auditeurs le profit de sa journée, et satisfait son imagination « d'artiste » : deux ! – car il venait d'inventer son histoire de toutes pièces. Et il savait très bien que tout ce monde n'était pas dupe de sa fable, et que tous l'admiraient de si bien mentir.

Il se moquait un peu de son public, en même temps que de sa prétendue maladresse, à laquelle nul ne croyait.

Et toute cette façon de rire de soi et des autres en se donnant un ridicule vrai ou seulement vraisemblable, c'est cela qui constitue la gouaillerie provençale, la galégeade. Qui trompe-t-on ici ?… Nous ne le saurons jamais.

CHAPITRE II

OÙ L'ON VERRA LA SILHOUETTE D'UN NOMMÉ PARLO-SOULET OU PARLE-SEUL QUI INVENTA LE MONOLOGUE ET LE BON TOUR QUE JOUÈRENT AUX GENDARMES MAURIN DES MAURES ET SON MUET ASSOCIÉ

La fierté nationale exige que, au moment même où l'on feint d'être dupe de la galégeade, on laisse entendre, au moins une petite fois, qu'on ne s'y est pas laissé prendre.

Un des auditeurs sauva la dignité de tous en disant :

– Ah çà ! vaï, tu galèges !

Et de rire. Maurin triomphait, grave. Certain alors de dominer son public, Maurin, s'adressant à celui qui venait de parler, prononça d'un ton goguenard :

– C'est les gendarmes d'Hyères, ça, dis-moi, Louiset ?

– Oui, ceux d'Hyères, fit Louiset, un jeune paysan d'allure effrontée, au feutre à bord étroit penché sur l'oreille ; ceux d'Hyères. N'as-tu pas vu leurs chevaux attachés à l'anneau ? Ceux de Bormes vont à pied.

– Et, poursuivit Maurin, qu'est-ce qui les oblige à sortir de leur commune, *ceuss* d'Hyères ?

– On leur a commandé de poursuivre trois coquins qui ont pris la route de Cogolin.

– Et c'est comme ça qu'ils vont à Cogolin ? fit Maurin dont la belle humeur augmentait. Ils y vont assis sur des chaises ? M'est avis que, de ce train-là, ils n'y seront pas demain, à Cogolin ! Et peut-être qu'ils n'ont pas tort, car les gens qu'ils cherchent pourraient bien être restés derrière eux, du côté d'Hyères !

Et Maurin, sur ce mot, se mit encore à rire de bon cœur, si haut que les verres tintaient sur les tables autour de lui. Son rire montrait dans sa face brune des dents blanches, bien rangées, serrées, éclatantes, des dents de loup.

Le beau gendarme louchait et se mordait la moustache.

– Qu'avez-vous à rire si fort ? se décida-t-il à dire, impatienté.

– Ce que j'ai ? cria Maurin ; j'ai que vous leur avez passé sur la tête, à vos trois coquins. Ah ! ah ! oui, ma foi, sur la tête ! Et comment cela ? C'est qu'ils étaient sous le pont, à moins d'une lieue d'ici, à l'endroit où de la route de Cogolin se détache la nouvelle route de Bormes. Quand je suis passé sur le pont il faisait jour encore… Et vous, faisait-il jour, quand vous y êtes passés ?

– Il faisait encore jour, répondit l'autre gendarme.

– Alors vous auriez pu voir comme moi, dans la poussière, si vous aviez des yeux, les traces de pas de ces hommes, écrites en travers de la route, sur le bord, et dessinées en poussière blanche sur l'herbe écrasée du talus. Moi, j'ai remarqué ça en passant et j'ai cherché sous le pont. Et j'ai vu vos trois pauvres bougres. Ils m'ont demandé du tabac. Et je leur en ai donné… Ah ! ah ! vous leur avez passé sur la tête !… Je parie que vous galopiez, eh ?

Et le rire de Maurin, communicatif, gagna l'assemblée.

– De ce Maurin, pas moins ! qué galégeaïré ! disait-on à la ronde.

Le gendarme se fâcha. Être persiflé sous les yeux de celle qu'il nommait en lui-même sa future, cela lui fut insupportable.

– Avez-vous fini de rire ? cria-t-il.

Et Maurin, tranquille :

– Pas encore, brigadier.

– Je ne suis pas brigadier.

– Lieutenant alors ! répliqua Maurin, de plus en plus narquois.

– Ah çà ! vous vous f…ichez de moi !

Le gendarme s'était levé : Maurin aussi. La Corsoise, toute pâle, les regardait. Toute la race de cette fille lui revenait aux yeux et dans le cœur. Suspendue aux mouvements des deux hommes, inconsciente et superbe, elle ne savait pas qu'elle attendait le vainqueur pour se donner un maître. Son masque était immobile. Cependant ses narines, ouvertes comme des naseaux, aspiraient l'air avec force, et de temps en temps ses lèvres, imperceptiblement, vibraient, ce qui la rendait beaucoup plus jolie.

Maurin crut sentir que cette fille serait à lui s'il achevait de rendre comique l'attitude de son gendarme. Et à cette espèce de question : « Ah çà ! est-ce que vous vous f…ichez de moi ? » il répondit, d'un grand sang-froid, en bon français provençal, aussi sonore que du patois corse : « Parfétemein ! »

– Injure aux agents de l'autorité en service ! proféra le gendarme avec un accent officiel inimitable.

Et baissant le nez, il chercha dans sa sacoche de cuir fauve un papier à procès-verbal.

– En service ! cria Maurin, celle-là est forte. A cheval sur une chaise, le gendarme n'est pas en service !

Tout le monde s'était levé, et tandis que le gendarme apprêtait son papier et réquisitionnait un encrier, Maurin sortit, protégé par des groupes complices. Il avait cligné de l'œil : on avait compris que le galégeaïré allait jouer aux représentants de la loi un tour de sa façon.

Les gendarmes ne songeaient d'ailleurs pas à l'empêcher de sortir. Il ne s'agissait pas d'une arrestation. Pour un simple procès-verbal, il leur suffisait d'être sûrs de l'identité de leur homme.

Or, en même temps que Maurin, l'un des assistants, que le fameux braconnier n'avait pas eu l'air de connaître et qui n'avait pas prononcé une parole, avait disparu silencieusement.

C'était un certain Pastouré, dit Parlo-Soulet, c'est-à-dire Parle-Seul, homme de puissante stature, colosse naïf, admirateur de Maurin et son compagnon favori ; mais Pastouré jugeait utile de ne pas afficher hors de saison son amitié pour le roi des Maures, qu'en toute occasion il servait de son mieux.

On ne voyait pas souvent Maurin et Pastouré causer ensemble. Même au fond des solitudes, Pastouré (c'était, comme il le disait, sa nature) adressait rarement la parole à ses compagnons de chasse.

En revanche, lorsqu'il était ou se croyait complètement seul, il bavardait à voix haute avec de grands gestes. Cet homme était l'incarnation du monologue. Quant à ses gestes, ils étaient célèbres. On le voyait parfois, en silhouette sombre sur le bleu du plein ciel, au sommet d'une colline, agiter ses longs bras comme un télégraphe. C'est qu'alors il se désignait à lui-même les chemins stratégiques par où il devait passer pour forcer un sanglier ou retrouver une compagnie de perdreaux.

Pastouré était donc sorti un peu avant Maurin, il avait détaché, toujours en silence, l'un des chevaux des gendarmes ; et maintenant Maurin, à ses côtés, détachait l'autre.

Deux secondes plus tard, dans l'encadrement lumineux de la porte ouverte, Maurin des Maures apparut à cheval. Parlo-Soulet, également à cheval, se tenait modestement dans l'ombre. Maurin portait sur l'échine son carnier, quarante livres ! et son fusil à deux coups.

– Votre procès-verbal, cria-t-il, vous le ferez maintenant pour quelque chose… Attrapez-moi si vous pouvez !… A ce jeu-là, je vous ferai tomber vos joues de pomme d'api, gendarme Sandri !

Il riait. Le gendarme bondit vers la porte. Maurin tourna bride et disparut. On entendit quelque temps le galop des deux lourdes bêtes.

Elles battaient la route, qui longe le torrent au fond de la gorge, entre les hautes collines.

– Comment ! il a pris les deux chevaux ! criaient les gendarmes.

– Ils ont l'habitude d'aller ensemble, vos chevaux ; l'autre a suivi le premier, répliqua l'un des assistants au milieu des rires.

– Il me la paiera cher, ce Maurin ! cria le gendarme aux joues roses, qui n'avait pas remarqué la disparition de Pastouré.

Et il se mit à disputer violemment avec son camarade sur la conduite à tenir ; finalement ils renoncèrent à poursuivre, à pied, leurs montures, et se mirent, séance tenante, à rédiger leur rapport. Tâche difficile !

Une heure s'écoula.

La Corsoise tout à coup se leva pour aller écouter sur le pas de la porte. Elle restait là, songeuse.

Au bout d'un assez long temps :

– Les chevaux !… Ils reviennent ! s'écria-t-elle.

Tous les buveurs s'élancèrent sur la route.

Les chevaux arrivaient… Leur galop se ralentit. Les gens se communiquaient leurs réflexions :

– Ils s'arrêtent… chut !… Voici qu'ils repartent… ils arrivent ! ils arrivent !

On entendait maintenant le bruit d'un double trot…

– Ils arrivent ! les voici !

Dans le carré de lumière que dessinait sur la poussière du chemin la porte ouverte de l'auberge, les deux puissantes bêtes sans cavaliers s'arrêtèrent tranquillement.

Les gendarmes aussitôt furent en selle.

– Où allez-vous à cette heure ? leur cria-t-on. Croyez-vous que

Maurin vous attende sur la route ? Il doit être en plein bois, de sûr ! Attendez ici jusqu'à demain !

Les gendarmes n'entendaient plus rien.

Persuadés que la grande ruse de Maurin serait de regagner tranquillement sa maison, comme le dernier endroit où l'on songerait à le rencontrer, ils galopaient vers Cogolin et Grimaud. Là, dans la plaine marécageuse, à cinq cents pas de la mer, au bord du golfe, Maurin avait une maison à lui. C'était une cabane en planches de pin. Cette cabane, les gendarmes la connaissaient... Et ils galopaient.

Les buveurs rentrèrent dans la grande salle de l'auberge : on pourrait veiller un peu tard, c'était un samedi. Pas besoin de se lever de bonne heure le lendemain, le dimanche n'étant pas pour les chiens, mais pour les chrétiens.

Or, qu'étaient devenus les deux braconniers ?

Après avoir galopé « une lieue de chemin », Maurin et Pastouré, modérant leur allure peu à peu, s'étaient mis au pas, puis s'étaient arrêtés :

– M'est avis, avait dit Maurin, qu'il faut, maintenant qu'on nous croit bien loin, retourner en arrière.

– Retournons ! avait répliqué le laconique et docile Pastouré.

– Et sais-tu pourquoi nous retournons ? avait dit Maurin.

– Pas encore, mais si tu me l'expliques tout de suite, je le saurai aussitôt, avait répliqué le gigantesque Parlo-Soulet.

Ayant tourné bride, Maurin avait dit à son compagnon qui imitait tous ses mouvements :

– Quand nous serons revenus pas très loin de l'auberge, nous descendrons de cheval. Nous chasserons les deux bêtes avec un bon coup de pied au derrière. Ces chevaux de gendarmes sont des animaux très bien apprivoisés, ils retourneront d'eux-mêmes à l'auberge ; ils sauront retrouver leurs maîtres. Alors, pour sûr, les deux militaires monteront dessus et nous iront chercher à Cogolin ou à Sainte-Maxime. Pendant ce temps nous gagnerons au large, à travers bois.

– Maurin, avait répondu Pastouré, tu as vraiment un génie bien agréable. Faisons comme tu dis.

Et ils avaient fait ainsi.

Cinglés d'un grand coup de ceinture de cuir, les chevaux avaient détalé dans la direction de l'auberge.

Là-dessus Maurin avait dit :

– Bonne nuit, Parlo-Soulet, tirons chacun de notre côté à travers bois, bonsoir !

Ils s'étaient séparés. La nuit était profonde, ils entrèrent dans les broussailles et gravirent les premières pentes de la colline. La route, au-dessous d'eux, disparaissait, pâle un peu dans le noir.

A peine s'étaient-ils quittés que Parlo-Soulet, dans le sentier rocailleux et sonore, s'assit sur une roche. Inclinant la tête, il prêta l'oreille.

– Tiens ! fit-il à voix haute. Le bougre déjà ne s'entend plus. Avec ses espadrilles, il s'est fait le pas d'un renard !

On n'entendait en effet que le balancement des branches vibrantes, agitant leurs myriades d'aiguilles traversées par le vent ; puis le galop de deux chevaux passa en ouragan sur la route, à vingt pas de Pastouré ; c'étaient les deux gendarmes qui, trompés par l'habile manœuvre des braconniers, filaient vers Cogolin où ils se croyaient sûrs de les retrouver !... ils passèrent, et la route tremblait sous leur galop dont l'écho des collines répétait le bruit de tonnerre de plus en plus éloigné... puis ce fut, de nouveau, le grand silence.

Alors Parlo-Soulet parla.

Il parla d'une voix nette, claire, comme il eût fait pour être entendu d'un camarade un peu sourd :

– Noum dé pas Dioû !... fit-il, en voilà une, d'histoire ! Elle est drôle, celle-là ! Elle vaut les autres histoires du même Maurin ! Je l'aime bien, cet animal, mais ce n'est pas pour dire, il me fera, quelque jour, finir en galères !

Cette expression de *noum dé pas Dioû* est le juron des Provençaux qui ne veulent jurer que pour rire... La négation *pas*, en effet, détruit le blasphème... *noum dé pas Dioû* est une galégeade à l'adresse du diable. Le diable croit qu'on jure... et il se trouve bien attrapé !...

Pastouré continuait ainsi son monologue :

– Quelle diable d'idée il a eue d'attaquer sur leur chaise ces gendarmes qui ne lui disaient rien ! Et tout cela, je le devine, parce que la petite Tonia lui a plu tout d'un coup comme jamais elle ne lui avait plu auparavant ! Il a compris que le joli gendarme la reluque ; et de laisser un gendarme aimer une jolie fille sans la lui prendre, ça n'est pas possible à un Maurin !... Mais pourquoi, moi, quand il est sorti, suis-je sorti avec lui ?

» Pourquoi surtout ai-je pris l'autre cheval quand il est monté sur le premier ? Je n'en sais, ma foi de Dieu, rien du tout ! Où il va, il faut que j'aille, je ne sais pas pourquoi. Les idées qui lui viennent, jamais à moi ne me viendraient ; mais dès qu'elles lui sont venues, elles me plaisent, et même quand je ne les approuve pas, elles me plaisent encore et me font faire des bêtises, et je le suis, cet homme, comme le suit son ombre, et je le suis même quand il n'a pas d'ombre faute de soleil ou de lune ! Et c'est pourquoi, maintenant, me voilà avec lui dans de beaux draps !

» Prendre à des gendarmes leurs chevaux, ça n'est pas petite affaire, et nous allons être poursuivis maintenant de jour et de nuit, je parie, par ces gendarmes et par les gardes et par les maires et par les juges… Ah ! gueusard de Maurin ! voilà où tu m'as fourré à ta suite ! Moi du moins je n'aurai contre moi que la gendarmerie et les maires et les préfets, mais toi, de plus, tu auras la fille ! Une fille, et une Corsoise ! Mon pauvre Maurin, comment te vas-tu tirer de là ? Des filles, n'en avais-tu pas tant qu'il te plaît, et des femmes de tous les âges et de tous les plumages – même en chapeau ? Mais il te faut une Corsoise ! et il t'en cuira, je te l'annonce ! Une Corsoise fiancée à la gendarmerie et fille d'un garde-forêts ! Il t'en cuira, et, té ! c'est moi qui te le dis, Maurin –, tu t'es comporté, ce soir, avec cette aventure, comme un âne, m'entends-tu ? comme un âne, je te le répète !

Sur ce mot, le monologue de Parlo-Soulet fut interrompu par une voix forte, qui sonna clair dans la nuit noire :

– Ne me dis pas du mal de moi, Parlo-Soulet ! que je suis là ! et que je pourrais te croire ! Ah ! c'est comme ça que tu te parles sur mon compte quand tu penses que je n'entends pas ?

C'était la voix de Maurin. Persuadé que Parlo-Soulet à son habitude allait se mettre à parler tout haut dès qu'il se verrait seul, Maurin s'était assis à quelques pas de lui pour l'écouter à son aise.

– Et tu crois bonnement, répliqua la voix calme de Pastouré, que je ne te savais pas là ? Je te savais là, mon homme, et bien aise j'en étais, car je ne parle volontiers qu'étant tout seul ou quand je me semble seul… ce qui pour moi est tout comme… N'avance pas, que, si je te voyais, je ne me dirais plus rien !… Et surtout ne réponds pas !… Si je parle seul, âne que tu es, ce n'est pas sans raison, tu penses. Il y a longtemps que tu le devrais savoir, c'est parce que je n'aime pas les *oui*, les *non*, les *mais*, les *si*, les *mais alors*. Dès qu'on est deux, l'un dit blanc, l'autre dit noir, et l'on se dispute.

» Tout seul, on a bien assez de mal à faire le jour dans ce qu'on pense, sans aller s'embarrasser de répliques et de querelles… Parler seul, c'est comme d'écrire une lettre qu'on n'envoie pas. Point de réponse alors ne vous embête en retour. Et, cette fois, si j'ai parlé seul pour que tu m'entendes, te sachant là, c'est que j'ai cru qu'étant présent en cachette, tu n'oserais répondre et que, pour une fois, il me plaisait de te donner mon bon avis qui serait un bon avis s'il ne venait pas trop tard. A présent, tais-toi, et dis-moi, que faisons-nous ?

– Que je me taise, et que je te dise quoi faire ? dit Maurin qui se rapprochait en riant à gorge déployée. Ah ! que tu es bien toi, Parlo-Soulet, plus gai toujours quand tu es sérieux que si tu galégeais comme moi !… Quoi faire ? faire à nous deux ce que tu aurais fait tout seul, je parie ! Rentrer à l'auberge ; et tu finiras ta partie d'écarté avec tes « cambarades » ou plutôt tu en feras une avec moi… que je l'ai bien gagnée.

Et pendant que les gendarmes poursuivaient leur route vers Cogolin sur leurs chevaux éreintés, Maurin, dans la grand-salle des Campaux, disait à Parlo-Soulet :

– Du trèfle ! et du trèfle ! je gagne la partie, mon homme !

– Pourvu que ça continue, pauvre toi ! répondit Pastouré, mais j'ai bien peur que les gendarmes ne gagnent la belle contre nous *deuss* !

La Corsoise, assise près de son père, les regardait jouer.

– Belle demoisellette, lui dit Maurin, vous accepterez bien un verre de fenouillet, qué ? parce que quand je gagne je régale ! Et votre père, lui aussi, acceptera de trinquer avec nous ?… Grivolas, un verre !

Mais Grivolas l'aubergiste ronflait sur sa chaise, le dos au mur.

– Margaride ! cria Maurin.

La servante de l'aubergiste accourut. C'était une belle fille, à qui le gendarme Sandri faisait une cour peu honnête en attendant l'heureux jour où il pourrait devenir le légitime époux de Tonia la Corsoise.

– Margaride, dit Maurin, donne-nous quatre verres de fenouillet, et du meilleur.

– Deux verres suffiront, dit alors le père de la Corsoise. Vous devriez comprendre, maître Maurin, qu'un garde-forêts ne doit pas trinquer avec vous juste dans le moment où ses amis les gendarmes sont à votre poursuite. Vous voilà passé bandit. Et je devrais peut-être vous arrêter moi-même… Un Français du continent n'y aurait pas manqué à ma place. Tout ce que je peux faire pour vous, en ma qualité de Corse, c'est de me retirer comme si je ne vous connaissais pas… Allons, viens, Tonia, rentrons chez nous.

Et Orsini se retira avec sa fille qui souriait à Maurin.

Quelle suite allait être donnée au procès-verbal des deux gendarmes – voilà ce qu'attendait avec impatience et curiosité tout le pays des Maures, qui aimait Maurin.

Et comme il devenait ainsi un peu bandit à la manière corse, la Corsoise s'était mise tout naturellement à le trouver fort à son goût.

Et puis, il contait si bien les gandoises (les histoires de son invention), ce galégeaïré !

CHAPITRE III

DIALOGUE D'UN PRÉFET ET D'UN SECRÉTAIRE ARCHIVISTE PAR OU L'ON VERRA QU'EN PROVENCE LA CHASSE A LA CASQUETTE N'ENRICHIT PAS LES CHAPELIERS

Si le gendarme Martello Alessandri n'avait pas été, lui aussi, comme le garde Orsini Antonio, tout nouveau venu dans la région, il aurait prévu qu'un procès-verbal contre Maurin des Maures pourrait bien être chose parfaitement désagréable à M. le préfet, Adolphe Désorty, fort aimable homme, administrateur attentif, politique de quelque sens, et grand chasseur devant l'Éternel.

M. Désorty était tout jeune encore. Naguère l'un des premiers sous-préfets de France, à trente ans, il était préfet du Var depuis deux mois.

M. Désorty savait déjà que Maurin des Maures était un homme à ménager.

Il n'ignorait pas que Maurin avait la plus grande influence sur les élections, tant municipales que nationales, dans tout le département, et il avait décidé de s'attacher le coureur des bois, dans la mesure du possible.

Et voici comment il avait été renseigné sur Maurin, peu de jours avant que le sous-préfet de Toulon lui annonçât le conflit survenu entre le braconnier et les gendarmes.

Un de ses nouveaux amis, membre de l'Académie de Draguignan, M. Ripert, venait de lui vanter l'ordre excellent des archives départementales et il l'entretenait d'un document nouveau qu'on avait découvert touchant la chartreuse de la Verne, beau monastère en ruines qui date du XIIe siècle et qui est la gloire de la région des Maures. Le préfet l'interrompit.

– Est-ce que vraiment, monsieur Ripert, ces Maures dont on me rebat les oreilles sont un pays aussi beau qu'on le prétend ?

M. Ripert répondit couramment :

– Un pays merveilleux, monsieur le préfet, un groupe de montagnes qui, selon l'expression de M. Élisée Reclus, servit de boulevard aux Maures pendant le cours des IXe et Xe siècles et qui forme à lui seul « un système orographique parfaitement limité ». Le massif des Maures est séparé des montagnes environnantes par les vallées de l'Aille, de l'Argens, du Gapeau. Ces vallées sont larges et le massif est isolé. C'est comme un îlot montagneux dans la plaine et comme une île de gneiss et de schistes et de granit au milieu des calcaires. Le chemin de fer de Marseille à Nice contourne le massif au nord. Une route le traverse dans toute sa longueur qui n'a pas moins de quinze lieues. Voici d'ailleurs, monsieur le préfet, le texte même de M. Élisée Reclus… Il dit :

– Vous l'avez sur vous ?

– Je l'ai cité dans un petit guide à l'usage des étrangers, que je me permettrai de vous offrir.

Et, tirant un petit volume de sa poche, M. Ripert lut les lignes suivantes :

« Ces montagnes, dignes au plus haut degré de l'intérêt du savant par la constitution géologique de leurs roches et le nombre de leurs plantes rares, devraient être également visitées par les simples touristes amoureux de la nature. Aussi bien que les Alpes et les Pyrénées, le système des Maures, qui couvre seulement une superficie de huit cents kilomètres carrés, et dont la hauteur moyenne ne dépasse pas quatre cents mètres, a sa chaîne principale et ses chaînons latéraux, ses vallons et ses gorges, ses torrents et ses rivières ; il a même son bassin fluvial complètement fermé, offrant en miniature tous les phénomènes que présentent les vallées des grands fleuves. »

– Très bien ! dit le préfet, mais vos renseignements personnels ?… Y a-t-il du gibier dans vos montagnes ? Et d'abord vous-même, chassez-vous ?

L'académicien sourit du même sourire qu'aurait eu à cette question l'évêque Myriel de Digne, lequel se donna une entorse, comme on sait, pour ne pas écraser une fourmi.

– Monsieur le préfet, dit-il, les Dracénois ont connu un chasseur, qui était chef de division en notre bonne préfecture du Var et qui s'appelait François Dol. Dol fut poète ; je vous donnerai son œuvre posthume, œuvre d'un vrai et subtil lettré, et qui fut publiée par les soins de ses amis. Vous y trouverez un poème sur la chasse aux merles et même sur la chasse aux perdrix… C'est tout ce que je sais sur le gibier dans le département du Var… Interrogez-moi sur la chartreuse de la Verne… sur la date probable de la fondation de Bormes, trois cents ans avant Jésus-Christ… mais…

– On dit qu'il y a beaucoup de sangliers, dans votre massif des Maures ? interrompit M. Désorty.

– Monsieur le préfet, appelez votre jardinier. Les deux célèbres chasseurs de Saint-Raphaël, les frères Pons sont ses propres neveux. Les frères Pons sont les émules de Prime, le héros de Collobrières, et de Maurin des Maures, leur maître à tous.

» Leur oncle, maître Pons, vous dira, étant chasseur lui-même, tout ce que vous désirez savoir.

» Nous avons séance aujourd'hui à l'Académie et je suis forcé de vous quitter ; croyez-moi, appelez maître Pons.

Maître Pons fut appelé. Le préfet apprit par lui que le sanglier ne manque pas dans les Maures, qu'il y est même pour les agriculteurs un voisin nuisible. M. Désorty, trop Parisien pour croire au gibier du Midi, était persuadé que, dans le Var, les chapeliers sont vite enrichis par la chasse à la casquette. Il le dit à maître Pons et tomba des nues quand le vieux jardinier lui apprit que les préfets ordonnaient de temps en temps des battues sur les domaines de l'État, dans les Maures ou dans l'Estérel, et qu'on chargeait des braconniers du pays, célèbres pour leur habileté à débusquer l'animal, d'organiser ces grandes chasses.

– Des braconniers ! se récria le préfet.

– On appelle braconniers chez nous, dit maître Pons, les chasseurs pour de bon, ceux qui rencontrent du gibier, ceux qui en font sortir de terre, et qui en tuent, et non pas ceux qui chassent en fraude. Le nom de braconnier est ici un titre honorifique.

» Si vous voulez, termina-t-il, une battue dans l'Estérel, prenez les frères Pons, mes neveux. Si vous voulez une battue dans les Maures, adressez-vous à Maurin, qui est le roi des Maures. Du reste, lui et mes neveux sont très bons amis, et s'ils veulent s'associer tous trois, les choses n'iront que mieux.

– Et où trouver ces compagnons ?

– Je me charge de mes neveux, monsieur le préfet. Ce sont d'honnêtes tailleurs de pierre qui, partis tous les matins deux heures avant le jour, sont rentrés tous les soirs dans leur maison de Saint-Raphaël une heure après le soleil couché. L'aîné a même un génie de sculpteur, mais il ne l'a pas cultivé.

– Et en quel temps taillent-ils la pierre ? interrogea le préfet.

– Ils ne la taillent plus depuis qu'ils se sont aperçus que la chasse leur est plus lucrative que leur métier.

Le préfet regarda maître Pons d'une certaine manière. A ce regard qu'il comprit fort bien, maître Pons répliqua :

– Je dois vous dire, monsieur le préfet, que nous rions dans notre barbe quand les Parisiens se refusent à croire à l'existence de notre gibier. Et nous accréditons volontiers cette erreur… Comme ça, nous gardons tout le gibier pour nous !

– Revenons à Maurin, dit le préfet sceptique ; où peut-on le trouver ?

– Le diable seul sait où il est perché. Il a bien sa cabane de bois à la Foux, dans le golfe de Saint-Tropez. Là demeure sa vieille mère avec le plus petit des deux fils de Maurin.

– Et où sont ses autres enfants ?

Ici maître Pons sourit d'un air capable et cligna de l'œil.

– Est-ce qu'on sait ? Un peu partout !

– Vraiment ?

– Comme j'ai l'honneur de le laisser deviner à monsieur le préfet, dit maître Pons, narquois.

– On ne s'embête pas en Provence ! dit le préfet.

– Quant à Maurin, dit Pons, si on veut le voir, il n'y a qu'un moyen. On écrit aux maîtres d'école, aux gardes, aux gendarmes et aux maires de le prévenir s'ils le rencontrent.

– Les gendarmes et les maires… de quelles communes ? interrogea le préfet.

Maître Pons répliqua sans hésiter, tout d'un trait :

– Des communes d'Hyères, de La Londe, de Bormes, de Collobrières, de Pignans, de Gonfaron, de la Garde-Freinet, des Mayons-du-Luc, de Cogolin, de La Molle, de Saint-Tropez, de Sainte-Maxime et du Muy. Ce sont ses villes.

– Comment ! ses villes ?… Les villes de qui ?

– Les villes de Maurin, pardi !

Le préfet se met à rire.

– C'est donc vraiment un roi ?

– Comme j'ai eu l'honneur de vous le dire, monsieur le préfet.

– Et, quels sont ses rapports avec la République française, le savez-vous, maître Pons ? dit le préfet d'un air grave.

– Excellents, monsieur le préfet. Maurin ne chasse jamais sur les terres de l'État. Jamais garde ni gendarme n'a encore verbalisé contre lui. Maurin ne chasse pas en temps prohibé… tout au plus la veille ou l'avant-veille de l'ouverture pour ne pas laisser trop de gibier dans les endroits faciles, aux gens des villes… Maurin tend quelques pièges peut-être par-ci par-là, mais les renards, les fouines, les chats sauvages et même les sangliers sont des animaux nuisibles dont Maurin est l'ennemi juré. Maurin aime sa mère et s'occupe beaucoup du plus jeune de ses fils…

– Et pas des autres, c'est entendu ! dit le préfet, riant.

– Un peu moins peut-être, je ne sais pas, c'est son affaire, monsieur le préfet ; mais on peut être sûr qu'il fait ce qu'il doit, selon les circonstances naturellement… Enfin, Maurin est un brave homme, monsieur le préfet, tout le pays vous le dira ; c'est un révolutionnaire de gouvernement.

Le préfet se frottait les mains.

– Vous dites ?… les noms des villes de Maurin ?

Maître Pons dicta. Le préfet écrivit pour faire demander à Maurin d'organiser une battue à laquelle étaient invités un sénateur, deux députés, un général, un candidat à la députation et une ou deux belles dames…

… Et voilà pourquoi le procès-verbal du gendarme Alessandri fut très mal reçu à Toulon. Le sous-préfet de Toulon partit pour Draguignan afin d'en conférer avec le préfet… Le préfet se disait que persécuter Maurin sans de graves motifs, ce serait non seulement être l'ennemi de son propre plaisir, mais encore s'aliéner l'esprit de toutes les villes que maître Pons énumérait si couramment comme soumises à l'influence du roi des Maures.

– C'est égal, répétait à maître Pons M. le préfet, chaque fois qu'il le rencontrait, ça m'étonne que vous ayez du gibier en Provence !

– Monsieur le préfet, lui répondit un jour maître Pons, justement et respectueusement impatienté, monsieur le préfet, interrogez les chapeliers du département : aucun n'est bien riche. Réfléchissez donc que tous feraient fortune chez nous, si l'on n'y chassait qu'à la casquette, car sur vingt mille habitants on compte douze mille chasseurs ! Eh bien ! les casquettiers se plaignent.

CHAPITRE IV

GRACE AUX RENSEIGNEMENTS
DE M. DÉSIRÉ CABISSOL
POLICIER PAR AMOUR DU PITTORESQUE
PLUS D'UN LECTEUR TROUVERA AMUSANT
LE PRÉSENT CHAPITRE.

Interrogé par M. le préfet, M. le commissaire central avait déclaré qu'il ne savait sur le personnage que ce qu'en disait partout la rumeur publique : un chasseur sans pareil, coureur des bois et coureur de femmes, mais électeur influent dans trente communes.

– Pour des détails, poursuivit-il, si monsieur le préfet en souhaite, M. Désiré lui en donnera. Monsieur le préfet a-t-il déjà entendu parler de M. Désiré Cabissol ?

– Pas du tout.

– Eh bien, M. Désiré est un curieux des choses de la police, et qui nous rend parfois des services appréciables. M. Désiré Cabissol, fils d'un richissime épicier de Marseille, est avocat et même docteur en droit, mais il vit de ses rentes ; il a une fort belle résidence aux environs de Fréjus, mais il n'y séjourne guère ; il se déplace sans cesse, et n'est pas plutôt dans une localité nouvelle qu'il y connaît tout le monde et sait par cœur les moindres commérages dont il a le talent d'extraire la vérité. M. Désiré n'oublie jamais rien. Grand chasseur, la chasse lui est un prétexte à vivre quelque temps dans les plus petits hameaux, logé chez l'habitant qu'il paie bien et dont il se fait aimer, étant aimable. M. Désiré connaît toutes les affaires privées et publiques du département.

» Avec un homme pareil dans chaque province, un gouvernement qui centraliserait leurs connaissances pourrait se vanter d'avoir une police nationale.

» M. Désiré, comme je l'ai dit, daigne quelquefois nous servir. Quand je suis dans l'embarras, je vais le voir. Il m'honore de temps en temps d'une visite.

» Il est à Draguignan depuis hier soir. Si monsieur le préfet m'autorise à le lui présenter…

– Où est-il ?

– A l'hôtel Bertin.

– Faites-lui demander à quelle heure il pourra me recevoir.

– Bien, monsieur le préfet.

Une demi-heure plus tard, M. Désiré Cabissol se faisait annoncer chez le préfet.

C'était un homme de taille moyenne, à figure aimable, bien mis sans recherche, et qui avait la simple allure d'un paisible petit bourgeois. L'œil pétillait par moments d'une toute particulière finesse, qui n'apparaissait que pour disparaître aussitôt, sa préoccupation étant d'inspirer confiance à ses interlocuteurs. Du reste, parfait honnête homme.

– Monsieur le préfet, dit-il, permettez-moi de tenir votre visite pour faite et de vous la rendre. Je suis sûr qu'on vous a dit quels sont mes goûts favoris, mais je doute qu'on vous ait expliqué pourquoi je m'y livre si passionnément.

– Mon Dieu, dit le préfet, on a des goûts… comme cela… sans savoir pourquoi.

– Permettez ; c'est précisément ce que je ne voudrais pas laisser croire à un homme distingué comme celui que je devine en vous, rien qu'à vous voir.

M. Désiré s'assit familièrement sur le coin de la table de M. le préfet, lequel, sceptique et curieux, se mit à l'écouter avec le plus vif intérêt.

– Monsieur, dit M. Désiré, ce qui m'intéresse, c'est l'animal nommé Homme. L'homme est bête et méchant ; mais il est rusé et j'aime à suivre tous les détours de ses ruses, jusqu'à ce que je découvre au gîte le vilain motif de ses actes. Ces sortes de recherches me seraient un médiocre régal (car elles me font repasser souvent par les mêmes chemins), s'il n'y avait pas des originaux – c'est-à-dire de braves gens. Mais il y en a. Maurin en est.

» Ah ! monsieur ! quel malheur de n'être pas capable d'écrire le roman d'un tel personnage !

– Et qui vous en empêche ? dit le préfet.

– Je suis si paresseux à la fois et si actif ! soupira M. Désiré.

Le regard du préfet demanda une explication.

– Écrire un roman ! cinq ou six cents pages ! soulever une plume ! la plonger de minute en minute dans l'écritoire ! Écrire en un jour ce qui se parle en une heure ! ma paresse s'y oppose, comme aussi une activité toute physique qui me porte ailleurs. Au lieu d'écrire et même de lire des romans, j'en observe de vivants, j'en vis moi-même et plusieurs à la fois. J'en suis le déroulement à travers des années, je passe de l'un à l'autre en me jouant. Je prends le train de Nice pour voir où en est celui que j'intitule : *Madame Z* – ou le train de Draguignan pour assister au dénouement d'un autre que j'appelle : *Monsieur Y*.

» J'ai trouvé cet emploi de mes loisirs ; et l'étude que je fais des physiologies de chacun me permet de deviner parfois, comme une sibylle, la fin de bien des aventures – souvent même, grâce aux plus faibles indices –, de reconstituer les crimes et d'en retrouver les auteurs. Tout à votre service, à l'occasion, monsieur le préfet.

– Il est dommage, dit le préfet, que vous restiez sur un champ d'observation et de bataille aussi étroit : il vous faudrait Lyon ou Paris.

– N'oubliez pas, monsieur, dit Désiré Cabissol, que je travaille pour ma seule satisfaction. Or, j'aime le Midi. On y trouve des caractères si spéciaux ! Ce Maurin, par exemple, qui vous intéresse tant, est une figure digne d'un pinceau de maître ; je la connais dans les détails ; je sais des mots de Maurin qui me réjouissent à l'égal d'un mot de la *Palférine* dans Balzac et j'ai, de plus, la joie de l'avoir entendu moi-même, ce mot, sur les lèvres d'un personnage que j'ai découvert. Croyez-moi, monsieur le préfet, ni le billard ni le théâtre ne donnent de ces plaisirs-là ; ni même la besogne du romancier, lequel se traîne sur un seul roman imaginaire dans le temps que je mets à en connaître cinquante, qui sont vécus. Je me fais l'effet d'être une sorte d'Asmodée qui soulève les toitures et les crânes, et qui a le don d'ubiquité.

– Permettez-moi de vous dire que vous êtes vous-même une figure très originale.

– Parce que j'ose faire avec largeur tout ce que nos contemporains font petitement, lorsqu'ils suivent à la quatrième page de leur journal toutes les pauvres histoires mal racontées sous la rubrique *faits divers* ? Cela les passionne beaucoup ; ils ne font pourtant qu'entrevoir en surface certains drames dont je connais, moi, tous les ressorts. Mais, puisque c'est Maurin qui vous intrigue, que voulez-vous savoir de lui ? Ce ne sont pas ses exploits cynégétiques, je présume, c'est son caractère qui vous intéresse ?

– Naturellement, dit le préfet.

– Eh bien, dit M. Cabissol, ce Maurin est pour moi l'incarnation de sa race. Il est ignorant mais intelligent et fier, calme mais capable des plus vives indignations. Il a la grandeur d'un prince arabe et c'est un pauvre braconnier de Provence. Il est sérieux et sûr, mais, derrière ses moindres paroles, il y a souvent une gouaillerie cachée.

» Cet homme-là, c'est quelqu'un. Dans les armées de la première République, des hommes comme lui, fils de fruitières ou charretiers, devenaient généraux à vingt ans et, sous l'Empire, maréchaux à trente. Ce qui manque à des êtres pareils, ce sont des champs d'action dignes de leur décision, de leur audace, de leur génie. Ça ne redoute rien. Ça sait vouloir. Ça vit braconnier par une ironie du sort ; c'est de la race du pirate qui répondit à Alexandre : « Quelle différence y a-t-il entre toi et moi ? C'est que tu as une flotte, et moi rien qu'une pauvre petite barque. »

» Gaspard de Besse, notre fameux voleur révolutionnaire, était de cette race-là ; seulement Maurin est d'une scrupuleuse honnêteté – c'est-à-dire, hélas ! un peu dégénéré ! Il finira mal, car il tient de l'humanitaire. Il reculerait devant un meurtre, même pour sa légitime défense. Cependant, si on mettait *en leur place* des énergies pareilles à celle d'un Maurin, on ferait des patries bien plus belles. Mais qui s'en occupe ? Voulez-vous, monsieur le préfet, jeter sur Maurin des Maures un regard digne de lui ? Écoutez ce fait. Il y a quelque sept ou huit ans, il se trouva rayé des listes électorales. Il réclama vainement sa réinscription au maire de Z…, devenu on ne sait pourquoi son ennemi personnel. Le maire fit la sourde oreille. Il entendait traiter notre Maurin en vagabond, en errant, quantité négligeable, individualité douteuse. Maurin insista longtemps mais toujours vainement. Il pouvait s'adresser au juge de paix, mais il croit qu'il vaut mieux, comme dit le proverbe, avoir affaire à Dieu ou à saint Pierre en personne qu'à de tout petits saints. Que pensez-vous qu'il fit ?

» – Ma mère, dit-il un matin tout en s'équipant comme pour la chasse, ma mère, si vous ne me revoyez pas d'un mois ou deux, ne soyez pas inquiète : je vais faire un petit voyage.

» – A pied ?

» – Oui.

» – Et où vas-tu ?

» – Je vais à Paris.

» Il partit, son fusil au dos, son chien sur ses talons, tuant chaque jour de quoi payer l'auberge. Le vingt-cinquième jour il était à Paris où, par l'intermédiaire d'un député du Var, homme d'esprit, il demanda une audience au ministre de l'Intérieur. Le ministre, sur le portrait que le député lui fit de Maurin le reçut dès le lendemain. J'ai entendu Maurin et j'ai aussi entendu le ministre conter l'entrevue. Les deux récits concordaient.

» Maurin, dans son costume de chemineau chasseur, à peine entré dans le cabinet du ministre qui le reçut debout, commença ainsi :

» – Avec votre permission, monsieur le ministre, je prendrais bien une chaise – pourquoi je suis peu fatigué étant venu à pied de Cogolin, comme mon chien pourrait vous le dire, mais je l'ai laissé à l'auberge – pourquoi il est encore plus fatigué que moi...

» Le ministre se mit à rire et lui désigna un fauteuil. Maurin prit une chaise, puis exposa son affaire et conclut ainsi :

» – Je suis un citoyen, monsieur le ministre, et je tiens à le rester. J'ai fait mon service à la marine, j'ai fait mon devoir et je ne comprends qu'une chose : c'est qu'alors j'ai droit à mon droit. Ça m'a beaucoup dérangé, croyez-le, de venir vous voir à pied. C'est un peu loin, ça prend du temps, mais je suis venu. Seulement, d'autres sont dans le même cas qui ne viendront pas, rapport à la distance, et, du même coup, je vous les recommande. Dites à vos maires de suivre les lois, *noum dé pas Dioû!* nous sommes en France, *preutêtre!*

» Hélas ! toutes les fois qu'on vous contera une saillie de Maurin, ce qu'on ne pourra vous rendre, c'est l'accent, l'inimitable accent. L'accent de Maurin, c'est une musique qui ajoute un sens, un commentaire à ses moindres paroles. La vie de Maurin est un opéra dont vous n'aurez jamais que le libretto.

» Le ministre, lui, entendit et les paroles et la musique. Il riait de bon cœur. Il serra la main de Maurin et le fit rapatrier avec des éloges.

» Au moment de le quitter, Maurin s'était écrié, en lui frappant sur l'épaule : « Eh bé, vous m'allez, vous ! »

» Voilà l'homme, il est à prendre ou à laisser.

– Voilà le citoyen, dit le préfet; mais l'homme, celui qu'on appelle un don Juan de la forêt ?

– Celui-là n'est pas moins beau, monsieur le préfet. A seize ans,

Maurin, joli comme un gars de nos pays où la race est sèche et nerveuse; Maurin, brun à peau bistre, jouait sur les plages de Saint-Tropez, nageant, pêchant et *barquégeant;* vous diriez, à Paris, canotant. Un été, une famille bourgeoise, le père, la mère et la fille, s'installa sur les bords de la mer dans une villa de Saint-Tropez. Le petit Maurin, qui vivait en bras de chemise, débraillé, à moitié nu, sans cesse lavé par l'eau de la mer, plut à la jeune fille de la villa... Elle avait dix-huit ans et peignait de fort jolies aquarelles... Elle le fit poser souvent, tantôt sur la plage en pleine lumière, tantôt sous les grands pins... Elle plaisait beaucoup au petit pêcheur, la demoiselle... Elle lui plaisait tant qu'il arriva (comme on dit dans le pays) un malheur. La famille fut désespérée et s'éloigna. Maurin comprit qu'il devait se taire, mais il suivit ces gens à la piste et sut, peu de temps après leur départ, qu'un fils lui était né. Cet enfant ignore aujourd'hui le nom de son père. Baptisé César, on l'appela et il se fait appeler Césariot.

» Des montagnards des Basses-Alpes furent ses nourriciers.

» Ils l'ont mis depuis quelque temps en service chez des pêcheurs de Saint-Tropez, mais ce garçon promet de devenir un mauvais sujet; c'est un rôdeur de cabarets louches et qui rêve Toulon et les basses orgies de la ville maritime. Maurin, qui ne l'a pas perdu de vue, en est désolé.

» Et tout cela m'intéresse. Maurin, qui a d'autres enfants, en a reconnu deux seulement (un garçon et une fille) parce que, dit-il, ceux-là, « il me semble bien que je suis sûr d'être leur père »! Quant à Césariot, s'il ne l'a pas avoué pour son fils, ce fut par pure discrétion, en faveur de la patricienne à laquelle ce démocrate de Maurin pense toujours avec orgueil, bien qu'il ne sache pas ce qu'elle est devenue. Il aime, au fond, son gueux de Césariot et n'est pas homme à le laisser « mal tourner » sans essayer d'arrêter le drôle. J'ai pu en causer avec lui, lui ayant d'abord donné à entendre que je savais pertinemment son secret. Il m'a répondu cette parole étonnante : « Cet enfant aurait pu porter mon nom; je n'entends pas qu'il le déshonore ! »

» Dites-moi, monsieur le préfet, si le mot n'est pas héroïque sous sa drôlerie et empreint du plus pur idéalisme ? C'est du bon Maurin, et je m'y connais !

» Son second enfant fut une fille. Il l'eut, deux ans plus tard, d'une femme mariée. Le mari, un bûcheron, allait partout dénonçant, avant la naissance, l'indignité de sa femme et son propre déshonneur. Il proclamait qu'il n'accepterait jamais l'enfant, et qu'il tuerait Maurin. Alors Maurin, bravement, alla trouver le mari récalcitrant :

» – Donnez-moi l'enfant, dès qu'il naîtra, maître un tel. Puisque vous savez les choses, il est juste que je prenne l'enfant à ma charge.

» Il reconnut la petite, en effet. Rien n'était moins légal puisque la naissance de l'enfant ne fut pas déclarée par le mari, mais l'opinion publique approuva. Nul ne dénonça l'arrangement aux magistrats. Et la mère fut bien contente de donner sa fille au vrai père. Jusqu'à l'âge de dix ans, la mère de Maurin éleva la petite, légalement fille de mère inconnue et de Maurin des Maures, en dépit de la formule : « *Is pater est quem nuptiæ...* » Voilà le don Juan des bois. Convenez qu'il est sympathique.

– Il est surprenant, dit le préfet.

– Surtout si vous songez que, chez les paysans, l'idée d'intérêt passe pour primer toutes les autres, – l'acte de Maurin devient superbe.

– Où est cette fille, à présent ?

– La petite Maurin est servante chez des bourgeois de Grimaud. Elle y a appris la couture et les bonnes manières ; elle est en train de devenir une sorte de demoiselle de compagnie. Or l'état de domestique semble déshonorant à nos Méridionaux en général ; mais Maurin proteste, disant que tout le monde est au service de tout le monde. Il ajoute : « Mon chien est mon domestique et mon ami, et je suis le domestique et l'ami de mon chien. Et ça me fait honneur ! »

– Et vous dites qu'il a, de plus, un tout jeune fils, votre Maurin des Maures ?

– Oui, le petit Bernard, qui vit chez la mère de Maurin ou qui, du moins, s'y trouvait encore il y a quinze jours. Il a onze ans. Il est né d'une fille de cantonnier. Oh ! une histoire toute simple... Vous voyez que notre don Juan n'est pas de l'école de Jean-Jacques.

– Trois enfants, c'est peu, dit le préfet. La France se dépeuple. Maurin n'aura pas la prime.

– Trois enfants avérés ! dit M. Cabissol. D'ailleurs la vie est chère et dure. Les bourgeois les plus aisés sont moins prolifiques et, par conséquent, moins courageux que Maurin.

– C'est vrai, dit le préfet. Mais... vous déjeunez avec moi, monsieur Cabissol ?

– A condition que je serai de votre battue avec Maurin, monsieur le préfet… J'ose vous demander une invitation.

– J'allais vous l'offrir, cher monsieur.

– En résumé, monsieur le préfet, Maurin est un homme non seulement à aimer, mais à ménager. En temps d'élections, par exemple…

– Monsieur le préfet est servi, prononça un domestique qui apparut sur le seuil du cabinet.

– Nous étudierons mieux la question à table, dit M. Désorty.

CHAPITRE V

OÙ L'ON VERRA COMMENT M. DÉSIRÉ CABISSOL ET M. DÉSORTY PRÉFET, CONTINUÈRENT, INTER POCULA, LEUR CONVERSATION AMUSANTE ET COMMENT LE PREMIER DE CES DEUX PERSONNAGES FUT CONDUIT A NARRER AU SECOND L'HISTOIRE DU *MARCHAND DE LARMES*, SANS POUR CELA OUBLIER L'ILLUSTRE MAURIN, ROI DES MAURES

Le déjeuner du préfet fut excellent et M. Cabissol y fit grand honneur. Au dessert, les deux interlocuteurs étaient devenus les meilleurs amis du monde.

Quand les cigares furent allumés :

– Il ne faudrait pas croire, monsieur le préfet, dit Cabissol, que je sois, comme le pense votre commissaire, un vulgaire amateur policier... Ce que je vous ai dit moi-même tantôt a pu ne pas suffire à éloigner de vous une telle idée...

– En effet...

– Eh bien, ce qui m'intéresse par-dessus tout, c'est le pittoresque, et j'ai plus de plaisir à rencontrer dans mes pérégrinations un type curieux, une histoire gaie, qu'un drame ou qu'une physionomie dramatique.

» Aussi je crois bien que ni Paris ni Lyon ne me seraient des théâtres aussi amusants que nos pays méridionaux.

» Tenez, par exemple, ni à Paris ni à Lyon on n'a la plaisante horreur de l'eau, la joyeuse peur de la pluie que l'on a ici. Cette peur est-elle sincère ? Oui et non.

» Avant tout, l'homme du Midi aime le *far-niente*. Quand le phylloxera détruisit ses vignes, le paysan provençal se trouva fort ennuyé, mais il ne fut vraiment désolé que lorsque, ayant remplacé les vieilles souches françaises par le cep américain, il fut obligé de le cultiver avec des soins spéciaux ignorés de lui jusque-là et vraiment trop compliqués.

» Depuis l'antiquité la plus reculée jusqu'à cette époque, la culture de la vigne sur tout le territoire du Var avait été facile. On laissait les pampres traîner à terre. Dans les « oullières », très larges entre les raies de vignes, on semait du blé, après un labour superficiel. La moisson était maigre dans ces oullières, au pied des vieux oliviers ; n'importe. C'était un heureux temps puisqu'on avait sous les yeux, dans le même champ, tout ce qu'il faut pour vivre : le pain, et le vin, et l'huile, produits essentiels, simples, tous nommés dans l'Évangile.

» On *acanait :* on battait l'olivier à coups de roseaux, en novembre, pour en faire tomber le fruit sur les *linçouras*. On moissonnait à la faucille, en juin. On vendangeait en septembre. Le reste du temps, le paysan, assis sur sa porte, regardait pousser l'olivier, la vigne et le blé. Cette contemplation était sa principale besogne ; il rêvait, et le soir il chantait ou contait des gandoises à sa famille. Oui, c'était le bon temps.

» Le soleil quand même dorait la grappe enfouie sous les pampres. L'échalas était méprisé : on prétendait que, sur échalas, la vigne serait détruite par les coups de mistral. Notre bonne vigne antique avait des allures de lambrusque ; l'épi était grêle ; l'olive venait quand il plaisait à Dieu. Cela suffisait à une race de cigales.

» Le plant américain a bien changé les conditions de la vie chez nous ! Le Provençal a consenti à s'appeler *viticulteur;* on a arraché l'olivier (nos paysans regrettent à cette heure ce massacre absurde); il a fallu que chaque cep ait son tuteur : et entre les pieds de vigne trop rapprochés il n'y a plus eu de place pour le blé. Le paysan aujourd'hui travaille plus qu'autrefois ; il a des rêves de bourgeois parce qu'il a appris à lire ; il trouve que la terre ne donne plus assez ; il déserte les champs pour la ville et beaucoup vont follement souffrir, ouvriers d'un arsenal ou d'une usine, dans des galetas, au sommet de maisons qui ont huit étages… C'est fâcheux, qu'y faire ?

– Mais, dit le préfet, je croyais qu'en votre pays où les étés sont torrides, la pluie était appelée, comprise, aimée…

– Mon Dieu ! dit M. Cabissol, certainement on l'aime parce qu'elle est favorable aux récoltes ; mais on la déteste… parce qu'elle mouille.

» Qu'on puisse labourer quand il bruine, comme le font éternellement les paysans du Nord, c'est une chose dont nos paysans n'acceptent pas même l'idée. Dès qu'apparaît, au fond de leur ciel indigo, un pâle nuage, tout le monde en profite pour quitter le travail. Il est même arrivé, il y a quelque dix ans, dans la petite ville d'Aiguebelle, une histoire assez plaisante qui vous montrera mieux que toutes les gloses à quel point les gens de Provence détestent la pluie, ou, si vous voulez, pourquoi ils l'aiment, en faisant semblant de la détester. Aiguebelle est une ville de dix mille âmes, comme vous ne l'ignorez point, monsieur le préfet, puisqu'elle est votre administrée.

» Il y a cinq ans, un Lyonnais, mon ami Larroi, s'y vint établir. Il voulut, sur le flanc d'une colline, dans un admirable site, faire construire une villa. Les travaux commencèrent lentement. La bâtisse était cependant assez avancée, lorsqu'un jour les sept ou huit maçons qui la construisaient, juchés sur leurs échafaudages, levèrent tous ensemble le nez vers le ciel avec inquiétude.

» Que se passait-il ? L'un d'eux, un nommé Darboux, galégeaïré fameux (encore un !), fumait une grosse bouffarde d'où s'échappaient des flots de fumée.

» Il avait trouvé drôle de s'écrier tout à coup, en montrant du doigt un véritable nuage sorti de sa pipe :

» – Vé ! vé ! regardez un peu ! Voyez ce nuage ! tout à l'heure il pleut ! gare !

» Ce cri terrifiant produisit l'effet habituel. Bien que le ciel fût d'une pureté parfaite, tous les maçons, ce jour-là, désertèrent le chantier. Mais la pluie, qui empêche de travailler, n'empêche pas qu'on s'amuse, et ils allèrent achever leur journée au jeu de boules.

» – Ah ! le mauvais coup ! non, non ! ah ! sans la pierre, ma boule allait droit !

» – Celle-ci va téter le cochonnet (s'arrêter tout contre le but).

» – Fameux coup, celui-là !

» – Ah çà ! vaï! un coup de sant Estròpi ! (un coup de saint Maladroit !)

» Que voulez-vous, conclut Cabissol, ces mœurs-là m'enchantent, moi… Se mettre en grève pour jouer aux boules ! Ah ! ce n'est pas un pays de misère que le nôtre ! Vous voyez donc pourquoi et comment on aime ici la pluie ou, si vous voulez, comment et pourquoi on la déteste.

– Et, dit le préfet, que pensèrent les entrepreneurs de la conduite de leurs braves maçons ?

– L'entrepreneur, étant du pays, trouva la chose naturelle, mais mon ami Larroi, le Lyonnais, déclara qu'il n'acceptait pas cette façon de travailler, vu que si cela se renouvelait, sa villa ne serait pas construite avant dix ans (ce qui prouve que l'exagération n'est pas dans le caractère des seuls Méridionaux !) – et il exigea assez sottement que le maître-maçon lui envoyât d'autres ouvriers…

– Qu'arriva-t-il ensuite ? dit le préfet souriant.

– Ah ! vous voulez toute la suite de l'aventure ? Je vous préviens qu'elle s'est prolongée singulièrement.

– Allez toujours.

– Eh bien, il arriva une grève. Tous les maçons de la région abandonnèrent leurs travaux, il n'y eut bientôt plus assez de boules à Aiguebelle ni dans les communes environnantes, tous les grévistes de nos campagnes étant boulomanes.

– Et quels étaient leurs desiderata ?

– Voici. Le chef des grévistes, Darboux, alla trouver le patron :

» – Nous avons commencé la villa du Lyonnais, lui dit-il, c'est nous qui l'achèverons. Vouastré Lyouné ès un couyoun ; ùn homme qui coumpren pas nouastré caratéro. (Votre Lyonnais est un… âne ; un homme qui ne comprend pas notre *caractère*.) Il ne peut pas, à cause d'une galégeade, ruiner le pays, voyons ! Ouvrez-lui la *comprenure*, à cet « étranger du dehors » !

» Darboux avait raison. Mais mon ami Larroi était un homme têtu ; il ne voulait rien entendre, il ne parlait de rien moins que de quitter Aiguebelle à tout jamais. J'allai le voir pour tenter d'arranger les choses. Elles s'étaient singulièrement gâtées.

» Quand j'arrivai, cinq mille Aiguebellois (la moitié de la population d'Aiguebelle) entouraient la maison de campagne que Larroi avait louée en attendant que sa villa fût construite.

» Des plaisanteries la foule passa bientôt aux menaces. Tous les joueurs de boules, c'est-à-dire tous les grévistes, étaient là, leurs boules ferrées (de vrais boulets) dans les mains. On commençait à les lancer dans les vitres.

» – Toi qui prétends les comprendre, va leur parler, me dit Larroi. Explique-leur que je suis libre de quitter le pays et que je le quitterai : c'est mon dernier mot.

» Je descendis, je me présentai à la foule menaçante. Malheureusement je n'étais pas encore très connu à Aiguebelle en ce temps-là.

» – Mes amis, un peu de silence ! m'écriai-je en montant sur une chaise que j'avais apportée. Je viens vous donner des explications après lesquelles, je l'espère, chacun de vous rentrera chez soi, car voici que le jour finit et il se fait temps d'aller souper.

» – Quès aqueoù couyoun qué parlo ? – c'est-à-dire : quel est cet âne qui brait ? – cria une voix.

» Et je reçus, en pleine poitrine, le cochonnet, petite boule de buis dont le choc me fut assez désagréable.

» – A l'eau ! cria-t-on de tous côtés.

» Aiguebelle est située au bord de l'Argens. Il y avait peu d'eau dans la rivière en ce mois d'été, mais enfin il y en avait, et je compris que si on n'avait pas le dessein de me noyer, on serait bien content, tout au moins, de me voir barboter un peu.

» J'étais fort mal à mon aise. Tout à coup, un homme, sortant de la foule, vint à moi.

» – Descendez de votre chaise, monsieur Cabissol, me dit-il, je vais leur parler, moi.

» J'obéis, subjugué par le ton décidé du personnage.

» Il était curieux, le personnage.

» Jeune, très maigre, et singulièrement vêtu d'une redingote noire trop longue, gilet et pantalon assortis, il était coiffé du *kalitre* (haut-de-forme) que les gens de la campagne ne mettent ici qu'une fois dans leur vie, le jour de leur mariage. Ce chapeau portait un crêpe.

» L'homme, étant monté sur ma chaise, cria d'une voix de tonnerre :

» – Citoilliens ! je connais le citoillien qui vient de vous parler : c'est un bon. Je réponds de lui. Retirez-vous, puisqu'on vous dit que tout est arrangé. M. Larroi vous fait beaucoup d'excuses, vous reprendrez le travail chez lui, dès demain.

» – Permettez ! criai-je.

» – Laissez-moi faire, dit l'homme, je sais mieux que vous ce qu'il faut leur dire.

» Mais les premiers rangs de la foule, ayant vu mon mouvement de protestation, crièrent à mon défenseur :

» – Qui nous garantit que celui que vous défendez ne nous trompe pas ?

» – Moi ! dit l'homme en redingote et en kalitre, moi, je vous dis !

» La foule murmurait, irritée, mais déjà indécise.

» Alors, l'homme noir, dans un mouvement d'éloquence populaire vraiment magnifique :

» – Et d'ailleurs, citoilliens, quelle heure est-il ?

» – Sept heures manque un quart ! cria la foule.

» – Eh bien, citoilliens, outre que c'est l'heure d'aller dîner, c'est l'heure où la nuit commence… La nuit, citoilliens ! la nuit n'est pas le jour. Ce n'est pas dans la nuit comme des malfaiteurs, c'est dans le jour que vous devez débattre les intérêts de la liberté !… Vous voulez tous la justice, n'est-ce pas ? Eh bien, la justice apparaîtra avec le soleil. On vous rendra justice demain, au chant du coq, au grand soleil de la République ! Allez vous coucher.

» Une acclamation formidable salua ce discours :

» – Vive la République !

» Et la foule se retira, satisfaite, sans aucun désordre.

» Alors, je dis à l'homme noir, jeune et maigre :

» – Qui êtes-vous donc, mon ami, pour avoir, si jeune, une pareille influence sur tout ce peuple ?

» – Moi ? me répondit-il avec un calme sourire, moi, monsieur Cabissol ? je ne connais personne ici, et personne ne me connaît… seulement je sais leur parler, voilà tout.

» – Mais, lui dis-je, vous me connaissez donc ?

» – Pardi ! je vous ai vu passer quelquefois à la chasse, sur mon petit bien, près de Draguignan. Quand je suis là que je laboure et que vous passez, vous me demandez toujours si c'est dur ou mou, si ça se fait bien… enfin quoi ! vous n'êtes pas fier. Alors, comprenez, j'ai trouvé avec plaisir cette occasion de vous rendre un petit service… Vous ne savez pas mon nom ? On me dit Bédarride.

» – Ah !… lui dis-je, stupéfait, merci, je ne vous avais pas reconnu.

» – C'est rapport à mon costume que je n'avais pas mis depuis mon mariage avec ma pauvre femme qui est morte, pechère ! voilà trois semaines !

» – Mais, insistai-je, pourquoi vous êtes-vous habillé en bourgeois, vous, un travailleur de la terre, précisément un jour d'émeute populaire ?

» – Eh ! dit-il gravement, je me suis fait *bò* pour un peu venir voir la Révolution !

– Voilà, dit le préfet, un discoureur intéressant et adroit. Mais qu'en pensa votre ami de Lyon ?

– Il fut désarmé ; et les grévistes voyant qu'il comprenait leur caractère, lui bâtirent sa villa joyeusement. Il espère bien mourir dans ce pays de gaieté.

– Et l'homme au discours, vous ne l'avez pas perdu de vue, je suppose ?

– Certes, non !

– Et qu'est-il devenu ?

– Ce qu'il est devenu ? c'est encore toute une histoire.

– N'hésitez pas à me la conter.

– Il est devenu marchand de larmes.

– Marchand de larmes ? vous m'intriguez.

– La mort de sa femme l'avait orienté vers les choses funèbres. Il s'était efforcé, comme vous l'avez vu, de se distraire en assistant, vêtu de ses sombres habits de noces, aux émeutes populaires, mais les émeutes, par bonheur, ne durent pas toujours ; les travaux de la campagne ne l'intéressaient plus parce qu'il avait l'étoffe d'un homme public, le tempérament d'un tribun, un vrai talent d'orateur. L'école primaire en avait fait un aspirant bourgeois. Il voyait grand, il rêvait une vie supérieure à sa fortune. Que faire ? Il eut une idée géniale. Il s'établit marchand de larmes.

– Vous me faites mourir de curiosité.

– J'appris un jour qu'un personnage étrange hantait le cimetière d'Aiguebelle. On me fit de lui un portrait que je crus reconnaître. Bien certainement c'était mon homme. Je voulus m'en assurer. La chose était facile puisque, disait-on, il n'abandonnait le cimetière qu'au moment de la fermeture des grilles. Il y arrivait le matin et ne le quittait pas même pour déjeuner. A midi, assis sous un cyprès, au bord d'une tombe, il croquait un quignon de pain, buvait l'eau ou le vin d'une bouteille plate qu'il remettait ensuite dans sa poche soigneusement, et reprenait son poste d'observation dans les bosquets funèbres.

– Son poste d'observation ? interrogea le préfet.

– Voici. Je me rendis un matin au cimetière, pour voir si le marchand de larmes était bien le dompteur de foules que je connaissais. Il se trouva que j'arrivai à la grille en même temps qu'un enterrement de deuxième classe… Je suivis, moi dernier du cortège. A peine avions-nous dépassé les premiers cyprès de la grande allée, que mon homme en sortit. Il avait son même costume de bourgeois, son costume des jours de noces et des jours d'émeute. Le noir en était un peu jauni. Le chapeau haut de forme, bien brossé, luisait de son mieux au-dessus d'un crêpe étroit. La chemise était propre; la cravate fripée légèrement, mais à peu près blanche. L'homme avait des souliers vernis.

» Son regard allait lentement de la tête à la queue du cortège. Il m'aperçut et vint à moi, d'une démarche compassée, d'une allure triste.

» – Bonjour, monsieur Cabissol, murmura-t-il, d'une voix très basse, endeuillée.

» – Bonjour, mon ami Bédarride !

» – Qui enterre-t-on ?

» – Je ne sais pas… j'arrivais… pour vous voir, pour vous entendre.

» – Ah ! fit-il, vous connaissez mon nouvel état ?

» – On m'en a parlé.

» – Eh bien, alors, permettez-moi de faire mon *devoir*.

» Et s'adressant à l'un des bourgeois qui nous précédaient de trois pas :

» – Qui enterre-t-on ?

» – Mlle Adélaïde Estocofy.

» – Attendez-donc !… fit-il, mais… je la connais !

» – Qui ne connaît pas Adélaïde à Aiguebelle, répliqua l'autre; une des deux dévotes ! Des épicières qui vendaient le meilleur café de la ville !

» – Pardi ! répliqua Bédarride, à qui le dites-vous ! Je le connais, son café. Pour du bon café, voui, c'était du bon café et qui ne sentait jamais la marine !

» Et après un silence :

» – Sa pauvre sœur, reprit-il, doit être bien désolée. Elle est son aînée, je crois ?

» – Oui, Anastasie est l'aînée et elle voit partir sa cadette, pechère !

» Bédarride quitta les derniers rangs du cortège; il gagna les rangs du milieu. Je le suivis.

» Il avisa une vieille dame qui s'essuyait les yeux et lui dit :

» – Quel âge pouvait-elle bien avoir, *notre* pauvre Adélaïde ?

» La femme répondit :

» – Elle n'avait que soixante-cinq ans, pechère !

» – Je ne l'aurais jamais deviné à la voir, pechère ! dit Bédarride. Vous l'aimiez beaucoup, madame ?… madame ?

» – Mme Labaudufle.

» – Vous l'aimiez beaucoup, dites… madame Labaudufle ?

» – Voui ! gémit la matrone. Nous nous étions élevées ensemble, rue de l'Aubergine où elle est morte, dans le magasin qui l'avait vue naître, puisque sa mère, comme vous savez, était marchande de fruits et tenait boutique d'épicerie, depuis l'autre siècle, à côté de l'ancien théâtre des marionnettes où on jouait la *crèche* pour la Noël.

» – Je l'aimais aussi beaucoup… dit Bédarride. Pauvre Adélaïde !

» On arrivait près de la fosse ouverte qui attendait la dépouille mortelle d'Adélaïde Estocofy.

» Vivement Bédarride gagna les premiers rangs du cortège. Il reconnut facilement Anastasie à sa douleur ; il s'approcha d'elle.

» On descendait le cercueil dans la fosse.

» Le prêtre bénissait la tombe ouverte et psalmodiait les prières lamentées.

» Bédarride se pencha vers Anastasie :

» – Pauvre demoiselle ! lui dit-il d'une voix mouillée, je prends bien part à votre chagrin… avec toute la ville d'ailleurs…

» Anastasie eut un sanglot.

» Bédarride reprit, d'un ton plus bas, confidentiel, mais d'un accent plus assuré :

» – Est-ce que quelqu'un parlera sur sa tombe ?

» – Pechère ! sanglota Anastasie ; de pauvres gens comme nous, on les enterre sans discours !… Qui voulez-vous qui parle sur sa tombe ?

» – Moi ! dit Bédarride avec une sombre énergie ; moi, si vous le désirez, ma pauvre demoiselle, car je connaissais ses vertus, à la pauvre morte, comme je connais les vôtres. Je suis M. Bédarride.

» Anastasie étouffa un sanglot plus profond que les autres. Les prières étaient achevées.

» – Désirez-vous toujours que je parle ? interrogea Bédarride.

» – Vous me ferez beaucoup d'honneur, monsieur Bédarride.

» Il s'avança au bord de la fosse, et tenant son chapeau de la main gauche, il refoula avec un geste large de sa droite ceux des assistants qui s'apprêtaient déjà à jeter sur le cercueil les premières poignées de terre.

» Alors, pâle, maigre, noir, debout sur l'éminence formée par la terre fraîchement retirée du trou, ému lui-même, il parla ainsi à la foule émue :

» – Mesdames, messieurs, vous tous, amis connus et inconnus, recevez les remerciements d'une famille éplorée ; d'une sœur écrasée sous la plus inconsolable de toutes les douleurs – puisque jamais la tombe n'a rendu sa proie ! Du moins, chère demoiselle Anastasie *(Ici Mlle Anastasie sanglota éperdument)*, du moins vous avez cette consolation enviée par tous les honnêtes gens, de voir une ville entière se presser autour de vous dans un élan de participation à votre douleur, participation qui n'a d'égale par sa grandeur que votre douleur elle-même. Chère et malheureuse Adélaïde, regarde autour de toi. Tout Aiguebelle a pour toi les yeux de Mme Labaudufle, qui sont noyés dans les larmes.

» Ah ! elle t'a aimée, cette vénérée dame, comme nous t'aimions tous ! Tout Aiguebelle rend hommage sur cette tombe à l'élévation de sentiments et à la probité commerciale de ces deux sœurs dont le café renommé n'a jamais subi aucune défaillance de réputation, depuis plus d'un siècle. Car il y a un siècle – ne l'oubliez pas ! – la mère et les ancêtres des deux célèbres sœurs avaient déjà fondé la réputation de leur incomparable maison, située à côté même de ces théâtres – aujourd'hui disparus, hélas ! – où des marionnettes jouaient, pour l'édification du peuple, le *Saint Mystère de la Crèche* et l'*Histoire de Geneviève de Brabant*... Voilà, messieurs et dames, des titres de noblesse qui en valent bien d'autres. Réjouissez-vous donc à travers vos larmes, tout au fond de vos cœurs, dans l'espérance, que dis-je ? dans la certitude des récompenses éternelles que le ciel doit à la probité commerciale unie à l'élévation des sentiments qui sont la gloire de l'humanité !... Adieu, Adélaïde ! tu ne pouvais pas partir sans qu'une parole de justice, de reconnaissance et d'amour fût prononcée sur ta tombe. Adieu, pieuse Adélaïde, si pieuse que ta boutique est connue à Aiguebelle sous le nom de la boutique des *Deux Dévotes* – car ta chère et malheureuse sœur partage dès ce monde ta pure renommée, comme elle partagera un jour – le plus tard possible ! – ta gloire immortelle dans le ciel !

» Bédarride se tut. Il essuya ses yeux d'où coulaient de vraies larmes.

» Il se pencha vers moi :

» – Vous le croirez ou non, monsieur Cabissol, je ne la connaissais ni des lèvres ni des dents. Eh bien ! il me semble que je l'ai toujours connue.

» Anastasie, secouée par les sanglots, tomba à demi pâmée dans les bras de Mme Labaudufle…

» Alors, doucement, bien doucement, Bédarride lui souffla à l'oreille :

» – J'espère que vous êtes contente, ma bonne demoiselle ?…

» Il prit un temps, puis :

» – C'est cinque franques ! ajouta-t-il.

» Machinalement, l'honnête commerçante chercha sa poche, d'une main tremblante.

» – Non, non… dit Bédarride discret, je passerai chez vous. Pas ici… Ici, voyez-vous, ça me ferait trop de peine !

» Et il disparut, après m'avoir serré la main.

– Et vraiment, dit le préfet, il pleurait de vraies larmes pour cinq francs ?

– Vous lui faites injure. Il pleurait comme pleurent les acteurs et les romanciers sur les situations douloureuses que leur imagination leur représente vivement. Seulement, il pleurait, lui, aidé par son imagination, sur des douleurs trop réelles.

– Mais, dit le préfet, voilà qui nous a entraînés fort loin de notre Maurin.

– En aucune façon, dit Cabissol. Maurin incarne une race, mais il ne saurait, à lui tout seul, nous en donner tous les traits particuliers. Isolé, il perdrait, croyez-moi, quelque chose de son caractère. J'avais besoin de vous montrer l'*ambiance* autour de lui. Il est un roi. Comme tel, il a plus de dignité que son peuple ; et, même quand il rit, il garde encore une certaine gravité et toute sa noblesse. Comment, sans l'amoindrir, séparer le roi de son peuple ? Le sérieux de ce peuple et sa gaieté, ses héros et ses fantoches, ses simplicités et son génie, voilà ce qu'il faut voir si on veut l'admirer, lui, le roi, comme il le mérite.

Le préfet s'était levé.

– On m'attend, dit-il, au Conseil général. Venez me voir aussi souvent qu'il vous plaira, monsieur Cabissol… Vos histoires sont bonnes ; vous êtes ici chez vous.

Et chacun d'eux alla à ses affaires.

CHAPITRE VI

MAURIN, PRINCE DES BRACONNIERS, DUC DES MAIRES EMPEREUR DES GENDARMES, ROI DES MAURES FAIT LA POLICE DE SON ROYAUME

Les trois vagabonds auxquels le bienveillant Maurin avait offert du tabac se trouvaient être de très dangereux malfaiteurs, trois échappés de prison. Les ordres les plus rigoureux furent expédiés dans toutes les communes. Il fallait capturer les trois misérables, morts ou vifs. Gendarmes et maires dressèrent l'oreille.

Le lendemain de son incartade, Maurin était à Bormes, et le soir, il prenait son café chez l'hôtelier Halbran à qui, parfois, il vendait du gibier. Maître Halbran lui contait que les gens du pays avaient été prévenus par le maire, le matin même, d'avoir à veiller à leur sécurité dans les bois, lorsqu'un chasseur vint déclarer que les trois coquins dont on parlait dans la région l'avaient arrêté sur la route, dans le Don, et lui avaient dérobé son dîner, son tabac, son argent – non sans le menacer de mort s'il refusait de se laisser voler. On lui avait pris également ses munitions de chasse, de la poudre, et les quelques balles qu'il avait toujours dans son carnier, en vue de la chasse au porc sauvage.

– Les trois coquins avaient des fusils ?

– Oui, ils ont à eux trois un fusil double et une carabine.

– Eh bien, dit Maurin de son ton décidé, il faut organiser une battue, comme pour le sanglier. Je m'en charge. Prévenez le maire.

Ce : « prévenez le maire », où n'entrait aucune jactance, donne l'idée de l'importance du personnage qui le prononça.

– Ils vont s'éloigner dans la nuit, dit maître Halbran.

Maurin haussa les épaules.

– Vous n'avez donc pas regardé le ciel ? Avant un quart d'heure, il tombera « des pierres de moulin ! » Si mes gaillards ne connaissent pas la montagne, ils sont fichus de se noyer comme de jeunes perdreaux dans un trou de roche. S'ils s'abritent dans une cabane de charbonnier, alors, ils s'en tireront. Sinon, ils crèveront d'une fluxion de poitrine, « croyez-le-vous »… En attendant, prévenez M. le maire. Il *me* faut quinze ou vingt hommes pour garder tous les « pas ». J'attraperai mes trois loups comme dans une souricière.

Justement le maire entrait, en voisin.

C'était un homme de taille moyenne, à la barbe et aux cheveux gris, l'air énergique et bon, l'œil franc sous des lunettes étincelantes. Né dans ce pays qu'il aimait avec passion, M. Cigalous, pharmacien, était une figure vraiment digne de toutes les sympathies. Idéaliste inconscient et incorrigible, épris de liberté, de justice et de bonté, M. Cigalous voyait en beau les hommes et les choses. Cela lui servait à faire des ingrats sans s'en apercevoir, mais aussi à transformer en un pays habitable sa petite ville isolée et perchée dans un creux de la montagne d'où elle domine le Lavandou et la mer, avec les îles d'Hyères pour horizon prochain et le grand large pour perspective.

M. Cigalous, figure d'un autre âge, cœur enthousiaste, optimiste incurable, bienveillant a priori, s'intéresse à la vie de chacun des hommes de son pays. De là, sans doute, sa grande influence locale.

– Tiens ! c'est toi, Maurin ! dit-il, que viens-tu faire dans notre ville ?

– Ce que je venais faire, monsieur le maire, un autre jour je vous le dirai. J'étais venu pour vous demander de parler de moi, avantageusement, à quelqu'un d'ici… à M. Rinal. Je veux faire donner à mon enfant « un peu de leçons ».

– Je suis à ton service.

– Mais laissons ça pour le quart d'heure… dit Maurin. Voici la chose dont il est pour aujourd'hui question.

Et il expliqua son idée de battue.

Un quart d'heure après, les deux gardes de Bormes prévenaient à son de trompe la petite ville que tous les hommes de bonne volonté, décidés à arrêter trois malfaiteurs dangereux qui erraient dans les bois environnants, eussent à se trouver au café du *Progrès*, chez Alexandre.

Tout le monde vint. Dans cette commune extraordinaire, tout le monde vient quand le maire appelle.

Quand les principaux de la population furent réunis, au café, le maire donna la parole à Maurin qui expliqua son projet.

– Mais, dit quelqu'un, demain matin ils seront loin, nos trois personnages !

Maurin haussa les épaules.

– Crouzillat ! fit-il.

C'était le chasseur que les voleurs avaient dépouillé.

– Présent ! dit l'autre.

– A quelle heure as-tu été arrêté ?

– Vers cinq heures.

– Où ?

– A la *Fontaine de Louise*, dans le Don. Je revenais des *Barraous*.

– Et tu étais ici à six heures ! Comment es-tu venu si vite ?

– J'ai rencontré Giraudin qui m'a amené sur son char à bancs.

– Quand tu as quitté tes voleurs, qu'ont-ils fait, sur l'instant ?

– Ils se sont mis à manger comme des gens qui ont faim.

– Y avait-il beaucoup de vin dans la bouteille qu'ils t'ont prise ?

– A peine un verre.

Maurin regarda les assistants d'un air de triomphe :

– Comprenez-vous ? interrogea-t-il.

L'assistance d'une seule voix répondit : *non*.

– C'est pourtant clair, dit le maire. Ils sont restés, pour dîner, près de la fontaine.

– Juste ! fit Maurin. Et comme la nuit était là et que la pluie a commencé avant qu'ils aient fini leur repas près de la fontaine, ces gens, pour sûr, se seront cachés dedans. C'est comme un bénitier dans une niche d'église ; ils auront eu juste la place.

– Avec les pieds dans l'eau, dit quelqu'un.

– Ça vaut mieux encore, dit Maurin, que d'y être tout entier, dans l'eau – ou plutôt sous une eau qui tombe et vous fouette avec le vent. Mais ils ont pu, s'ils ne sont pas trop bêtes, se faire une étagère avec des barres de bois qui justement sont empilées près de là. Enfin, mes amis, comme nous sommes assurés qu'il pleuvra jusqu'au jour, nous pouvons nous dire que nos gaillards resteront dans ce trou, comme des lièvres au gîte. Il faut partir demain avant le jour et garder tous les passages, de ce côté-ci du versant, à Martegasse comme du côté de la route, comme au pas « des Cabanes de Jean de Trans » tout en bas – et aussi sur le sommet. Les hommes, voyez-vous, ça fait comme les sangliers, ça passe par où il est possible, pas par ailleurs ; et partout où il y a passage, nous mettrons un chasseur « à l'espère ». C'est dit. A demain matin.

Un grand murmure succéda au profond silence avec lequel on avait écouté Maurin. On entendait partout. « De ce Maurin, pas moins ! – Comme il vous raisonne ! – Pas un gendarme « n'y viendrait ! » – Oh ! lui, rien ne l'embarrasse. – Brave Maurin ! » et mille autres menus éloges.

M. Cigalous choisit une vingtaine de chasseurs parmi lesquels il se compta et il fut convenu que le lendemain, à la pointe du jour, on partirait sous le commandement de Maurin.

– Avertissez les gendarmes, dit Maurin narquois… peut-être que ça leur fera plaisir d'en être !

Pastouré dit Parlo-Soulet, qui se trouvait présent sans qu'on sût par quoi ou comment il avait été prévenu, entendit ce mot et hocha la tête.

Les gendarmes de Bormes avertirent par télégraphe la gendarmerie d'Hyères de ce qui se passait, et – sur l'ordre de son capitaine – Alessandri, époux présomptif d'Antonia Orsini, soigna son cheval afin de partir deux heures avant le jour. Il oubliait les trois repris de justice pour songer à la manière dont il pourrait parvenir à exaspérer Maurin des Maures et lui faire perdre toute retenue ; il comptait bien l'arrêter en flagrant délit d'injure à la gendarmerie, et cela devant une belle et nombreuse compagnie où se trouverait un maire connu et estimé.

Ce qui le fâchait, le beau gendarme, c'est qu'à son furieux procès-verbal la préfecture n'avait fait encore aucune réponse.

CHAPITRE VII

POUR QUELS MOTIFS PASTOURÉ PREND LA RÉSOLUTION DE GRAISSER SES BOTTES

A l'aube, la petite troupe des chasseurs, commandée par Maurin, quitta Bormes.

– Rappelez-vous, disait Maurin, marchant et causant au milieu d'eux, que nos gueusards ont des fusils. Quand vous serez à l'affût, tenez-vous cachés le plus possible derrière un peu d'arbre ou de rocher, et ouvrez l'œil et l'oreille.

Les gendarmes étaient plutôt embarrassés de leur personne, durant cette battue. Sur un pareil terrain, la supériorité était acquise, sans conteste, aux chasseurs. Maurin engagea les gendarmes à rester sur la route.

Il envoya successivement chacun de ses hommes sur les versants, dans les cols, sur les sommets, et garda M. le maire avec lui – faveur insigne.

– Comme ça, monsieur le maire, vous êtes sûr de voir le gibier.

Deux heures après, Maurin arrêtait de sa main et faisait ficeler solidement un des trois vagabonds. Au moment d'être capturés, ils avaient tiré sur la petite armée et lui avaient tué un homme ; et la chance voulut que le chasseur tué fût précisément le pauvre Crouzillat qu'ils avaient dépouillé la veille.

Les deux autres malandrins, ceux qui étaient armés, parvinrent à se perdre dans la broussaille ; Sandri disait « dans le maquis ».

Quand le sanglier est abattu, on coupe une branche de pin à laquelle on le suspend lié par les pattes, et que deux hommes portent sur l'épaule. On coupa, cette fois, non pas une mais deux branches ; on attacha, selon l'usage, à chacune des deux barres deux des angles d'un drap de lit qu'un chasseur alla prendre chez les gardes-forêts ; et au fond de cette sorte de hamac profond, balancé au pas égal des porteurs, le mort dont on voyait les formes tassées et inertes, redescendit vers la cantine du Don.

Cette cantine du Don, toute voisine de la maison forestière, n'est pas éloignée du point d'intersection des deux chemins d'Hyères à Cogolin et de Bormes à Collobrières. On comptait déposer là le mort qu'une voiture viendrait prendre.

Le cortège rencontra les gendarmes d'Hyères et ceux de Bormes, tous également embarrassés de leur personne et mal d'accord sur la direction à prendre.

Maurin, dès qu'il les eut aperçus, ordonna au gros de sa troupe de continuer à descendre et d'accompagner le « pauvre Crouzillat » jusqu'au lieu fixé. Pour lui, que le géant Pastouré ne quittait pas d'une semelle, il s'arrêta avec le maire pour expliquer l'aventure à MM. les gendarmes, et leur remettre son prisonnier.

Il n'avait pas envie de rire et il ne lui vint pas à l'esprit de plaisanter Alessandri qui le regardait de travers, d'un air féroce.

Quand il eut fini son explication :

– Si vous aviez pris notre conseil, dit Alessandri, vous n'auriez pas fait tuer un de vos hommes.

Maurin, à ce moment, fut indigné. Il ne vit pas Tonia, qui accourait derrière lui, tout essoufflée, la main sur sa poitrine haletante, et il cria, tourné furieusement vers le gendarme Alessandri :

– Oh ! bougre d'âne, vous me feriez dire ! (pardon, excuse, monsieur le maire) mais aussi, c'est trop fort !... J'ai fait toute la besogne de ces individus (il désignait les gendarmes) ! J'ai arrêté un des trois coquins qu'ils poursuivaient si joliment, il y a deux jours, avec le derrière sur la chaise, dans l'auberge des Campaux ; sans moi ils n'auraient pas été fichus seulement de deviner où le gibier était caché. On les a fait prévenir hier de notre expédition – la balle qui a tué l'homme m'a troué la veste –, et voilà ma récompense ! Vous me faites suer, tenez ! Vous êtes encore, vous autres, comme les gardes champêtres qu'on charge d'arrêter les chiens enragés. Des enragés, ils en ont peur, ils n'arrêtent que les braves chiens de leur connaissance. Vous avez donc bien besoin d'un procès-verbal, à cette heure ? Il vous en faut, pas vrai, à votre moment, pour avoir de l'avancement ?... On connaît la farce ! mais Maurin est un homme, vous entendez ! Et quand il a pour lui l'idée qu'il est dans la justice, il se fiche un peu des juges ! Voilà, si vous voulez la connaître, mon opinion en quatre paroles, espèce d'enfariné !

Vainement le maire s'efforçait de calmer Maurin. On ne calmait pas Maurin. Quand il roulait sa colère, c'était comme le torrent roule ses cailloux. Et ça allait jusqu'au bout. Alessandri allait répliquer, et Maurin, hors de lui, lui aurait fait un mauvais parti – dont son ennemi comptait bien tirer avantage – quand Tonia dit, tout d'une haleine :

– J'apporte de grosses nouvelles, mon père. Un homme vient d'arriver à la maison forestière, et voici ce qu'il a dit : – « Le préfet demande à Maurin une battue au sanglier dans les forêts du Don. Il y aura un général et d'autres personnages qu'il a nommés, un sénateur et deux autres messieurs, qui sont députés. Et il paraît aussi que, pour l'affaire des chevaux, Maurin ne sera pas puni, parce qu'il a fait ça pour rire et qu'il faut qu'on n'y pense plus… Maurin devra faire dire le plus tôt possible au préfet, par vous, mon père, ou par M. le maire, quel jour il choisit pour la battue, et dans quel endroit elle se fera. »

Tonia était ravie de se faire pour Maurin le messager de ces bonnes nouvelles. Elle était toute rouge d'avoir couru, et ses yeux brillaient de plaisir.

Tout cela signifiait que la République française traitait de puissance à puissance avec le roi des Maures.

Alors Alessandri et Maurin se regardèrent.

Et ce fut tout. Seulement le regard de Maurin était plein de moquerie, celui de Sandri, le Corse, chargé de haine. On descendit vers la maison forestière, en silence.

Quant aux deux bandits qu'on n'avait pu capturer, où les chercher à présent ? Cela redevenait plus particulièrement l'affaire des gendarmes. Les gens de Bormes avaient fait de leur mieux, sous la conduite de Maurin. La suite de l'affaire ne les regardait plus. Ils pensaient, avec quelque apparence de raison, que les échappés de galères, en train de gagner le large, seraient bientôt sortis du territoire de leur commune. Le soir, à Bormes, dans la maison où des amis lui donnaient l'hospitalité, Pastouré, seul, en chemise, au moment de se mettre au lit, levait les bras vers le plafond et ronchonnait :

– Une supposition, que je dise à mon brave Maurin ce que je pense de sa conduite d'aujourd'hui, il m'enverrait au bois ! Et au bois ou au diable, quand c'est un Maurin qui vous y envoie, il faut bien qu'on y aille, pechère ! Alors, sur ce qu'il a fait aujourd'hui, je ne lui ai pas dit ce que je me pense au-dedans de moi.

» A quoi servent les amis, me direz-vous, s'il ne vous avertissent pas quand vous faites une bêtise ? Mais comment voulez-vous qu'ils vous fassent des observations, quand ils savent que vous ne les supporteriez pas ? Il ne me reste donc qu'à le suivre dans les chemins bons ou mauvais, de pierre ou de sable, bien ou mal caladés, et qu'ils aboutissent quelque part ou non, par où il lui plaira de passer, ce qui fait, pauvre moi ! qu'où je vais je n'en sais rien – et c'est bien par pure amitié !

» Comment il se fait qu'un homme tranquille comme moi je suis, détestant les femmes, et de forte corpulence – car il n'y a pas à dire, mon ventre prend du poids –, se soit attaché à cet homme maigre et toujours dans des rues *Casse-toi-le-derrière*? Il faut croire que l'amitié est aussi bête que l'amour. On aime qui l'on aime et qui on aime on suit, en groumassant ou en silence – c'est tout un. Et ce que je ne lui ai pas dit, à Maurin, c'est que vraiment c'est bêtise grosse, bêtise grande, bêtise haute et large, bêtise énorme, trois jours surtout après s'être moqué des gendarmes en chevauchant sur leurs chevaux, de revenir à leur barbe faire en leur place métier de gendarmes, comme pour leur dire : « La gendarmerie n'y entend rien, et c'est moi (moi à qui elle fait des procès-verbaux !) qui vais lui faire voir comment on arrête les malfaiteurs ! » Un véritable crime est un moins grand crime, aux yeux des gendarmes, que l'affront que leur fait cette action honnête. S'il s'imagine, Maurin, que la France lui aura de la reconnaissance pour ce qu'il a fait là, il se trompe. Faites du bien à Bertrand, c'est en fien tant qu'il vous le rend ! Et dites au dernier des menuisiers qu'il ne sait pas son métier, vous n'en reviendrez pas entier… C'est pourquoi, Pastouré, tu peux graisser tes souliers, et les faire ferrer à neuf, avec des clous gros comme des clous à ferrer les mulets ; car tu n'as pas fini de courir, résolu comme tu l'es à ne pas abandonner Maurin à sa misère. Nous n'avons pas fini, n'ayant pas commencé ! – de fuir devant les gendarmes à pied et à cheval, devant les hommes de la justice injuste, si tu te mêles, ô Maurin, d'arrêter des voleurs et de dénoncer l'injustice !… Une chose où je reconnais que tu montres du bon sens, c'est que tu as aux pieds des pantoufles et dans ton carnier tu en as de rechange, et aussi de la basane pour les raccommoder. Il va t'en falloir, de la basane ! Mais au moins tu marches sans faire plus de bruit qu'un perdreau qui coule dans la « mussugue », tandis que moi, pechère, dans nos montagnes pierrailleuses, je fais à chaque pas le bruit de trois mulets attelés à une charrette chargée de briques ! Aï! pourquoi faut-il qu'à marcher en pantoufles dans les bois je n'aie jamais pu m'accoutumer ? Allons, graisse tes souliers, Pastouré. L'huile de pied de mouton, un peu rance, est moins chère que le saindoux… j'en achèterai demain.

Et le géant, en chemise, prenant en mains ses deux énormes souliers, qui pesaient chacun deux livres, les examina longtemps ; puis, les fourrant enfin sous son lit :

– C'est dommage, dit-il, que ça ne soit pas des ailes !

CHAPITRE VIII

OU L'ON VERRA COMMENT LES HABITANTS DES MAURES AURAIENT PU DEVENIR TOUS AVEUGLES – ET L'OPINION DE PARLO-SOULET SUR SON AMI MAURIN FLAMBEAU DES CHASSEURS

Le surlendemain devait avoir lieu, avec une certaine solennité, l'enterrement de Crouzillat.

Le préfet fit annoncer qu'il y assisterait avec le sous-préfet de Toulon, un lieutenant de gendarmerie, un inspecteur des forêts – et le matin de ce jour-là, au soleil levant, Maurin se promenait sur la haute esplanade qui domine Bormes, le Lavandou et la mer, devant la vieille chapelle et le vieux moulin. Il tenait par la main son fils, son petit Bernard, gaillard de dix à onze ans, bien découplé, l'œil hardi et franc. Et Maurin, montrant à son fils les îles d'Hyères, lui disait :

– Tu vois, cette île-ci, à gauche, est à M. le comte de Siblas, et celle-ci, à droite, est à mon ancien « cambarade » Caboufigue, qui, parti simple mousse, devint capitaine dans la marine marchande, puis esclave des Patagons, puis un peu roi des nègres quelque part et finalement millionnaire en France. Aujourd'hui, les gouvernements comptent avec sa bourse. C'est un homme vraiment trop riche… C'est dans son île qu'il y en a, des faisans ! comme aussi dans celle du comte de Siblas. C'est un beau coup de fusil, mais trop facile. Seulement ça se vend cher.

– Vous en avez tué, père ?

– Si chaque fois que j'en ai tué un, avec ou sans la permission du propriétaire, il était tombé un œil à l'un des habitants des Maures, j'aurais fait un peuple d'aveugles ! répliqua paisiblement Maurin.

Et, montrant à son fils, sur sa gauche, dans le sud-est, une légère dépression du sommet de la colline tout dentelé de pointes de rocs :

– Ça, c'est le col de Saint-Clair. De là, on voit Saint-Clair à ses pieds, la petite vallée, la vieille chapelle en ruines, les vignes et les villas… Et toujours la mer… Tu vois bien le col ? Là, entre deux ou trois de ces pointes, caché par celles de devant, adossé à celles de derrière, j'ai passé de belles nuits à dormir, pendant que de grands coups de mistral me passaient sur la tête. On y est au dur mais on est bien tout de même, avec des coussins de braïsse en fleur ; on dort, assis, la face vers le large, les yeux tout prêts à s'ouvrir sur le ciel où les étoiles clignent des paupières, nombreuses et grouillantes comme des fourmis sur un chemin de montagne, après la pluie.

– Et pourquoi dormiez-vous là, père ?

– Pour attendre les pigeons, donc ! Par le mistral, c'est, pour tuer des ramiers, un fameux endroit ! Seulement, là, on est toujours trop de gens. Quand un pigeon tombe, tous les chasseurs se le disputent. J'aime mieux être seul, mais c'est un bien bon endroit. C'est amusant d'être là. Les oiseaux viennent de l'est, contre le vent qui souffle comme un enragé. Ils suivent le fond de la vallée, puis vous les voyez remonter vers vous : pinsons, chardonnerets, hirondelles, ramiers… Ils remontent le long de la colline qui est sous vos pieds. Vous êtes comme à la fenêtre au plus haut d'une maison. Ils remontent vers vous et, frrou, frrou ! vous les entendez contre votre oreille battre l'air, en sens contraire du vent. On est au milieu d'eux ! on croit voler avec eux ! Quand on reconnaît les ramiers, on se retourne, et pan ! ils tombent… Par devant ils *portent le coup*… Le plomb, par-devant, glisse sur leur plume comme l'eau sur la poitrine d'un canard.

– Eh bien, Maurin, vous instruisez votre fils ?

C'était Cigalous.

– Oui, monsieur le maire. Dans chaque canton des Maures, j'ai des souvenirs. Je les lui conte. Je lui dis ce que je sais, mais il a besoin d'être instruit d'autre chose et c'est pour ça, comme je vous ai expliqué avant-hier, que j'ai fait venir le petit par la diligence. Hier soir, je suis allé le recevoir, au passage de la voiture, à la cantine du Don. Nous avons couché chez des amis. Et nous voici prêts à rendre visite avec vous à ce brave M. Rinal.

Ce *brave M. Rinal* était un vieux chirurgien de la marine en retraite, très savant, très philanthrope, polyglotte et philosophe qui, n'étant pas riche, avait choisi ce pays pour y vivre avec peu d'argent et y mourir en paix.

Maurin avait pensé que, vu la bonne mine du petit, le vieil officier de la marine consentirait à lui donner « un peu de leçons ». Des amis, chasseurs et bouchonniers, avaient promis, moyennant une certaine redevance, de loger, nourrir, soigner l'enfant, lequel d'ailleurs apprendrait le métier de leveur de liège et de bouchonnier. Et deux ou trois fois par semaine, le petit Bernard pourrait, si le vieux marin voulait de lui, aller prendre les bonnes leçons de M. Rinal. Maurin s'exprimait ainsi : de *bonnes* leçons – mais des leçons de quoi ? Maurin, qui savait lire à peine, n'aurait pas su le dire ; il voulait seulement que son fils, selon sa propre expression, ne fût pas, dans le temps où nous vivons, le dernier des sauvages, comme son père.

M. Cigalous avait promis d'intercéder auprès de M. Rinal, le savant homme mystérieux – qui avait, dans son jardin, une lunette à voir la lune !

Maurin était un beau gaillard de trente-quatre ans. Maurin avait fait son service militaire comme marin. Il ne parlait à peu près jamais de cette période de sa vie. Et s'il était forcé d'en faire mention, c'était invariablement dans ces termes : « Du temps où je n'étais pas libre. »

Cependant, il avait pour le métier de marin une admiration sans égale et, en toute occasion, il la manifestait hautement à sa manière. Il disait, par exemple : « Courbet est un bougre. En voilà un homme !... Ah ! *s'il n'y avait que des marins sur la terre !* »

Au service, il avait appris, d'un matelot amateur, à tirer à l'épée. Élancé, adroit, nerveux, il était devenu très vite un tireur passable.

Au retour du service, ayant fait à Cogolin la connaissance d'un ancien prévôt, il avait travaillé avec lui passionnément et il était devenu, en peu d'années, son égal.

A Saint-Raphaël, Pons l'aîné, tireur émérite, citait Maurin comme un maître respectable. Rien de singulier comme l'élégance native de ce Maurin, de ce braconnier illettré qui, l'épée en main, eût fait l'admiration de plus d'un gentilhomme friand de la lame. Cette supériorité de tireur l'anoblissait à ses propres yeux, car il se sentait capable de se mesurer, sur le terrain des terrains, avec n'importe qui.

Maurin soutenait, du produit de sa chasse, sa mère devenue vieille. S'étant aperçu qu'avec des prodiges de célérité, d'attention, d'observation, d'adresse, de ruse et de force, il parvenait à « tirer la vie » du prix de son gibier, il avait peu à peu renoncé à son double métier de bouchonnier et de paysan.

A dix-huit, à vingt ans, puis à vingt-cinq, certes, il plaisait aux filles, mais moins qu'aujourd'hui, par exemple ! Car aujourd'hui, il n'était pas seulement un bel homme dans tout le développement de sa force bien visible, il était aussi Maurin, le roi des chasseurs, le célèbre, le *flambeau* comme on disait ; bref, il était Maurin des Maures.

Quand il *se* parlait de Maurin, Pastouré répétait :

– D'hommes comme ça, on n'en fait plus. Le moule est cassé. C'est encore un peu un homme de l'ancien temps, du temps où les bastidanes achetaient leurs jupes chez le drapier de leur endroit – au lieu de les faire venir de Paris pour imiter les grosses madames.

CHAPITRE IX

ON NE PEUT PAS A LA FOIS CASSER DES CAILLOUX SUR LA ROUTE ET BIEN GARDER SA FILLE

Et voici l'histoire de la naissance du petit Bernard.

Il y avait, non loin du bord de la route, entre Hyères et La Molle, un cabanon où vivait avec sa fille un vieux cantonnier. A force de frapper des pierres étincelantes au soleil, le vieux était presque aveugle, sous ses grosses lunettes rondes grillagées. Et il « ne s'aperçut jamais de rien », ce qui fut un grand bonheur pour lui, car le vieux avait des idées, des idées du temps d'Hérode ! Ancien soldat, sévère sur « l'article », c'est-à-dire sur la question de l'honneur des femmes, il aurait tué sa fille s'il avait connu la faute et il en serait mort lui-même.

Tous les deux ou trois jours, sa fille, Clairette, sortait du cabanon pour aller sur la route attendre la diligence. Le voiturin arrêtait sa voiture, remettait à Clairette quelques provisions, du pain pour plusieurs jours, un fromage sec, des œufs, et, clic, clac ! repartait au grand trot de ses bêtes.

Quand la fille ne paraissait pas, il déposait le panier ou le paquet sous une touffe de nasque, derrière la borne kilométrique la plus voisine.

Et tout cela rendit facile à Claire de cacher son « malheur » quand le moment approcha où elle allait être mère.

Elle ne songea pas plus à épouser Maurin que Maurin ne songea à l'épouser. Elle le connaissait à peine. Il lui faisait l'effet d'un personnage puissant, trop haut placé pour elle. C'était une fille bien bâtie, très souple, sans aucun éveil d'esprit. Maurin l'avait poussée du coude, en clignant de l'œil, un jour, dans les bois où elle ramassait des pignets, des champignons de pin. Elle avait compris et elle avait ri. Cette déclaration d'amour ne lui avait causé aucune surprise. Elle attendait cet événement prévu, à la manière des bêtes des bois, et des génisses ou des chèvres. La vie qu'elle menait, loin des lieux habités, depuis l'enfance, la laissait libre de craintes. La moquerie ne la visitait pas et elle n'allait pas la chercher. Elle ne craignait que son père, mais la demi-cécité du vieux, dont l'oreille aussi devenait mauvaise, la rassurait chaque jour davantage. Ce fut une histoire sans incident. Elle accoucha par un beau jour de juin.

Le cantonnier, à moitié sourd, à demi aveugle, cassait des cailloux, là-bas, sur la route. Il ne sut rien, jamais rien, de ce qui se passait, ce jour-là, chez lui…

Clairette, qui avait peur du vieux soldat, ne demandait qu'une chose : Maurin, le jour même, emmènerait chez lui l'enfant, le confierait à sa vieille mère.

Cependant l'idée d'avoir un fils à qui Maurin apprendrait un jour ses ruses de chasseur, la ravissait. Maurin, le brave garçon, guettait l'événement. Il trouva Clairette un matin, dans son pauvre logis, couchée sur un lit de feuillages. Il y avait des bruyères toutes violettes, des queïrélets qui sentent le vin nouveau et des clématites qui sentent l'amande. Le matin même, il avait pris dans un trou de roche deux mignons renardeaux vivants, tout drôles avec leur gaucherie de nouveau-nés et leurs airs féroces inoffensifs. Il les portait dans son vaste carnier, ayant relégué dans sa chemise bouffante les engins de chasse qui l'encombraient. Claire et Maurin se dirent peu de chose. La fille fut contente d'être délivrée ; l'homme, d'avoir un fils, un autre lui-même, une chose à lui, vivante, sortie de lui, de ses jeunes forces inquiètes. Elle voulut faire passer son enfant entre les branches basses d'un vieux chêne des fées, cela rend les enfants sains et vigoureux. Maurin y consentit, et alors le père et la mère se mirent à rire ensemble, tout de suite, dans cette clairière, au fond de ce bois où, dès leur première rencontre, ils avaient ri de même.

Le vieux cantonnier frappait des pierres, là-bas, sur la route, et l'écho de la montagne leur envoyait chaque frappement redoublé deux fois. Cela aussi les faisait rire.

Oui, les choses se passèrent ainsi parce que Clairette avait peur de son père plus que de la douleur et de la mort. Maurin la laissa debout et joyeuse. Le soir, en rentrant chez lui, il souleva doucement la couverture de cuir de son carnier qu'il portait avec précaution entre ses bras. Et, d'un air de mystère et de joie, il le présenta tout ouvert à sa mère.

La vieille vit l'enfantelet tout nu, qui dormait bien au chaud sur le poil roux des deux mignonnes bêtes endormies comme lui.

– Tenez, mère, il faudra me nourrir tout ça !

Depuis ce temps, la Claire était morte et Maurin, à mesure que son petit grandissait, s'était mis à l'aimer beaucoup, bien qu'il le vît rarement ou peut-être à cause de cela même. Quand il venait, par hasard, passer quelques heures au logis, dans sa cabane de bois de la Foux, il jouait avec le petit, s'amusait à se le faire apporter par son grand bon chien d'arrêt, un énorme griffon qu'il avait baptisé Hercule ; et le père riait, à gorge déployée, de voir les essais maladroits de l'enfant pour marcher et pour vivre.

Et maintenant, les yeux sur l'horizon, Maurin « se repassait » ces choses, en tenant par la main son fils devenu grandelet.

– Eh bien, dit le maire qui venait de rallumer son éternelle pipe, y allons-nous, Maurin ?

– Allons-y, monsieur le maire.

Ils s'acheminèrent vers l'habitation de M. Rinal.

CHAPITRE X

CENT MILLE TÊTES HUMAINES NE VALENT PAS UNE TÊTE DE POULET

La petite ville de Bormes est bâtie dans le ravin, sur les versants de deux collines qui se regardent, dominées par un plus haut sommet. Fortement adossée aux Maures, elle était ainsi bien placée, comme la plupart des villages et des hameaux du Var, pour guetter l'arrivée des pirates sarrasins et se défendre contre eux. De la plaine jusqu'à la petite ville, par des chemins mal taillés dans la roche, la montée jadis était rude. Elle ne l'est plus ; les voitures et charrettes doivent gravir un spacieux chemin moderne, bien entretenu, mais auquel on a dû faire décrire de nombreux détours.

La place publique de Bormes est un plateau, arrangé en terrasse, avec ses balustrades où l'on peut s'accouder devant un horizon de plaines, de collines, d'îles et de mer bleue, sous les poivriers et les mimosas. Des rosiers y fleurissent, respectés par les petits enfants de l'école, auxquels M. le maire est allé expliquer, un jour, comment le respect des propriétés publiques fait la joie commune.

M. Rinal, chirurgien de la marine, cherchant comme il disait un coin où mourir paisible, avait été frappé de la beauté de Bormes.

La vie semblait s'agiter au pied de cette colline, comme la mer au pied d'un îlot escarpé, sans pouvoir troubler le repos de ses habitants.

– Pour venir me trouver ici, s'était dit le philosophe, il faudra vraiment qu'on ait besoin de moi, ou que l'on m'aime.

Et il habitait une maison simple, comme toutes celles du pays, sur des gradins qui, taillés dans la colline, dominent la place et portent, parmi les fleurs, des orangers et des grenadiers. Il avait même un bananier, objet constant de ses soins.

Il vivait là avec un chien borgne et une vieille gouvernante. Le médecin de Bormes venait tous les jours faire une partie d'échecs.

M. Rinal avait le don des langues.

C'était un hébraïsant remarquable, un orientaliste de premier ordre, quoique inconnu; il avait lu le chef-d'œuvre de chaque littérature dans le texte original. Une ou deux langues cependant lui manquaient encore. « Cela m'amusera à apprendre dans les deux dernières années de ma vie. » L'histoire de la Révolution française, les Évangiles, les fables de La Fontaine, le Livre des Morts des Égyptiens, Sakountala et les quatrains de Kheyam étaient ses livres préférés. Quand il en parlait, il faisait claquer sa langue comme un gourmet qui déguste un vieux vin. Ses héros favoris étaient Jeanne d'Arc, inexplicable prodige, Odette, Jésus… et Marat! Il avait Charlotte Corday en exécration. « Elle ne parvint à entrer chez l'homme de bien, disait-il, qu'en lui faisant dire qu'elle avait un service à lui demander, au nom du peuple. C'est une coquine. Marat demandait beaucoup de têtes, il avait raison. Il ne faut espérer que dans le balai de la mort. La mort c'est la grande nettoyeuse. Espérons dans la mort. Prions-la. C'est l'épuratrice! » Quand il avait fait l'apologie de Marat, ingénument, avec une conviction douce et forte de brave homme – que de fois, si l'on était à table, à déjeuner ou dîner, on avait pu l'entendre crier, furieux : « Catherine! Catherine! »

Catherine arrivait, très grosse, essoufflée…

– Monsieur?

– Vous savez bien que je ne peux pas supporter la vue d'une tête de poulet! Qu'est-ce que c'est que ça?

– C'est la tête, monsieur.

– Comment avez-vous pu oublier de la faire disparaître?

– Je me suis fait aider ce matin par la voisine. C'est elle qui a fait fricasser le poulet… je n'ai pas pensé à lui dire…

– C'est abominable!… Ça vous arrivera encore, je le sais bien! En attendant je ne pourrai plus déjeuner, moi, ça m'a coupé l'appétit! Donnez-moi des figues sèches… C'est dommage. Il avait l'air appétissant, ce poulet.

Tel était dans la vie ce farouche révolutionnaire, ce chirurgien qui avait coupé des jambes et des bras sous le feu de l'ennemi, et qui souffrait, par les temps humides, de plusieurs vieilles blessures.

Pendant la campagne du Mexique, à Puebla, il avait dû passer dans un canot, en service, sous le feu de l'ennemi… « C'est mon plus pénible souvenir, disait-il, vous allez voir pourquoi ! » Et voici ce qu'il racontait :

– J'avais pour aide un petit mousse, un enfant, quatorze ans. Je ne pouvais pas le regarder sans penser à sa mère, dont il me parlait souvent.

» Nous passions sous le feu ; dans ce canot, il grêlait des balles. Un homme est blessé. J'étais debout, incliné vers lui, occupé d'un premier pansement. Quand je me retourne pour prendre des mains de mon petit infirmier une bande de toile qu'il tenait, je le vois couché au fond de l'embarcation, tout blotti, un peu tremblant. Les hommes riaient. Et moi, impatienté, oubliant qu'il pleuvait du plomb, je dis, comme si nous avions été tranquilles dans une salle d'hospice :

» – A quoi penses-tu gamin ? le linge, donc !

» Prompt à m'obéir, l'enfant se leva tout debout, et aussitôt, frappé d'une balle, vint s'abattre contre ma poitrine. Il dit : « Maman ! » et mourut dans mes bras… Je ne m'en suis jamais consolé.

Il adorait les enfants.

La marque essentielle de cet homme d'élite, c'était son intelligence sympathique des simples, des travailleurs de terre et de mer, des hommes du peuple. Sans effort il se mettait, comme on dit, à leur place, à leur point de vue, et jugeait leurs actes ou leurs intentions du fond de leurs nécessités propres, seules conditions de leur existence. Il comprenait leurs besoins, les circonstances qui les enserraient et les commandaient, les fatalités auxquelles ils sont soumis, l'importance pour eux de ce qui nous semble frivole à nous. Aussi était-il populaire.

Il avait toujours à leur service un conseil judicieux, simple, comme donné par un des leurs, et, en même temps, contrôlé par une haute sagesse.

Au fond, cet homme était un prêtre dans le sens élevé du mot, un recteur, un directeur d'âmes. Il avait pour clients ceux qu'aurait dû rassembler le curé. Le curé en souriait : « Vous me prenez mes ouailles. Quel dommage que vous soyez un mécréant ! Pourquoi ne croyez-vous pas en Dieu ? »

– J'y crois, j'y crois, monsieur ; Dieu, c'est la bonté humaine.

» Ce Dieu-là a sur d'autres l'avantage d'être révélé, tangible, visible, certain. Mieux vaut un bon mécréant qu'un croyant mauvais.

Le curé allait volontiers chez le mécréant : « Que n'ai-je, disait-il, beaucoup de païens comme celui-là ! Le bon Jésus n'osera jamais le damner ! »

Les gens de Bormes aimaient leur hôte, qui rendait au pays des services effectifs, remplaçant quelquefois, sur sa demande, le médecin malade ou absent, et surtout se faisant le professeur gratuit, non seulement de quelques enfants mais de plus d'un adulte.

Du haut de son mur en surplomb sur la place publique, tandis qu'il regardait les enfants jouer aux boules le dimanche, il lui était arrivé de dire tout à coup à l'un des petits joueurs :

– Comment t'appelles-tu, toi ?

– Un tel.

– Que fait ton père ?

– Jardinier.

– Il fait des primeurs ?

– Oui.

– Des roses, des œillets, des fleurs qu'il envoie à Paris ?

– Oui, monsieur Rinal.

Tu lui succéderas ?

– Oui, monsieur Rinal.

– Tu sais l'anglais ?

– Non, monsieur Rinal.

– Eh bien, viens chez moi une fois par semaine. Je te l'apprendrai. Tu enverras des fleurs à Londres.

Il était adoré. Voilà l'homme à qui M. Cigalous conduisait Maurin.

CHAPITRE XI

UN SAUVAGE ENTREVOIT QUE LA SCIENCE N'EST PAS LA JUSTICE MAIS QU'UN GRAIN DE JUSTICE PEUT GERMER DANS LE FUMIER DES CIVILISATIONS

En causant avec M. Cigalous qui fumait sa pipe, Maurin, qui tenait son petit par la main, s'avançait sur la place, – et M. Rinal, du haut de son mur, près de son bananier, regardait venir ce groupe un peu bizarre.

Maurin, les pieds dans ses souliers de toile à semelles de corde, les mollets enveloppées de toiles serrées par des ficelles terreuses, qui transformaient ses pantalons en véritables braies antiques, le corps pris dans une vareuse lâche, de grosse toile également, le chapeau de feutre très mou, bizarrement déformé, un couteau de marin à la ceinture, dans une gaine de cuir, paraissait être un personnage d'une autre époque. Son fils, pour la circonstance vêtu de ses plus beaux habits, portait au contraire un complet en « jersey » bleu qui le rendait semblable à une gravure de mode des grands magasins de Paris. Et à côté d'eux le maire, qui avait l'air d'un Hollandais à cause de sa pipe et du sourire de ses pommettes un peu rosées, le maire regardait les fleurs, les terrasses publiques, les embellissements que lui doit sa ville, et il y avait sur toute sa physionomie une indéfinissable expression de plaisir.

– Eh bien, monsieur Rinal, dit-il, levant les yeux sur le vieux docteur, vous êtes matinal aujourd'hui ?

– Mes vieilles blessures, qui m'ont travaillé toute la nuit ! Je suis un vrai baromètre… Voilà un bel enfant.

Maurin regardait M. Rinal. Il l'avait quelquefois aperçu de loin, mais ne lui avait jamais parlé.

L'ancien chirurgien était un homme de haute taille, à large poitrine. Deux favoris blancs tombaient de ses joues, flottaient un peu au vent. Les lèvres et le menton étaient rasés soigneusement. Il portait un paletot de bure grise un peu ample, à grandes poches, et ses mains, très longues, pâles et fines, aux ongles nets et brillants, sortaient de deux manchettes de batiste. Son seul luxe, ces manchettes. Ce plébéien avait l'orgueil de ses belles mains. Il les encadrait. Et le geste avec lequel cet ami de Marat jouait avec sa tabatière rappelait un duc de Richelieu.

– C'est mon enfant, dit Maurin, sans embarras, tout de suite à son aise sous l'œil bleu clair, très bienveillant, du vieux monsieur.

– Et nous venons vous voir, dit le maire.

– Entrez donc, messieurs.

Ce *Messieurs* fut dit sans la moindre affectation. La politesse innée de M. Rinal n'acceptait en aucun cas les inégalités d'appellation.

Au moment où il leur ouvrait la porte de son jardin, un garde en blouse bleue, au képi de sous-lieutenant, vint appeler M. le maire, qui s'excusa, présenta Maurin à M. Rinal, expliqua d'un mot le désir du brave chasseur, et se retira.

Maurin dut entrer le premier, dans le petit salon où vivait le solitaire. Une table à jeu, portant des livres épars sur lesquels luisaient la tabatière et la loupe. Une console et un bureau ministre, couverts également de livres et de papiers. Une bibliothèque chargée de petits et gros livres en toutes les langues possibles. Des atlas debout dans des coins. Sur la cheminée, une figure égyptienne creusée d'hiéroglyphes parfaitement lisibles pour le maître du logis.

Aux murs un portrait de Victor Hugo, lithographié ; une bonne peinture, copie de Téniers, et une vieille gravure allemande, représentant la *Mise au tombeau*... Les saintes femmes, avec d'infinies précautions, soulèvent le corps de Jésus. Les visages contractés sont couverts de larmes qui s'égrènent, grosses, lourdes, comme des perles... Au fond, des collines et le temple de Jérusalem.

– Ah ! vous venez pour le petit... Et que voulez-vous lui apprendre, au petit ?

– Je ne sais pas, monsieur Rinal. Je souhaite qu'il apprenne les bonnes choses.

M. Rinal sourit.

– Les bonnes choses ! dit-il. Il y en a presque autant que de mauvaises. Et il devrait y en avoir davantage, puisqu'on peut enseigner les bonnes et apprendre à détester les mauvaises... Quel âge a-t-il, ce petit homme ?

– Onze ans tout à l'heure.

Le vieux praticien se leva, alla à l'enfant. Maurin vit alors que M. Rinal boitait légèrement, mais de la boiterie il avait fait une sorte de grâce. Il boitait avec élégance, presque fièrement. C'était un trait de sa physionomie que cette façon jolie de se relever sur son meilleur pied au moment de l'arrêt et de poser l'autre par-dessus, la pointe en bas.

L'enfant regardait le monsieur. Le vieux médecin lui frappa la joue de ses deux doigts tendus; puis, de ses bonnes mains, lui palpa les épaules, les bras, la poitrine…

– C'est bien établi, dit-il, le reste viendra par surcroît… Va jouer au jardin, garçon. Nous allons causer, ton père et moi; mais ne touche pas à mes fleurs. Je t'en donnerai, quand tu t'en iras.

L'enfant sortit, content.

– Eh bien? interrogea M. Rinal.

– Monsieur, dit Maurin, des gens d'ici me le soigneront et je le laisserai à Bormes si vous voulez bien lui donner « un peu de leçons »…

– Des leçons de quoi? c'est là-dessus qu'il faut s'entendre. Que voulez-vous faire de lui?

– Je ne sais pas, dit Maurin, je veux qu'il ne soit pas comme moi, qui ne sais pas lire ou presque pas, et à peine signer. Ça m'embarrasse souvent. Je suis un sauvage. Ce n'est plus le temps d'être comme moi.

– J'entends bien; mais il sait lire, le petit?

– Écrire et compter, oui, monsieur.

– Est-ce qu'il faut lui apprendre l'anglais? ou bien l'allemand?

– Si vous croyez que c'est bon.

– Alors vous n'avez pas d'idée sur ce que vous voulez qu'il fasse?

Maurin commençait à tortiller fiévreusement son chapeau entre ses doigts. Heureusement la vieille loque de feutre n'avait plus rien à perdre. Il la triturait, embarrassé, cherchant des idées, des mots. Plein de l'envie de plaire au monsieur qui lui plaisait beaucoup, plein d'un désir vague, infini, de quelque chose qu'il ne savait pas dire, qui existait pourtant, qui lui manquait, et qu'il venait chercher ici… L'âme obscure du chasseur, comme un papillon de nuit, se cognait à la vitre lumineuse du savant dans une admiration ignorante, dans un vœu inconscient de chaleur et de lumière. Il souffrait, tremblant qu'on ne le renvoyât sans accepter son fils, sans réaliser sa chimère.

M. Rinal réfléchissait.

– Je ne peux pourtant pas deviner !... murmura-t-il. Vous avez bien un projet pour l'avenir du petit ? Voulez-vous en faire un paysan ? J'aime assez cela. Un soldat ? ça va encore ! Un marin ? un bouchonnier ? un jardinier qui cultive les primeurs pour les envoyer à Paris et à l'étranger ? D'après ce que vous déciderez, je tâcherai d'aider votre fils... car c'est entendu – vous me plaisez –, je le ferai travailler...

– Vraiment, ah ! quel bonheur, mon brave monsieur !

– Mais que faut-il lui apprendre, quoi ? dites un peu.

Un mot sortit de tout l'être de Maurin, brusque, involontaire, étrange, superbe :

– Tenez, monsieur, fit-il ingénument, apprenez-lui la justice !

M. Rinal devint tout pâle. Il se sentit le coin des yeux picoté par l'émotion – et il marcha vers l'homme, qui se leva. Il lui tendit sa main que Maurin saisit.

– Vous êtes un brave homme, vous ! dit-il à Maurin. Envoyez-moi votre fils quand vous voudrez.

Ce fut le tour de Maurin de devenir pâle.

Quand il raconta à Parlo-Soulet sa visite chez M. Rinal :

– Devant un homme ainsi, déclara Maurin, je t'assure qu'on n'a pas envie de galéger... Rien que de le voir, ça me fait un effet, à moi !

– Diable ! il faut alors, dit Parlo-Soulet, qu'il ait bougrement de talent !

CHAPITRE XII

MONSIEUR LE PRÉFET A LA PAROLE – PARLO-SOULET L'INTERROMPT

La petite ville de Bormes attendait l'arrivée de M. le préfet qui avait annoncé son intention d'assister aux obsèques du pauvre Crouzillat.

M. le préfet voulait honorer à la fois le mort et les habitants pour leur conduite dans l'affaire des « évadés ». De plus il saisissait volontiers cette occasion de faire la connaissance de Maurin, chef de l'expédition, et de s'en faire un ami.

Le cortège qui suivait le corps du pauvre Crouzillat montait lentement la rampe qui va du village au cimetière. Au bord de la route, sur une sorte de promontoire qui s'avance dans la vallée, le cimetière rit, à belles murailles blanches, à pleins buissons de roses, et découpe ses mimosas et ses eucalyptus d'un gris bleuté sur le bleu de la mer. Du côté de la terre, il regarde les cimes où des pointes de roches violettes percent, nombreuses, les verdures des pins et des chênes-lièges. En deux ou trois endroits, une « pierre franche », venue là on ne sait comment, éclate de blancheur sur le flanc vert de la colline.

M. le préfet admirait ces choses tout en suivant le cortège où gendarmes, gardes forestiers et chasseurs, uniformes et vestes de bure, se coudoyaient.

M. Désorty, qui venait directement de sa préfecture, avait retrouvé à Bormes M. Cabissol qui, lui, arrivait de Marseille et qui devait retourner le soir à Draguignan avec son préfet.

Au cimetière, le maire s'avança au bord de la tombe et dit :

– Mes amis, notre commune aime la liberté et le devoir. Crouzillat est une victime du devoir, c'est un homme que nous estimions beaucoup. Voilà pourquoi nous sommes tous ici, autour de lui. C'était un bon travailleur et un bon compagnon. La commune tout entière le regrette et lui apporte, par ma voix, un dernier adieu.

Le préfet s'avança à son tour :

– Mes amis, l'homme qui vient de mourir était, me dit-on, un des bons citoyens de votre commune où je vois bien qu'il y en a beaucoup. Vous vous êtes mis bravement en campagne, pour aider la force publique, qui fait la sécurité du travail et dont la tâche est souvent difficile. Un de vous, dans cette tragique aventure, a laissé la vie. J'ai voulu venir aujourd'hui féliciter la commune entière et Maurin en particulier. Il n'y a pas de meilleure police que celle que font les citoyens eux-mêmes, pas de meilleure garantie de nos droits, de nos libertés, que le sentiment de nos devoirs. Ce sentiment, on est heureux de le rencontrer chez des hommes rudes comme Maurin. Voilà un chasseur libre, presque toujours seul dans les bois, et qui pourtant n'oublie pas ce qu'il doit à la société. Maurin s'est mis à votre tête. Il a défendu avec vous, au péril de sa vie, la sécurité d'une commune à laquelle il n'appartient pas; il s'est bien conduit. Je le félicite et je le remercie.

» Le mort que nous honorons me permet, me commande même de détourner en faveur de Maurin une part des éloges qui lui reviennent. C'est Crouzillat lui-même qui vous dit ici : « Honneur à Maurin des Maures !

Ce dernier mot était à peine prononcé qu'une voix sonore s'élevait dans l'auditoire. C'était celle de Pastouré :

– Noum dé pas Dioû ! cria l'homme qui ne parlait jamais en public, c'est tapé !

Personne ne sourit.

La voix de Pastouré résumait le sentiment unanime.

Le petit discours avait donc produit grand effet. Et Maurin retenait, au coin de ses yeux, une larme qui se décida à couler, lorsque, à la sortie du cimetière, tandis que toutes les mains pressaient la sienne, il vit venir, boitant avec sa légèreté élégante, le vieux savant Rinal qui, de loin, lui fit, de sa canne levée, un signe d'amitié.

Le discours du préfet fut commenté pendant plusieurs jours. Alessandri qui, le lendemain, lut ce discours dans les journaux de Toulon, se sentit distancé et résolut de faire à Tonia sa déclaration amoureuse le plus tôt possible. Et en pensant à la manière dont il s'y prendrait, il fourbissait avec rage les boutons de son uniforme et la plaque de son ceinturon.

– C'est égal, se disait Pastouré, je n'aime pas les honneurs ; plus on en a, plus on a d'envieux et de méchants à ses derrières. Le préfet est content, mais le gendarme est vexé. Le préfet est dans la préfecture et le gendarme vit sur les routes ; je ne rencontre jamais le préfet, je peux rencontrer le gendarme tous les jours ; ça me tourmente... Enfin, qui vivra verra !

CHAPITRE XIII

M. CABISSOL EXPLIQUE LE RÔLE DU CHAPEAU HAUT DE FORME CONSIDÉRÉ DANS SES RAPPORTS AVEC LE JEU DE BOULES ET, A PROPOS DE LA PLUIE ET DU BEAU TEMPS RÉPÈTE LE SERMON AIMABLE QUE FIT UN BON CURÉ POUR LA FÊTE DE SANT-ESTRÒPI

M. Désorty et M. Cabissol repartirent ensemble pour Draguignan. Quand ils furent installés dans leur wagon :

– Eh bien, mon cher monsieur Cabissol, dit le préfet, il me semble que vos calmes Méridionaux ont secoué leur indolence dans cette aventure-ci.

– Ils sont indolents à la façon des poètes, mon cher préfet ; sobres comme l'Arabe, et dédaigneux de l'effort qui accroîtra leur bien-être mais, ne vous y trompez pas, actifs, résistants et hardis, dès qu'il s'agit de prendre part à une « aventure » qui met en mouvement leur imagination.

» Durant la campagne de Russie, savez-vous bien que les Provençaux, d'après les rapports des médecins, se montrèrent les plus endurants et les plus gais parmi tous les héros aguerris qui suivaient le grand Empereur ?

» D'autre part, ils sont bien les cousins germains de cet Arabe à qui un colon offre un sou pour qu'il consente à lui tirer un seau d'eau à son puits. L'Arabe tire le seau et prend le sou.

» – Allons, Mohammed, encore un seau... tu auras encore un sou.

» – Roumi, dit l'Arabe, je n'ai, pour l'heure, besoin que d'un sou. C'est pourquoi tu peux, si cela te convient, tirer toi-même un second seau de ton puits. Moi je suis pour l'heure assez riche.

» Convenez que cela ne manque pas d'allure, et, qui sait ? de sagesse peut-être.

– Hum ! dit le préfet, au point de vue social... Enfin !... Et vos Provençaux sont de cette force ?

– Avant-hier, continua M. Cabissol, j'étais à la campagne chez un de mes amis, près de Draguignan, et nous regardions son cheval de labour, qui, les yeux aveuglés par les œillères bombées, tournait en rond, mettant en mouvement l'engrenage de la *noria* (puits à roue).

« Or, une branche de cerisier, horizontale, très longue, venait à chaque tour de piste heurter la pointe du collier d'attelage. Le cheval, sentant le heurt, faisait mine de s'arrêter… puis la branche glissait, égratignant le cuir, et, après avoir surmonté la pointe du collier, elle reprenait sa position, tandis que l'animal reprenait sa marche. A chaque tour de piste, il retrouvait le même obstacle, subissait la même impression, ralentissait, brusquement repartait. Et ainsi de suite.

» A vingt pas à peine de la noria, le fermier, tout en surveillant sa bête, bêchait mollement ses oignons.

» Mon ami l'interpella :

» – Eh, Toine ? voilà une branche qu'il faut couper !

» – Sûr, qu'il faudrait la couper ! répliqua Toine. Je m'en suis bien aperçu depuis l'année dernière ! il faudra que j'apporte, un jour, le couteau-scie !!!

» – Et si vous alliez le chercher, Toine, le couteau-scie ? Ça n'est que trente pas à faire, d'ici à votre maison.

» – Oh ! répondit Toine en se remettant à bêcher ses oignons avec mollesse, je l'apporterai demain – si je ne l'oublie pas !!!!! car c'est vrai que cette branche maudite abîme tout le cuir du collier !!!!!!! et puis… ça donne au cheval une bien mauvaise habitude !!!!!!!!!

» Mon ami, qui est du pays et qui a chez lui ce fermier, très brave homme, depuis trente ans, alla vers le cerisier, et prenant la branche à deux mains, il la rompit sans faire aucune réflexion.

» Et ce fut sans rien dire que nous nous en allâmes.

– C'est absurde, dit le préfet.

– Mais si pittoresque ! dit M. Cabissol.

– Pittoresque, soit ! dit le préfet, et c'est par amour du pittoresque que ce *dompteur de foules*, dont vous me contiez l'histoire l'autre jour, se coiffait d'un chapeau haut de forme ?

– Par amour de la parade, mon cher préfet. En d'autres occasions, ce sera par amour du comique. En voulez-vous la preuve ? Certaines sociétés de boulomanes ont imaginé de se coiffer du haut-de-forme pour jouer leur jeu favori. Ce faisant, ils se donnent la comédie à eux-mêmes, et, du même coup, tournant avec raison en ridicule la coiffure bourgeoise qu'un usage égalitaire leur impose aux grands jours du mariage, ils se vengent gaiement d'avoir eu à la subir ; ils arrivent donc sur leur terrain de jeu, le kalitre en tête.

» Vous n'ignorez pas que, chez nous, les boules sont un jeu national. Les joueurs se divisent en deux catégories : les *pointeurs*, qui doivent placer leur boule le plus près du but, dit *cochonnet;* et les *tireurs* (nos boules sont ferrées et lourdes) qui doivent lancer directement leur boule, parfois à de longues distances (soit une vingtaine de pas) contre la boule adversaire qu'il s'agit d'écarter du but. Les chapeaux hauts de forme doivent être posés en arrière, sur la nuque, ou très en avant sur le front des joueurs. Il s'agit pour chacun d'eux de lancer sa boule sans perdre son chapeau. C'est la règle de ce jeu très spécial.

» Vous voyez d'ici combien ces coiffures instables deviennent ridicules quand les mouvements des joueurs les déplacent ou les font rouler à terre !

» Et quels lazzis ! quels pétillements de moqueries entrecroisées !... Parfois le joueur désespéré, d'un mouvement instinctif, lâche sa boule pour retenir son solennel couvre-chef... c'est sublime. Et de ces chapeaux hauts de forme on en voit, là, de tous les âges. Toutes les modes sont représentées, larges bords, bords étroits ; les uns sont de simples cylindres, les autres sont coniques ; certains ont de longs poils et sont étrangement évasés... ils ont été empruntés à l'armoire d'un arrière-grand-père... Et de rire. Je vous assure que le spectacle est réjouissant.

» Du reste, le haut-de-forme, depuis son apparition, a toujours excité la verve railleuse du populaire de chez nous ; il a tout de suite choqué le bon sens national.

» Je me rappelle avoir assisté au mystère de la Nativité qu'on représentait encore il y a un quart de siècle dans nos théâtres populaires de marionnettes.

» Il y avait toujours parmi les personnages de la crèche un vieil aveugle qui se faisait conduire à l'étable de Bethléem, dans l'espoir d'y recouvrer la vue ; son fils, un bambin de douze ans, lui servait de guide ; et pour faire honneur à l'enfant Jésus, le gamin se coiffait du kalitre. Le vieil aveugle et son guide arrivaient ensemble devant Jésus, couché sur de la paille, entre l'âne et le bœuf, dans l'étable légendaire ; ils saluaient l'Enfant-Dieu, puis Marie et Joseph... L'aveugle priait à voix haute et tout à coup, sa guérison s'étant miraculeusement accomplie, il le prouvait d'une façon éclatante en s'écriant, tourné vers son fils : « Oh ! bou Dìou ! qué capeoù ! (Oh ! mon Dieu ! quel chapeau !) » Et cela est d'excellente comédie !

» Le chapeau haut de forme est né en Angleterre…

» Le bon sens populaire des Provençaux de tout temps a condamné une coiffure qui ne protège ni contre le soleil ni contre la pluie !

On arrivait aux Arcs. Les deux voyageurs changèrent de train ; il pleuvait légèrement.

– Tiens ! il pleut ! dit le préfet.

– Il pleut ? dit M. Cabissol. Eh bien, je parie que des Arcs à Draguignan, nous ne verrons pas âme qui vive dans les champs ni sur les routes… Et à propos de pluie, poursuivit-il, j'oubliais de vous conter mon récent pèlerinage à Sant-Estròpi.

– Où est cela ?

– Pas très loin de Figanières. J'y suis allé l'autre jour. Et voici ce que j'ai vu et entendu…

» Sant-Estròpi est le nom d'un quartier rural de la commune de Figanières. La chapelle de saint Estròpi, patron des joueurs de boules maladroits, dépend du château qui porte le même nom, et qui appartient à mes vieux amis Boujarelle. Devant le château, au flanc de la colline, s'étend une terrasse spacieuse qui domine magnifiquement une petite vallée. La chapelle fait face au château, à l'autre bout de la terrasse.

» Or, de tous temps, les propriétaires de cette vieille demeure ont permis aux habitants du quartier et des communes environnantes de fêter saint Estròpi dans la chapelle comme aussi sur la terrasse où s'installent quatre ou cinq roulottes de forains, vire-vire, tir à l'arbalète, jeux de massacre, etc. Et dans la chapelle un curé du voisinage vient dire la messe.

» J'étais invité, il y a huit jours, à ces réjouissances ; j'y allai.

» Malheureusement, une pluie légère ayant commencé, la veille de Sant-Estròpi, à asperger nos routes, personne, sauf le curé, ne se rendit à la messe.

» Seuls les châtelains – au nombre de trois – leurs trois fermiers et votre serviteur, y assistèrent. Nous étions sept, neuf en comptant le curé et le petit garçon qui tenait la clochette et répliquait *amen* aux bons endroits.

» Vous voyez d'ici la vieille chapelle délabrée, aux murs nus, et dont la haute et large porte fut fermée à cause du vent… Dès que la pluie avait cessé, un vent assez fort s'était élevé.

» A l'évangile, M. le curé, vêtu de ses plus beaux ornements, se tourna vers nous et dit :

» – Mes très chers frères, tous les ans, à pareille époque, nous fêtons notre grand saint. Seulement, les autres années, cette fête, célèbre dans toute notre contrée, attire ici tout un peuple de fidèles, jaloux d'honorer notre saint selon ses mérites. Or, aujourd'hui, vous êtes venus en bien petit nombre.

» Je le crois bien, s'interrompit M. Cabissol, j'étais seul ; les autres assistants appartenaient au domaine de Sant-Estròpi. Nous, les étrangers du dehors, nous étions un : moi ! Et le curé poursuivit :

» – Et pourquoi êtes-vous venus en si petit nombre pour honorer un si grand saint ? Hélas ! je le dis avec douleur, c'est parce qu'il a plu ce matin ! Eh bien ! mes très chers frères, est-ce qu'il n'est pas bien facile, lorsqu'il pleut, – de prendre un parapluie ?

» Le bon curé joignit ses mains sur son ventre et éleva ses regards vers la voûte lézardée de la chapelle, c'est-à-dire vers le ciel :

» – Ô grand sant Estròpi ! s'écria-t-il, sans doute tu leur pardonnes la tiédeur de leur dévotion à ta gloire, mais moi, grand saint, j'ai le devoir de leur dire qu'ils n'auraient pas dû reculer devant le petit désagrément d'être un peu mouillés, à l'heure où il s'agissait de venir aux pieds des autels te rendre l'hommage qui t'est dû !

» Les regards du bon curé s'abaissèrent et parcoururent son auditoire composé de sept personnes, et il continua :

» – C'est pourquoi, mes très chers frères, c'est pourquoi mon âme s'écrie : « Honte ! trois fois honte ! six fois et sept fois honte sur ceux qui ne sont pas venus, quand il leur était si facile de venir même sans être mouillés, – puisqu'ils n'avaient pour cela qu'à prendre un parapluie. Honte cent fois, mille fois honte sur ceux qui pouvant prendre un parapluie… n'ont pas pris de parapluie… Mais en revanche et pour la consolation de mon âme, gloire à ceux qui ont eu l'idée – bien simple, d'affronter les intempéries de la saison, afin de fêter notre grand saint ! Trois fois gloire, gloire six et sept fois, cent fois et mille fois gloire à ceux qui sont venus, avec ou sans parapluie ! Que ceux-là soient bénis. Ainsi soit-il. »

» Le bon curé quitta le ton oratoire pour dire avec beaucoup de simplicité :

» – Maintenant, mes très chers frères, nous allons comme tous les ans faire, au-dehors, sur la terrasse, une petite procession, afin d'attirer, par nos prières et nos hymnes pieux, les bénédictions de notre saint vénéré sur les fruits de la terre et les travaux des champs.

» Le petit clion (clerc, servant) nous distribua des cierges vite allumés et, à la file indienne (je marchais le premier derrière le curé), nous nous acheminâmes vers la porte de la chapelle, que le curé ouvrit péniblement.

» Quand elle fut ouverte, nous pûmes tous voir que les platanes de la terrasse étaient humides… Il tombait une pluie imperceptible, jolie sur les feuilles comme rosée au soleil.

» Le bon curé recula, terrifié :

» – Ah ! sapristi ! fit-il, il pleut encore ! je crois que nous ferons bien de prier dans la chapelle. Sant Estròpi nous pardonnera.

– Draguignan ! tout le monde descend ! cria d'un ton terrible, sur le trottoir de la gare, un homme d'équipe à la voix de bronze.

CHAPITRE XIV

A CORSE ENTIER, CORSOISE ET DEMIE

Le brigadier Orsini fumait sa pipe, seul, dans la maison forestière, quand Alessandri frappa à la porte.

– Entrez ! Tiens, vous n'êtes qu'un ? Les gendarmes, d'ordinaire, ça va par deux.

– C'est, dit Alessandri, que j'ai à vous parler d'une affaire de famille. Et mon camarade m'attend à la cantine, avec les chevaux.

– Bon ! dit l'autre qui le vit venir. Ma fille n'est pas là.

– Orsini, nous sommes pays, dit le gendarme avec résolution, et, dans notre île, on est loyal et hardi.

Orsini approuva d'un signe de tête.

– Nous sommes pays, reprit le gendarme avec force, et, sur le continent, tous les Corses sont frères.

Orsini approuvait toujours.

– C'est, par conséquence, une bonne chose pour moi d'être votre pays, vu la demande que j'ai à vous faire. Également, nonobstant la différence de nos uniformes, nous portons tous deux le bouton du militaire. C'est encore pour nous une raison de fraterniser. J'ai un peu d'économies, pas beaucoup ; et vous, ça doit être à peu près de même. Nous sommes deux bons Corses et deux bons soldats. Voulez-vous être mon beau-père et me présenter aujourd'hui comme fiancé à votre fille Tonia, pour laquelle mon cœur est prêt à tous les loyaux services d'un bon Corse et d'un bon soldat ?

Orsini vida lentement sa pipe en la frappant sur son ongle.

– Moi, ça me va, dit-il. Il faut appeler Tonia. Ça la regarde un peu.

– Un père a toute autorité sur une fille jeune, répliqua Sandri avec énergie. Ne craignez-vous pas de la résistance chez votre fille, si vous la consultez ?

– Et pourquoi de la résistance ?

– Elle pourrait avoir choisi un autre futur ; les filles sont inconsistantes.

Il voulait dire inconstantes. Mais le lapsus le servait.

– Et sur qui aurait-elle des intentions ? demanda Orsini.

Alessandri hésita. Brave homme au fond, il se demandait s'il n'accusait pas à la légère la jeune fille. Mais il se dit que si elle avait réellement un penchant pour ce Maurin qu'il méprisait, c'était la sauver que d'en parler à son père.

– Sur qui, pensez-vous ? répéta le forestier.

– Mais… sur le braconnier Maurin !…

Orsini se leva tout pâle.

– Per Bacco ! si je savais ça ! Un homme de rien ! un coureur de filles !… un braconnier ! Savez-vous quelque chose là-dessus, Sandri ?

Il se rassit et, froidement :

– C'est que, voyez-vous, je la tuerais !

Il allait vite aux conclusions farouches, le Corse.

Sandri se replia en bon ordre.

– Je ne sais rien ; c'est une crainte.

– Sans un motif ?

– Les amoureux sont trop facilement jaloux, j'ai cru surprendre un regard.

– A quelle occasion ?

– Le jour de cette battue contre les bandits.

– C'est sûr que, ce jour-là, il s'est bien conduit, le braconnier, fit Orsini.

– Peuh ! il étaient trente contre trois, dit Sandri.

– Alors elle lui a souri ?

– Il m'a semblé.

– Ah ! ces filles !… dit Orsini. Nous autres hommes, nous savons choisir sagement. Être bandit ou gendarme, en Corse, la question peut se poser pour les hommes. Pour nos femmes, elles préfèrent toujours, sans réflexion, le bandit, les gueuses ! Mais quand le père est soldat, ça ne peut pas aller comme ça, non. Touchez là, Sandri, je vous promets ma fille. C'est votre fiancée ; mais je vous avertis que je ne consentirai au mariage que le jour où vous serez nommé brigadier.

– Je vous ai dit l'autre jour, beau-père, que cela ne saurait tarder.

Orsini ouvrit la porte et, du seuil, poussa un long appel qui courut toute la colline : « Eh ! Oh ! » puis il revint s'asseoir. Son parti était pris.

– Mais, vous, Alessandri, dit-il, il faut, de votre côté, renoncer à vos histoires ; on les connaît. Je vous ai rencontré moi-même serrant de près la Margaride, la servante de l'auberge des Campaux.

Le gendarme aux joues roses et bleues rougit vivement.

– Vous ne voudriez pas, dit-il, qu'à mon âge…

– Non, certes !… Mais il serait temps de laisser cette fille à sa vaisselle…

– Il y a longtemps que… commença Sandri.

– Bah ! je vous ai vus ensemble le soir même de la battue. On ne se gêne pas pour dire que si vous poursuivez si souvent des malfaiteurs, supposés ou vrais, sur nos territoires, c'est surtout pour avoir l'occasion de rencontrer la Margaride. Il faut laisser ça de côté, Sandri. Soyez prudent ; ma fille est une terrible.

– C'est compris, dit le gendarme.

Essoufflée et toute rose, Tonia entrait.

– Tonia, dit le père brusquement, je te permets d'embrasser ton fiancé.

Alessandri était debout, ganté de blanc, reluisant. Avec son visage rosé, il semblait tout neuf.

Tonia eut une hésitation légère et marcha vers lui comme à contrecœur.

– On dirait, fit le père, que ça ne te fait pas plaisir ?

Arrivée près d'Alessandri elle s'arrêta, offrant la joue sans la lui tendre. Le gendarme avança ses lèvres et embrassa la belle fille.

– Nous voici fiancés, dit-il.

– Et dès qu'il sera brigadier, on vous mariera, dit le père. Vous voici fiancés ! tu entends, Antonia ?

– J'entends, fit-elle ; nous sommes fiancés.

Alessandri se redressa, orgueilleusement, respirant d'aise.

– Et tu ne lui dis rien de plus ? reprit Orsini.

– Que dirais-je ?

– Tu n'es pas heureuse et fière ?

– Ni heureuse ni fière, murmura-t-elle avec décision.

Orsini se leva.

– Cela mérite explication, gronda-t-il.

– C'est bien simple, dit la Corsoise. Depuis longtemps, je pressentais qu'Alessandri et moi nous finirions par nous accorder, mais j'avais pensé que la chose se ferait mieux que cela.

– Comme je l'ai faite, elle est bien faite, dit le père avec autorité.

– Je n'aime pas, dit-elle en pinçant les lèvres, qu'on me fasse supporter, comme par force, même les choses que j'ai désirées. J'accepte Alessandri, n'ayant pas de raison assez forte pour le refuser, mais je ne suis pas contente, et vous aviez tout à gagner, l'un et l'autre, à vous y prendre autrement.

– Pardonnez-moi, Tonia... murmura le beau gendarme. J'avais craint...

– Et quoi donc ?

Elle redressa la tête en joli cheval de bataille.

Le gendarme n'osa s'expliquer.

Orsini se mit à rire :

– Ces amoureux sont tous les mêmes, des jaloux. Pardonne-lui, Tonia. Il s'était figuré, vois-tu, que tu avais pu penser une seconde à ce bandit de Maurin !

Elle frappa du pied :

– De quel droit a-t-il pu penser ça ? siffla-t-elle.

Et, prise du besoin de lutter, d'affirmer son indépendance, de braver son futur maître :

– Et puis, dit-elle, un bandit vaut un gendarme !

– Quelquefois, dit Orsini ; mais ce n'est pas le cas. Maurin n'est qu'un coureur de filles et un coureur de gibier. Il n'a pas gagné le maquis français après une juste vendetta. Ce n'est rien, cet homme.

– Ce n'est rien, cet homme ! répéta Sandri.

– Si ce n'est rien, comment avez-vous pu croire qu'il pourrait me prendre le cœur ? dit-elle. Et s'il m'avait pris le cœur, de quel droit diriez-vous que ce n'est rien ?

– Allons, allons, fit Orsini, d'un air de bonhomie, tout va bien. Tu as raison. Ne parlons plus de cela.

Il connaissait sa fille et ses âpres fiertés de race. La seule façon de la calmer était de lui dire ce mot : « Tu as raison. »

Elle se calma en effet.

– Prépare les verres. On va trinquer à votre bon avenir. Appelle ton camarade, ami Sandri.

Ils scellèrent les fiançailles, le verre en main. Mais Sandri n'était pas satisfait. Peut-être avait-il perdu, dans le cœur de Tonia, le terrain qui semblait lui faire gagner son titre de fiancé.

Il demeura jaloux et profondément tourmenté.

CHAPITRE XV

OÙ L'ON VERRA LE DON JUAN DES BOIS COURIR DEUX GIBIERS A LA FOIS NON PAS DEUX LIÈVRES MAIS UN SANGLIER ET UNE JEUNE FILLE

Bien davantage il fut tourmenté et jaloux, lorsque, à quelques jours de là, il ne trouva au logis ni le brigadier ni sa fille.

Orsini, à la demande de Maurin, avait reçu du préfet l'ordre d'assister à la battue projetée. Et Tonia, qui tirait bien la carabine, avait voulu suivre son père. Orsini n'avait fait aucune difficulté pour l'emmener. Il désirait même voir de ses yeux comment se tiendrait Tonia en présence de Maurin.

Cette battue devait avoir lieu dans l'Estérel. Maurin préférait se réserver pour lui-même les sangliers des Maures. Il avait déclaré au préfet qu'il s'adjoindrait les frères Pons, et que l'on partirait le dimanche matin de Saint-Raphaël. Ce rendez-vous, disait-il, et c'était juste, était plus commode pour tout le monde.

Avant le jour, à Agay, arrivèrent les chasseurs ; quelques-uns à pied, d'autres, parmi lesquels M. Désiré Cabissol, par le chemin de fer. Le préfet, le général, le maire de Saint-Raphaël s'y rendirent en voiture.

Le lieu du rendez-vous était la terrasse d'une petite hôtellerie qui se trouve là, au fond de la rade d'Agay.

L'hôtelier préparait du café pour tout le monde tandis que, sur la terrasse, un élégant invité, M. Labarterie, la tête coiffée de la casquette ronde, en velours, sonnait du cor à perdre haleine, devant la mer d'un noir violet, frissonnante sous les souffles froids de l'automne et du matin. Sa femme, en costume de chasse, était une inquiétante Parisienne, aussi jolie qu'élégante.

Au fond du golfe, la petite rivière d'Agay se fait suivre jusque sur la plage par ses touffes de roseaux et de lauriers-roses.

On partit, tout le monde à pied cette fois. On remonta le long de cette rivière, entre les collines.

On s'élevait lentement sur les sommets de la Baume, hérissés d'aiguilles rougeâtres.

Maurin, en bon prince, faisait de grandes amabilités aux frères Pons, qui auraient pu trouver mauvais qu'il jouât au seigneur sur leur territoire.

Tout le monde était attentif à ses moindres paroles. Il vantait les frères Pons, ses rivaux.

– Ils n'ont pas leurs pareils dans les Amériques, disait-il, ni chez les Arabes, aussi bien pour la connaissance pratique de la chasse et pour leur dureté à la fatigue, que pour la fantaisie. Voulez-vous voir ? Attention, Pons !

Il arma son fusil.

– Que personne ne bouge !

Il prit son arme par l'extrémité du canon, il la fit tournoyer à bout de bras et la lança très haut ; elle vira deux fois, en l'air, sur elle-même. Pons l'aîné, le bras droit en avant, attendait qu'elle retombât...

A ce moment, Pastouré lança en l'air une pierre qui monta, tandis que le fusil descendait.

L'arme retomba horizontale sur le bras de Pons qui tira : on ramassa la pierre, elle était criblée de plombs.

– A moi maintenant ! dit Maurin.

Et il exécuta le même tour de prodigieuse adresse. Seulement, pendant que le fusil virait en l'air, il lui fit un pied de nez :

– Voilà, dit-il, comme nous sommes, nous autres, chasseurs de casquettes... Allons, messieurs, aux sangliers maintenant !

Les invités, stupéfaits, se demandaient à quels diables d'hommes ils avaient affaire.

– Quelle imprudence ! fit la Parisienne avec une jolie moue.

– En route ! cria Maurin.

C'était sur les hauteurs que les sangliers étaient logés. Maurin et les Pons les avaient « tracés » la veille, c'est-à-dire qu'ils avaient relevé les traces à vue, sans le secours d'aucun limier. Ils étaient sûrs maintenant que les fauves occupaient tel point précis de la montagne.

Ils disposèrent leurs chasseurs en conséquence. Il y en avait bien une cinquantaine, qui furent disséminés dans la montagne, sur tous les points où pouvaient passer les fauves. Tous les passages étant gardés, il fallait qu'un des chasseurs au moins vît et pût tirer les sangliers.

En arrivant sur le terrain de chasse, Maurin, suivi de Pastouré muet comme une carpe, avait tout de suite pris les allures d'un chef à qui tout le monde doit obéir. Il disait au général :

– Vous, restez là, derrière ce rocher, et ne bougez pas. Et silence !… Et surtout ne fumez pas.

Il disait au préfet d'une voix basse :

– Vous, venez avec moi. Vous aurez un des meilleurs postes. Tout le monde ne peut pas avoir les bons.

Tonia admirait beaucoup ce grand gaillard vêtu de toile, guêtré de toiles et de ficelles, chaussé de cordes, coiffé d'une loque et qui, avec une belle aisance, donnait des ordres à l'inspecteur des forêts si fier dans son uniforme.

– Vous, placez-vous ici ! Et vous avez entendu la recommandation que j'ai faite au général, hé ? Pas de cigare, pourquoi les sangliers nous éventeraient. C'est que… ça a du nez… Au revoir !

C'est sur ce même ton qu'il sépara brusquement Tonia de son père. Tonia, lorsqu'elle était toute petite, avait voulu apprendre à tirer la carabine. Et son père, jugeant que, lorsqu'il la laissait seule à la maison, au milieu des bois, cela pourrait lui être fort utile, lui avait enseigné lui-même le maniement d'une arme à feu. Elle tirait assez bien.

– Vous, la jolie fille, dit Maurin, il vous faut un poste à part, où les sangliers passeront pour sûr, mais où vous n'aurez pas à vous occuper des autres chasseurs, ni pour éviter vous-même leur coup de fusil, ni pour éviter de leur envoyer le vôtre.

Il arrive, en effet, qu'en ces montagnes très accidentées, les chasseurs, qui se croient postés très loin les uns des autres, se trouvent, à vol d'oiseau, très voisins, bien qu'ils aient marché beaucoup, après s'être séparés, pour gagner leurs diverses embuscades.

Le père de Tonia, qui voyait les généraux, les préfets et les inspecteurs des forêts obéir sans réplique à Maurin, ne fit pas la moindre objection. Il obéit à son tour militairement et fut placé au fond d'une gorge pendant que Maurin emmenait Tonia sur la hauteur.

Aux chasseurs du pays, il avait dit seulement :

– Placez-vous, vous autres, où vous pouvez, pour le mieux.

Les frères Pons répondirent :

– Sois tranquille, Maurin, on sait ce qu'on a à faire.

– Et toi, Pastouré ?

– Oh ! moi, dit Pastouré, je comprends qu'aujourd'hui, si on est ton ami, il faut que tu sois le roi de la chasse ; je vais me poster à côté de M. Labarterie. (Il prononçait : Labarterille.)

Maintenant tous les chasseurs étaient chacun à leur poste, immobiles et muets – quelques-uns découpés en silhouettes dures sur le ciel et sur l'horizon de mer, d'autres à demi enfouis derrière une touffe d'arbousiers ou de genêts. Ils *espéraient*. Tonia, qui n'avait jamais tiré le sanglier, était émue. Seule au bord d'un sentier, entre deux hauts rochers, elle surveillait, en face d'elle, un plateau par où, avait dit Maurin, *ils* devaient venir.

Du point où elle se trouvait, elle n'apercevait personne. Elle n'entendait rien que le bruissement monotone, prolongé, des branches qui se frôlent sous la brise. Le vent frais du matin, parfumé d'herbes de montagne, la caressait, faisait frissonner sur sa nuque les cheveux fous, irisés au soleil levant.

Tout ce pays perdu semblait attendre aussi quelque chose. Et quoi donc ? La vie ou la mort – comme les fauves que l'on chassait. L'amour aussi – peut-être. Sans réflexion, la fille sauvage subissait le charme de l'heure, du lieu, de la saison. Et l'émotion d'être là, en attente, pour voir, pour surprendre la vie libre des bêtes, pour l'arrêter, pour lutter contre elle, non sans péril peut-être, cette émotion soulevait sa jeune poitrine. Elle buvait longuement l'air de la montagne, si matinal, et s'efforçait de respirer en silence. Mais elle était oppressée. Sous son doigt, son arme lui semblait vivante, elle aussi, comme soulevée d'une inquiétude.

Tout à coup elle tressaillit. Des cris sauvages, des coups de fusil, des sons prolongés de conques marines, des roulements de tambour éclatèrent. C'était au profond du fourré, les rabatteurs qui se repliaient vers les chasseurs, en faisant le plus de tapage possible pour forcer les sangliers à se lever et à fuir devant eux. Leurs cris avaient on ne sait quoi d'irréel. L'écho les grossissait, les redoublait, en faisait des appels d'êtres fantastiques. Puis tout ce bruit s'apaisait durant quelques secondes pour reprendre comme une huée de tempête. On eût dit une bataille où s'entr'égorgeaient des diables.

Tonia attendait, toujours plus émue à mesure que les cris, les tambours et les conques semblaient se rapprocher. D'une seconde à l'autre, le troupeau des sangliers (ils sont huit ou neuf, avait dit Maurin) pouvait venir par là vers elle, passer en même temps à sa droite et à sa gauche. Quel triomphe si elle allait en tuer un au passage ! Elle se voyait félicitée par Maurin, par les messieurs, par tout le monde. Cette vision l'exaltait. Elle ouvrait ses yeux tout grands ; et son oreille tendue épiait les moindres craquements dans les bois, les moindres « crenillements » qui rompaient la monotonie du silence…

Tout à coup, elle sentit un bras doucement l'enlacer tandis qu'une voix, basse comme un souffle, disait :

– Ne bouge pas. Ils vont venir, ils sont là… ne parle pas, surtout !

Et ce bras, le bras de Maurin, la prenait, la pliait un peu en arrière. Et elle obéissait à tout, à l'ordre antérieur qu'il lui avait donné, d'attendre, de se taire, de ne pas bouger, comme à celui, le même, qu'il lui donnait à présent.

Il ne fallait pas faire manquer toute la chasse, n'est-ce pas ? Et elle laissait la bouche du chasseur s'appuyer sur ses lèvres à peine détournées, et sa tête étant renversée sur la poitrine de l'homme, ses regards se perdaient dans le grand ciel tout bleu, et il lui semblait qu'elle ne l'avait jamais regardé encore, jamais vu, non, jamais. Et c'était vrai que jamais elle ne l'avait regardé ainsi, avec les mêmes yeux, voilés d'un grand trouble.

Une étrange douceur était en elle. Tous deux palpitaient avec les bruyères du bois ; ils frémissaient avec les braïsses rosées et violettes ; leur esprit était partout autour d'eux, parce qu'ils étaient attentifs en même temps à ce qu'ils ressentaient et à ce qui pouvait venir, et aux cris des rabatteurs. Elle perdait un peu la tête, Tonia… Un vol de ramiers traversa le bleu du ciel où s'en allait son regard, et il lui sembla, comme dans les rêves, qu'elle s'envolait avec ces oiseaux lointains… Où allaient-ils, si vite ? Cela donnait le vertige, de les voir si haut. Elle ne savait plus où elle était.

Tout à coup la broussaille mouvante craqua à grand bruit, comme si elle prenait feu partout à la fois ! Tonia se sentit repoussée, remise toute droite par le bras qui la tenait. Le visage qui s'était pressé contre le sien s'éloigna… Elle vit, devant elle, les bruyères s'agiter… C'était eux, les sangliers, les bêtes libres ! Elles bondissaient par-dessus la bruyère comme des marsouins hors de l'eau et s'en allaient ainsi, par bonds allongés, arrondis, à toute vitesse, en cassant à grand fracas, sous leurs masses, la bruyère et les genêts… Un coup de feu… deux coups de feu retentirent. Elle vit un sanglier tomber et rester là, mort ; un autre, blessé, ralentir son allure et disparaître.

Un cri de Maurin retentit, répété par d'autres chasseurs, dans les gorges, sur les cimes : *A la barro !* Ce cri voulait dire : « Coupez la barre pour y suspendre la bête : elle est morte. »

La chasse était finie.

On le croyait du moins ; on ignorait que Maurin s'était mis à la poursuite du porc blessé.

La barre coupée, le sanglier qu'on trouva tué raide sur place y fut suspendu, et descendit la colline vers la route où l'attendaient les voitures des « messieurs ». Mais quand Tonia eut conté qu'elle avait vu Maurin se mettre à la poursuite de l'un des fauves, seulement blessé celui-là, tout le monde demanda à rejoindre Maurin. Le sanglier mort fut porté dans une voiture. Et toute la troupe, guidée par les frères Pons qui suivaient la bête à la trace, se mit à la recherche de Maurin… On le trouva au fond d'un ravin, littéralement à cheval sur un gros sanglier. Il tenait entre ses dents une des oreilles de la bête, l'autre oreille dans son poing vigoureux ; et, de sa main restée libre, il avait ramassé une pierre pointue avec laquelle il frappait à tour de bras sur le crâne de l'animal pour l'achever… Il l'assomma en effet et ne se releva sous les yeux des chasseurs, perchés au-dessus de lui au bord du ravin, que pour crier une seconde fois, à tue-tête, un : A la barro ! retentissant.

On déjeuna dans le bois. Chaque chasseur avait apporté son « vivre » ; mais le préfet avait, de son côté, fait mettre dans les voitures d'excellents pâtés et conserves. Les cinquante chasseurs, paysans, sénateurs, généraux, mangeaient ensemble, naturellement groupés selon les sympathies ou les amitiés. On versa à flots le champagne : il y en eut trois fois pour chacun ! Et les toasts furent nombreux. Au dessert on conta quelques histoires de chasse et Maurin se montra si réjouissant que M. le préfet résolut de l'inviter à dîner le soir même. Après le déjeuner, une deuxième battue eut lieu qui ne donna aucun résultat.

Les deux sangliers revinrent en calèche avec le général et le préfet. Tonia et son père s'en retournèrent à pied, avec le gros des chasseurs.

Elle aussi, l'ardente fille, était une bête blessée. Chaque fois qu'elle regardait Maurin, elle se sentait, là, au creux de la poitrine, une oppression brûlante, comme une pesée chaude… Et elle revoyait, dans sa tête, un grand ciel où fuyaient des ramiers sauvages… Puis un bruit se fait devant elle, dans la bruyère qui s'écarte… et le visage qui se pressait contre sa joue, l'abandonne… C'était si bon d'être embrassée ainsi !… Pourquoi, pourquoi est-il parti si vite, ce moment si délicieux ? Est-ce qu'il ne reviendra plus jamais ? Oui, c'était bon, au sommet de la montagne, dans l'odeur des thyms et des lavandes, au soleil levant, dans la fraîcheur matinale, devant tout le ciel et toute la mer, d'attendre elle ne savait quoi de très désiré… sans même songer qu'elle était fiancée depuis la veille !

CHAPITRE XVI

OÙ L'ON VERRA LES MOTIFS QUI PEUVENT EMPÊCHER UN BRACONNIER D'ACCEPTER A DINER CHEZ UN PRÉFET ET CEUX QUI FONT DE LA PRÉFECTURE DU VAR LA MEILLEURE DE FRANCE

Pendant que la calèche emportait les gros personnages, la troupe des chasseurs rentrait à pied à Saint-Raphaël où Maurin et Pastouré étaient les hôtes d'un vieux pêcheur, qui habitait une bicoque dans la plaine de Fréjus ; celui-là même qui, en souvenir de sa fille morte, avait donné à son bateau ce nom émouvant : *Je l'aimais*.

M. Cabissol avait voulu revenir à pied avec Maurin. Il le prit un instant à part et lui dit :

– Mon cher Maurin, un avertissement ! J'ai parlé au préfet de votre affaire avec les gendarmes.

– Mon affaire avec les gendarmes ?... Laquelle ? dit Maurin un peu narquois.

– L'enlèvement des chevaux. Ç'a été très difficile à arranger. Le parquet a résisté. Le commandant de gendarmerie aussi. Votre exploit, la prise d'un évadé, n'a pas raccommodé les choses, au contraire. La gendarmerie trouve mauvais que vous soyez plus adroit qu'elle.

– Alors ? dit Maurin.

– Alors, M. le préfet, qui vous estime beaucoup et qui ne peut pas vous parler de cela lui-même, vous conseille d'éviter tout démêlé avec la force armée, d'être bien en règle toujours, en tout et pour tout. Il croit que si vous commettiez un nouveau délit, il n'aurait pas, cette fois, le pouvoir d'enrayer l'action judiciaire.

– C'est bon, dit Maurin. On veillera. Merci, monsieur Cabissol. Et cet hiver, si vous voulez, quand il y aura des bécasses, je vous ferai avertir. Toujours à Toulon, n'est-ce pas ?

– Rue du Mûrier, et des lettres me rejoignent partout. Dites donc, Maurin ?

– Quoi, monsieur Cabissol ?

– Et Césariot ?

A cette question, Maurin parut vivement contrarié.

– Quoi, Césariot ? dit-il, feignant de ne pas comprendre.

– Vous savez bien que je connais toutes vos histoires. Ce n'est pas la première fois que je vous parle de celle-ci, Maurin !

– Mais, monsieur Cabissol, je ne regarde pas dans vos affaires, moi… Alors…

– Je vous comprends, Maurin, je vous prie donc de m'excuser, mais soyez sûr que votre secret est bien gardé. Je ne vous parlerai plus de Césariot, mais j'ai cru bon de vous rappeler que je suis au courant… Cela peut vous servir à l'occasion.

– Ah ! soupira Maurin, si vous saviez comme il m'embête, celui-là ! C'est l'aîné de mes enfants, je peux bien vous le dire puisque vous le savez, mais s'il ne connaît pas son père, c'est pour de bonnes raisons. Je ne me montrerai à lui que le jour où il le faudra absolument. Il ne me fait guère honneur, Césariot… Ah ! oui, il m'embête, ce « marrias » ! On est très mal content de lui à Saint-Tropez où il est avec un brave patron pêcheur. S'il continue à ne pas être comme il devrait, il faudra bien que je lui fasse faire ma connaissance. Il se plaint de sa condition. Il dit que n'ayant ni père ni mère, il ne doit rien à la société… Il tourne au méchant bougre, sous prétexte qu'il n'a pas de père ! Je crois qu'il va être temps que je m'en mêle et que je lui en donne un, moi, de père, et un solide !

– Mon opinion est que vous ferez bien, dit M. Cabissol. Mais, adieu. Je vais rejoindre M. le préfet. Je crois que vous êtes invité avec nous ce soir.

– Ah ! dit Maurin sans surprise aucune.

Ils se quittèrent.

Le gros des chasseurs rentra dans la ville en *bavardant*, c'est-à-dire en poussant des cris de victoire, en tirant coups de fusil sur coups de fusil, en faisant tout le tintamarre possible.

On se rendit dans la grande salle d'un café où la majorité décida que le lendemain, quand on se partagerait le sanglier, les hures seraient offertes au préfet et à l'un des sénateurs.

Mais Maurin protesta, et d'une voix de stentor :

– La hure aux dames ! cria-t-il.

Mme Labarterie lui plaisait, et dans son cœur c'est à elle qu'il pensait.

Tout le monde obéit au désir de Maurin, et la troupe se disloqua. Enfin, chacun rentra chez soi.

Maurin et Pastouré comptaient dîner dans un cabaret borgne de leur connaissance, quand un domestique de l'hôtel les rejoignit.

M. le préfet invitait Maurin à venir dîner avec lui. Maurin se gratta la tête.

– Ça n'est pas clair, dit-il à Pastouré, je vais voir. Tu m'attendras à la porte.

Ils y allèrent.

A l'hôtel, le préfet reçut Maurin dans un salon qui lui était réservé.

– A la bonne heure, Maurin ! s'écria-t-il en l'apercevant. Voilà qui est gentil.

– Oh ! doucement, monsieur le préfet. Je vais vous dire, fit Maurin. Vous me faites bien de l'honneur, mais que je dîne avec vous, ça n'est pas sûr du tout…

– Ah ! et pour quelle raison, Maurin ?

– Il y en a, des raisons, plusieurs, et des bonnes.

– La première ?

– C'est que je dînerais mal, répliqua Maurin gravement.

– Allons donc ! dit M. Désorty un peu surpris tout de même, malgré sa bonne volonté et son scepticisme de fond.

Il ajouta :

– Eh bien ! vous dînerez mal… comme moi.

– C'est justement ce qui vous trompe, dit Maurin. Vous dînerez bien, vous autres, et je dînerai mal, moi.

– Comment l'entendez-vous ?

– Monsieur le préfet, je suis un gros ignorant et, des fois, ça ne m'empêche pas de parler à un ministre pour me faire établir mes droits…

– Je le sais, dit le préfet, et c'est ce qui me plaît en vous.

– Ah ! vous savez ? ça me fait plaisir ; je peux dire aussi que sur la chose de la chasse, je ne crains personne, comme vous avez pu voir aujourd'hui, et je commanderais volontiers à des empereurs.

– Je l'ai vu, dit le préfet, et j'en suis charmé.

– Bon, dit Maurin. Et quand nous déjeunerions dans les bois entre moi, douze ministres, six empereurs et un préfet, là encore je ne craindrais personne ! mais dès que vous me mettez assis à une table qui a une nappe, au milieu d'un salon bien éclairé, avec des domestiques derrière moi, je deviens coïon comme la lune… Tenez, j'aurais trop peur de renverser les salières… ça porte malheur.

– Seriez-vous superstitieux, Maurin ? Comment entendez-vous que cela porte malheur ? dit le préfet curieux.

– Ça porte toujours malheur de casser ou de renverser quelque chose, dit Maurin. Si peu que vaille la chose, c'est toujours plus que rien et ça porte donc toujours malheur à la bourse. Pour vous en revenir, je renverserai les salières ou la bouteille, et alors, ou bien je dînerai mal parce que je serai gêné, ou bien je mangerai comme quatre et vous penserez que j'ai tort de ne pas me gêner un peu… Pastouré m'attend. Dînez entre vous.

– Qui ça, Pastouré ?

– Mon camarade, celui qui chasse en gesticulant tout seul. On vous l'a bien montré, aujourd'hui ?

– Ah ! oui ! Eh bien ! amenez-le.

– Bien entendu que je ne le laisserai pas « pour graine » à la porte de l'hôtel ; mais, monsieur le préfet, il y a autre chose…

– Et quoi, Maurin ?

Maurin regarda le préfet en face.

– Pourquoi m'invitez-vous à dîner ?

– Parce que je vous connais de réputation et que vous me plaisez.

– Bon… mais…

– Allez donc !

Alors Maurin gravement prononça :

– Est-ce que vous n'auriez rien à me demander ?

Le préfet reconnut qu'il était en présence d'un souverain.

Il répondit bravement :

– J'ai beaucoup à vous demander, au contraire.

– Alors, dites d'abord… fit Maurin. Quel *zibier* chassons-nous, pour voir ?

– L'époque des élections est toute proche, dit le préfet, et j'ai un candidat.

– Hum ! fit Maurin. Je m'en doutais. Et votre candidat, c'est ?… Est-ce que ça serait ce M. Labarterille qui chasse avec une casquette ronde comme un cantaloup et couleur d'aubergine, une trompette et une si jolie dame ?

– Non, dit le préfet, en riant ; celui qui sonnait du cor ce matin pour se rappeler à lui-même les chasses royales, ça n'est pas celui-là mon candidat.

– Ah ! tant mieux.

– Pourquoi tant mieux ?

– C'est que, celui-là, dit Maurin, toujours très sérieux, sa femme me plaît, mais je n'aime pas sa trompette.

– Vous voulez dire son cor de chasse ?

– Je veux dire ce que j'ai dit, fit Maurin imperturbable. Mais, voyons, monsieur le préfet, je vais m'expliquer. Si votre candidat est de bonne couleur et la couleur de teinte solide, je marche – pas pour vous ni pour lui, mais pour mon peuple. Si, par-dessus le marché, il se trouve que ce candidat est le vôtre, j'en serai bien content parce que vous me plaisez assez ; mais si votre homme n'est pas notre homme, bonsoir, rien à faire ; dînez entre vous.

» Voyez-vous, monsieur le préfet, nous en avons assez de vos farceurs qui nous viennent de Pontoise ou de Paris, avec des phrases et des cors de chasse, et qui se font nommer représentants pour ne rien représenter que leur intérêt. Et j'en ai assez, moi Maurin, des électeurs qui se vendent dans l'idée d'obtenir du candidat (qui se fichera d'eux, une fois député) des places de facteur rural ou d'ouvriers dans l'arsenal de Toulon !

» Ça n'a ni fierté ni cœur,– tous ces bougres-là, ces électeurs-là et les élus de cette tournure. Alors, voilà, comprenez l'affaire. On marchera si ça sent la justice. Et moi, regardez-moi bien, quand je marche, j'en vaux mille ! Demandez à qui vous voudrez ! Mais si c'est pour la farce comme toujours, bonsoir la compagnie, Maurin retourne à ses affaires. J'aime mieux les fouines des bois.

M. Désorty ne souriait plus.

– Allez chercher votre ami Pastouré, je vous en prie, et faites-nous l'honneur de dîner avec nous. Jamais je ne songerai à vous imposer un candidat, Maurin, mais je crois que nous en aurons un bon, dans votre circonscription, aux élections prochaines. Vous examinerez ses titres, sa valeur, avec des gens du pays qui le connaissent, avec M. Désiré Cabissol, par exemple.

– Oh ! celui-là, dit Maurin, on le connaît depuis son enfance, dans le pays. S'il voulait !… Mais il ne veut pas.

– Et, poursuivit le préfet, si le candidat vous agrée, vous redoublerez d'efforts en sa faveur, en songeant qu'il est un peu mon parent, étant mon beau-frère, et qu'en remerciement de votre zèle pour lui vous trouverez toujours à la préfecture un préfet tout prêt à vous rendre justice en toute occasion.

– Comme ça, ça va, dit Maurin.

Et il ajouta :

– Je la connais, votre préfecture ; c'est peut-être la meilleure de France, vu qu'il y a des bécasses dans le jardin tout l'hiver. On peut les tuer sans sortir du château.

– Eh bien, à table, Maurin !… Allez chercher votre ami Pastouré.

CHAPITRE XVII

COMMENT M. LABARTERIE FUT CONDUIT PAR MAURIN
A LA CHASSE AUX MERLES, ET COMMENT M. CABISSOL
FUT ENTRAINÉ A CONTER, LUI AUSSI
UNE GALÉGEADE.

Le dîner fut joyeux comme tout repas de chasseurs. Le menu était simple et substantiel, par recommandation du préfet. Pastouré, bien entendu, ne desserra les dents que pour manger. Jusqu'au dessert, Maurin l'imita, bien que, de temps à autre, M. Désorty lui adressât la parole avec beaucoup de simplicité et de sympathie.

– Voilà de fameuses pintades, hein, Maurin ? Voilà un excellent petit vin ?...

Mais Maurin hochait la tête sans rien dire ; Maurin mangeait et buvait ferme, sans souffler mot. Et Pastouré riait dans sa barbe.

Un des convives, le général X..., Provençal d'origine et fils d'un bottier de village (détail connu), prononça au milieu de la conversation une phrase banale, celle-ci à peu près :

– L'évolution, tant que vous voudrez, mais plus de révolution ! Les révolutions sont des moyens du passé.

Maurin crut que la République était en péril :

– Pourtant, dit-il, sans la révolution (et il répéta *sans la révolution*), les savetiers ne deviendraient pas généraux !

Le préfet eut un mouvement d'inquiétude ; mais le général avait de l'esprit.

– Maurin, dit-il, les savetiers d'aujourd'hui peuvent devenir généraux – sans révolution ; il ne faut pas l'oublier.

– Bien répondu ! fit Maurin. Mais tout de même, il y a beaucoup de vos bourgeois qui ne veulent plus de révolutions parce qu'ils ont profité de la première. Maintenant qu'ils sont bien, ils ne veulent plus rien pour les autres. Si vous n'êtes pas de ceux-là, tant mieux : je m'aperçois que je m'étais trompé sur vous... C'est que j'en ai connu, voyez-vous, dans nos promenades, à la chasse, qui tiraient de leur carnier des pâtés de truffes et qui ne se gênaient pas, devant nous, pour mépriser entre eux les pauvres ; et à l'un d'eux j'ai dit un jour – j'ai dit comme ça –, j'ai dit : « Monsieur le marquis, lorsqu'on parle avec mépris des pauvres bougres, c'est peut-être un droit que l'on a, mais noum dé pas Dioû ! si l'on avait du cœur, lorsqu'on veut parler mal des crève-la-faim, faudrait d'abord cracher dans son assiette les truffes qu'on a dans sa bouche ! »

– Maurin ! dit le préfet, nous pouvons allumer nos pipes. Voici le café et les liqueurs.

Maurin tira sa pipe de Cogolin, sa bonne pipe de bruyère qui lui rappelait les belles « pipières » toutes roses de la tête aux pieds, couvertes qu'elles sont de la poussière du bois des pipes et si jolies – selon l'expression de M. Cabissol – sous leur coiffure de sphinx d'Égypte.

La conversation allait bon train, et, par les soins du préfet attentif, glissa bientôt aux histoires de chasse.

M. Labarterie demanda :

– On chasse les merles, dit-on, ici, comme en Corse ? Est-ce vrai ?

Maurin le regarda de travers :

– Oui, dit-il, et je vous mènerai à la chasse aux merles, quand vous voudrez, mais il faudra laisser à la maison votre « trompette » parce que ces oiseaux-là, nos merles de pays, la trompette les « détourne ».

Le préfet sentit le péril et regarda Maurin d'un air inquiet. Mais Maurin était « parti » et il se mit à s'amuser en bon Provençal galégeaïré.

– Voici, dit-il, en regardant toujours M. Labarterie, comment nous chassons les merles, nous autres. Je pars bien avant le jour, pour aller à l'agachon, une cabane basse que j'ai faite avec des branches d'arbre au mitan des bois. Dans cette cachette, vous vous mettez tout seul. A travers les branches que vous touchez de la tête quand vous êtes assis dessous – vous voyez le ciel, là-bas, au levant, qui devient un peu blanchâtre, puis un peu rouge… c'est tout juste la petite pointe du jour. C'est le bon moment « pour faire le merle ». Pour faire le merle, vous tirez le *chilé* de votre poche. Voici le mien. Et vous commencez. Écoutez-moi ça !

Maurin mit entre ses lèvres le chilet, sorte de petite boîte ronde en fer-blanc, traversée d'un trou au beau milieu, et il commença à siffler, à imiter le chant du merle…

– Réponds-moi, Pastouré.

Pastouré tira de sa poche un chilet d'une autre forme, fait d'un fragment de patte de langouste, et se mit de son côté à imiter le merle.

Tout à coup :

– Halte ! cria Maurin, d'un ton impérieux.

Et il promena un regard circulaire sur l'assemblée :

– Votre oreille ne vous a rien dit ? interrogea-t-il.

Son regard sévère s'arrêta sur M. Labarterie :

– A vous, non, bien sûr, parce que vous n'êtes pas un merle à plumes, mais remarquez-moi ce passage...

Et il s'interrompit pour reprendre sur son instrument le passage incriminé ; puis, s'arrêtant encore tout à coup :

– L'avez-vous entendue, cette fois, la fausse note ? Non, pardi ! mais Pastouré, lui qui l'a faite, l'a comprise, du moins la seconde fois ! N'est-ce pas, Pastouré ?

Pastouré fit signe que oui.

– Vous autres, vous n'y avez vu que du feu !... mais pas moins, en entendant cette note-là, si vous aviez été de vrais merles, vous auriez tous f...ichu le camp !

La vision de cette assemblée de dignitaires s'enfuyant tout à coup, transformée en un vol de merles, surgit si brusque que tout le monde partit en même temps d'un énorme éclat de rire.

Le geste de Maurin semblait éparpiller des merles dans l'espace.

Il reprit, toujours tourné vers Labarterie :

– Donc, vous étiez en train de faire le merle... Attention !... En voici un qui se pose dans les branches qui paraissent toutes noires sur le ciel qui blanquège à peine. Vous continuez à chiler... En voilà un autre, de merle, deux !... trois !... Le ciel devient plus clair : vous les apercevez mieux quand ils se posent.

En ce moment, il oubliait la galégeade ; il *voyait* arriver les merles ; cette chasse, devenue réelle pour lui, l'amusait.

Et Maurin élevait ses doigts écartés, pour augmenter chaque fois d'un merle le nombre précédemment énoncé. Il faisait aller son chilet et ne voulait plus s'interrompre de peur d'effaroucher les oiseaux imaginaires. Et toute sa main à présent s'élevait bien haut, écartant largement les doigts : cinq ! La main se refermait ; un doigt se levait encore : encore un merle ! ça faisait six ! Et Maurin chilait toujours, en regardant M. Labarterie de temps à autre, de son œil narquois de sanglier sauvage. Et sa physionomie de joie exprimait deux choses : primo : « En vient-il, hein, des merles, quand je les appelle ! » ; secundo : « A-t-il une bonne tête, le candidat de Paris ! En voilà un, de merle, qui ne sera pas député ! »

Quand il eut refermé et rouvert sa main trois fois, ce qui portait à une quinzaine le nombre des merles, Maurin s'arrêta de souffler dans son chilet. Il s'écrasa sur sa chaise ; il s'y faisait petit – et rasé, tapi jusqu'à être invisible sous les branches de la cachette, il prononça avec un accent provençal, *salé* :

– Il vïen pui un momein où vous êtes couver de merles !

Rien qu'à voir le chasseur, on se rendait compte qu'il en avait partout, des merles. Alors il s'écrasa davantage sur lui-même, regardant toujours dans les arbres de son rêve, en clignant toutefois, de temps à autre, un œil malin du côté de Labarterie... Et, sans perdre du regard les oiseaux innombrables qu'il croyait voir en petites silhouettes sombres sur les branches tout autour de lui et au-dessus de sa tête, il dit d'une voix très basse pour ne pas les faire envoler :

– Maintenein, je ramasse mon fusill, bien doucemein ! Vous compréné, meussieu Labarterille, si vous aviez eu l'imprudence de tirer su le premié quan il s'est posé la première fois, les òtres ne seraient pas venus. Quand le second s'est posé, la même chose ! A présein qu'ils sont tropp, vous n'en amirez deuss – troiss, si c'est possible – à la file, comme si votre coup de fusil il était une brochette... C'est un coup difficile, pourquoi il sòte à tout momein d'une branche à l'òtre, mais tout de même vous en amirez deux ou trois à la file, quan ils se passent l'un devant de l'òtre, et vous tirez... Boum !...

Sa voix changea, redevint plus naturelle, comme celle d'un homme qui, après les belles exaltations du rêve, retombe à la réalité :

– Des fois vous n'en pourrié ramasser trois, des fois deusse, des fois pouïn. Alors vous rentrez chez vous ; pourquoi à cette chasse, vous ne tirez jamé qu'un seul coup de fusill.

Puis, franchement railleur, il conclut, l'œil sur M. Labarterie :

– C'est très amusant, qué ?

Il est impossible de rendre le haut comique de cette scène dite et mimée par Maurin, railleur de lui-même. Tout le génie de la Provence éclatait dans toute sa physionomie ; et tant étaient rapides les idées simultanées et diverses qui brillaient dans ses yeux, que les spectateurs ne pouvaient s'en rendre compte assez vivement. Et c'est de leur embarras que jouissait maintenant le galégeaïré.

– Tel que vous me voyez, monsieur Labarterille, acheva Maurin, je fais si bien le merle, moi, qu'un jour – pendant que je chilais, caché dans la broussaille –, un renard m'a sauté sur ma tête, tout en coup, pourquoi il me prené pour un oisò !... *Il faut vous dire qu'il ne m'avait pas vu*; il m'avait entendu seulement... Voyez-vous, en faisant le merle, on attire toutes les bêtes à son entour !

Et il regardait les têtes qui l'entouraient.

Cette dernière histoire était authentique, mais Maurin sentait ce qu'on se donnait de ridicule quand on la croyait véritable, parce qu'il comprenait ce qu'elle avait d'invraisemblable. Alors il la racontait de façon à justifier tous les doutes qu'il trouvait naturels, et dont il se moquait pourtant à part lui.

– Ont-ils de l'esprit, ces Provençaux ! dit le préfet qui pénétrait tout cela et qui riait comme un fou, en bon Parisien.

Pendant ce temps, les lèvres muettes de Pastouré remuaient imperceptiblement – très vite, mais ce qu'il se disait, nous ne le saurons jamais.

CHAPITRE XVIII

LE PURGATOIRE DE FRÈRE PANCRACE

– Allons, monsieur Cabissol, cria Maurin, vous qui en connaissez de si bonnes, vous n'en direz pas une, de vos histoires ?

– J'en sais plus d'une ! dit M. Cabissol, mais je ne les conte pas aussi bien que vous !

– Nous allons bien voir, dit le préfet.

Sans se faire prier davantage, M. Cabissol commença :

– C'est une histoire qui est arrivée il y a plus de cent ans, à en croire du moins mon grand-père qui me la répétait souvent lorsque j'étais tout petit :

LE PURGATOIRE DE FRÈRE PANCRACE

Deux bons moines quêteurs, chargés comme des ânes, cheminaient péniblement dans les sentiers montants et rocailleux. Ils avaient hâte d'arriver à leur couvent perché sur le plateau, dans les pinèdes, au sommet de la colline.

Ils marchaient, l'échine courbée, chacun portant un gros sac empli de légumes, de fruits et de pain frais. Le soleil piquait sur leur face rougeaude où coulait la sueur, en grosses perles luisantes.

Panuce marchait devant, ce qui veut dire que Pancrace suivait Panuce.

– Il fait chaud, frère Pancrace, il fait bien chaud aujourd'hui !...

– Il fait même très chaud, frère Panuce !

– De sûr qu'il fait trop chaud, frère Pancrace, trop chaud, vous l'avez dit !

– L'homme, frère Panuce, doit gagner son pain à la sueur de son front…

Les deux bons moines devisaient ainsi en soupirant et, sous la semelle de leurs sandales, roulaient, dans le sentier creux et sonore, les cailloux ardents comme braise.

Tout à coup, frère Panuce s'arrêta et, d'une voix frémissante de joie :

– Dieu nous a entendus, frère Pancrace, et, si j'en crois mes yeux, il nous envoie du secours !

– Vous moquez-vous de moi, Panuce ? Quel secours pourrait nous envoyer la Providence, sinon un bel et bon âne avec ses « ensari » ?… Or, en vérité, il n'y a pas ici d'autre âne que vous, si ce n'est moi. Et ce serait péché véritablement que me donner faussement l'espérance d'être soulagé de mon lourd fardeau ; il n'en deviendrait que plus lourd ! Pour l'amour de Dieu, Panuce, marchez encore un peu, afin que nous arrivions au gîte. Ne vous arrêtez pas ainsi, ou je vais jeter là mon sac, qui est plein à crever comme un ventre de chantre… Et si une fois je le pose, peut-être bien, frère Panuce, n'aurais-je plus jamais la force de le soulever.

Et, ce disant, Pancrace, avec un ouf ! de soulagement, posa son sac au beau mitan du chemin.

Alors, Panuce, qui marchait devant, lui dit, en se rangeant à côté de lui :

– Vous avez douté de moi, Pancrace, parce que la largeur de mon dos cachait à vos yeux de chair l'objet de votre espérance !…

Et du doigt il désignait un joli petit enfant d'ânesse, rondelet, à l'œil vif, à l'air spirituel, qui, attaché par une corde au pied d'un olivier, broutait le chiendent et la lavande, dans la restanque, au bord du sentier pierrailleux.

– Sainte Vierge du ciel, soyez remerciée ! Saints anges du Paradis, soyez loués dans les siècles des siècles ! Dieu n'a pas voulu la mort du pêcheur ! s'écria Pancrace.

Et en un tour de main, soulevant les deux sacs rebondis, après les avoir reliés entre eux au moyen d'une cordelette, Panuce et Pancrace les arrimèrent sur l'échine de l'âne, l'un pendant à gauche et l'autre à droite. Quand cela fut fait, les deux moines burent un coup de clairet à la gourde qu'ils portaient dans leur capuchon, à la façon des

Sarrasinois, et s'épongeant le front avec leur grand mouchoir de cotonnade à carreaux multicolores, ils s'assirent un moment au pied de l'olivier, sous l'ombre chaude et claire ; et ils admiraient l'âne, et ils le bénissaient du fond de leur cœur comme un envoyé de la sainte Providence qui, enfin, avait pris en pitié leur grande lassitude.

– Mais, dit Pancrace, frappé d'une idée et inquiet tout à coup, il n'y a pas, dans ce triste monde, il n'y a pas, que je sache, un seul âne sans maître ?

– Tout peut arriver, par la permission du ciel, dit Panuce ; des ânes sans maître, on en voit rarement, dans ce monde de misère, je ne le sais que trop ; on n'en voit presque jamais, je vous le concède ; mais qu'il ne puisse y en avoir, je n'en jurerais pas.

– Il ne faut jurer de rien, dit Pancrace ; mais, croyez-moi, frère Panuce, tout âne, si solitaire qu'il paraisse, me fait penser à un homme, à un homme qui est son maître… Cet âne-ci doit en avoir un !

– Je vous entends, dit Panuce, je ne vous entends que trop. Eh bien, voici ce qu'il nous faut faire. Je vais, moi, tout seul, conduire l'âne au couvent avec sa charge, qui est la nôtre, et je le ramènerai au plus tôt ici. Vous, mon frère, attendez-moi patiemment sur place, au pied de cet olivier, et si le maître de l'âne survient avant mon retour, vous lui expliquerez comment, par la permission de Dieu, nous le lui avons, pour une toute petite demi-heure, très humblement emprunté.

Là-dessus, Panuce s'éloigne par le sentier montant, tenant la queue de l'âne pour se faire traîner un peu et se peser d'autant moins à lui-même… Et Pancrace demeura seul, assis sur le tronc de l'olivier où était tout à l'heure attachée la corde du bourriquet, assez semblable à la corde qui ceinturait sa robe de moine.

A peine le dernier cri lointain de Panuce : « I, l'aï! » s'éteignait-il tout là-haut, au détour de la draye, sous les pinèdes, que le paysan Marius Mangeosèbe surgit devant Pancrace.

Pancrace ouvrit aussitôt la bouche pour raconter toute l'affaire, et comment il se faisait qu'en cette même place Mangeosèbe trouvât un moine au lieu d'un âne ; mais le moine fut moins prompt à expliquer la métamorphose que le paysan à en exprimer sa surprise, qui était grande. Et déjà Mangeosèbe s'était écrié :

– Bonne Mère des Anges ! Sainte Vierge couronnée ! que m'arrive-t-il !… Ai-je la berlue ? Voilà mon âne qui s'est changé en moine par la permission de Dieu !... Oï! aï! oï! oï! que dira ma femme, pauvre de moi !... Je sais bien qu'il la faisait souvent enrager, ce bougre d'âne ! mais enfin il n'en portait pas moins au village nos courges et nos pastèques et, selon la saison, notre blé ou nos olives au moulin ! Oï! oï! aï! las !... que vais-je faire d'un moine, à présent ? quel besoin avais-je d'un moine ?

Pancrace, voyant Mangeosèbe si bête et si saintement crédule, voulut s'en amuser un peu, et par pure plaisanterie, gravement il lui dit :

– Oh ! mon maître !... Je vous plains de tout mon cœur, puisque ce qui fait ma joie fait votre ennui... Mais n'est-ce pas la règle d'ici-bas, hélas ! que le bonheur de l'un fasse le malheur de l'autre ? Ainsi vont les choses terrestres. Et j'ai quelque satisfaction, je l'avoue, à vous remercier avec une voix humaine, des bons coups d'étrille et de la bonne herbe que vous m'avez quelquefois donnés...

Pour ce qui est des coups de trique, j'en avais tous les jours et ration double ; n'en parlons plus, s'il vous plaît... Mais voici ce qui arrive et l'explication de cette aventure. Autrefois, bien avant d'être un âne, j'étais un moine, né dans la moinerie... Or, j'eus le malheur, tout moine que j'étais, de commettre un gros, un très gros péché... car la chair est faible, et Dieu – juste punition de ma faute – fit de moi, pechère, un pauvre âne, le pauvre âne dont vous devîntes un jour le maître, sans vous douter, pechère ! que vous aviez acheté un moine à la foire ! Et voilà que mon temps d'ânerie, comme qui dirait mon temps de galères ou plutôt de purgatoire terrestre, vient de finir à l'instant, et là, à cette place même où vous m'aviez attaché, là, pendant que j'étais en train de brouter l'herbe dure, crac ! voilà que, tout à coup, je suis redevenu moine ! et la corde de mon licol est redevenue ma ceinture !

– Hélas ! dit Mangeosèbe en se grattant la tête, je crois, décidément, que je perds au change !...

– Ça doit être pour vos péchés, mon pauvre homme ! répliqua Pancrace.

– Je le prends ainsi, dit Mangeosèbe – et que la volonté de Dieu s'accomplisse ! Allons, puisqu'il n'y a rien à faire, quittons-nous bons amis... Et surtout ne péchez plus, frère moine...

– Tenez compte de votre conseil pour vous-même, lui cria Pancrace qui s'éloigna en riant tout seul.

Le paysan rentra au village et le moine au couvent. Alors Pancrace et Panuce, s'étant consultés dans le secret de leur cellule, jugèrent qu'il ne fallait point rendre l'âne, à seule fin de ne pas faire naître dans l'esprit simple du paysan ou le doute ou la colère, qui tous deux également plaisent au diable. Et il fut convenu qu'on vendrait l'âne à la foire…

Ce fut, bien entendu, Panuce qui s'y rendit seul. Puisqu'il était convenu que Pancrace et l'âne n'étaient à eux deux qu'une seule et même personne, il ne convenait pas de les montrer ensemble.

– *I, l'aï! hue, già, l'aï!*

Or, de son côté, pour acheter un autre âne dont il ne se pouvait passer, Mangeosèbe était allé à la foire.

Et, de très loin, il reconnut son âne et courut vers lui, ébahi… puis, après réflexion, lui donnant sur le museau une petite tape, une caresse tendre, toute pleine d'indulgence :

– *Ze* comprends, lui dit-il, *pechère!… Oouras maï quàouco couyounado!* ce qui peut se traduire ainsi : « Tu auras fait encore quelque mignonne sottise, nigaud ! » Mais, *vaï*, ajouta-t-il, ce n'est pas moi qui t'achèterai !… On ne m'attrape pas deux fois !… Je vois bien que tu as tout à fait l'air d'un âne, mais je suis payé pour savoir que tu n'es qu'un moine !

– Ce qui prouve, s'écria Maurin, que bien avant les assignats, il y avait des ânes qui parlaient comme des hommes ; mais vous trouveriez plus facilement aujourd'hui des hommes qui parlent comme des ânes !… C'est égal, monsieur Cabissol, vous la contez comme un malin ! et si j'avais votre talent, je ferais des livres le jour et la nuit.

– Il y a trop d'écrivains, dit M. Labarterie. Et plus il y a d'écrivains, moins il y a de lecteurs.

– Et plus il y a de vin, dit Maurin, moins on en vend… Pauvre France !

En sortant, le général dit à M. Labarterie :

– Je n'aime pas ce préfet chercheur de popularité qui invite à dîner des goujats avec des gentlemen. Il m'avait demandé la permission d'inviter Maurin à dîner, c'est vrai – mais je ne savais pas que ce braconnier se paierait ma tête et la vôtre. Ce doit être un anarchiste. Ils le sont tous dans le Var.

– Je renonce à représenter ces gens-là au Palais-Bourbon, dit M. Labarterie d'un air important.

Il assura sa casquette-melon sur sa tête et son cor de chasse sur son épaule :

– J'y renonce. Ce sont eux, les vilains merles ! Je me porterai dans un département du nord.

– Eh bien ! monsieur le préfet ? disait Cabissol, croyez-vous que c'est un type, notre Maurin ! je vous dis qu'il lui faudrait Balzac pour historiographe. Ce qu'il y a en lui de génie de race est inexprimable. Il y a trop de choses à la fois dans un seul de ses regards et de ses gestes !

– C'est vrai, dit le préfet. Cet homme, c'est toute une race, mais malheureusement le meilleur de lui est intraduisible.

– Aucune émotion ne se transmet au moyen des mots. L'art ne peut que donner un ressouvenir des choses, et c'est déjà bien joli. S'il en était autrement, la poésie écrite suffirait aux amoureux.

CHAPITRE XIX

OÙ APPARAIT, POUR LE GRAND ENNUI DE MAURIN ET LA PLUS GRANDE SATISFACTION DE LA GENDARMERIE NATIONALE UN NOUVEAU PERSONNAGE NOIR COMME UN DIABLE

Grondard était charbonnier. Il habitait avec sa famille, à travers les Maures, une sorte de hameau formé de cinq ou six cabanes qu'il allait construisant, démolissant et reconstruisant sur tous les emplacements où on l'appelait, des divers points de la montagne, pour faire du charbon.

Sa famille se composait de quatre filles de douze à dix-neuf ans et d'un fils de vingt ans, Célestin Grondard, qui était, comme son père, un mauvais géant.

Grondard le père était un colosse, à la face et aux mains toujours noires de charbon. Cet horrible athlète avait des mœurs dignes des anciens dieux de Rome et de la Grèce. En disant : « c'est un véritable *Œdipe* », le percepteur l'avait flatté. Œdipe est une conscience. Les crimes d'Œdipe furent involontaires. Œdipe adore son Antigone.

Le curé et le notaire avaient mieux jugé Grondard en l'appelant l'un : *l'Ogre* et l'autre : *Caliban*. En quoi ils étaient d'accord avec le jugement populaire qui nommait Grondard *la Besti* (la Bête).

Aux sauvages forêts des Maures, Grondard était ce que le rôdeur de barrières est aux fortifications de Paris. Et, criminel redouté, il demeurait inattaquable. Aucun de ses méfaits n'aurait pu être prouvé facilement. La plupart se compliquaient de chantage, et ses victimes préféraient, par orgueil ou pour éviter le scandale, se taire.

Généralement Grondard, qui avait dressé ses filles à ce manège, opérait ainsi : il en laissait une, comme appât, par un beau temps, occupée à quelque travail solitaire, sur un point giboyeux du territoire, « au pas de la lièvre,» comme on dit dans le pays… Un chasseur arrivait, paysan sans défiance, qui, provoqué par la luronne, la prenait par la taille. Elle criait. Surgissait Grondard père ou fils, et il fallait payer ou dire pourquoi. On payait et, tout penaud, on gardait le silence.

Cependant, la victime, un jour de belle humeur, au cabanon, après boire, finissait par conter son aventure... Et ainsi la triste réputation de Grondard s'était formée. On le traitait de monstre, mais de loin et à voix basse. Nul n'aurait osé prendre l'initiative de « porter plainte ».

Toutes proportions gardées, les Grondard ressemblaient un peu à ces affreux barons du moyen âge qui, du haut de leurs châteaux forts, fondaient, secondés par quelques braves, sur les passants isolés. Ces barons étaient protégés par leur grandeur seigneuriale, les Grondard par leur bassesse compromettante. Et ceux-ci comme ceux-là par la mystérieuse terreur qu'ils inspiraient.

La Besti, Grondard le père, un jour d'août, par un torride soleil, était couché à l'ombre d'un haut rocher, au milieu des broussailles, à quelques pas d'un chemin forestier qu'inondait une lumière blanche, coupée çà et là par l'ombre courte de quelques pins. L'Ogre faisait semblant de dormir. Il était en embuscade. Il en voulait à un certain bûcheron nommé Toucas qui, échappé à une de ses tentatives de chantage, avait menacé de le dénoncer.

Le colosse était effrayant avec sa face inégalement noircie, ses dents éclatantes, ses yeux, qui, entr'ouverts par moments, ne paraissaient que blancs et rouges. Autour de lui un silence lourd ou plutôt un bruissement égal et continu : le bourdonnement de la lumière d'été.

Dans ce calme uniforme, le moindre craquement au fond des vallées de roches, sèches et sonores, est entendu facilement. Depuis un moment, Grondard prêtait l'oreille. Il entr'ouvrit tout à coup ses méchants yeux, et en même temps il cria :

– Où vas-tu, petite ?

Il se leva et bondit vers l'étroit chemin.

Au cri de la Besti, une jolie petite paysanne, une enfant de douze à treize ans, s'arrêta, épouvantée, et laissa tomber de saisissement la marmite dans laquelle elle portait à son père Toucas, qui travaillait assez loin de là, le repas de midi.

Puis l'enfant se tourna du côté par où elle était venue et se prit à fuir avec un grand cri.

En deux enjambées, comme s'il avait eu des bottes de sept lieues, l'immonde colosse noir, véritable démon, fut sur les talons de la pauvrette.

– Maman ! cria-t-elle.

Elle croyait sentir déjà s'abattre sur sa mignonne épaule la main énorme et pesante.

– Maman ! répéta-t-elle.

Son cri perçant roula d'écho en écho dans les ravins.

A ce moment, sur le flanc de la colline, une fumée ronde, légère, blanche et bleuâtre, se détacha de la verdure des pins et un coup de fusil retentit. Ce fut comme une réponse au cri de détresse de l'enfant.

L'Ogre, le monstre, frappé à la tête, emplissait la largeur du chemin de son grand cadavre noir.

L'enfant courait toujours, sans se retourner. Elle disparut au coude du chemin.

Le cadavre fut rencontré le soir, par un garde-forêts en tournée. On ne sut ni pourquoi ni comment Grondard avait été frappé.

Les parents de la petite, redoutant le scandale et tous les ennuis qu'attirent les juges sur les maisons, lui défendirent avec menace de raconter ce qui lui était arrivé. On chercha vainement les raisons du meurtre et quel était le meurtrier.

Seulement, le fils du mort, Célestin Grondard, ramassa dans les bois, tout près de l'endroit où avait été relevé la Besti, un bouton de cuivre massif, comme on n'en fait plus aujourd'hui. Sur ce bouton on voyait un faucon chaperonné avec cette devise : *Mon espoir est en pennes.* Fort de cet indice, le fils Grondard accusa bientôt Maurin du meurtre de son père.

Maurin ignora quelque temps cette accusation, mais il s'y était délibérément exposé : il avait vu, lui aussi, du fond des pinèdes, le danger que courait l'enfant… et il s'apprêtait à intervenir lorsque avait retenti le coup de feu vengeur.

Le justicier s'enfuyait, tenant à la main son fusil fumant. C'était un brave homme – père de famille –, un nommé Verdoulet, qui dit à Maurin :

– Tu ne me trahiras pas, Maurin ?

– Tu peux y compter, dit Maurin.

– Tout de même, fit l'autre, j'ai du regret. Ça m'a échappé. Mon fusil est parti tout seul !

– Du regret, dit Maurin, quoi qu'on doive toujours hésiter à tuer un homme, tu peux n'en pas avoir, foi de Maurin ! Et des monstres de cette espèce, tue-nous-en, dès que l'occasion se présente, le plus que tu pourras !

» Maintenant, file ! que je protège ta fuite ! Je ne te vendrai pas.

Verdoulet ne se l'était pas fait dire deux fois et il était rentré chez lui au plus vite…

Un autre homme que Célestin soupçonnait ou voulait soupçonner Maurin du meurtre de Grondard, c'était le gendarme Alessandri, dit Sandri.

L'avisé gendarme, avant de rien dire, cherchait un commencement de preuves.

CHAPITRE XX

LE GENDARME SANDRI ÉTABLIT L'ORTHOGRAPHE DU MOT *PENNES*

Quelques semaines se passèrent.

L'indulgence des pouvoirs publics pour Maurin, le pardon qui lui avait été accordé pour l'enlèvement des chevaux, sa morgue envers les gendarmes après l'arrestation de l'un des trois évadés, l'honneur qu'il avait eu d'être félicité publiquement par le préfet, devant la tombe de Crouzillat, en un mot tous les succès de Maurin n'étaient pas pour calmer l'irritation, la rancune et les jalousies de Sandri, le gendarme aux pommettes roses.

Mais il fallait bien laisser le braconnier tranquille jusqu'à nouvel ordre.

Il est bon de se rappeler qu'en Provence, on nomme braconnier tout chasseur passionné qui fait métier de la chasse, même s'il n'enfreint aucune des lois qui la régissent.

Sandri n'avait plus aucune raison avouable de pourchasser Maurin. Il lui eût fallu, pour se remettre aux trousses du roi des Maures, vu la protection dont l'entourait l'autorité préfectorale, mieux qu'un prétexte : un motif bien caractérisé. Ce motif, il résolut de le faire naître, et il alla trouver Célestin Grondard…

Tant que Maurin serait libre, le fiancé de la Corsoise redouterait un rival possible. Il eût voulu le déshonorer, justement et légalement, aux yeux du père de Tonia, homme de légalité et de discipline. Qu'Orsini eût conduit sa fille à la battue de l'Estérel, cela n'avait pas été pour plaire au gendarme. Et, bien que Sandri ignorât comment s'y était comporté Maurin, il était allé jusqu'à reprocher à Orsini son imprudence. Mais cette fois, le père s'était fâché.

– Ma fille est une honnête fille, et je ne suis pas un imbécile ! Tiens-le-toi pour dit, Sandri.

– Je souhaite, avait répliqué le gendarme, de n'avoir pas un jour à vous prouver le contraire.

– Il est encore temps de nous dédire de notre promesse échangée. Je ne suis pas encore ton beau-père !

– Calmez-vous et pardonnez-moi, avait ajouté vivement Sandri qui ne voulait pas perdre Tonia.

– C'est bien ! avait conclu Orsini narquois… Tâche seulement de rompre avec la Margaride.

Le beau gendarme avait rougi. La Margaride était la belle servante d'auberge pour laquelle Sandri brûlait d'un feu coupable.

Après cette conversation, Sandri avait voulu « raisonner » Tonia. Il souhaitait que jamais plus elle ne parût dans une réunion quelconque où se trouverait Maurin.

De ce côté aussi, le gendarme avait été repoussé avec perte.

Tonia avait été d'autant plus fâchée de ses remontrances qu'elle se sentait en faute ; elle devait en effet reconnaître, dans le secret de son cœur, que l'ardent baiser de Maurin avait fait courir par tout son être une flamme de joie.

Elle était mécontente d'elle-même. Aussi répliqua-t-elle au gendarme sur un ton d'extrême mauvaise humeur :

– Si tu dois me tourmenter ainsi, mon beau, mieux vaudrait rompre tout de suite. Que soupçonnes-tu ? Je suis une honnête fille. Si déjà je ne voulais plus de toi, je te le dirais. Va à tes affaires et j'irai aux miennes. La madone voit dans mon cœur, et elle sait que je te le garderai fidèle, à moins que par trop tu ne m'importunes !

– Mais si ce gueux, qui te regarde d'un œil qui me déplaît, osait te parler un jour comme il ne doit pas ?

– N'ai-je pas mon stylet corse ? répliqua-t-elle.

C'était sincèrement qu'elle parlait de la sorte. Elle se complaisait, c'est vrai, au souvenir de ce Maurin, mais tout de même elle lui en voulait, et se proposait, s'il revenait à la charge, de lui répliquer en Corsoise, car enfin, que voulait-il d'elle, ce gueux ?

Sandri alla donc voir le fils Grondard.

Célestin fut inquiet d'abord en voyant apparaître le bicorne redouté ; puis, quand Sandri se fut expliqué, Grondard se sentit tout fier. Chose singulière, rien ne flatte un gredin comme d'avoir une aimable conversation avec un honnête homme.

Le gendarme, c'est, aux yeux des bandits, l'honnêteté en uniforme.

Sandri interrogea :

– Vous devez avoir des soupçons sur quelqu'un ?

– Oui, dit Grondard.

– Et, fit le gendarme aux joues rosées, en frisottant sa moustache, sur quoi les fondez-vous, ces soupçons ?

Le *machuré* (le noirci) ne comprit pas. Sandri, ayant souri avec pitié, reprit avec condescendance, en regardant le charbonnier qui semblait, comme toujours, masqué de noir :

– Quel est le motif, la raison qui fait que vous croyez légitime d'être autorisé à la chose d'avoir des soupçons ?

– Voilà, dit Célestin Grondard.

Il montra à Sandri le bouton de cuivre ramassé non loin du lieu où l'on avait trouvé son père mort.

– Qu'est-ce que c'est que ça ? dit Sandri.

Il lut péniblement la devise écrite en relief et luisante sur le fond vermiculé du petit objet de métal : « *Mon espoir est en pennes.* »

– Il y a, dit-il gravement, une faute d'orthographe. Il manque un *i* avant la première des deux *n*.

Célestin, sous son masque sombre, le contemplait avec l'hébétement du poisson d'aquarium qui, à travers une vitre, regarde un savant pisciculteur. Cet hommage enchanta Sandri.

Dans tout Français qui détient une part d'autorité, si minime soit-elle, il y a – comme le répétait souvent M. Cabissol – un Napoléon. C'est ce qui rend notre nation inquiète, toujours partagée entre son goût de liberté et son amour de la domination. Elle n'est, au fond, composée que de révolutionnaires qui aspirent à la tyrannie.

– Ce que je vous dis n'est pas pour vous, fit le gendarme sur un ton de supériorité écrasante. L'orthographe ne vous concerne pas, puisque vous êtes incompétent. Assez là-dessus. Que signifie cet objet ? répondez immédiatement ! Comment est-il arrivé entre vos mains ?

Grondard expliqua. Il croyait que Maurin portait quelquefois une veste avec des boutons pareils à celui-ci. Et depuis quelque temps, il l'épiait, attendant le jour où il remettrait cette veste. Si, en effet, ce bouton appartenait à Maurin, ce serait la preuve que le braconnier s'était trouvé sur l'endroit du meurtre… Alors, lui, Célestin Grondard, l'interrogerait; et, en s'y prenant bien, de gré ou de force il l'amènerait à se trahir comme coupable…

Le gendarme réfléchissait.

– C'est quelque chose, dit-il, qui pourrait servir à un juge. Les juges sont intelligents, ils sont nommés juges à cause de ça. Mais vous, Grondard, vous ne tirerez rien de Maurin par le moyen que vous dites ! Et puis, où le prendre, ce diable de coureur qui ne reste jamais en place ?…

– Où le prendre ? fit Grondard, je le sais bien, moi.

– Et où donc ?

Grondard expliqua. Il savait que Maurin, depuis quelques jours, Maurin, le coureur de filles, avait une nouvelle aventure.

– Connaissez-vous le cantonnier Saulnier ?

– Celui qui se fait suivre par toutes ces bêtes sauvages qu'il a apprivoisées ?

– Oui.

– Savez-vous où est son cabanon ?

– Oui, pas loin de la route, entre les Campaux et La Molle… je le trouverai facilement.

– Eh bien ! dit Grondard, ce Saulnier, pendant qu'il est à son travail de casseur de pierres, prête son cabanon à Maurin, et Maurin s'y rencontre avec la femme de maître Secourgeon, le fermier que vous devez connaître.

» Avec la permission de Secourgeon, vous prendrez quand vous voudrez les amoureux dans leur nid.

Sandri ôta son képi et se gratta la tête avec beaucoup de simplicité :

– Oui… constatation de flagrant délit… Mais il faudrait, fit-il, que ce Secourgeon, que je ne connais pas, eût porté plainte et demandé notre intervention. Comprenez-vous ?

Grondard ne comprenait pas. Sandri lui expliqua patiemment ce que c'est que la constatation d'un flagrant délit.

– Secourgeon est vieux, dit Grondard ; sa femme est jeune. Le mari est jaloux comme un tigre. Il faut être Maurin pour se frotter à lui. Il est vrai que, de Maurin, il aura tout de même un peu peur… Je lui mettrai la puce à l'oreille, moi, soyez tranquille ; et il fera demander les gendarmes, d'après la loi telle que vous me la venez d'expliquer.

– Comment saurez-vous l'heure du rendez-vous ?

– Ça, dit Célestin, je m'en charge. Je connais, moi, quelqu'un qui fera parler Saulnier.

– Au revoir.

– A quand ?

Les deux hommes prirent jour pour une nouvelle rencontre. Des geais qui se posaient sur un arbre voisin poussèrent tout à coup des cris perçants et s'enfuirent, étonnés sans doute d'avoir aperçu, causant ensemble d'un air amical, un si vilain coquin et un si joli gendarme.

CHAPITRE XXI

D'OÙ IL APPERT QU'UN PARDESSUS D'ÉTÉ EST LE VÊTEMENT RIDICULE PAR EXCELLENCE ET OÙ L'ON VERRA COMMENT LE DON JUAN DES BOIS POUR CONQUÉRIR UNE FEMME DU VAR S'ASSURA LA COMPLICITÉ D'UNE AIGLE DES ALPES

Maurin, le carnier au dos et suivi d'Hercule, son griffon, passait non loin de la ferme des *Agasses*, dans un pli de vallée entre La Molle et les Campaux.

Presque au fond du vallonnement, au bord d'une pente au midi, la ferme des Agasses et le hangar attenant riaient au soleil d'hiver.

La fermière donnait du grain à ses poules sur le pas de sa porte et de temps à autre regardait son mari qui, à peu de distance de la maison, marchait derrière l'araire, insultant son cheval tantôt trop lent, tantôt trop rapide à son gré.

On entendait distinctement les injures hurlées par le laboureur. Pressées et continues, elles formaient une sorte de monologue digne d'un Pastouré – et Maurin, arrêté, écoutait joyeusement :

– Ô mendiant ! Ô forçat ! tu le gagnes, dis, le foin que tu manges ?… On t'en donnera, brigand, de l'avoine, pour travailler comme ça !… Huc, bourrique !… un bœuf va plus vite, cent fois ! cent fois plus vite, de sûr !… Regardez-le, qu'à présent il prend le mors aux dents ! Oh ! oh ! arrête, chameau, que tu voles avec des ailes… comme un chameau ! Bon ! le voilà maintenant planté sur ses jambes comme s'il était en ciment romain ! regardez-moi ce pilier ! il ressemble à l'aqueduc des Fréjussiens ! Va donc, maintenant ! remue-toi un peu, bougre d'âne de cheval ! enfant de vache ! carogne ! oh ! voleur ! je te ferai comprendre à la fin, vaï, comme tu dois faire ! enfant de carogne ! oh ! fils de fille ! la jument qui t'a fait était une rosse ! mais ton père avait, je pense, de l'amadou sous la queue, pour que tu coures ainsi ! Allons bon, le voilà qui s'arrête ! Croyez-vous qu'il bougera maintenant ? Quelle vie, sainte Mère ! Oh ! Madone des Anges, regardez-moi cette bourrique, pour l'amour de saint Joseph, coquin de brigand de sort ! le voilà plus solide que la tour ou le fort de Brégançon. Oh ! oh ! j'ai mouillé de sueur toute une chemise ! Il faudra la tordre comme si nous étions, ma chemise et moi, tombés ensemble à la mer. Et voilà qu'il repart ! Il me fait suer, le bougre, à force de courir ! et il me fera prendre une « pérémonie », le fainéant, à force de m'arrêter suant pour attendre qu'il reparte encore !... Alors, tu lis le journal ? bourrique ! hue donc... *capòto d'estiou!* (c'est-à-dire : manteau ou pardessus d'été !).

Ainsi s'exprimait Secourgeon, d'où il appert qu'un pardessus d'été, en pays provençal, est le vêtement ridicule par excellence.

Sur cette injure géniale et qu'il venait d'imaginer sans effort, Secourgeon s'arrêta décidément, pour crier au chasseur qu'il venait d'apercevoir :

– Tu es toi, Maurin ? Tu as choisi un métier meilleur que le mien !... Elle m'en donne du mal, cette terre, tantôt trop molle, tantôt trop dure !... Ah ! si je pouvais chasser comme toi ! Que regardes-tu en l'air, Maurin ?... Ah ! pauvre de moi ! c'est mon aigle !

Une aigle des Alpes tournait, presque hors de vue, bien au-dessus des petits sommets qui couronnent le vallon. Maurin suivait l'aigle des yeux depuis un moment...

– Ton aigle ? fit-il. A la voir, compère, elle ne me semble pas bien à toi !

Secourgeon laissa en plan cheval et araire et s'approcha du chasseur :

– Elle est à moi, fit-il, par la raison que je la nourris depuis une bonne quinzaine. Il ne se passe pas de jours, la garce, qu'elle ne me vole un poulet ou un lapin. Elle n'est pas à moi, c'est vrai, par la raison qu'elle m'échappe, mais je l'aurais tuée déjà, si j'avais eu le temps d'aller à l'*espère* (l'affût). Je n'ai pas le temps, que le travail presse... Et – té ! – si tu veux t'amuser à me la tuer, acheva-t-il en riant, je te la donne !

Misé Secourgeon, là-bas du pas de sa porte, cria aux deux hommes :

– Gueïro ! (guette !) qu'elle descend en faisant le rond ! Cachez-vous, Maurin ! que vous l'aurez !

Les deux hommes disparurent derrière un jujubier au feuillage retombant. L'aigle descendait une spirale qui allait se rétrécissant vers la terre. Déjà on apercevait les mouvements très nets de son col flexible. Sa tête se tournait du côté de la ferme au seuil de laquelle se bousculaient des poulettes épouvantées. On distinguait ses pattes rejetées en arrière… « On lui pourrait compter les plumes ! » murmurait Secourgeon. Une nuée de petits oiseaux, accourue des oliviers environnants, se précipita vers l'aigle et se mit à la suivre en criaillant. L'énorme oiseau semblait entouré d'un vol de moucherons.

– Trop loin encore ! murmurait Maurin.

– Chut ! qu'elle se rapproche !

La fermière sous le hangar s'était cachée derrière des balles de foin.

– Prépare-toi, Maurin ! chuchota Secourgeon. Elle arrive, notre aigle !

Le rétrécissement du dernier cercle que décrivait le vol de l'aigle devait l'amener à portée du bon fusil de Maurin… mais ce cercle ne s'acheva pas. La lourde bête de proie tout à coup se laissa tomber verticalement comme une pierre vers le sol.

– Couquin dé pas Dioû ! mon chien ! hurla Secourgeon. Elle en veut à mon chien ! vé ! vé ! vé !

Il quitta son abri en même temps que Maurin.

A la vue des deux hommes, l'aigle remonta brusquement en s'éloignant d'eux, tandis qu'un jeune basset, hurlant d'effroi, revenait vers la ferme de toute la vitesse de ses jambes courtes.

– C'est un peu fort ! criait Secourgeon. Ah ! garce ! charogne ! Elle me ruinera, la gueuse ! six poulets et trois lapins, voilà son compte depuis trois jours ! Et n'a-t-elle pas, avant-hier, essayé de prendre une chevrette à la petite pastresse Fanfarnette ! Tu verras qu'un de ces matins elle s'avisera, cette aigle de malheur, d'enlever notre bergerette elle-même qui, avec ses quinze ans, a l'air d'en avoir dix, tant elle est petitette !… On ne me la tuera donc pas, cette aigle enragée ! Elle veut mon chien à présent que ma chienne est morte ! et je n'ai que lui pour la chasse !

Il se tourna violemment vers Maurin :

– Té, Maurin, toi que tu as le temps, reste ici à l'espère jusqu'à ce que tu me l'aies tuée. Je te loge, je te nourris et nous serons quittes. Et encore, foi de Secourgeon, je te rendrai service à l'occasion. Dans ton métier, hé, tu as, des fois, besoin d'aide ?

Misé Secourgeon, émue par l'aigle, accourait, levant les bras au ciel.

Elle était toute tremblante, Misé Secourgeon. Vingt-cinq ans, avec un mari de cinquante. Elle était jolie, Misé Secourgeon. Elle avait entendu les honnêtes propositions de son mari. On était un peu solitaire, à la ferme des Agasses. Un hôte à loger deux ou trois jours, et qui rendrait le service de tuer l'aigle, cette idée ne lui déplaisait pas, à Misé Secourgeon ! On racontait, sur Maurin, des choses ! Il en savait, celui-là des histoires !… Quand il voulait, disait-on, il était amusant, ce Maurin, aux veillées… Elle était beaucoup curieuse de lui.

– Ça est dit, qué ? vous restez, dit-elle. Vé, rendez-nous ce service !

– C'est vrai que tu coucheras à la fénière, dit Secourgeon rendu tout à coup soupçonneux par l'entrain de sa femme et le brillant regard que lui lançait Maurin.

– Un lit de foin en vaut un autre – quand on a une bonne conscience, dit Maurin. Marché conclu, je reste… pour l'aigle. Et je ne veux pas être nourri sans rien donner. Je vous fournirai du gibier pour remplacer vos poules et lapins que l'aigle vous a volés.

Le lendemain, Maurin épiait l'aigle qui planait au-dessus de la ferme ; il s'était mis en embuscade sous le hangar où Misé Secourgeon sournoisement lui rendait visite à l'abri des balles de foin, à seule fin de voir s'il tuerait le grand oiseau. Et le jaloux Secourgeon, pendant ce temps, injuriait son cheval. Les deux amants entendaient sa voix rassurante, son discours sans fin.

– Alors ! et ce journal ? tu n'as pas fini de le lire ? tu le lis jusqu'aux affiches, donc ? Marcheras-tu ou non ?… Il est bâti, je vous dis ! ça n'est pas un cheval ! c'est une église, un clocher !… Pas si vite, malandrin ! oh ! oh ! je vous dis que ça n'est pas un cheval, c'est une aigle, pour la chose de voler au lieu de courir !

Et l'aigle, elle, volait toujours. Et plusieurs jours se passèrent. Et Maurin ne tuait pas l'aigle. Dame, il n'était à l'affût de l'aigle qu'à certaines heures.

Il partait pour la chasse avant l'aube, revenait à midi avec du gibier, en fournissait bien la cuisine ; l'aigle, méfiante, ne dérobait plus rien, mais rôdait toujours par là. Bientôt l'oiseau de proie changea l'heure de ses visites. Il vint le matin. Alors Maurin n'alla plus à la chasse que dans l'après-midi. Et de temps en temps, Misé Secourgeon partait pour La Molle et les Campaux, afin d'y vendre le gibier que leur offrait Maurin en échange de leur bonne hospitalité.

Malheureux Secourgeon ! il avait pris confiance comme on prend mal. Du reste, il souhaitait par-dessus tout être débarrassé de l'aigle. Il disait à Maurin, trois fois par jour :

– Je n'aurais pas cru ça si difficile. C'est vrai qu'elle se méfie, la bougre !

Si Secourgeon avait eu des soupçons, il aurait épié Maurin, il l'eût surpris avec sa femme, et alors, de manière ou d'autre, il se serait vengé. Mais il n'avait pas de soupçons. L'aigle complice couvrait tout de ses grandes ailes.

Et depuis quelques semaines, Maurin et Misé Secourgeon se retrouvaient, à des moments fixés, dans le pauvre cabanon du cantonnier, lequel riait dans sa barbe tout en cassant des pierres au bord de la route, entouré de ses animaux familiers, à savoir : 1° un renard, 2° une belette, et 3° une couvée de perdreaux devenus perdrix.

C'était un charmant spectacle, à l'heure où le cantonnier, après journée faite, mettait en poche ses œillères énormes, de voir, sur ses talons, dans la poussière de la route, courir quinze perdreaux alertes, suivis d'une gentille belette, que suivait un renard rêveur, sa queue ramée tombant vers la terre avec un peu de mélancolie.

CHAPITRE XXII

MÉFIEZ-VOUS D'UN CANTONNIER QUI A POUR AMIS UN RENARD FEMELLE, QUINZE PERDREAUX ET UNE BELETTE

On vit Célestin Grondard, sur la route, avoir avec Saulnier, le casseur de cailloux, de furtifs conciliabules.

Et en quittant Saulnier, Grondard, chaque fois, souriait à belles dents blanches sous son masque noir.

On vit, d'autre part, le père François, le matelassier, causer avec le cantonnier et celui-ci présenter à la gourmandise de son renard deux hérissons tués par Maurin à son intention. Ensuite de quoi François, étant allé refaire les matelas à la ferme des Agasses, causa plus que de raison avec Secourgeon en personne. Secourgeon lui dit que Maurin était une canaille et qu'il avait à se venger de Maurin ! François lui apprit que Grondard voulait lui parler, à lui Secourgeon, mais pas à la ferme, car il ne voulait pas être vu. Il s'agissait d'une grave affaire.

Et – chose bizarre et inquiétante –, après avoir familièrement causé avec Secourgeon et Grondard qui haïssaient Maurin, le père François s'entretint avec ce même Maurin comme avec un ami. Et la Margaride, la solide servante de l'auberge, qui accordait ses faveurs au gendarme Sandri et qui aurait dû fuir Maurin, accepta de celui-ci un lièvre et deux perdreaux, qu'elle vendit un peu cher au conducteur de la diligence d'Hyères et dont le prix lui paya un bien joli foulard rouge. Oubliait-elle le gendarme ou trahissait-elle Maurin ?

Grondard aurait pu dire que Saulnier lui avait raconté comment, depuis des semaines, il prêtait sa cabane au braconnier et à la femme de Secourgeon et quels étaient le jour, l'heure du prochain rendez-vous des deux coupables.

Enfin Secourgeon, sur les conseils du gendarme, transmis par le matelassier François et par Grondard, avait demandé dans les formes à M. le maire une constatation de flagrant délit.

Comment Maurin, si aimé dans le pays, comment Maurin, si avisé, s'était-il laissé prendre dans une intrigue aussi compliquée ? Il y a des traîtres au fond des bois tout comme dans les villes. Les piégeurs aiment toutes les sortes de pièges. Méfiez-vous des cantonniers qui apprivoisent tant de bêtes sauvages !

Contre Maurin un piège était donc tendu : Maurin serait surpris au gîte avec la belle Misé Secourgeon ! Ainsi l'avaient décidé le gendarme, le mari, le cantonnier, le matelassier et le noir Célestin.

Deux gendarmes, dont Alessandri, la veille de ce mémorable événement, couchèrent aux Campaux.

Et, ma foi, en dépit de ses fiançailles, Sandri fut galant avec Margaride, qui se montra pour lui plus aimable que jamais. Un gendarme est un homme, que diable ! et l'honneur ne comporte pas nécessairement la vertu.

Quand, le lendemain matin, Sandri et son camarade, laissant leurs chevaux aux Campaux, quittèrent l'auberge :

– Où allez-vous aujourd'hui ? interrogea Margaride.

Le gendarme, impassible, mentant par devoir, dit :

– A Bormes. Nous avons une commission pour les gendarmes de Bormes.

Ils s'éloignèrent vers Toulon, et, par un détour dans la colline, ils revinrent bientôt du côté de La Molle où, sur la route, ils trouvèrent deux gendarmes de Bormes spécialement et légalement chargés du procès-verbal de flagrant délit. Sandri n'était venu là que pour jouir de l'arrestation de Maurin. Il voulait aussi, avec l'aveu de ses chefs, essayer de confondre le braconnier en lui révélant les soupçons de Grondard, à son avis motivés fortement.

Lorsque, avec ses trois camarades, il approcha de la cabane suspecte, le jeune et vaillant Alessandri aux joues roses se sentit le cœur plein d'aise.

– Quand l'affaire Grondard ne devrait pas avoir de suite, l'affaire Secourgeon me semble encore suffisante, songeait-il, pour détruire Maurin à tout jamais dans l'esprit d'Orsini et de Tonia.

Naïveté de gendarme !... Autour des don Juan, chaque femme trahie est un appeau qui attire toutes les autres.

Le cabanon de Saulnier, une toute petite maison basse à une seule étroite fenêtre close d'un volet de bois plein, avec ses murs blanchis à la chaux, avec ses tuiles rousses, semblait faire la sieste à l'ombre de trois chênes-lièges, au milieu de quelques ruches d'abeilles éparses aux alentours.

Le volet de bois plein était solidement barré d'une traverse de fer. La chatière de la lourde porte était aveuglée par une planchette clouée à l'intérieur.

– Comment y voient-ils, là-dedans ? dit à voix basse Alessandri.

– Ils n'ont pas besoin d'y voir, dit un des deux gendarmes de Bormes.

Les gendarmes, un peu égayés par l'idée de ce qui allait se passer, marchaient à la file, dans les pas l'un de l'autre, en faisant le moins de bruit possible – et ils en faisaient beaucoup trop à leur gré.

Les cailloux roulaient sous leurs pieds avec des sonorités retentissantes dans le grand silence des bois immobiles.

Ils s'arrêtèrent, s'essuyant le front.

– Bah ! fit Alessandri d'une voix sourde, ils ne peuvent échapper. Ils y sont, pour sûr… oui, oui, la bête est au terrier. Ce Maurin, je le tiens à l'œil… vous saurez bientôt pourquoi. Et nous verrons bien ! Ouvre l'oreille, Lecorps, et retenons tout ce qu'il dira.

Ils frappèrent brusquement à la porte.

– Qui va là ? fit d'un ton jovial la voix de Maurin.

Depuis un moment il les entendait venir, les gendarmes, avec son ouïe de fin chasseur.

Pauvre Alessandri ! Ce n'est pas Maurin, c'est lui qui était trahi par le cantonnier au renard et par le matelassier son compère ! Ils n'auraient pas vendu un Maurin, ces deux vagabonds des routes et des bois. Et le piège tendu contre lui, Maurin l'avait retourné pour y prendre Alessandri.

Il avait sans peine obtenu de Margaride qu'elle vînt là, pauvre innocente perdrix, amoureuse du chasseur.

– Margaride ma fille, dit Maurin à voix basse, ne t'effraie pas ; nous allons rire un peu. Tu m'as bien dit, plusieurs fois, n'est-ce pas, que ça te serait égal si ton beau gendarme apprenait comment tu es ici avec moi ?

– Oui, je te l'ai dit.

– Eh bien, il va venir ; il vient ; c'est lui qui frappe à la porte… il s'imagine – c'est drôle, qué ? – qu'il va trouver ici une femme mariée dont le mari a porté plainte ! mais j'ai connu d'avance le complot par mes amis et j'ai manigancé les choses. La femme a été avertie comme moi, et elle est allée à la ville aujourd'hui pour justement leur donner à croire qu'elle est ici !

– Ah ! mon Dieu ! fit d'abord la Margaride, moitié pleurant et moitié riant, mon Dieu ! pauvre moi ! aï! Bonne Mère des Anges !

La Bonne Mère des Anges est la patronne de ces petites montagnes des Maures où elle a une église, sur le plus haut sommet.

– Tu sais qu'il va épouser Tonia, la fille du brigadier Orsini ?… dit alors Maurin, en fin politique.

Margaride devint un peu songeuse.

– Est-ce que, d'être ici, en ce moment, ça t'ennuie beaucoup ? insista Maurin. Je te ferai un joli présent pour te consoler, Margaride.

– Bah ! répliqua-t-elle résolument tout à coup, j'en ai assez de Sandri ! Je t'aime mieux mille fois, comme je t'ai dit. Ah ! il épouse Tonia ! Alors nous lui faisons une bonne farce ! et qu'il se mérite bien !

– C'est bon ; cache-toi dans le lit et mets ta tête sous les couvertures.

Elle obéit avec une grande envie de rire.

– Ne m'abandonne pas, Maurin, souffla-t-elle par réflexion en mettant son nez hors des draps. Il est méchant, le Corse, quand il est en colère.

– Ne crains pas, petite. C'est un piégeur que j'ai voulu prendre à son piège, voilà tout.

– Ça, voui, que ça m'amuse ! dit-elle.

Les gendarmes, au-dehors, s'impatientèrent. Alessandri, entendant des rires derrière cette porte affriolante, cria :

– Ouvrez ! au nom de la loi, ouvrez !

– Ah ! c'est vous, bon gendarme ?… Je reconnais votre voix, gendarme Alessandri… Je suis ici dans la maison d'un ami qui m'a donné la permission et la clef. Je suis chez moi, vous entendez ! chez moi ! Pourquoi que je vous ouvrirais ?

– Parce que nous venons en service, avec les papiers qu'il faut, Maurin, entendez-vous. *Ouvrez, au nom de la Loi.*

La porte s'ouvrit toute grande.

Maurin parut, souriant et gouailleur.

– La loi, je la respecte. Vous êtes son brave serviteur, honnête Alessandri, dit-il, et je n'ai rien à vous refuser.

Et, d'un air de gendarme en fonction :

– Voyons d'abord vos « papiers », car si je la respecte, la loi, c'est que je la connais ! On n'entre pas chez les gens comme on veut, tout gendarme qu'on soit.

Les gendarmes s'exécutèrent. Maurin, au fond, à cause de ses protections et de sa renommée, leur inspirait une façon de respect.

Il examinait « leurs papiers » de son air le plus important.

– Ah ! ah ! ricana-t-il enfin, jouant la surprise… Par malheur pour vous, il n'y a pas ici ce que vous cherchez, c'est moi que je vous le dis !…

Les quatre gendarmes considéraient le lit bas où très visiblement se dessinait sous les draps une forme humaine.

Un des serviteurs de la loi eut une réflexion bizarre :

– On lui pourrait compter les doigts du pied, à ce grand cadavre !

– Nous sommes dans l'exercice de nos fonctions, fit avec noblesse Alessandri, et c'est pour dire que nous devons nous rendre compte de la physionomie de la personne.

– Ma foi, vous feriez bien, vous, de ne pas insister, gendarme Sandri ; et croyez-moi, c'est dans votre intérêt que je parle, répliqua Maurin d'un air de parfaite bonhomie.

Alors Margaride, n'y tenant plus, repoussa brusquement le drap qui lui couvrait le visage :

– Est-ce vrai, Sandri, dit-elle que tu es fiancé à Tonia Orsini ? En ce cas, mon garçon, j'avais bien le droit de prendre un nouvel amoureux, et c'est Maurin, parce qu'il est plus beau garçon que toi ! Té !

Alessandri devint pâle.

– Qu'est-ce que c'est ? murmura-t-il, perdant la tête.

Il n'osait regarder ses compagnons, qui ne purent s'empêcher de rire.

– Nous sommes refaits ! grogna le gendarme Lecorps. Tu n'as pas de chance, Sandri, avec ce lièvre-là !

– Eh ! fit Maurin, en bras de chemise, très à l'aise et bourrant sa pipe, eh ! gendarme, il n'y a pas grand mal, puisque la belle fille en rit la première… Mais maintenant, messiés, comme vous n'avez plus rien à faire ici, je vous prierai, sans vous commander, de fermer la porte en sortant…

Il ajouta :

– Les hommes mariés sont bêtes. Ne vous mariez jamais, gendarme Sandri.

Alessandri, de blanc, était devenu rouge, puis vert.

Il se tourna vers Lecorps :

– Nous n'avons plus qu'à nous retirer, dit-il en cachant sa déconvenue sous un grand air d'importance.

Et il songeait rageusement :

– Tu me la paieras avec les autres, celle-là ! Elle est plus forte que toutes !

Maurin dit encore, d'un air détaché :

– Au lieu de venir voir s'il y a des filles sur ma paille, la gendarmerie ferait mieux d'arrêter les coquins qui courent le bois… Je vous en ai laissé deux dans la montagne. Ils y sont toujours, vous savez ! et si je ne m'en mêle pas, je commence à croire qu'à vous tous vous ne les aurez jamais ! C'est dommage, Sandri ! Ça peut retarder ton avancement et aussi ton mariage.

Alessandri étouffait de colère, mais il avait au plus haut degré le sentiment de ses devoirs et de sa dignité.

Il sortit, méditant déjà une revanche qui, bien entendu, serait légale.

Au regard de Sandri, Maurin, pour sûr, avait tué le vieux Grondard. A n'en pas douter, c'était lui le meurtrier ; il devenait nécessaire qu'il le fût : il l'était donc ! Cela seul permettrait au Corse, qui ne pouvait devenir criminel et bandit puisqu'il était gendarme, de satisfaire un jour son besoin passionné de vengeance. Cela du moins, pour l'heure, lui donnait la force de supporter son éclatante défaite.

– Ah ! mon beau Maurin, disait Margaride en riant comme une folle, ah ! que je t'aime ! Bon Dieu ! comme il avait l'air bête, le gendarme Sandri ! Toi, voui, que tu as de l'esprit !

A quelques jours de là, Maurin repassait par le domaine des Agasses. Il venait, après un maître coup de fusil, d'abattre l'aigle.

Il arriva devant la ferme, son fusil sur l'épaule. L'aigle, attachée par les pattes, se balançait, pendue au canon, derrière son dos. Par la porte ouverte, il vit Secourgeon attablé avec sa femme.

– Bon appétit, Secourgeon… dit-il, je n'accepte pas à déjeuner, pourquoi la Margaride m'attend à l'auberge des Campaux, devant un cuissot de lièvre… j'ai voulu seulement te montrer ton aigle. Regarde-la !

Misé Secourgeon réprima une subite envie de pleurer, car il était clair que si Maurin avait tué l'aigle c'est qu'il avait assez de la femme.

Secourgeon, rageur, ne sut d'abord que répondre.

– Je vais, dit Maurin, en faire un présent pour le musée d'Hyères, au monsieur du musée qui l'empaillera.

Secourgeon gardait le silence.

– Vous boirez bien un verre de vin, pas moins, monsieur Maurin ? dit la femme, les yeux pétillants à la fois de douleur et de malice. Pour quant à l'aigle, vous l'avez bien gagnée, depuis que vous la chassiez !

– Un verre de vin, offert par une dame, ça n'est jamais de refus, répliqua le chevaleresque Maurin.

Secourgeon, toujours plus rageant, ne trouvait toujours pas une parole.

La femme emplit le verre. Maurin l'éleva, regardant le soleil à travers la couleur purpurine d'un franc vin de pays :

– On dirait le sang des cœurs !… A la santé des dames ! proféra-t-il.

– Que veux-tu dire par là ? glapit enfin le fermier, qui se leva, les poings tout faits.

Maurin vida son verre en clignant de l'œil :

– Fameux !… dit-il. Et je veux dire par là, ajouta-t-il paisiblement, – car nous savons tous trois que tu es un jaloux – je veux dire comme ça, Secourgeon, que lorsqu'on croit l'être il faut en devenir sûr avant de le dire à la gendarmerie. Et quand on ne l'est pas, c'est bête de tout faire pour donner à croire qu'on l'est… Adessias. Mon aigle a fini de rôder et ton chien peut dormir tranquille, et la petite bergère Fanfarnette également.

Et comme il s'en allait d'un pas allègre, Fanfarnette, la pastresse, au détour du sentier, assise au milieu de ses chèvres mauresques qui mettaient, dans la verdure des kermès, des taches blanches éparpillées, lui cria, en le regardant d'un air sournois :

– Oh ! maître Maurin ! je sais pourquoi vous l'avez tuée, l'aigle !

– Et pourquoi, mauvaise chose ?

Mais Fanfarnette se sauva, et courut se cacher dans un buisson.

Et Maurin, se remettant en marche, riait. Il riait d'un souvenir. Il l'avait surprise un jour au bain, la Fanfarnette, un jour qu'elle avait eu l'idée de se baigner dans une jarre au grenier… et véritablement, elle était « faite au tour ». Mais, c'est si jeune ! Les si petits gibiers sont pour les petits chasseurs, les mauvais chasseurs des villes !

– De ce Maurin, pas moins ! pensait Misé Secourgeon. On n'en trouverait pas un autre à lui pareil !

Le soir de ce jour, instruit de l'aventure de l'aigle par son ami le cantonnier, Parlo-Soulet, seul dans sa cabane, disait :

– Faire servir une aigle des Alpes qui vole là-haut dans le ciel, à son amour de fénière (grenier à foin) avec une femme des Maures, ça, je n'y aurais jamais songé ! De ce Maurin, pas moins, quelles idées il vous a ! Mais tuer l'aigle juste quand elle a fini de vous rendre le service, ça, mon homme, ça me dérange un peu dans l'idée que je me faisais de toi. Elle méritait la vie, l'aigle !... Il est vrai que ça mange trop de perdrix, et même de lièvres... Et puis, si elle t'a rendu le service, c'était sans le savoir et, à la réflexion, tu ne lui devais rien... Allons, allons, je vois que, comme toujours, tu as eu raison. C'est de bonne règle : quand le danger est passé, on f...iche le saint par terre ! Comme dit l'Italien : *Passato pericolo, gabbato il santo.* Cependant c'est un gros ennui pour moi qu'il y ait tant d'occasions où je ne peux pas te suivre dans tes chasses, parce que tu y cherches des femmes, – et que c'est là une chasse que l'on aime à faire tout seul. Mais, je te le dis, mon brave, derrière les femmes mariées, il y a pour toi le danger que toi-même tu te prépares ; et finalement, d'une manière ou d'une autre, tu attraperas un jour quelque fameux coup de corne !

CHAPITRE XXIII

ENTRE UN CONDITIONNEL ET UN PRÉSENT, ENTRE « JE M'EN *FLATTERAIS* » ET « JE M'EN *FLATTE* » IL N'Y A PAS, POUR UN BON GENDARME, L'ÉPAISSEUR D'UN POIL DE BARBE

Maurin n'avait aucun engagement vis-à-vis de Tonia. Elle ne put lui faire reproche au sujet de cette histoire bientôt ébruitée. La Margaride, la première, la racontait volontiers. Ce fut le gendarme seul qui, de plus d'une manière, y perdit.

Aux yeux de Tonia, le gendarme apparut dès lors un peu ridicule. Et il n'eut pas le mérite d'avoir quitté sa maîtresse par respect pour sa fiancée. C'est la maîtresse qui l'avait quitté. Tonia ne manqua pas de railler Sandri, à mots couverts, sur sa malheureuse équipée ; et l'irritation du joli gendarme contre Maurin en fut accrue, tandis que le goût de Tonia pour Maurin, qu'elle n'avait plus revu, s'exaltait chaque jour un peu davantage.

Maurin disait quelquefois :

– Il est plus facile à un homme qui a une maîtresse d'en avoir plusieurs, qu'à un homme qui n'en a point d'en attraper une, et plus facile encore à un homme qui en a plusieurs de les avoir toutes !

Cependant Célestin Grondard s'entêtait dans ses soupçons contre Maurin. Un bouton de veste, trouvé sur le lieu du meurtre et ayant appartenu à Maurin, il n'en fallait pas plus à Grondard et à un gendarme pour être convaincus de la culpabilité du roi des Maures. Pour sûr, c'était Maurin qui avait tué Grondard le père ! Ils se répétèrent cela tous les jours à soi-même, chacun de son côté. Maurin était coupable. Ils désiraient qu'il le fût, ils le voulaient, – tout à fait comme de vrais juges.

Alessandri combina donc avec Grondard toute une comédie destinée à obtenir les aveux du roi des Maures.

Depuis deux jours Maurin venait avec Pastouré attendre un lièvre au croisement de deux sentiers, au *Pas de la lièvre*, sans parvenir à le tuer.

– Nous l'aurons demain ici même, dit Maurin le second jour.

Célestin avait entendu ce mot et pris ses mesures.

Le lendemain Maurin était seul, dans la forêt, loin de toute habitation, au *Pas de la lièvre*, et Pastouré posté ailleurs, assez loin de lui, avec Gaspard, son chien d'arrêt, qui rapportait admirablement.

Maurin avait lâché ses chiens courants qui donnaient de la voix éperdument à travers le maquis. Hercule, son griffon d'arrêt, dormait à ses pieds.

Maurin attendait la lièvre-sorcière qui ne venait toujours pas.

Ce fut Grondard qui tout à coup parut devant lui avec son vilain masque de barbouillé.

Célestin tenait dans sa main noire un vieux fusil à un coup.

– Au large ! dit Maurin, voyant que l'autre restait immobile à dix pas sur le sentier… Passe donc, Grondard, que tu me gênes. Tu ne viens pas, je pense, pour me voler mon gibier ?

– Connais-tu ceci ? fit brusquement Célestin Grondard en lui montrant le bouton de cuivre luisant au soleil du matin.

– Je n'y vois pas de si loin ! répliqua Maurin.

Célestin approcha.

– Je n'y vois pas de trop près !

Grondard s'arrêta et lui tendant le bouton :

– Regarde !

– Ça, dit alors Maurin tranquillement, pressentant un piège et pensant le déjouer par la plus grande franchise, ça, c'est un bouton d'une veste que j'ai. Le marquis de Brégançon, à Cogolin, m'avait donné une de ses vestes, toute neuve, trop étroite pour lui ; une jolie veste de velours, avec de beaux boutons de chasse qui étaient à la mode du temps des rois. C'est dommage que j'aie usé la veste ! Mais les boutons je les ai toujours gardés ; il m'en manque un seul… ça doit être celui-là ; où l'as-tu trouvé ?

– Près de l'endroit même où mon père a été tué, fit Célestin, à l'endroit où, je pense, tu étais à l'espère comme un bandit que tu es, pour tirer sur un homme comme sur un sanglier.

Il regardait Maurin fixement avec ses vilains yeux d'une blancheur sanguinolente. Maurin ne sourcilla pas.

– Ah ! dit-il, c'est à ça que tu en viens ? et voilà la mauvaise mouche qui te pique, méchant mascaré ! (noirci).

Il se mit à rire.

– Nos Maures, reprit-il paisiblement, ont quinze ou vingt lieues de large. C'est amusant pour moi de retrouver un bouton de veste sur un si grand territoire… car je ferai la preuve que ce bouton est mien et tu seras forcé de me le rendre, – que j'y tiens beaucoup !

– C'est toi qui as tué l'homme ! dit d'une voix sourde et décidée le charbonnier redoutable.

Maurin haussa les épaules et porta son index à son front.

– Tu déménages, Grondard, dit-il d'un ton apitoyé. Voyez-moi un peu ça !… Tu as rencontré un bouton de ma veste dans le bois, et tu prétends en conséquence que j'ai tué l'homme. En voilà, un raisonnement ! Si tu avais cherché mieux, tu aurais trouvé par là, pas loin du bouton, je pense, du poil de renard ou de la plume de perdreau. Grâce à Dieu, il n'y a pas un coin des Maures où je n'ai tué quelque chose. Et puis sais-tu depuis combien de temps j'ai perdu mon bouton de cuivre ? Depuis l'été passé, collègue !… Ainsi, fiche-moi la paix. Les chiens là-haut, entends-les, sont sur la piste. Je ne veux pas manquer cette lièvre. Allons, fais ta route que tu me gênes ; file, que je dis ! Laisse-moi libre de ma chasse. Et conserve bien le bouton, qu'il faudra bien, un jour, que tu me le rendes !

Grondard n'entendait pas de cette oreille. Il exécutait un plan. Il secoua la tête. Il voulait exaspérer Maurin, comptant que le chasseur, dans sa colère, laisserait échapper quelque semblant d'aveu. Sandri sans doute n'était pas loin de là.

– Ce n'est pas tout, Maurin, affirma effrontément Célestin changeant ses batteries.

– Qu'y a-t-il encore ?

– Tu as un jour surpris ma sœur dans le bois !… je le sais ! Chaussé de souliers de corde comme toujours tu es, tu t'es avancé sans bruit et tu l'as surprise… Et si tu veux le savoir, je suis venu pour te punir de ça, moi, son frère ! J'en finirai avec toi, entends-tu, et pas plus tard que tout de suite, voleur de filles !

– Écoute, le masqué, fit Maurin avec une parfaite tranquillité et un grand air de noblesse ; écoute, ne m'échauffe pas la bile, ce serait tant pis pour toi… Mes chiens là-haut « bourrent » la bête… et je ne veux pas la manquer. Pourquoi ne me demandes-tu pas de l'argent, pendant que tu y es ? Raconte à qui tu voudras tes mensonges et laisse-moi en paix…

Tout le monde connaît Maurin et tout le monde te connaît, toi ! Ce n'est pas Maurin qui violente les filles. Elles le cherchent assez d'elles-mêmes, et il s'en flatte. Ceux qui violentent les filles sont des gueux – et tu en connais, hein, de ceux-là ? Ton père en était peut-être… Ah ! tiens, va-t'en, car je t'ai assez vu, et de te voir ça me fait bouillir… Si j'avais eu le bonheur de délivrer le pays de la canaillerie de ton père, j'achèverais ma besogne en délivrant le pays de toi, ici même, en ce moment, car tu ne vaux pas mieux que la Besti. Ah ! vous étiez à vous deux une jolie paire de marrias ! Et heureusement te voilà dépareillé.

Le géant noir devint pâle sous son masque de suie.

Il serra ses deux gros poings, se demandant ce qu'il allait faire.

Alors Maurin épaula tranquillement son fusil… Le coup partit… un lièvre magnifique déboulina là-haut, au flanc de la colline, frappé à mort parmi les touffes de thym. Tandis que les chiens courants de Maurin continuaient à suivre la piste en poussant leurs abois continus, Hercule, son griffon d'arrêt, se mettait en quête de la pièce abattue auprès de laquelle il demeurait fidèlement de garde, jusqu'à ce que lui fût donné l'ordre d'apporter.

– Mon fusil est à deux coups, dit Maurin, l'œil sur Grondard, et il a l'habitude, comme tu vois de ne pas manquer le gibier.

Il allait s'éloigner et ramasser son lièvre, lorsque la sœur du charbonnier se montra.

L'affaire commençait à prendre tournure de guet-apens.

La fille savait bien ce qu'elle avait à dire. Son frère l'avait, de longue main, préparée à cette entrevue, comme à d'autres à peu près pareilles.

– Ah ! monstre ! cria-t-elle. C'est toi qui m'as attaquée l'autre jour, et renversée et battue, et embrassée par traîtrise, et par force ! Je n'ai pas pu te voir, lâche, mais je reconnais bien ta voix.

Alors, un flot de sang monta à la tête du don Juan des Maures.

– Coquins ! cria-t-il – au large ! Encore un de vos tours, bandits ! Mais on a l'œil ouvert et on vous trouvera la marche. Maurin, entendez-vous, est incapable de ce que vous inventez. Tout le monde le sait. Je prends ce qu'on me donne, gredine, et des femmes de ton espèce, un Maurin s'en moque bien ! Ah ! misère de moi, pour tomber à celle-là il faudrait avoir fait carême durant quarante fois quarante jours, pechère !

Il s'échauffait. Le sang provençal bouillonnait en lui. Lent à s'émouvoir, l'homme du Var devenait terrible en ses colères. Il perdit la raison et il se mit à hurler d'une voix furieuse :

– Ceux qui sont capables de faire la chose dont vous m'accusez, gueuse, je les méprise et je les déteste.

» Votre père, oui, en était capable, race de porcs !

» Et c'est pour ça qu'on l'a tué, et je sais qui ! et celui-là a bien fait. Et si c'était moi, je m'en flatterais !

De « je m'en flatterais » à « je m'en flatte » il n'y a, aux yeux d'un gendarme, que l'épaisseur d'un fil. La gendarmerie n'en est pas à distinguer avec soin un conditionnel d'un présent.

Le mot compromettant était à peine prononcé, qu'un bruit de pas se fit entendre non loin de là, dans la pierraille.

– Ton compte est réglé ! dit Grondard. La gendarmerie sait à présent comme moi, ce qu'elle voulait savoir. C'est elle que maintenant ça regarde.

Maurin se retourna vivement.

Un éclair de fureur passa dans ses yeux.

Alessandri, debout à dix pas à peine, la main sur la crosse de son revolver d'ordonnance, regardait Maurin fixement… mais voilà que d'un mouvement instinctif, il se retourna pour voir si son inséparable et réglementaire compagnon le suivait.

Quand ses regards revinrent à la place où devait se trouver Maurin… il ne le vit plus !

Bien avant d'avoir aperçu le gendarme, le braconnier s'était dit qu'il serait peut-être obligé de prendre la fuite, et il avait calculé ses chances et moyens.

Il avait songé tout d'abord à appeler son fidèle compagnon Pastouré posté sur l'autre versant de la colline. Mais appeler son ami Pastouré, c'était le mêler à cette mauvaise affaire. C'était aussi irriter Célestin, faire à coup sûr dégénérer la querelle en combat.

L'apparition du gendarme avait mis fin aux hésitations de Maurin.

Devant lui, il avait le haut versant de la colline couverte de thyms et de bruyères, sillonnée de ravins pierreux, creusés par les eaux de pluie.

C'était sur ce versant qu'il s'attendait, d'un instant à l'autre, d'après la voix des chiens, à voir monter son lièvre.

Derrière lui s'ouvrait le vide, car le rocher sur lequel il était debout était, de ce côté-là, taillé à pic, véritable muraille d'environ quinze pieds d'élévation. Et pour descendre la colline, à moins de sauter de cette hauteur, il devait aller, par des circuits, chercher une pente praticable à un demi-quart de lieue. S'il sautait, ni le gendarme, empêché par ses énormes bottes, ni le géant Grondard, puissant mais lourd et sans souplesse, ne pourraient le suivre à moins de perdre dix minutes à retrouver au loin le sentier. Or, en dix minutes, avec la connaissance qu'il avait des moindres drayes (sentiers) des Maures, le maigre et léger Maurin aurait le temps de gagner au large.

Il n'avait vraiment à craindre que le fusil de Grondard et le revolver de Sandri.

Et encore !… Il savait, par expérience personnelle, que malgré la colère, et en dépit des plus violentes menaces, on ne tire pas sur un homme aussi vite que sur un lapin. On hésite toujours un peu.

Donc Maurin avait pris son parti, et saisissant d'une main vigoureuse le bout de la longue branche horizontale d'un pin d'Alep qui, planté en contrebas, dressait sa cime bien au-dessus de sa tête, il avait sauté, en tenant ferme la branche, dans le précipice ouvert derrière lui.

La branche très longue et très flexible s'inclina avec vitesse d'abord sous le poids de l'homme, puis résista, craqua, se rompit lentement, s'abaissa de nouveau, et Maurin, grâce à ce parachute, arriva à terre en pliant sur les jarrets et sans avoir lâché son fusil.

Grondard et le gendarme se penchèrent vivement au bord du rocher ; ils ne virent plus rien.

Au-dessous du rocher en surplomb s'ouvrait un creux naturel, assez profond. Maurin s'y était précipité, et Grondard et Alessandri entendirent alors distinctement sa voix :

– Gendarme, disait Maurin invisible, gendarme, écoutez-moi bien. Je vais sortir de ma cachette si vous le voulez, et nous nous expliquerons, mais je me méfie de votre sang corse. Le sang corse est prompt comme le diable et j'ai voulu, Alessandri, vous donner le temps de remettre votre revolver dans son étui. Faites comprendre à cette brute de Grondard qu'on ne tue pas un homme comme un perdreau et que vous seriez punissables tous les deux de tirer sur moi, car enfin, il n'y a pas de raison suffisante pour ça, Alessandri !… Vous êtes, au fond, un brave homme, un bon serviteur de la loi, et, tenez, j'ai confiance en vous. Nous allons parler mieux à l'aise, en nous regardant, vous, là-haut, moi, ici, en bas, bien entendu.

Et, sans attendre de réponse, Maurin, hardi, se montra. Cette action imposa au gendarme. Le chasseur avait bien jugé Alessandri.

Le gendarme, quelle que fût la violence de ses passions, gardait toujours au plus haut degré le sentiment de ses devoirs et le respect du droit. Au moment où Maurin se montra, Grondard irrité fit un mouvement, mais Sandri posa sa large main sur le bras du charbonnier.

Le géant noir recula. La gendarmerie l'intimidait, et pour plus d'une cause.

– Parle, Maurin ! fit Alessandri.

– Voici, dit Maurin. Tu sais de quoi Grondard m'accuse ? Il se trompe.

Alessandri l'interrompit tout de suite :

– Tu connais le meurtrier ?

– Non.

– Il est trop tard pour le nier. Tu as avoué tout à l'heure que tu le connais. Je t'ai entendu.

– Tu m'as entendu, dit froidement Maurin, me quereller avec celui-ci. Voilà tout.

Du doigt, il désignait le charbonnier.

– Dans la colère, poursuivit-il, on ne sait plus ce qu'on se dit. On lance à son ennemi les plus folles paroles que l'on peut trouver. J'ai dit ça en effet… Je ne dis pas que je ne l'ai pas dit… c'est que, à ce moment, Célestin, si j'avais pu te faire croire que c'est moi qui ai tué ton père…

– Vous l'entendez ! cria Grondard.

– Si, répéta Maurin, si j'avais pu te faire croire que c'est moi qui ai tué ton père, je te l'aurais fait croire, mais ce n'est pas moi !

Et Maurin se mit à rire tranquillement.

Il reprit :

– Pourquoi aurais-je tué la Besti ? Le service de la gendarmerie est trop bien fait dans nos montagnes des Maures pour que j'aie besoin de m'en mêler… Donc, je n'ai pas fait la chose honorable dont on m'accuse.

»… Tout le pays me connaît et l'on m'aime un peu, que je crois. Les préfets et les députés sont mes amis, et quand ils veulent assister à une battue au sanglier un peu propre, ils s'adressent à moi et ils y trouvent leur plaisir. Vingt villes et bourgades du département suivent mes conseils au temps des élections. Ce n'est pas une petite affaire, crois-le, gendarme, que de se tromper à mon préjudice… Et puis, qui donc m'accuse ? Celui-ci ! un homme dont tu connais toi-même la mauvaise réputation, soit dit sans l'insulter. Quant à sa sœur, elle ment. Elle convient, du reste, qu'elle n'a pas vu l'homme qui l'a attaquée ; personne, je parie, ne l'a attaquée ; en tout cas elle ne m'a pas vu, et j'aurais cent témoins pour dire qu'elle a plus d'une fois inventé contre d'autres des accusations pareilles, avec l'aide de son frère et de votre gueusard de père.

Grondard, qui donnait depuis un moment de grands signes d'impatience, fit de nouveau un geste de menace.

Alessandri l'arrêta encore…

– Non ! non ! je n'ai pas menti, non, je n'ai pas menti ! hurla la sœur de Grondard.

– Bref, poursuivit Maurin, le mieux pour toi, Alessandri, c'est d'aller faire ton rapport au sous-préfet, au maire ou aux juges. Fais-toi donner un bon mandat contre moi, un papier bien en règle, et alors tu pourras revenir armé non pas d'un revolver mais de ton bon droit… Je ne suis pas un vagabond. Où je demeure, avec ma mère, tu le sais. J'ai une cabane à moi dans le golfe de Saint-Tropez. Elle est en bois, mais elle paye l'impôt… Et de ce pas, avec ta permission, je vais y aller pour t'attendre… Est-ce convenu ?

Le gendarme réfléchissait. Décidément, il avait raison, ce Maurin. Il parlait en homme de bon sens.

– Il a raison, Grondard, dit-il. Il a raison. Je le rattraperai, s'il le mérite, quand je voudrai. Il sait qui a fait le coup. Là-dessus, sa parole que j'ai entendue suffira au juge pour qu'il me donne l'ordre de le lui amener.

– Adieu donc. Portez-vous bien. Conservez-vous ! dit Maurin, selon la formule en usage dans le pays.

Il s'en allait… son pas retentissait dans les cailloux qui dégringolaient sur la pente, sous les pins… Grondard n'y tint plus. Il dégagea son bras de l'étreinte du gendarme, et il mit en joue Maurin entrevu à travers les troncs innombrables de la forêt.

A ce moment, Pastouré, qui avait entendu le coup de feu de Maurin, s'était décidé à quitter son poste pour rejoindre son ami.

Il vit de loin Maurin en fuite ; il reconnut Grondard et la Luronne.

On appelait ainsi, dans le pays, cette sœur du charbonnier. Et enfin, il aperçut les gendarmes.

Il comprit qu'il s'était passé quelque chose de grave.

Son œil perçant distingua aussi, sur le coteau, au-dessus du groupe ennemi, le griffon de Maurin attendant, selon son habitude, l'ordre que son maître (ayant d'autres chiens à fouetter) oubliait de lui donner, c'est-à-dire l'ordre de rapporter le lièvre auprès duquel il était assis gravement. Pastouré, homme de sang-froid, comprit d'un seul coup d'œil toute la situation et voulut sauver le gibier.

– Apporte, Hercule ! cria Parlo-Soulet d'une voix éclatante avec un grand geste télégraphique.

Le griffon se releva en bondissant. Il s'élança… tenant entre les dents, par la peau du cou, le lièvre rejeté sur ses reins.

Croyant pouvoir rejoindre Maurin en ligne droite, le chien accourut à fond de train et se jeta éperdument entre les jambes de Grondard, qui perdit l'équilibre juste au moment où il allait lâcher son coup de fusil.

Le géant trébucha avec des gestes désordonnés. Son fusil partit tout seul et la balle enleva, avec le chapeau de Sandri, une mèche des noirs cheveux du beau gendarme. Le charbonnier roula à terre, grotesquement étalé de tout son long, et si malheureusement, que le second gendarme se prit les jambes dans les siennes et tomba à son tour sur le derrière, tandis que Sandri étanchait la goutte de sang qui, coulant de son crâne sur ses joues, rendait ses pommettes plus roses.

Et là-bas, sous bois, tout en prenant « la lièvre » aux dents du bon chien fidèle, Maurin et Pastouré, témoins de l'aventure, en riaient à plein cœur.

– Ça me rappelle, disait Maurin à Pastouré, dont la gaieté silencieuse illuminait la large face, un bon tour que je jouai à un gendarme quand j'avais vingt ans. Figure-toi…

Les éclats de rire des deux chasseurs se perdaient dans l'écho de la vallée rocheuse, pendant que la sœur de Grondard versait un peu d'eau-de-vie sur la blessure du gendarme, en lui faisant les yeux doux.

– Je crois, grommelait Alessandri, que ce damné Maurin est un peu sorcier !

Quelques jours plus tard, il recevait l'ordre d'arrêter Maurin partout où il le rencontrerait.

CHAPITRE XXIV

MES BONS AMIS, QUAND ON LA TIENT IL FAUT PLUMER LA POULETTE

Peu de jours après, Maurin faisait avertir Pastouré qu'il eût à se trouver, le lendemain, à la cantine du Don.

Là, il comptait déjeuner joyeusement, si les gendarmes ne troublaient pas la fête, et il pensait bien trouver une occasion de faire sa cour à Tonia.

La maison forestière du Don, située sur la pente de la colline, n'est pas éloignée en effet de la cantine qui s'ouvre sur la route.

Elle lui plaisait de plus en plus, cette Antonia la Corsoise. Qu'elle fût fiancée à Alessandri, cela rendait pour Maurin sa galante poursuite toujours plus piquante à mesure que l'inimitié du gendarme se faisait plus persécutrice.

Et s'il allait plaire à Antonia et qu'elle se mît en tête de planter là son gendarme pour les beaux yeux du braconnier, quelle amusante victoire !

D'y penser, Maurin riait de contentement.

Il était arrivé assez près de la maison forestière, à un quart de lieue à peine, et il suivait la route, quand un bruit insolite attira son attention. Immobile comme un chien à l'arrêt, un pied en l'air, il écouta. Son chien l'imita consciencieusement.

Son oreille de chasseur avait perçu, à travers le bruissement immense de la forêt, parmi quelques cris de geais et de pies, un son singulier, pareil à une plainte humaine.

Le fusil au poing, Maurin attendait il ne savait quoi.

Tout à coup un appel désespéré, un cri de femme éclata, aigu, sous bois, à quelque distance…

Alors, d'une voix de commandement qui retentit dans l'écho de la montagne rocheuse, Maurin cria son nom en provençal :

– *Mòourin deïs Màouros!*

Le nom célèbre de Maurin ainsi lancé à pleine voix en notes prolongées et immédiatement suivi d'un cri de chat-huant qui eût été inimitable pour tout autre, annonçait, quand il le jugeait bon, sa présence aux habitants de la contrée. Les petits enfants même des villages du Var connaissaient cette habitude de Maurin et essayaient de reproduire sa clameur dans leurs jeux.

Maurin appuya son cri d'un coup de feu, sachant bien que ce bruit effraie toujours un criminel en train de mal faire… Et il s'engageait sous bois dans la direction des plaintes qu'il avait entendues, lorsque la Corsoise, haletante, rouge, tout échauffée et indignée, vint se jeter contre lui.

Elle regardait Maurin avec de grands yeux ardents où il voyait l'animation de la course et en même temps la colère qu'elle ressentait contre ses agresseurs inconnus.

– En criant, vous m'avez sauvée ! dit-elle toute frémissante.

Et dans ses yeux la reconnaissance remplaçait la colère…

Ainsi, il tenait, là, dans ses bras, la fiancée du gendarme Sandri ! Elle se mettait sous sa protection ! Elle le regardait comme un sauveur en ce moment.

Maurin sentit dans son cœur un violent mouvement de fierté et de joie. Prendre à Sandri sa fiancée – sans mauvaise ruse, bien entendu –, c'était bien là un triomphe digne du don Juan des Maures, et qu'il espérait depuis quelque temps avec une impatience secrète, et dont il s'étonnait.

– Qu'y a-t-il, ma belle petite ? demanda-t-il.

Malgré la force de son impatience, le don Juan des Maures était un mâle trop énergique, trop sûr de lui-même et trop fier, pour jamais essayer de triompher d'une femme par des moyens sournois.

Sa grande satisfaction était de voir les femmes « venir toutes seules », comme il se plaisait à le dire, telles les perdrix au coq. Chacun sait qu'il avait un jour répondu à un curieux qui l'interrogeait sur ses moyens de séduction :

– Oh ! moi, les femmes, que vous dirai-je ? Je les regarde comme ça et elles tombent comme des mouches !

A la façon des Maures ses aïeux, il aimait les femmes un peu comme de gentils animaux familiers qui doivent servir attentivement leur maître, l'homme, pour être vraiment aimables. Il les aimait dédaigneusement. Et l'inconscient désir qu'elles avaient de vaincre ce dédain n'était pas pour peu de chose dans les passions qu'il inspirait.

Il y a encore quelques vieilles maisons de paysans, en Provence, où la femme ne se met pas à table à l'heure des repas. Elle sert les hommes, même ses fils, et ne s'attable qu'ensuite.

On n'ignore pas que les Arabes, voyageant à cheval à la recherche d'un campement nouveau, sont suivis des femmes qui vont à pied chargées comme des bêtes de somme.

Maurin considérait les femmes comme les inférieures prédestinées de l'homme ; même les façons galantes, les gentillesses qu'il avait avec elles, étaient comme un tribut un peu méprisant payé à leur frivolité ; peut-être, dans son idée, à leur sottise.

Ce qui le distinguait d'un vrai musulman, c'est qu'il avait quelque pitié des femmes. Et ceci augmentait encore chez elles un singulier désir de monter dans son estime, dans son esprit et dans son cœur. Elles ne voulaient pas plus de sa pitié que de son dédain. Et pour se faire aimer, elles finissaient par lui offrir toutes leurs grâces et tout leur amour.

Maurin n'avait pas fait, bien entendu, une étude approfondie de ses propres sentiments. Ce qu'il était il l'était simplement, et il suivait, sans contrarier la nature, sa vie de chasseur aventureux, laissant au hasard le soin de nouer et de dénouer ses histoires amoureuses.

Pour l'instant, il avait, là contre sa poitrine, une belle fille de dix-huit ans, tout oppressée par la peur, frissonnante, et qui, fiancée à son ennemi le gendarme, l'implorait, lui, le sauvage braconnier !

– Qu'y a-t-il, ma belle petite ? demanda Maurin.

– Deux coquins sont dans les bois… Ils ont paru devant moi tout en un coup et m'ont poursuivie.

– Bon ! dit Maurin, ça doit être les deux qui restent de ces trois échappés de galères auxquels j'ai donné déjà la chasse. Et je vois bien que ce n'est pas Sandri qui les attrapera. Ce sera moi… je vais me mettre à leurs derrières !…

– Gardez-vous-en ! cria la Corsoise ; ils sont deux ! et pendant que vous en suivrez un, l'autre n'aurait qu'à venir par ici… je serais fraîche ! pauvre moi !

– Alors, dit Maurin, viens avec moi. Je les rattrape… et à nous deux nous les muselons (il tutoyait vite toutes les filles) et je les offrirai à ton gendarme, veux-tu ? Ce serait un cadeau bienvenu pour lui – que peut-être on lui donnerait le galon !

– Laissons ces diables dans les bois… Il faut que j'aille faire au plus vite le déjeuner de mon père, dit Tonia. Venez à ma maison, monsieur Maurin, et je vous ferai goûter d'une eau-de-vie ancienne dont vous me direz des nouvelles.

Maurin hésitait. Il regrettait la chasse aux bandits.

– Ça serait pourtant fameux, dit-il, de mettre au carnier, ce matin, un si gros gibier !

– Il n'est pas de celui qui s'envole, dit Tonia. Ces gueux se retrouveront… Ne me laissez pas seule.

Maurin avait double regret… Si Tonia l'avait suivi dans les bois… assez loin de la route… qui sait ?… il y a des tapis de bruyère au fond des vallées…

Il se mit à rire, montrant ses belles dents blanches :

– Tonia ! dit-il, c'est dommage… si tu avais consenti à suivre avec moi dans la montagne les deux vilains renards qui t'ont fait si peur, je les aurais peut-être laissés pour une autre fois, mais je ne peux m'empêcher de penser que peut-être j'aurais plumé et mangé la poulette !… car tu sais la chanson, n'est-ce pas ? *Moun bon moussu, quand on la ten, foou pluma la gallina…*

Tonia devint rouge comme une crête de coq.

– Vous êtes un homme honnête, Maurin, et je me suis de moi-même confiée à vous. Mon fiancé, vous le connaissez. Vous ne l'aimez pas, c'est vrai, mais vous savez qu'il est, lui aussi, un honnête homme. Ramenez-moi à la maison… et mon père vous dira un fier *gramaci*, vous pouvez y compter.

– Ton père peut-être, fit Maurin, quoique ce ne soit pas sûr… mais si ton fiancé se trouvait chez toi, ça n'irait pas bien, tu le sais. J'ai sur moi les gendarmes comme les chevaux ont les tavans (les taons) !

– Sandri n'est pas aujourd'hui chez moi, sûrement pas ! dit Antonia.

– Allons-y donc… fit Maurin, quoique je ne me console pas de ne point poursuivre les galériens…

– En entendant ton cri, ils ont eu une peur de lièvres… et ils ont tourné les talons au plus vite, bien qu'ils eussent des armes… Tiens, regarde-les là-haut, tout là-haut, qu'ils filent au diable !

En effet, sur l'arête d'une colline, Maurin aperçut deux petites silhouettes perdues qui se hâtaient entre les rochers.

La belle fille et son compagnon furent vite arrivés près de la maison forestière. Maurin en route n'avait plus rien dit. Tonia non plus. Maurin pensait que c'était bête tout de même d'avoir tenu, là, tout contre lui, dans la grande solitude des bois, une si jolie fille sans même l'avoir embrassée. Mais il avait obéi à l'on ne sait quel instinct chevaleresque qui était inné en lui. D'autre part (de cela il se rendait compte quoique ce fût vaguement) ces façons-là lui rapportaient souvent de la part des femmes plus de reconnaissance et de bénéfices qu'à d'autres la hardiesse des entreprises brutales.

Il poussa un gros soupir.

– Cœur qui soupire n'a pas ce qu'il désire ! s'exclama Tonia, et comme on approchait de la maison rassurante, elle se mit à rire de tout son cœur, à rire comme une folle, audacieusement.

Elle riait tant et si fort que sa poitrine tendue battait la générale, sous le fichu à carreaux rouges.

Maurin la regarda de travers :

– Tu te moques de moi ! Qu'est-ce qui te fait rire ?

– C'est la chanson de la galline, dit-elle effrontément.

– Ah ! petite masque ! dit Maurin. Je te rattraperai.

– C'est pour plaisanter ce que j'en dis, fit Tonia redevenant sérieuse. C'est pour te taquiner un peu, car je sais que tu es un roi de l'amour. Mais, moi, Maurin, je suis une fille sage et je te sais gré de ne pas m'avoir embrassée seulement. Dans mon pays corse, vois-tu, si l'on se connaît en vendetta c'est parce qu'on se connaît dans la chose contraire qui est, je crois, la reconnaissance… Et je n'oublierai jamais ta conduite d'aujourd'hui.

Maurin regarda Tonia de ce regard qui faisait tomber les femmes comme les mouches.

– Oui… reprit-elle, c'est vrai que tu me plaisais beaucoup, mais aujourd'hui je sais ce que tu vaux et, pour te servir, je saurai le dire quand il faudra.

Il la regarda encore, jusqu'au fond des yeux.

Elle reprit en baissant la tête :

– C'est vrai que si je n'avais pas été fiancée à un gendarme, j'aurais aimé volontiers un bandit comme toi !

Elle songeait à ces bandits corses, comme elle en avait eu dans sa famille, qui se réfugient et se défendent dans le maquis après un acte de vengeance violente, assimilé, dans l'esprit corse, à un véritable fait de guerre, à une action héroïque.

Antonia, après les paroles qu'elle venait de prononcer en l'honneur des bandits en général et de Maurin en particulier, fut embarrassée une seconde. Elle baissa la tête et ne la releva pas.

Maurin la regardait toujours et il pensa simplement :

– Té ! encore une !

Il se dit, dès ce moment, qu'Antonia serait à lui. Quand serait-ce ? Quand il plairait à Dieu. Il connaissait ainsi, dans la forêt, le gîte de certaines bêtes qu'il attraperait un jour ou l'autre... A quoi bon se presser ?... Le plaisir peut-être le plus grand n'est-il pas d'attendre quand on est sûr d'atteindre ?

Tout à coup, de nouveau, au seuil de la maison forestière, Tonia éclata de rire et, regardant Maurin de côté, chantonna :

Mon bon monsieur, quand on la tient,
Faut plumer la poulette !

Alors Maurin se trouva tout bête, mais si le père Orsini n'était pas à la maison, qui sait, il allait pouvoir peut-être prouver à Tonia qu'elle avait eu tort de rire si haut !

Au moment d'entrer dans l'habitation, l'avisé Maurin redescendit vivement le perron rustique et courut cacher, sous la garde d'Hercule, son fusil et son carnier dans la cabane de bruyère où le forestier enfermait ses instruments de jardinage.

En cas de mauvaise querelle avec Orsini, mieux valait, pensait le sage Maurin, n'être pas armé.

CHAPITRE XXV

SI L'ON NE MANGEAIT DE CERISES QUE CELLES QUI VOUS APPARTIENNENT BEAUCOUP DE GENS NE SAURAIENT PAS QUEL GOÛT A LE FRUIT DES CERISIERS

Maurin suivit Antonia dans la maison forestière resplendissante, toute blanche au soleil, et dont les charpentes visibles étaient d'un bois bien roux, bien choisi.

Dès qu'ils furent entrés dans la salle basse, sorte de pièce commune contiguë à la cuisine et prenant jour par une fenêtre armée de solides barreaux de fer, Antonia ouvrit une armoire. Elle apporta sur la table une bouteille de vieille eau-de-vie et un verre.

– Et toi, tu ne boiras pas, petite ? interrogea-t-il gaiement. Quand on tire la carabine comme je t'ai vu faire une fois, on doit boire l'eau-de-vie aussi bien qu'un chasseur de sanglier, hé, dis un peu ?

– L'un se peut faire sans l'autre, dit Tonia en riant.

– Et, dit Maurin regardant son verre sans y toucher, ce sera là tout mon profit, pour t'avoir prise à mon côté et emmenée loin des coquins ? Que faisais-tu dans le bois lorsqu'ils t'ont fait si grand-peur ?

– Je me promenais bien tranquillement, dit-elle.

Elle était droite devant lui, les deux poings posés fermement sur ses hanches larges. Elle se tenait devant la fenêtre et Maurin, qui la regardait avec des yeux de désir, voyait autour de sa tête des frisons de cheveux noirs échappés à sa coiffure, et qui frémissaient, tout irisés, dans la clarté éblouissante du ciel.

– Et quel autre profit voudriez-vous ? dit-elle avec malice, car elle songeait encore à la chanson de la poulette.

Puis, avant qu'il répondît, elle ajouta gaiement, par manière gentille :

– C'est joli, ça ! n'avez-vous pas honte, de demander salaire pour avoir bien agi ?

– Mon salaire bien gagné, dit Maurin, étendant vers elle les bras et la saisissant par la taille, ce sera un bon baiser, rien qu'un !

Elle se débattait sans donner contre lui trop de force et sans se fâcher.

Lui, la tenant toujours par la taille, continua :

– Voyons, une supposition. Maurin des Maures n'aurait pas poussé son cri qui fait peur aux mauvaises gens, qu'est-ce qui te serait arrivé ?… On tremble d'y penser, dis, ma belle ? Ce n'est pas d'un baiser que tu courais le risque, mais de beaucoup, je pense, et non pas d'un seul homme, pechère, et de telles gens encore, que, d'y penser, la rage m'en vient, bon Dieu ! Songe donc ! Et pour avoir été sauvée d'un pareil malheur, un baiser, un seul, que tu donneras à un brave homme, à un honnête homme, voyons, sera-ce payé trop cher ?

Debout, il la tenait par-derrière à pleins bras, largement, et ses deux mains s'étaient croisées sur la jeune poitrine tendue et battante. Elle ne détourna pas la tête… Sans doute, elle pensait, elle aussi, qu'il méritait, le beau et brave chasseur, ce gentil paiement de sa bravoure… Ce n'était pas un bien gros larcin fait au gendarme ! Maurin déjà avançait les lèvres pour atteindre celles d'Antonia. Et comme il restait un peu court, elle se tourna un tout petit peu vers lui… Leurs yeux se rencontrèrent et Tonia en éprouva une telle secousse qu'elle comprit que donner le baiser, c'était trop ! Et elle s'était dégagée de lui, non sans regret, mais par grande honnêteté, quand, sur le pas de la porte ouverte, parut son père, Antonio Orsini.

Le forestier poussa un juron terrible… Il décrocha sa carabine. Tonia n'eut que le temps de se mettre en travers de sa menace.

– Que viens-tu faire ici, voleur ? criait Orsini.

– Les voleurs ne sont pas chez toi, Antonio ! fit Maurin. Ne m'insulte pas si vite et, si tu prends ta carabine, que ce soit contre ceux qui méritent ce nom et des mains de qui j'ai retiré ta fille.

– Ce qu'il dit est vrai, mon père, dit Antonia.

Et vivement elle expliqua la mauvaise rencontre et l'intervention de Maurin.

– Un baiser, dit Maurin tranquillement, c'est, des fois qu'il y a, une politesse qu'on se mérite !

– C'est bon, gronda Orsini, mais ce n'est pas une raison pour embrasser la fiancée d'un autre et la fiancée du gendarme Alessandri, qui n'est pas ton cousin, tu sais !

– Antonio, répondit d'un grand sang-froid le don Juan des Maures, Antonio, mon ami, si l'on ne mangeait jamais de cerises que celles qui vous appartiennent, beaucoup de gens ne connaîtraient pas le goût du fruit des cerisiers.

– C'est assez rire ! Décampe à présent !

– Oh ! mon père, j'ai offert à Maurin un verre d'eau-de-vie. Vous lui devez hospitalité. N'êtes-vous pas de vrai sang corse ?

– Qu'il boive donc et s'en aille !…

– N'êtes-vous pas de vrai sang corse, je vous le demande ? répéta avec force Antonia. Vous devez, je vous le dis encore, hospitalité à Maurin.

Alors, comme à contrecœur, car il regrettait de paraître servir les intérêts du chasseur, Antonio, sans regarder ni Maurin ni sa fille, grogna :

– Et qui te dit que la vraie hospitalité n'est pas, à cette heure, de renvoyer Maurin au plus vite ? Il a en ce moment la loi contre lui. Alessandri le cherche… et doit arriver ici ce matin même.

Comme il achevait ces mots, Alessandri entra et, le bras étendu vers Maurin qu'il regardait d'un air satisfait :

– Au nom de la loi, lui dit-il, je vous arrête, Maurin !

CHAPITRE XXVI

OU LE ROI DES MAURES MET ENTRE LUI ET LA LOI NON SEULEMENT UNE LOURDE TABLE MAIS L'HONNEUR MÊME DE LA CORSE PATRIE DU GRAND EMPEREUR

Maurin se glissa contre le mur, derrière la longue et lourde table, décidé à retarder au moins le moment désagréable où la main du gendarme s'abattrait sur son épaule.

– Comme ça, fit-il, dis-moi un peu, tu les as les ordres qu'il faut pour m'arrêter ?

– Mandat d'amener, dit le gendarme avec importance.

– Voyons voir, fit Maurin gouailleur.

Le gendarme menaçant prononça :

– Tu vas voir !

Alors Maurin prit sur la table le petit verre d'eau-de-vie qu'il n'avait pas touché encore, et l'élevant avec un geste semi-circulaire :

– A votre santé, la compagnie ! au plus beau des gendarmes ; au plus brave des gardes-forêts ; à la plus jolie des Corsoises !

Et il but.

Orsini trouvait fâcheux pour l'administration qu'une pareille scène eût lieu chez lui, mais il savait ce que c'est qu'une consigne : Alessandri devait arrêter Maurin ; il l'arrêterait donc. Lui, il n'avait rien à dire et, en effet, il se taisait, avec un air un peu farouche.

Antonia ne raisonnait pas de même, mais elle n'avait pu encore placer un seul mot. Les deux hommes, les deux rivaux, étaient trop animés. Elle guettait l'occasion d'intervenir.

En attendant, elle les examinait et l'attitude de Maurin la frappait d'admiration.

Maurin posa sur la table son verre vide, et regardant le gendarme :

– Tu ne refuseras pas de me dire, Alessandri…

– Ne me tutoyez pas ! dit le gendarme.

– C'était par amitié et non par mépris, gendarme, mais du moment que ça vous contrarie on vous dira : « tu »! je m'y engage.

La belle fille ne put s'empêcher de rire de la figure du gendarme vexé.

Alessandri exaspéré cria :

– Allons, c'est assez causé ! suivez-moi.

– Comment avez-vous su que j'étais ici, gendarme ?

– Il me suffit de vous y trouver.

– Encore une question. Avez-vous expliqué au juge ce que c'était que cet homme, ce Grondard, qui a été si justement tué ?… Lui avez-vous dit, au juge, que ce Grondard était une bête dangereuse, un homme méprisé de tout le monde, accusé de toutes sortes de mauvaises actions par la renommée ? Lui avez-vous dit enfin que, depuis longtemps, les gardes et les gendarmes auraient bien fait de lui loger eux-mêmes une balle dans la tête, s'ils s'occupaient mieux de leurs affaires ? Lui avez-vous dit tout cela, au juge ?

– J'ai dit au juge ce que j'avais à lui dire. Vous lui parlerez de Grondard comme vous voudrez. Moi je n'ai qu'à vous arrêter et je vous arrête.

– C'est au sujet de la mort du vieux Grondard, dit enfin Antonia, que vous arrêtez Maurin ?

– Oui, dit Alessandri.

– Alors, c'est de la mauvaise besogne, répliqua-t-elle. Grondard était une canaille comme il n'y a pas la pareille. Moi-même j'en pourrais dire quelque chose ; moi et bien d'autres ! et nous le dirons quand il faudra. Laissez donc aller Maurin pour aujourd'hui, Alessandri. Le juge aura ainsi le temps de réfléchir… Nous lui éclaircirons la vue, au juge. Il a été trompé sans doute par de faux rapports… Maurin est un honnête homme.

– Comment cela va-t-il, que tu portes témoignage de l'honnêteté de Maurin, toi, Tonia ? Qu'en sais-tu ? D'où le connais-tu si bien ?

– Ce que j'en sais ! cria Tonia, exaltée tout à coup. Ce que j'en sais ! mais sans lui, Alessandri, sans ce Maurin que tu veux prendre, ta fiancée à cette heure probablement serait perdue, oui, c'est très probable qu'elle serait morte – et vilainement.

– Explique-toi ! dit Alessandri pâlissant.

– Eh ! dit Antonia, vous ne faites pas si bien la police de la forêt, vous autres gendarmes, qu'on n'y rencontre jamais de malfaiteurs… Ne savez-vous pas, est-ce moi qui vous l'apprendrai, Alessandri, qu'il y a encore en ce moment, libres à travers nos bois, deux échappés de bagne ?… Eh bien, j'étais en train de me promener dans la colline lorsque les deux coquins sont sortis de derrière un abri de rochers, aux entours de la Verrerie, et ils m'ont poursuivie et atteinte, et alors j'ai crié… Maurin qui passait sur la route m'a entendue, il m'a répondu, j'ai pu courir vers lui et il m'a ramenée ici. Je lui ai offert un verre d'aïguarden. Et voilà comment il est ici mon hôte et celui de mon père et par conséquent le vôtre. Arrêtez-le donc maintenant !

Il y eut un silence pendant lequel « on aurait entendu voler les mouches ». Le pauvre Alessandri réfléchissait de son mieux.

– Femme, dit-il enfin, mon devoir est mon devoir, la consigne est la consigne. Il faut que j'arrête cet homme-ci partout où je le trouverai.

– Vous ne ferez pas cela, cria-t-elle, ou vous n'êtes pas un vrai Corse !

– Je le ferai, dit le gendarme, en vrai Corse que je suis. Quand vous parlez de l'hospitalité, Antonia, vous dites ce que vous devez dire, et je suis content de vos paroles. Mais je suis un soldat. J'ai reçu des ordres qu'il faut que j'exécute, et je les exécuterai, et en vrai Corse, je vous le dis !

Il fit un pas vers Maurin. Alors, malgré elle, Antonia poussa ce cri, qui fit pâlir son fiancé :

– Les vrais Corses, les vrais, sont bandits avant tout, cria-t-elle, bien avant d'être gendarmes !

Alessandri et Maurin échangèrent, sur ce mot, un regard chargé de défi.

Tous deux sentaient qu'ils se disputaient l'amour même d'Antonia.

Le regard de la Corsoise ne quitta Maurin que pour se porter sur le gendarme avec une expression de colère où il y avait du mépris.

– Écoute, gendarme, fit Maurin sérieusement, tu ne feras pas ça, de m'arrêter ici. Je calcule que ce serait une mauvaise affaire pour toi, aux yeux de ta fiancée. Je lui ai rendu un gros service, un vrai, il n'y a pas à dire, voici une heure à peine. Elle m'a invité à venir chez son père prendre un verre d'eau-de-vie, en remerciement. Et voilà que tu arrives…

» Eh bien ! si tu m'arrêtes, c'est donc qu'elle m'aurait pour ainsi dire fait venir, comme en trahison, dans un piège ?…

» Ça n'est pas possible… Son père, qui est là et qui ne dit rien, n'en pense pas moins comme moi, je suis sûr… N'est-ce pas, Antonio Orsini ? N'est-ce pas que tu trouves mauvais qu'on m'arrête dans ta maison même, après que j'y ai amené en sûreté ta propre fille ?… Et en récompense, qui m'arrêterait ? Ton futur gendre !… Il y aurait là de quoi, Antonio, déshonorer ta race pour la vie, et cinquante ans de vendetta n'effaceraient pas cette abomination !

Antonio, mis au pied du mur, se sentit perplexe. Pourtant il n'aimait pas beaucoup Maurin.

– Répondez, mon père ! dit Antonia.

– Ce que moi je peux dire, dit enfin le forestier, n'y changera rien… Je voudrais sauver Maurin… aujourd'hui… mais Alessandri est le seul maître de la chose. Il doit savoir ce qu'il a à faire.

– Crois-moi, tu dois me laisser partir pour aujourd'hui, Alessandri, reprit avec fermeté Maurin. Tu m'attraperas dans les bois, quand j'aurai tous mes moyens de fuir. Ce sera plus digne de toi comme de moi-même. Un vrai chasseur, vois-tu, ne tire pas au posé…

» Et rappelle-toi, ajouta Maurin, solennel à la fois et gouailleur, rappelle-toi qu'en emprisonnant ton grand Napoléon qui était venu librement à elle, l'Angleterre s'est déshonorée pour les siècles des siècles !

Alessandri secoua la tête.

– Vous essayez de me tromper sur mon devoir, tous ! Si je laissais aller Maurin en ce moment et qu'on le sût, je perdrais ma place…

– Aimes-tu mieux perdre l'honneur des Corses ? cria Tonia.

Ce mot ralluma la colère du gendarme.

– Je perdrai mon honneur de Corse en ne pas arrêtant un assassin comme celui-ci !… cria-t-il. Tais-toi, femme ! Si tu te mettais à commander déjà ton fiancé, que ferais-tu un jour de ton mari !… Allons, laisse-moi passer !

Il saisit sa fiancée par le bras, l'écarta violemment et commit la faute stratégique de s'insinuer, à la suite de Maurin, entre la table et le mur.

– Si tu fais cela, alors, cria-t-elle, alors prends-y garde ! j'aimerai mieux peut-être bandit comme lui que gendarme comme toi !

Et elle s'engagea, à la suite du gendarme, entre le mur et la table, en criant :

– Profite, Maurin, profite ! Laissez-le échapper, mon père !

Elle se cramponna des deux mains aux deux bras du gendarme dont elle paralysait les mouvements.

Maurin, mettant une main sur la table, bondit par-dessus sans l'effleurer des pieds, et prit la porte qui se referma à grand bruit.

– Je l'aurai ! cria Alessandri. Laisse-moi, laisse-moi, Tonia ! je te dis de me laisser.

Elle le retint encore.

Il dut, la traînant après lui, faire le tour de la table. Quand il parvint à la porte, il essaya vainement de l'ouvrir. Maurin, du dehors, l'avait fermée à double tour, et la serrure était énorme comme une serrure de prison.

– Mais il y a une autre porte ! dit-il.

Et il se précipita vers la cuisine…

A peine dehors, Maurin s'était trouvé nez à nez avec Pastouré, attentif à la querelle non loin du seuil et prêt à lui porter secours. Le fidèle Pastouré s'était informé de Maurin à la cantine du Don où il était venu le rejoindre.

Au moment où il avait vu Maurin fermer à double tour la porte de la maison forestière, Pastouré s'était dit tout haut : « Complétons la farce ! » Et il s'était rué vers la seconde porte, celle de la cuisine, qui donnait sur le derrière de la maison. Il l'avait fermée aussi et il avait, de plus, arc-bouté, contre les deux portes, deux énormes madriers qui traînaient par là…

A présent, Pastouré et Maurin dévalaient les sentiers, tandis que, furieux, le gendarme Alessandri, enfermé dans la maison forestière, et las d'avoir battu les portes, présentait sa figure irritée à travers les barreaux de fer des fenêtres en appelant à l'aide.

– Les gens de la cantine, lui disait tranquillement Orsini, ne seront pas ici avant vingt minutes, s'ils viennent tout de suite… Et il est bien possible qu'ils veuillent laisser à Maurin le temps de faire un peu de route… mais, même si on vient vous ouvrir tout de suite, Maurin a déjà trop d'avance sur vous. Il est sauvé, pour cette fois… Eh bien, tant mieux, il ne sera pas dit qu'on l'a arrêté chez nous, au lieu de le récompenser du service qu'il m'a rendu… Ce qui est sauvé avec lui – crois-moi, Alessandri, ma fille a raison –, c'est l'honneur des Corses ! Et Maurin a dit vrai : en emprisonnant Napoléon, les Anglais se sont pour toujours déshonorés !

Comme l'avait prévu Orsini, les gens de la cantine, mis au courant en quatre mots par le brave Pastouré, donnèrent à Maurin le temps de gagner au large – avant d'aller délivrer le gendarme auquel on n'épargna ni lazzis ni quolibets.

– Eh ! Eh ! mon bon, disait un vieux bûcheron au pauvre Sandri qui grinçait derrière les barreaux de la fenêtre, eh ! eh ! Maurin des Maures est un gibier facile à manquer… Tu n'es pas assez dégagé, gendarme !… Il y a des perdreaux qui, de remise en remise, arrivent vivants à la fermeture de la chasse. Sans ça, pechère ! la race, vois-tu, s'en perdrait et ce serait malheureux.

Vers le soir, Orsini entendit sa fille chanter dans le bois voisin.

– Allons, tant mieux ! dit-il. Elle n'a pas de chagrin.

Elle chantait la *Gallinette :*

Dans le bois,
Joli bois !

En ai tant cueilli, recueilli
Que me suis endormie.

Ai tant dormi et redormi
Que la nuit m'a surprise.

« Oh ! qui m'aide à passer le bois
Je suis sa douce amie. »

Vient à passer gai chevalier :
« Moi vous le passerié ! »

Ne sont pas au mitan du bois
Qu'un baiser il dérobe.

« Arrière un peu, beau chevalier
Prendriez ma maladie.

– Quelle maladie avez-vous,
Rosette belle fille ?

– Je suis la fille d'un lépreux
Né dans la léprerie. »

Quand ils eurent passé le bois
Rose se met à rire.

« De quoi riez, Rose, m'amour?
Rosette belle fille?

– Ne ris pas de votre beauté
Ni de votre sottise.

Je ris d'avoir passé le bois
Comme une honnête fille.

– Belle, si voulez retourner
Cent écus vous darié.

– Mon bon monsieur, quand on la tient,
Faut plumer la poulette,

Dans le bois,
Joli bois! »

Le brave Orsini n'attachait aucun sens particulier à ces paroles, qui du reste lui arrivaient peu distinctes.

– Allons, tant mieux, se répétait-il, elle n'a pas de chagrin.

Et Tonia pensait :

– Je ne sais pas ce que je me désire, pauvre de moi!

CHAPITRE XXVII

OÙ L'ON VERRA LE ROI DES MAURES SACRÉ NON PAS A REIMS MAIS A DRAGUIGNAN ET D'UNE CONVERSATION DE HAUTE PORTÉE ENTRE UN POLICIER AMATEUR ET UN SAVANT INCONNU

Cabissol était devenu pour M. le préfet, qui s'ennuyait un peu à Draguignan, un compagnon intéressant et en même temps un aide dévoué, du moins en ce qui touchait à la police générale du département.

MM. les commissaires n'en prenaient pas ombrage, car le policier amateur les faisait maintes fois bénéficier de ses découvertes ; et, dans plus d'une grosse affaire où la police avait dû donner « sa langue aux chats », M. Cabissol, poussé et soutenu par sa passion de curieux, avait trouvé « la clef » et fait prendre les coupables.

– Si j'ai bien compris notre Maurin, dit le préfet à Cabissol, son appui aux élections prochaines nous sera de première utilité pour combattre certain candidat dangereux et faire triompher le « bon », c'est-à-dire le nôtre, qui est effectivement un brave homme. Il est aussi mon parent, comme je vous l'ai dit, mais ce n'est pas une raison pour que je ne m'intéresse pas à son succès.

– Vous aurez Maurin pour vous, je m'en charge ; il vous l'a d'ailleurs presque promis.

– Comment formera-t-il son opinion sur notre ami Vérignon ?

– Laissez-moi faire. Je vous dirai cela bientôt. Les élections n'auront lieu que dans six mois, mais il n'est pas mauvais de s'en occuper à l'avance. Je vais voir Maurin.

– Où cela ?

– Je n'en sais rien, je vais à sa recherche.

– Recommandez-lui d'être sage. Nous avons eu toutes les peines du monde à faire classer son affaire de l'enlèvement des chevaux. Le commandant de gendarmerie n'était pas content. Dites-lui que ces plaisanteries-là pourraient lui coûter cher, à la fin, et que toutes les protections du monde, à un moment donné, ne servent plus de rien… Faites-le-lui bien comprendre. Il serait stupide qu'une affaire gaie aboutît à un résultat pénible : songez donc ! Rébellion contre les agents de la force publique en service ! Il y perdrait ! et nous aussi.

M. Désorty et M. Cabissol ignoraient l'accusation nouvelle qui pesait sur Maurin depuis quelques heures. Le parquet n'avait eu aucune raison d'en informer la préfecture. Et si attentif que fût M. Cabissol aux faits et gestes de Maurin, il ignorait encore Grondard et la nouvelle rancune d'Alessandri.

L'accusation portée contre Maurin ne manquait pas de base.

En effet, la mémoire de Sandri avait failli…

– Enfin, lui avait dit le procureur du roi de la république impériale, a-t-il avoué devant vous ?

– Oui et non.

– Oui ou non ?

– Oui, car il a dit, à ce qu'il me semble : « Si je l'avais tué c'est avec plaisir que je dirais : *C'est moi qui l'ai tué.* » Mais Grondard assure qu'il a dit simplement : « C'est moi qui l'ai tué. » Et il a bien prononcé ces paroles, je m'en souviens, mais je ne sais plus s'il a dit les premières qui modifient le sens des secondes.

– Amenez-le-moi, avait conclu le juge.

M. Cabissol ignorait ce dialogue quand il dit au préfet :

– Tout ce que vous désirez que je rapporte à Maurin lui sera transmis fidèlement, monsieur le préfet.

– Ah ! une idée ! fit le préfet. Des trois bandits poursuivis par Maurin et les gens de Bormes, deux sont toujours dans vos maquis provençaux. On les a aperçus, paraît-il, un jour à la Garde-Freinet, puis, le surlendemain, à La Verne. Ils ne paraissent pas décidés à quitter les Maures. Toute cette région intéressante s'inquiète. Pourquoi Maurin, qui connaît les moindres recoins de ces montagnes, ne donne-t-il pas de nouveau la chasse à ces coquins, avec l'aide de quelques compagnons déterminés ?… Cela arrangerait, peut-être, ses affaires avec la justice… Je pourrais moi-même, en ce cas, demander pour lui une médaille, une récompense de l'État. Parlez-lui de tout cela.

– C'est entendu…

– C'est un homme si « empoignant » ! J'ai fini par l'aimer, moi. Il a l'instinct de la vraie liberté et je ne le trouve pas sans noblesse.

– A ce propos, dit M. Cabissol, un mot de lui m'est revenu à la mémoire, que je veux vous rapporter pour fixer encore un trait de son caractère ou de son génie. Je l'ai entendu dire un jour, avec son impayable accent et ses tournures de phrases à la provençale : « Moi, les femmes, j'en connais de toutes, même de celles à qui on dit des "madame" gros comme le bras. Eh bé, quand on les embrasse, de la plus pauvre à la plus riche, elles sont toutes pareilles ! Et même des fois nos petites paysannes, elles valent mieux. Alors, messiés, je pense qu'il n'y a entre les hommes point de différence, à moins que ce soit dans le *talent* ! »

» Le mot « talent » est le mot provençal qui représente l'idée d'instruction, ou simplement d'intellectualité, ou encore d'intelligence. Ne voyez-vous pas bien que, grâce à des discours pareils, tenus dans tous les cabarets du département, l'influence du roi des Maures sur son petit champ d'action, vaste pour lui, est comparable, toutes proportions gardées, à l'action révolutionnaire de Napoléon Ier empereur ? La révolution n'avait coupé qu'une tête de roi, Napoléon mit le pied sur la tête de tous les rois. Je ne vois entre Maurin et ce grand civilisateur qu'une différence et à l'avantage de Maurin : Napoléon détestait et Maurin vénère les idéologues. C'est par l'intermédiaire de l'un d'eux, et non des moindres, que je ferai communiquer vos instructions à Maurin, si je ne le vois pas en personne.

Le préfet s'étonna. Cabissol lui expliqua les relations de Maurin et de M. Rinal.

– Ce M. Rinal, lui dit-il, vous l'avez vu à Bormes, le jour de l'enterrement de Crouzillat…

– Ah ! oui.

– Eh bien, je vais lui parler.

M. Cabissol se présenta, dès le lendemain, chez M. Rinal et lui exposa ce qu'il fallait faire entendre à ce brave Maurin :

Maurin devait se garder de tout acte de révolte, se conserver au service de la République, faire campagne, si cela lui était possible, avec quelques compagnons contre les gredins qui tenaient le maquis des Maures ; et pour terminer, M. Cabissol parla à M. Rinal de la candidature Vérignon.

– Je suis sûr, dit-il, de votre opinion sur ce publiciste éminent, qui est l'auteur d'un beau livre sur les Jacobins.

– Un chef-d'œuvre, dit M. Rinal. Il y a là tout le génie de la Révolution aimée et révélée.

– Eh bien, si vous le voulez, Vérignon sera député du Var. Vous tenez son élection entre vos mains.

– Comment cela ? à moi tout seul ?

– Oui, car Maurin, qui ne se fie à personne dès qu'il est question de politique, sera définitivement acquis à Vérignon si vous lui dites sur ce candidat votre opinion complète. Vous aimez le peuple. Vous avez reconnu en Maurin une âme plébéienne digne de sympathie et qui en conduit beaucoup d'autres. De Saint-Raphaël à la Londe-des-Maures, Maurin, en passant par Saint-Tropez, a bien dix mille, que dis-je, quinze ou vingt mille électeurs à sa suite…

– Je m'en doutais, dit M. Rinal. Ce Maurin, c'est une puissance. Bravo, car il a une conscience bien supérieure à celle de la masse, ou plutôt dans laquelle je crois voir, en formation, la conscience même de la masse. Cette conscience, il faut l'éclairer de plus en plus, je suis de votre avis. Seulement, que Maurin prenne garde. Il préfère l'équité à la justice, le bon sens aux préjugés et l'idéal au bon sens…

– Rien n'est plus dangereux, dit M. Cabissol.

– Oui, dit M. Rinal. C'est une maladie rare et dont on meurt. C'est une faute anti-sociale. Les pouvoirs établis ne l'ont jamais pardonnée, et les républiques pas plus que les autres ; car c'est une sottise de croire qu'il existe une forme de gouvernement qui impose la pratique des vertus ! Même de bonnes lois ne sauraient assurer de bonnes mœurs… Tâchons de sauver Maurin !… Du diable si le brave homme se doute de l'idée que nous avons de lui… Au revoir, monsieur.

– Toute réflexion faite, dit M. Cabissol, je ne verrai pas Maurin. Vous aurez sur lui, et pour cause, plus d'influence en tout ceci que personne.

Il se trouva que le soir même, à la nuit close, Maurin entrait dans sa bonne ville de Bormes par la partie haute, évitant ainsi de passer devant la gendarmerie qui est au bas de la ville, et qui – il n'en pouvait pas douter – avait, comme celle d'Hyères, l'ordre de l'arrêter, le cas échéant.

Il allait voir M. Rinal et s'informer de son fils ; il fut heureux d'apprendre que le petit montrait de l'intelligence et du cœur ; il remercia avec effusion le vieux savant et reçut enfin de lui les conseils et les bons avis qui venaient de la préfecture.

Quant à l'idée de poursuivre les deux évadés et de les capturer sans l'aide de la gendarmerie, elle lui était venue toute seule à lui-même, par la raison, confia-t-il à M. Rinal, qu'ils avaient, à sa connaissance, *insurté* (insulté) une femme, et même une jeune fille, de ses amies… Lorsqu'il songeait à eux, il ne les appelait plus lui-même que les insulteurs de Tonia, et le sang lui bouillait de colère.

– Bravo !… tout cela est d'un chevalier français… ou maure ! répliqua en riant le bon M. Rinal.

Puis Maurin alla embrasser son fils chez les braves gens qui l'hébergeaient et passa la plus grande partie de la nuit sous leur toit ; et, une heure avant le lever du soleil, il repartait pour arriver premier aux bons endroits à bécasses, lesquelles se montrent à la Toussaint comme chacun sait. Pastouré l'attendait. Ils en tuèrent cinq, puis jugeant d'un commun accord que, toute affaire cessante, ils devaient *tracer* les deux évadés comme de simples sangliers, ils quittèrent l'autre chasse pour celle-là.

CHAPITRE XXVIII

LA VOIX DU PEUPLE NOMME MAURIN GÉNÉRAL ET PASTOURÉ COLONEL

Quelques jours plus tard, à La Molle, soixante chasseurs étaient réunis par les soins de Pastouré, pour faire une battue et prendre les deux voleurs qu'on avait signalés dans les environs.

Tous les habitants du village entouraient Parlo-Soulet et chacun disait son mot sur la direction à prendre. Pastouré, muet, faisait de grands gestes au milieu d'un groupe, mais Maurin manquait encore à l'appel.

– Ah ! dit l'un des chasseurs, Maurin nous serait bien nécessaire pour conduire la battue ! Quoique Pastouré soit là, nous pouvons regretter Maurin.

– Il viendra peut-être, dit un autre.

– Il viendra sûrement, dit un troisième, pour la raison que c'est lui-même qui nous a fait appeler. Il viendra, je vous dis, quand il devrait marcher sur la tête pour venir !

– Non, il ne viendra pas.

– Et pourquoi ne viendrait-il pas ?

– Parce que les gendarmes d'Hyères sont ici de passage, et peut-être n'est-ce pas par hasard. Il y a des traîtres partout. On les aura prévenus que Maurin nous avait donné rendez-vous ici.

– Si quelqu'un les a prévenus, c'est Grondard.

– Célestin ?

– Oui, Célestin… tu sais bien.

– Ah ! oui !… Alors, comme ça, Maurin ne viendra pas ?

– Lui ? il se moque des gendarmes comme des premières espadrilles qu'il a chaussées. Il sait que nous l'attendons, il viendra.

– Mais les gendarmes voudront l'arrêter ?

Pastouré, silencieusement, frappa sur l'épaule du dernier qui avait parlé, et, étendant le bras, lui désigna les gendarmes qui, descendant de cheval à la porte de l'auberge, attachaient leurs montures à l'anneau scellé dans le mur.

– Regarde… Les voici, les gendarmes. Ah ! ah ! le beau Sandri a voulu être de la fête, on lui donnera du fil à retordre.

– Qu'a-t-il donc à craindre des gendarmes, un honnête homme comme notre Maurin ?

– On l'accuse d'avoir tué le vieux Grondard.

– Et quand bien même ! Grondard cent fois méritait la potence !

– La justice ne raisonne pas comme ça.

Ces paroles tournées et retournées de mille manières se répétaient sans fin dans les groupes.

Tout à coup un cri retentit.

– Té ! Grondard ! voici venir Grondard Célestin !

– Que vient-il faire, ce marrias, parmi les braves gens ?

– Que viens-tu faire ici, gueusard ?

– Je viens vous aider à prendre les deux coquins… je connais, je crois, leur cachette.

– Va-t'en ! que tu les ferais évader plutôt. Nous ne voulons pas de toi.

Quand la foule connut les intentions de Grondard, elle se mit à le huer :

– Hou ! la Besti ! Zou ! contre lui ! hou ! hou !

– Va en galère, mauvais gueux !

– Qu'on lui tire un coup de fusil ! C'est lui qui accuse Maurin ! C'est à cause de lui que Maurin n'est pas ici parmi nous ! Ne laissez pas un Grondard prendre la place d'un Maurin !

Les gendarmes, sortant vivement de l'auberge, durent s'interposer :

– Cet homme, dirent-ils, peut nous servir.

– S'il veut marcher avec vous, il marchera seul… Personne n'ira à la battue.

– Zou ! à lui ! à coups de pierre !…

Les gendarmes, sous la poussée de l'opinion publique, conseillèrent à Grondard de se retirer. Il refusa.

A ce moment Pastouré prit une résolution.

Il parla :

– Maurin et moi, mes amis, nous avons tracé les mandrins comme des sangliers… Venez ; nous les aurons pour sûr. De la manière qu'ils étaient situés il y a une heure, si on y va tout de suite ils sont pris.

– Où est Maurin ? où est Maurin des Maures ?

– Chut ! il n'est pas loin d'ici, déclara Pastouré, baissant la voix ; il s'est caché, car il prévoyait un peu la gendarmerie. Il nous rejoindra… partons, mais débarrassons-nous des gendarmes.

– Maurin est par là ? Qu'il se montre à notre tête ! Maurin ! Maurin !

– Oui, cria Alessandri qui s'avança entraîné par sa haine, qu'il se montre ! je suis venu pour le voir ! qu'il se montre !

– Présent ! cria Maurin, qui sortit tout à coup d'une remise dont la porte s'ouvrit sur la route.

Sandri, suivi de l'autre gendarme, s'élança vers Maurin.

– Ah çà, mais !… Vous voulez donc l'arrêter ? Ça n'est pas à croire ! ni à faire !

La petite armée des chasseurs barrait la route aux gendarmes.

– Vous ne l'arrêterez pas !

– Et qui m'en empêchera ? cria Sandri exaspéré.

Toutes les voix répondirent :

– Moi ! moi ! moi !

Et une centaine d'hommes entouraient les gendarmes, les empêchant d'avancer et même de se mouvoir… Les femmes sortirent des maisons et se montrèrent les plus passionnées en faveur de Maurin.

Le tumulte dura un moment, si bien que tout à coup, par-dessus la foule des têtes, Alessandri et le gendarme son camarade aperçurent Maurin et Pastouré en train de détacher les chevaux militaires… Allaient-ils donc recommencer leur fameuse équipée de l'auberge des Campaux ?

– Le premier qui m'empêche d'avancer, je le brûle ! hurla Alessandri, le revolver au poing, au combe de la fureur.

Comme par enchantement, son revolver lui fut arraché.

Mais Célestin Grondard, à qui personne ne prêtait plus attention, avait contourné la foule et il se précipitait à la tête des chevaux. Déjà il étendait les mains pour saisir la bride du cheval de Sandri sur lequel venait de s'élancer Maurin, quand il reçut sur la tête un maître coup de crosse. Le géant noir tomba. Et Maurin et Pastouré, donnant du talon dans le flanc des chevaux officiels, partirent à fond de train.

Au bruit du double galop, la foule se retourna :

– Vive Maurin ! Vive Maurin ! Vive Pastouré ! Vive le roi des Maures !

Grondard fut relevé, la tête un peu fendue. On le conduisit dans le café du village, pour le panser à l'eau-de-vie.

Consternés, les gendarmes l'interrogeaient :

– Qui t'a frappé ?

– Maurin, de la crosse de son fusil !

Les deux gendarmes démontés se concertaient. Que devaient-ils faire ?

Réquisitionner une voiture, un cheval, suivre Maurin et Pastouré ? Peut-être les voleurs de chevaux allaient-ils rencontrer sur la route les gendarmes de Cogolin, et alors, ils seraient pris… les chevaux étant faciles à reconnaître au harnachement.

Oui, il fallait réquisitionner une voiture. Ils n'en trouvèrent pas. La mauvaise volonté des habitants fut effrontée :

– Ma roue de droite est cassée.

– Ma roue de gauche a pété (rompu).

– Mon cheval a la colique.

– Mon cheval aussi a la colique !

Plus d'une heure s'écoula au milieu de la plus grande confusion. Il y avait maintenant sur la route près de deux cents hommes armés de fusils. Tout à coup ce cri retentit :

– Les voici qui reviennent !

– Où donc ?

– Là-bas, au tournant, derrière le Grand Suve.

C'était bien l'histoire des Campaux qui recommençait ; mais, cette fois, les deux chevaux ne revenaient pas seuls…

– Vive Maurin des Maures ! vive Pastouré !

Maurin et Pastouré apparurent ; ils étaient fièrement campés sur leurs chevaux. Ils allaient au pas, imitant de tous points l'allure de deux gendarmes, corrects de tenue, leurs vieux feutres en bataille, la main droite un peu haute, la gauche sur la cuisse, et donnant à leurs fusils des airs de carabines.

Et ils poussaient devant eux les deux bandits à pied, les mains liées derrière le dos…

Un éclat de rire énorme agita tout ce village répandu sur la route.

– Vive le général Maurin !

– Vive le colonel Pastouré !

– Méfie-toi, Maurin ! ils veulent te prendre…

La foule de nouveau fit obstacle entre les arrivants et les gendarmes. Et calme sur un cheval inquiet, l'ironique Maurin, s'adressant aux gendarmes contraints de rester derrière la foule, leur adressa majestueusement la parole, par-dessus les deux cents têtes de son peuple.

– Est-ce aujourd'hui, gendarmes, que vous comptez m'avoir ? Est-ce au moment où je viens de faire ton service, Alessandri, et où je te remets deux prisonniers que jamais tu n'aurais su prendre tout seul, que tu m'arrêteras ?

– Gredin ! cria Alessandri hors de lui. Tu ne te moqueras pas de moi jusqu'au bout. Ce n'est pas deux, mais quatre prisonniers qu'il me faut ! Livre-toi donc, toi et ton camarade Pastouré, ce Parle-Seul qui doit avoir à nous parler, tu sais bien que quoi ! N'aggrave pas ton affaire. Suis-moi de bonne volonté, ou tôt ou tard ça finira mal.

– Si ça doit mal finir, que ce soit le plus tard possible. Bonsoir la compagnie ! Garde tes prisonniers, si tu le peux. Nous autres nous gardons les chevaux.

Telle fut la réponse de Maurin. Et tournant bride avec ensemble, Pastouré et Maurin prirent le galop et bientôt disparurent là-bas sur la route, dans la poussière soulevée… Le hourrah joyeux de la foule les suivit longtemps, tandis que les gendarmes passaient les menottes aux prisonniers qu'ils devaient à l'adresse de leurs ennemis.

Quand ils eurent assez galopé, les deux héros mirent au pas leurs montures.

– Colonel Pastouré ! dit gaiement le général Maurin.

– Général Maurin ? daigna répondre le colonel Pastouré.

– Je suis content de vous ! dit Maurin.

– Dieu vous le rende ! fit Pastouré.

– Ils ne comprendront jamais comment à nous deux nous avons arrêté les deux hommes.

– Trop bêtes ! dit le laconique colonel.

– C'était pourtant besogne facile à nous (puisque nous savions que les deux coquins n'avaient plus de munitions) de deviner qu'en les surprenant dans cette *baume* (grotte) – où nous les avions fait appâter avec des provisions, qui avaient l'air d'avoir été oubliées là par notre ami le cantonnier – ils obéiraient comme des moutons dès que nous leur montrerions les quatre-z-yeux noirs de nos deux fusils doubles.

– Pardi ! fit le colonel.

– Et puis, jamais gendarme n'aurait, comme nous, passé la nuit à les empêcher de dormir à coups de fusil tirés à blanc et à grand bruit de trompette et de tambour, afin de les trouver à moitié endormis ce matin !

– De sûr, fit le colonel.

– Colonel, dit le général, j'ai envie de vous nommer maréchal.

– A propos de maréchal, dit le colonel, gagnons la broussaille un peu vite et laissons là nos chevaux, car j'entends, à la manière dont le mien fait tinter son pied gauche, qu'il se l'est déferré ! Arrive, mon empereur !

Ils abandonnèrent les chevaux au beau milieu de la route, sous la protection du grand saint Éloi.

CHAPITRE XXIX

COMMENT PASTOURÉ AYANT TIRÉ UN LAPIN SANS LE ROULER RENDIT DIEU EN PERSONNE RESPONSABLE DE SA MALADRESSE

Les gendarmes préférèrent ne pas faire de rapport sur leur mésaventure, et ils se consolèrent avec les éloges qu'ils reçurent pour avoir capturé, à eux tout seuls, deux malfaiteurs dangereux. Quant à la population, elle ne réclama aucune récompense officielle pour Maurin à qui elle donnait elle-même estime et gloire. Qu'avait-il besoin d'autre chose ?

Et puis, chacun pensait au fond qu'il valait mieux peut-être garder le silence sur toute cette affaire. Cependant, par les soins du préfet, le parquet et le commandant de gendarmerie apprirent que les nommés Maurin et Pastouré dit Parlo-Soulet avaient réalisé à eux seuls la capture désirée ; mais ce rapport fut fait seulement lorsqu'on eut appris la discrétion intéressée des gendarmes sur la plaisanterie dont, pour la seconde fois, ils avaient été victimes. Et Sandri fut blâmé !

Tout cela fut très habilement conduit par le préfet, renseigné par M. Cabissol, renseigné lui-même par M. Rinal, chez qui Maurin avait envoyé Pastouré « au rapport ».

Restait toujours le mandat d'amener décerné contre Maurin (affaire Grondard), et dont furent informés enfin M. Rinal et M. Cabissol.

Il fut convenu que M. Rinal irait en personne voir le procureur de la République.

Il y alla, et parla de Maurin en termes tels, il plaida si bien sa cause, que le procureur impérial de la République du roi (comme il l'appelait plaisamment pour signifier que les errements des hommes de loi n'avaient pas changé depuis le premier empire) lui promit un *supplément d'enquête* et lui assura que, en attendant, on suspendrait.

De quoi Alessandri fut averti, et fut très marri jusqu'au beau jour de la Saint-Martin où de nouveau Maurin attira sur lui, grâce à une imprudence du sage Parlo-Soulet, le regard sévère de la magistrature.

La Saint-Martin est fêtée annuellement dans les Maures par la petite bourgade du Plan-de-la-Tour, située dans un creux de vallée, à quatre ou cinq kilomètres de Sainte-Maxime et de la mer. Saint Martin est le patron des Plantouriens. Cette année-là les hasards de la chasse entraînèrent Maurin et Pastouré entre Sainte-Maxime et le Plan-de-la-Tour, la veille même de la Saint-Martin.

On avait signalé par là un fort passage de bécasses, et Pastouré et Maurin s'étaient séparés pour battre plus de pays.

Maurin avait tué trois ou quatre bécasses que son brave griffon lui avait joyeusement rapportées, et il se rapprochait du lieu où il devait retrouver son compagnon Pastouré pour gagner avec lui le Plan-de-la-Tour. Là, ils devaient déjeuner chez l'aubergiste Jouve, un homme pour qui Maurin avait la plus grande estime et la plus grande affection. L'endroit du rendez-vous était au sommet d'une colline, dans une mussugue au milieu de laquelle s'élevaient quelques pins espacés. Sur le profil de cette colline, Maurin aperçut tout à coup la silhouette gesticulante du silencieux Pastouré. Pastouré, n'ayant pas rencontré de bécasses, cherchait un lapin.

Dans cette région, la chasse aux lapins se fait d'une façon toute particulière.

On les fait chercher par les chiens dans la mussugue. La « mussugue » est un champ de cistes. Dans ces champs de cistes, les pas des chasseurs, parfois la faucille, ont tracé d'étroits sentiers. Les chiens courants sont lancés. C'est au moment où le lapin sort de la mussugue et suit ou traverse un sentier, qu'on le tire.

Mais la mussugue drue et qui vous monte à la hauteur du genou, empêche de surveiller ces sentes étroites. Et c'est pourquoi les pins qui çà et là se dressent dans les champs de cistes sont respectés religieusement et leurs branches taillées de manière à former de courts et commodes échelons pareils à ceux des perchoirs à perroquets. Quand le chien « bourre », le chasseur s'élance sur le perchoir le plus proche avec une singulière agilité entretenue par l'habitude, et, du haut de l'arbre, à cheval sur une forte branche épaisse et coupée court, il fusille le lapin aussitôt mort qu'entrevu.

Tout cela se fait en un clin d'œil.

Bien qu'il fût accoutumé aux façons de Pastouré, Maurin, ce jour-là, délivré de ses grands soucis personnels, se prit à regarder son ami avec un intérêt tout nouveau. Selon sa manie, Pastouré, se croyant bien seul, était en train de monologuer en gesticulant comme un sémaphore.

Cette fois Pastouré, que Maurin n'entendait pas, disait en appuyant d'un geste chacune de ses paroles :

– Pas une bécasse ! pas une !... Si j'en avais vu au moins une ! une !

Et il élevait un doigt en l'air.

– Si c'est possible, bouan Dioû !

Et le fusil en bretelle, il secouait ses deux mains jointes.

– C'est vrai qu'il n'a pas assez plu.

Ici, renonçant à trouver un geste concordant à ses paroles, il jetait un regard vers le ciel d'où tombe quelquefois la pluie :

– Avoir couru tant de terrain !

Et Pastouré étendait le bras, se désignant à lui-même tout le terrain qu'il venait de battre.

– Et pas une plume dans le sac !

Il frappait sur son carnier.

– Pas une au chapeau !

Il ôta son chapeau, le considéra tristement et le remit sur sa tête qu'il secoua d'un air humilié :

– Attention ! que mon chien guette ! sa queue me le dit.

Et, le bras étendu, il imitait, de son index vertical et vibrant, le mouvement de la queue et toutes les émotions de son chien.

Tout à coup l'index de Pastouré se fit presque horizontal, comme l'était en ce moment la queue de son fidèle Panpan. Son chien, un nouveau, s'appelait *Panpan*, ou *Coup double.* Tous deux, chien et chasseur, étaient à l'arrêt.

– Bourre ! cria Pastouré qui négligea de monter sur un arbre.

Le chien bondit. Le lapin déboula avec la violence d'un projectile qui sort du canon et, quittant la mussugue et enfilant un sentier, demeura un moment bien visible pour Pastouré... qui tira ! Le lapin redoubla de vitesse. Manqué !... Pastouré fut si étonné qu'il en oublia de le doubler.

Il regardait avec stupeur le petit derrière blanc si pareil à une cible, sous la courte queue en point d'exclamation, drôle et moqueuse.

– Manquer un lapin ainsi ! Le manquer ainsi !

Pastouré sentit sa poitrine se gonfler de rage.

Il n'est pas rare qu'en pareil cas un chasseur vraiment provençal brise son arme contre un rocher. En tout cas il agite toujours à voix haute la question de la punir en la fracassant :

– Je le romprai… quelque jour… ce manche à balai !… je ne sais ce qui me tient de le casser contre la roque !

Telle ne fut pas cette fois l'idée de Pastouré. Son fusil n'était pas le coupable, car il était aussi sûr de l'excellence de son arme que de sa propre adresse :

– L'avoir manqué si beau, si c'est Dieu possible ! Non ! non ! ce n'est pas possible !

Cela tenait donc du sortilège ! Ni le fusil ni le chasseur n'y étaient pour rien. Une volonté supérieure à toute volonté humaine avait détourné le coup.

– Eri dré ! J'étais droit ! cria Pastouré. Ô couquin dé Dioû ! brigand dé Dioû !

Ce blasphème à peine lancé dans l'air retentissant fut pour lui une suggestion subite.

D'instinct, il venait d'accuser Dieu… Il réfléchit et se dit tout à coup qu'il avait bien raison ! Dieu seul était le coupable, Dieu seul ! Pastouré alors montra au ciel, c'est-à-dire à Dieu en personne, son poing fermé qui était formidable.

Et sur le vaste azur, nuageux par places, Pastouré vit ce poing, son propre poing, et à le voir il conçut de sa force une conscience nouvelle.

Il était de taille, ce poing, à lui faire rendre justice en toute occasion ! Non, non ! il ne craignait rien, lui, Pastouré, avec ce poing-là ! rien, ni diable ni Dieu !

L'invisible puissance qui réside dans le ciel et occupe ses loisirs à détourner les foudres humaines du râble des lapins apparut alors aux yeux de Pastouré. Il crut la voir ricaner là-haut entre deux blanches nuées. Et il répéta, toujours plus menaçant :

– Ô voleur dé Dioû ! De m'avoir fait manquer ce coup-là, mendiant dé Dioû ! brigand dé Dioû !

Ces injures proférées par sa bouche, Pastouré les entendait avec ses oreilles : la vue de son poing toujours tendu vers le zénith l'excitait toujours davantage. Et tous ces signes sensibles de sa colère lui rendaient de plus en plus irritant le silence de la puissance hostile qui ne daignait même pas lui répondre !

Elle continuait à sa moquer de lui.

Ça ne pouvait pas se passer comme ça… Le vertige de l'indignation l'emporta… Pastouré, arrivé au paroxysme de la rage, bondit subitement sur un pin qu'il escalada, prompt comme un écureuil, avec l'audace d'un Titan à l'assaut de l'Olympe, et, du haut de son arbre, son fusil au poing, Pastouré le silencieux, l'inimitable Parlo-Soulet, cria vers Dieu :

– Il me reste un coup, brigand ! Descends un peu si tu l'oses ! que, tu le vois, j'ai fait la moitié du chemin !

Rien ne se montra. Dieu évidemment n'osait pas, et Pastouré, par bravade finale, visant le ciel où se cache la puissance suprême, tira son coup de fusil aux nuées !

Maurin riait à en mourir. Et le soir à l'auberge, devant Pastouré redevenu silencieux, le roi des Maures racontait la chose à son ami l'aubergiste.

Il n'y voyait, lui Maurin, comme Pastouré, que la mise en action bien naturelle d'un mécontentement de chasseur… Mais un commis voyageur bien-pensant, qui dînait à une table voisine, jugea bon de se scandaliser, et il alla, son repas achevé, conter ce sacrilège à de vieilles dévotes, ses clientes, marchandes de denrées coloniales. Grâce à ces ragots, le lendemain, jour de la Saint-Martin, les deux amis Maurin et Pastouré furent regardés de travers par tous les bien-pensants du Plan-de-la-Tour. Il y a vraiment des gens qui ne comprennent rien de rien !

CHAPITRE XXX

COMMENT LES FÊTES PUBLIQUES DES PLANTOURIENS FURENT TROUBLÉES, LE BEAU JOUR DE LA SAINT-MARTIN, ET COMMENT UN HEUREUX MIRACLE TERMINA CETTE LAMENTABLE AVENTURE

L'aubergiste Jouve, cuisinier hors ligne, est très estimé dans le pays pour l'indépendance de son caractère. Ce maître d'hôtel extraordinaire et bien provençal ne donne à manger qu'aux voyageurs qui lui plaisent. Si vous n'êtes pas sympathique à Jouve, rien à faire ; pour or ni pour argent vous n'obtiendrez rien. D'un bout des Maures à l'autre, on raconte volontiers qu'un *Monsieur le préfet* étant venu, un jour, chez Jouve, demander à dîner pour lui, sa femme et la femme d'un invité, Jouve lui dit froidement :

– Fallait me prévenir : je ne peux pas.

– Il n'y a pas de *je ne peux pas*. Il faut. Faites ça pour moi. Je suis le préfet.

– Je le sais bien, dit Jouve. Il y a une heure qu'on vous appelle comme ça devant moi ; mais quand vous seriez le pape, je ne peux pas.

– Pourquoi ?

– Parce que.

– Mais enfin ?

– D'abord, tenez, si vous voulez que je vous le dise…

Il regarda avec un dédain non équivoque les toilettes parisiennes, robes, chapeaux et manteaux, des deux très honnêtes femmes qui attendaient sa réponse – et, leur mise le trompant sur la qualité des deux dames :

– Je ne reçois pas de cocottes !

La gaieté qui accueillit ces paroles ne fit que l'agacer. On eut beau se répandre en explications, il n'en voulut pas démordre :

– Quand on est pimparées comme ça, il ne faut pas s'étonner d'être prises pour des cocottes.

Tel est l'homme ; tel est le pays.

Jouve aimait Maurin et Pastouré ; il les défendit ; mais ce fut en vain qu'il essaya de mettre les choses au point, – de ramener à son sens raisonnable l'action extraordinaire de Pastouré… Les dévots y voulurent voir un sacrilège médité. Les autres en rirent d'autant plus, et l'histoire, volant de bouche en bouche, mit une rumeur dans tout le village sur le passage des deux chasseurs, quand ils quittèrent l'auberge pour assister à la procession de saint Martin.

– *Sant Martin ! Sant Martin arribo !* (Saint Martin arrive !)

Il arrivait en effet. C'était, sur son haut piédestal, un saint Martin de bois, équestre, et porté au moyen de deux grosses perches horizontales, sur les épaules de quatre hommes.

Vêtu en chevalier romain, le grand saint Martin s'apprêtait à couper en deux, de son geste immobile, avec son large glaive, son ample manteau bleu ; et un pauvre grelotteux, entre les jambes de son cheval, levait les mains vers la loque bienfaisante. Le manteau d'un bleu cru avait des franges d'or.

Et la foule suivait, jeunes garçons, vieillards, vieilles femmes et jeunes filles, en criant sur tous les tons :

– Saint Martin ! Sant Martin ! Vivo sant Martin !

Tout le village escortait le saint, entouré de congréganistes en robes blanches, un cierge aux mains, et de quelques pénitents en cagoule.

Or, l'usage veut que lorsque le saint arrive devant l'église, M. le curé, vêtu de ses plus beaux ornements, se présente à sa rencontre sous le porche. Alors le saint s'arrête. Les cantiques éclatent. A ce moment précis, un pauvre de la commune, instruit à cet effet – un pauvre pour de bon, chargé de représenter le mendiant de saint Martin, s'avance vers le prêtre et s'agenouille au seuil de l'église. Aussitôt le sacristain tend au curé un vêtement que le prêtre doit donner au pauvre de la part de saint Martin. Mais ce vêtement n'est jamais un manteau (les manteaux, frangés d'or ou non, coûtant trop cher et n'étant guère à la mode); et, quel qu'il soit, veste ou gilet, il faut que le don en soit fortement légitimé, aux yeux de la foule, par l'attitude implorante et lamentable du pauvre.

Ce miséreux doit donc grelotter ! C'est son rôle dans la comédie, qu'il fasse chaud ou non. Il fait chaud souvent, dans ce pays-là, à cette époque, et l'on dit partout : *l'été de la Saint-Martin*. Cependant la foule, toujours un peu cruelle et gouailleuse, ne permettrait pas que le vêtement fût donné au pauvre qui ne l'aurait pas mérité faute d'avoir grelotté, et fort visiblement. Et elle crie :

– Trémouaro ! (grelotte !) Tremble ! Frissonne !

Maurin et Pastouré n'avaient jamais, de leur sainte vie, assisté à cette cérémonie étrange. Ils regardaient, avec surprise et non sans une colère naïve, cette comédie de la misère et de la charité, qui ne faisait grand honneur ni à la charité ni à la misère.

Or, il se trouva, cette année-là, que le vêtement chargé de jouer le rôle du manteau légendaire était un pantalon.

Pauvre culotte de toile bleue, humble culotte à quarante sous ! Rien de piteux comme les deux jambes de cette culotte neuve et raide et d'un azur violent, au bout du bras de ce prêtre au dos chargé d'une étole d'apparat où resplendissait, en épais relief, un soleil d'or au-dessus d'une colombe elle-même rayonnante.

– Un sabre ! un sabre ! cria un plaisant. Coupez en deux le pantalon ! Donnez-lui-en rien que la moitié !

Le pauvre, pour mieux motiver le cadeau qu'on allait lui faire, n'avait pas eu à mettre sa moins bonne culotte, vu qu'il n'en possédait qu'une : celle qu'il portait, culotte d'arlequin à pièces multicolores.

– Oh ! les sacrés animaux ! s'exclama Pastouré.

La foule murmura :

– Qui est celui-là qui parle ?

Une voix cria :

– C'est celui qui a tiré hier sur le bon Dieu !

Le pauvre ne grelottait pas.

– Grelotte ! dit, selon l'usage, le curé.

– Grelotte ! répétait en riant la foule, qui oubliait Pastouré pour persécuter le pauvre.

Le pauvre, effaré, honteux de son rôle, gêné par tout ce vacarme fait autour de sa triste misère, disait à voix basse au curé :

– Eh ! je n'ai pas froid ! Donnez ou ne donnez pas, mais faites vite, pour l'amour du bon Dieu !

– Grelotte ! criait la foule.

N'osant pas désobéir à ce peuple, le curé ramena vers lui la culotte que déjà le misérable croyait tenir, et il répétait, le naïf curé qui se conformait aux usages des ancêtres :

– Grelotte ! tremble ! grelotte ! grelotte, on te dit !

Maurin, qui se trouvait au premier rang des spectateurs, n'y put tenir ; il bondit sur la culotte, l'arracha aux mains du prêtre, et tout aussitôt, prenant le pauvre sous le bras, il le remit debout sur ses pieds en criant :

– Allons ! espèce d'âne, debout ! on ne demande jamais rien à genoux, apprends ça de Maurin !… Et vous, bonnes gens, vous n'avez pas crainte de la lui faire tant désirer, dites un peu ? N'a-t-il pas assez tremblé de froid pour de bon dans toute sa vie ? Faut-il encore lui faire faire la comédie de sa misère ? Vous riez là de ce qui fait pleurer ! N'avez-vous pas honte de faire mettre à genoux un homme, pour un présent de quatre sous, dites-moi ! Pour peu de chose, vous abaissez le chrétien et vous humiliez une créature. Tant les uns que les autres, dévots ou non, vous me feriez l'effet d'être des brutes, si vous ne me faisiez pas l'effet d'être des enfants qui jouent avec le malheur ! Voilà l'idée de Maurin… et je ne vous l'envoie pas dire ! Allons, toi, pauvre bougre, prends-la vitement et viens avec moi… qu'avec deux bécasses je te ferai faire une veste et une culotte pour tes dimanches !…

Il fit mine de se retirer, mais se retournant tout à coup, il ajouta :

– Je ne sais pas ce qu'en pense votre saint Martin, mais, selon mon idée, vous ne devez pas lui plaire beaucoup !… Et ces gens-là, qui sont des travailleurs, se plaignent toujours des grands riches ! Ah ! ça sera du beau, quand vous serez des bourgeois ! Ça me promet une jolie France !

Maurin avait débité ce discours au milieu de la stupeur de la foule amassée, qui, lorsqu'il se tut, se disloqua en grand désordre, criant sus au sacrilège, à l'insulteur public !

– Qu'est-ce qui lui prend donc à ce Maurin ! un si brave homme, pechère ! Le soleil l'aura rendu fou !

Pastouré n'eut qu'un mot :

– C'est envoyé ! fit-il.

Et il se tint aux côtés de Maurin, prêt à le défendre.

Les dévotes, bien entendu, étaient les plus animées.

Une cérémonie publique, permise par le maire, était troublée.

Les citoyens inoffensifs et le prêtre avaient été bafoués. Il fallait sévir, dresser contre Maurin un maître procès-verbal.

Le roi des Maures ne trouva que peu de défenseurs, ayant attaqué tout le monde sans distinction, ce que est d'une déplorable politique.

Le garde de la commune s'avança, escortant l'adjoint chargé de la police.

– Allons ! dit l'adjoint à Maurin, retirez-vous !

L'adjoint, républicain et libre penseur, se montrait clément.

– Arrêtez-le, ce Maurin ! cria une voix.

– Qu'on me touche ! fit Maurin.

L'adjoint crut devoir faire l'important. La révolte d'un contribuable éveillait en lui le Napoléon endormi dans le cœur de tout citoyen français.

– Ne nous forcez pas à sévir, dit-il avec majesté ; vous troublez l'ordre public.

– Si c'est ça, l'ordre public, dit Maurin, alors vive la sociale !

Parlo-Soulet, congestionné et devenu prolixe, haranguait la foule menaçante :

– Il est joli, votre saint Martin qui fait grelotter les pauvres ! Si ça a du bon sens ! Le vrai saint Martin les en empêchait !

– Allons, circulez ! dit le garde.

– Je marche quand je veux, et quand je veux je m'arrête, comme le cheval de Secourgeon, dit Maurin.

Le garde, qui ne connaissait pas « ce courgeon », se crut insulté. Il porta la main sur Maurin. Mal lui en prit. Il reçut de Pastouré une bourrade qui l'envoya rouler, les quatre fers en l'air, entre les jambes des porteurs du saint ; l'un d'eux s'écroula. La statue de bois tomba de son haut contre terre, endommagée gravement, et le manteau se sépara en deux morceaux à peu près égaux, résultat que depuis tant d'années faisait attendre vainement le glaive de saint Martin.

Le désordre, dans la rue, devant l'église, était à son comble. On piaillait, on hurlait. Des hommes se chamaillaient ; des femmes se trouvaient mal et poussaient des cris suraigus. Les enfants pleuraient en s'accrochant à la jupe des mères protectrices. Le curé levait les bras au ciel. Le garde champêtre essayait de se remettre sur ses jambes en se frottant les côtes ; et, pendant ce temps, Maurin, suivi de Pastouré, gagnait les bois, non sans avoir dit au pauvre grelotteux qui, pour n'avoir pas assez vivement grelotté, était cause de tout ce bruit :

– Tiens, prends ces deux bécasses ; on les paie trois francs dix sous. Prends mes bécasses et fais-t'en faire la veste et la culotte que je t'ai promises, espèce d'âne !

Quand ils furent en plein bois :

– Je ne suis pas un homme des villes, dit Maurin. Toutes les fois que j'y vais, je le regrette… Il en faut pourtant des villes, par malheur !

– Il faut de tout pour faire un monde, répliqua le philosophique Parlo-Soulet.

– Et, dit Maurin, sais-tu pourquoi ils sont tant dévots à saint Martin, dans ce pays ? La chose présentement me revient en mémoire.

– Et pourquoi est-ce ? questionna Pastouré.

– C'est par la raison qui fait qu'on renomme toujours un député quand on croit qu'il peut devenir ministre et servir, par conséquent, ses amis, une fois au pouvoir.

– Que me chantes-tu là ? fit Pastouré.

– Oui, dit Maurin, ma grand-mère qui était dévote à saint Martin m'a dit souvent, quand j'étais petit : « Le bon Dieu se fait vieux, bien vieux, Maurin, tous les jours plus vieux ; il ne tardera pas à prendre sa retraite… Eh bien… c'est saint Martin qui doit le remplacer. »

– Il est certain, dit Pastouré, que le bon Dieu doit être, à cette heure, au moins aussi vieux que Mathiou Salem !

Et de tout le jour il ne souffla plus mot.

Cependant, les Plantouriens avaient relevé leur saint. Quand ils s'aperçurent que la statue gisante sur le parvis de l'église n'était plus entière, il y eut d'abord un cri d'indignation. Mais on constata aussitôt que le manteau s'était partagé « au droit fil du bois », nettement, proprement. Alors, une vieille femme cria :

– Miracle ! au moment où le saint tombait, son bras s'est abaissé, et de son sabre, en souriant, il a partagé son manteau exprès… Je l'ai vu !

– Miracle ! cria la foule.

Et de la moitié du manteau de saint Martin, les riches de la commune se firent des reliques qui, portées en scapulaire, ont la vertu de tenir chaud, ce qui économise les vêtements d'hiver.

Quand Maurin apprit cela :

– Et dire, s'écria-t-il, que c'est à moi qu'ils le doivent, et qu'ils n'ont pas fait déchirer leur procès-verbal !

Le soir du jour où se produisit le miracle, quand le commis voyageur bien-pensant se présenta, à l'heure du dîner, chez l'aubergiste Jouve, il trouva sa valise et ses caisses d'échantillons sur le trottoir.

Sur le seuil, l'aubergiste qui l'attendait, lui dit d'un ton sévère :

– Je n'aime pas les traîtres. Je n'en reçois pas chez moi. Allez vous faire nourrir ailleurs.

– Mais il n'y a plus de courrier jusqu'à demain, et…

– Eh bien ! dormez dans la rue.

Et Jouve lui ferma la porte au nez.

CHAPITRE XXXI

COMME QUOI MAURIN ET PARLO-SOULET DOIVENT ÊTRE COMPARÉS PAR LES GENS QUI S'Y CONNAISSENT, AUX PLUS GRANDES FIGURES DE L'HISTOIRE ET DE LA LÉGENDE, ET OÙ L'ON SE CONVAINCRA QUE M. CABISSOL A PÉNÉTRÉ TOUS LES DESSOUS DE L'AME POPULAIRE, EN LUI ENTENDANT RACONTER *LE BON CONSEIL DE MAÎTRE MAGAUD* HISTOIRE A LAQUELLE MAURIN RIPOSTA PAR UNE AUTRE NON MOINS AMUSANTE : *LA CHASSE AU CANARD*

Maurin avait tort d'accuser d'ingratitude les Plantouriens. Le maire du Plan-de-la-Tour était un esprit juste. Il parvint à calmer l'opinion publique, parce que, sans le dire trop haut, il trouvait assez raisonnable l'action de Maurin. Il temporisa, fit le sévère à haute voix, jura au garde qu'il surait le faire respecter, assura à son adjoint que s'il s'était revêtu de ses insignes, Maurin se fût montré plus respectueux. Il rédigea de gros rapports menaçants, mais déclara qu'il les garderait pour les relire et les rendre plus terribles. Et finalement le Plan-de-la-Tour, aujourd'hui, pense avec une gaieté spirituelle à cette mémorable matinée où deux païens qu'il approuve, contraignirent saint Martin à se séparer enfin d'une moitié de son manteau.

Huit jours après l'aventure, on ne songeait plus à châtier le coupable. L'histoire était devenue simple matière à plaisanterie. Les plus dévots en riaient à pleine gorge. Ils taquinaient là-dessus le curé et le bedeau jusqu'à les emmalicer ; et quant au garde champêtre, il en conserva le surnom pittoresque de *Cuoù l'embaro*, qui signifiait que son derrière trop lourd l'entraînait jusqu'à le faire choir sans autre cause.

Les gamins du village l'appelaient ainsi du plus loin, en sorte que de ce *Cuoù l'embaro* sortit plus d'un *proucé-barbaoù*, mot qui, en langue d'amour ou langue provençale, signifie procès-verbal.

L'histoire de la culotte de saint Martin devint célèbre en moins de deux jours d'un bout à l'autre du massif des Maures, car la diligence de Cogolin l'avait emportée le lendemain toute chaude à Draguignan. Les gens de Figanières s'en étaient régalés dès le surlendemain, et, à Bormes, M. Cabissol disait à M. Rinal :

– Notre Maurin, cette fois, a dépassé Napoléon. Il se hausse à la taille d'un Don Quichotte, ce César du pur idéal. Jamais Napoléon ne déclara la guerre pour une cause vraiment humaine, comme l'a fait cette fois notre Maurin ; et, dans Cervantès, ni l'attaque des moulins à vent, ni celle de la chaîne des forçats, n'ont la beauté purement morale de cette aventure-ci. Seule l'égale celle des marionnettes. Notre pauvre Maurin est donc perdu : il combat décidément pour l'idéal ! C'est un philosophe chrétien. C'est peut-être un précurseur, mais il a tout l'air d'un attardé. Il a perdu de vue, faute sans doute d'y avoir jamais réfléchi, ce mot immortel du cardinal de Retz qui dit que la sagesse consiste à connaître « le vrai point des possibilités ».

– Comme vous grandissez votre héros ! dit M. Rinal. A ce compte, l'ineffable Pastouré, avec son coup de fusil à l'adresse du bon Dieu, serait grand comme Prométhée en personne défiant l'Olympe du haut du Caucase !

– Et il n'est ni plus ni moins, dit M. Cabissol. Ce sont ici des géants comiques mais héroïques. Pastouré fusillant le ciel, c'est encore, si vous le voulez, M. de Voltaire conviant Dieu, s'il existe, à sécher son écritoire ! Mais ce qu'il y a de particulier en Pastouré, c'est, comme toujours, la race ; voilà ce qu'il faut admirer en lui. C'est cette puissante faculté, qui est un don de race, de mettre immédiatement en acte un simple juron, et de le rendre héroïque à la fois et badin, d'extérioriser et de voir, avec ses yeux de chair, ses idées devenues des êtres ! Cela est le propre du génie ! C'est cette faculté, si puissante chez Pastouré, qui fait les Shakespeare. Je m'explique maintenant pourquoi cet homme se tait devant le monde et pourquoi il parle en gesticulant dès qu'il est seul. C'est que, d'une façon peut-être confuse, il se comprend plus grand que le vulgaire ; il dédaigne de se faire discuter ; il est en lui-même et il se suffit, comme un dieu. Il ne veut pas être distrait de soi par les petites vues des petits esprits, et même il ne *pense* peut-être que lorsqu'il est seul, mais alors avec quelle intensité, vous le voyez ! Alors il produit, il crée et porte un monde. Il le parle et le gesticule. Ce n'est qu'étant seul qu'il a du génie. Le public le dérange. Il se passe de l'univers qu'il *domine par la pensée*, et qui n'en sait rien.

»… Voilà ce que c'est qu'un Pastouré.

M. Rinal riait de tout son cœur.

– Convenez, mon cher Cabissol, que vous gonflez l'âne pour le faire voler, comme on le dit des gens de Gonfaron.

– Je ne vois ici ni âne ni par conséquent gonflement d'âne, répliqua M. Cabissol ; j'enfle un peu l'expression, si vous voulez, mais en bon Méridional que je suis, et parce que j'ai toute confiance en l'intelligence de mon interlocuteur ; je veux l'amuser par l'excessif de mes phrases ; mais j'entends qu'il les mette au point, je lui fais l'honneur de compter sur lui, et en cela je parle selon le génie et en même temps selon la sottise idéaliste du Provençal. Les Provençaux ne devraient galéger qu'entre eux. Le reste de l'univers ne les comprend pas.

– Je suis bon Provençal et je vous comprends, calmez-vous, mon cher Cabissol ; mais avouez qu'en parlant de Maurin et de Pastouré, que j'aime comme vous les aimez, vous les transfigurez un peu trop vite en héros infaillibles.

– Je dis, riposta M. Cabissol avec beaucoup de vivacité, et je soutiens que Maurin est un idéaliste, qu'il croit à la bonté de ses congénères les paysans, et qu'il se prépare ainsi des jours cruels.

– Eh ! je ne vous dis pas autre chose à vous-même, mon cher Cabissol ; vous voyez trop facilement en beau les êtres et les choses : je vous crois incapable d'accepter l'idée d'un petit défaut dans notre Maurin ou d'une tache au soleil. C'est un tort.

– C'est à moi que vous faites ce reproche ? Voyons, mon cher monsieur Rinal, écoutez-moi bien, je suis sûr que vous pensez comme moi : Maurin, à mes yeux, représente la partie spirituelle de notre pays, l'âme populaire de nos campagnes. Il marche en avant, c'est un guide. Pastouré, lourd et sentimental, le suit et le suivra partout et toujours. Et, à eux deux, avec leur gaucherie, leur suffisance et leurs insuffisances (on n'est pas parfait), ils nous sauveraient – ne fût-ce que par leur gaieté – de plus d'un chagrin national ! Donc, les individus nommés Maurin et Pastouré méritent d'exciter mon enthousiasme et le vôtre, d'autant plus que – j'en conviens, –, chez beaucoup de nos paysans, la conscience est encore à l'état de nébuleuse…

– A la bonne heure ! dit M. Rinal, mais j'étais en droit de vous demander une explication… Ah !… voici Maurin.

Maurin entra, serra les deux mains amies et s'assit modestement sur le bord d'une chaise.

– Au moment où vous êtes entré, mon brave Maurin, dit

M. Cabissol, j'allais conter à M. Rinal une conversation que j'ai eue, l'autre matin, avec un paysan de ma connaissance, un nommé Magaud.

– Je ne le connais pas, dit Maurin.

– Nous vous écoutons, dit M. Rinal qui se renversa dans son fauteuil.

– Je commence, dit M. Cabissol. Cela pourrait s'intituler :

LE BON CONSEIL DE MAÎTRE MAGAUD

Tout au bord de la route, maître Magaud, qui est un grand maigre, silencieusement bêchait, sous le soleil de midi.

Sa chemise bleue, ouverte en triangle, laissait voir sa poitrine presque noire. Il soulevait par-dessus sa tête, d'un mouvement automatique, sa lourde pioche à deux dents, et, s'inclinant tout à coup, il la piquait à toute volée dans la terre dure, brusquement fendue.

– Je le vois, dit M. Rinal.

Alors, poursuivit M. Cabissol, il saisissait par l'extrémité le manche de bois horizontal, il le tirait à lui de bas en haut, et la force du levier détachait un gros bloc dentelé de cette terre semblable à de la rocaille. Cette motte à peine rejetée derrière lui, Magaud recommençait son mouvement toujours pareil, avançant d'un pas tous les quarts d'heure.

Magaud, depuis le jour levé, exécutait cette monotone manœuvre où, parfois, il mettait de la colère.

– Eh bien, lui dis-je passant par là, ça se fait-il ?

– Elle se refuse, la gueuse !

Elle, c'est la terre.

– Alors, lui dis-je, c'est trop dur ?

– Quand ce n'est pas trop dur, répondit-il, c'est trop mou, et ça ne vaut pas mieux.

Sur la route, un bruit de charrette arrivait, grincement de bois et de ferraille. Je regardai derrière nous. Au tournant, là-bas, un petit âne apparut d'abord, entre deux traits de corde, tout lâches.

– Pardi ! fit Maurin, un âne n'est pas une bête ; à moins d'être tout seul, il tire le moins qu'il peut. C'est un mauvais socialiste, comme nous le sommes tous !

M. Cabissol et M. Rinal échangèrent un regard d'intelligence ; et le premier, continuant son récit :

Un gros cheval, entre les brancards, suivait l'âne d'un air indolent.

La charrette vide revenait du marché de la ville. Au beau milieu, assis sur une chaise, le charretier, propre, l'air cossu, fumait une pipe neuve toute blanche.

Quand la charrette passa près de nous :

– Adieu, Latrinque ! fit Magaud.

– Adieu, Magaud ! fit Latrinque.

La charrette s'éloigna, nous cachant le petit âne et le cheval. Nous apercevions encore leurs jambes, par-dessous la charrette peinte en bleu, poudrée à blanc, sur laquelle trônait Latrinque, sa pipe neuve aux dents, le regard flottant sur les vignes de tout le monde, dont il calculait le rapport.

– J'en connais, de ceux-là, interrompit Maurin, et plus d'un !

Magaud jeta sa pioche sous l'ombre légère d'un olivier, avec un soupir de soulagement :

– Ah ! fit-il, je vais maintenant dire deux mots à mon fiasque !

Son carnier était pendu à une basse branche de l'olivier ; il le décrocha, en tira pain, fromage, un oignon, et enfin du sel dans un étui de roseau coiffé d'un bouchon de liège ; il posa à côté de lui son « fiasque », la bouteille plate revêtue de sparterie, et se mit en devoir de casser la croûte.

– Et il ne vous dit pas : « A votre service ? » s'écria Maurin indigné.

– « A votre service ! » fit Magaud se tournant vers moi, répliqua M. Cabissol en regardant Maurin. Il poursuivit :

– Merci, Magaud, bon appétit, répondis-je.

Et je restai debout à le regarder.

Il mangeait, piquant du couteau les tranches du gros oignon, les frottant dans le sel épandu sur la couverture de cuir de son carnier, qu'il avait étalée à terre.

Après un silence :

– Ce Latrinque, fit-il tout à coup, en voilà un qui en a de la bonne chance !

Il jeta la peau de l'oignon, piqua un morceau de fromage rouge, et se tut.

J'attendais l'histoire.

La bouche pleine, la joue enflée, Magaud reprit :

– Vous n'avez pas vu comme il est fier, sur sa «çarette » (charrette)? C'est qu'il en a, lui, des picaillons, et grâce à moi encore ! Sans moi, sans mon *bon conseil* à moi, – tel que vous me voyez – son père n'en aurait pas plus que moi, de l'argent !

Ici, je jugeai que le narrateur avait besoin d'un peu d'encouragement.

– Sans votre conseil, Magaud ? Et quel est-il ce conseil qui a rendu Latrinque riche ?

– C'est à son père que je l'ai donné, dans un temps ; et voici l'affaire. Il y a bien vingt ans de ça. En ce temps-là, tout le monde connaissait dans le pays un vieil avaricieux qu'on appelait – je ne sais pourquoi – le Canonge.

– Oui, le Chanoine.

– Peut-être bien, je m'y perds dans vos mots français, je n'ai pas beaucoup d'école, je ne sais pas lire… Ce Canonge, donc, un ancien curé selon le dire des uns, un ancien soldat selon le dire des autres, était un homme qui venait, monsieur, on ne savait pas d'où. Seulement, il avait de la terre à la campagne et de l'argent dans les villes. Il était riche, riche… au moins à cent mille francs ! Mais c'était chien comme tout, et c'était dur au monde. Un pauvre qui est un pauvre, n'avait jamais rien reçu du Canonge. Il poursuivait, le fusil à la main, ceux qui seulement traversaient sa vigne. Si un chasseur, en passant, lui avait pris, ayant trop soif, un grain seulement d'une grappe de raisin, il aurait pour sûr tiré dessus… Des hommes comme ça, il y en a, voyez-vous, plus que d'un ! Et la corde pour les pendre, voilà tout ce qu'ils se méritent.

– Il y en a, il y en a comme ça, dit Maurin, mais il y en a beaucoup plus des autres.

Magaud, reprit M. Cabissol, accola son fiasque et but longuement. Le liquide tombait dans sa gorge avec un grand bruit de source à l'ombre, qui était comique au milieu du grand silence de midi, en plein soleil.

Il reprit :

– On ne l'aimait pas, allez, dans le pays ; il était détesté des gens comme des bêtes, mais on avait peur de lui, et on le laissait tranquille, dans le fumier de sa maison où jamais n'entrait personne.

Un jour, Latrinque, un travailleur de terre comme moi, le père de celui-là même qui vient de passer si fier sur sa çarette, arriva à la maison pour me parler et il me dit :

– Magaud, je viens te demander conseil.

Je lui dis :

– Parle.

Il me dit :

– Écoute !

Et voilà ce qu'il me conta :

– Magaud, tu sais le Canonge ?

– Oui.

– Eh bien, il est entré chez moi ce matin et il m'a dit comme ça :

– Latrinque, je me fais vieux et même beaucoup vieux ; j'ai de la terre, tu dois le savoir, et j'ai de l'argent. Eh bien, si tu le veux, tout est à toi.

Alors, moi, je dis à Latrinque :

– Que chantes-tu là ? tu radotes !

Latrinque me dit :

– Attends un peu. Voici l'idée du Canonge. Le Canonge m'a dit :

– Latrinque, je me fais si vieux que je ne peux plus aller au village chercher ma nourriture…

– Sa nourriture ! s'interrompit Magaud, de vieux quignons de pain moisi que les boulangers gardaient pour les chiens… qui n'en voulaient pas entendre parler !

– Je ne peux même plus cueillir une figue au figuier, Latrinque, dit le Canonge. Latrinque, prends-moi chez toi, comme qui dirait en pension, et voici nos accords, ou ceux du moins que je te propose : je ne te paierai pas, mais par testament, par écrit, devant témoins, devant le notaire, je te laisserai tout mon bien, le bel argent avec la bonne terre !

– Voilà, me dit Latrinque, ce que m'a dit le Canonge…

Et je dis à Latrinque :

– Alors te voilà dans l'embarras !

Latrinque répondit :

– Je ferais bien la chose, comme tu penses, si j'étais sûr que le vieux cheval crevât vite ; mais le bougre a la peau dure et il est capable, si je consens, de ne plus vouloir mourir.

– Alors, tu vas refuser !

– Je me le pense. Mais, auparavant, j'ai voulu tout de même écouter ton conseil. Je calcule qu'un conseil de Magaud, c'est toujours bon à prendre.

Alors, je dis à Latrinque :

– Oh ! âne que toi tu es ! prends le Canonge dans ta maison, et vite ! et pas demain, mais ce soir même, de peur qu'un autre à ta place ne profite de la bonne chance. Ce vieux grigou vit des rognures qu'il vole aux poulets des voisins ; ce vieux richard glane, aux moissons, dans les champs des autres, pour se faire, avec quatre épis, quelques boulettes de farine. Ça, je le lui ai vu faire moi-même. C'est maigre comme un clou perdu et rouillé. Alors, vois-tu, aux deux premiers bons repas, ça crèvera comme un sac usé. Prends-le donc chez toi et ne lui refuse rien. Mets sur ta table, tous les jours, des côtelettes, beaucoup, et du gigot, dont tu profiteras… Ah ! si je pouvais être à ta place ! Mais je suis seul, pechère ! sans femme et sans argent ; et je ne pourrais pas, comme toi, faire toutes ces avances… Fais comme je te dis, et en moins d'une semaine, il sera mûr, le ladre, pour le cimetière. Sur la nourriture qu'il ne payera pas il va tomber comme les sauterelles sur le blé en herbe. Il mourra de son avarice, et ce sera pain bénit.

– Je te remercie du bon conseil, Magaud, me dit Latrinque en s'en allant, mais, vois-tu, faut de la prudence… et je n'irai pas si vite… Pas moins, je suivrai le bon conseil, mais je n'irai pas si vite !

– Tu auras tort : réfléchis qu'il faut que la nourriture le surprenne !

Latrinque se mit à bien nourrir le Canonge, mais voilà que le Canonge se mit à engraisser !

Alors, je dis à Latrinque :

– Étrangle tes poulets.

Il les étrangla. Même il tordit le cou, avant la Noël, à deux dindes qu'il réservait pour la fête de Notre Seigneur. Tant et si bien qu'un jour où Latrinque travaillait au bout de sa vigne, en attendant mon aide, l'idée me prit, comme je l'allais rejoindre, d'entrer dans sa maison pour voir comment se portait le Canonge ; j'allais comme qui dirait visiter les pièges. La table était encore mise, monsieur, avec une nappe, monsieur ! des bouteilles de plusieurs grandeurs et beaucoup de côtelettes et aussi du poulet, et aussi du bœuf et du cochon rôti. Et devant la table, par terre, les bras ouverts en croix comme s'il priait, était couché sur le dos le Canonge, la figure toute maigre et le ventre en l'air, tout rond ! Je le vis en entrant, mon Canonge, raide-mort, monsieur, raide-mort ! son avarice l'avait tué, comme de juste – et comme je l'avais prévu. Je le tâtai, il était déjà froid.

Alors, je courus vers Latrinque, jetant là ma pioche pour aller plus vite, perdant mon chapeau, et de bien loin, je lui criai :

– Le Canonge est mort !

– Le Canonge est mort ?

Il ne voulait pas se le croire. On ne croit pas tout de suite à des fortunes de cent mille francs.

– Oui, le Canonge est mort !

Alors, Latrinque, lui aussi, jeta sa pioche en l'air et il se mit à danser au soleil, comme un fou, au milieu des mottes dures. On eût dit qu'il foulait la vendange dans sa cuve, quoiqu'il dansât trop haut pour ça. Tout en un coup, il se mit à courir vers sa maison pour aller voir par lui-même si c'était bien vrai, mais une idée le prit en chemin ; il s'arrêta près de moi, me mit le poing sous la figure, et me dit :

– Tu te fiches de moi, *preutrêtre ?*

– Je te dis qu'il est mort, espèce d'âne !

– Si tu me fais une farce, me dit Latrinque, nous réglerons la suite… mais si tu as dit vérité, Magaud – comme c'est toi qui m'as donné le conseil… et que l'héritage est beaucoup gros –, je te promets… vingt francs ! tu entends bien ? je te donnerai vingt francs, pas un liard de moins ; et ça, je te le jure sur la tête de mes enfants et de ma pauvre mère qui est morte…

Magaud poussa un grand soupir. Sans doute, il exhalait, avec l'odeur de l'oignon, le regret de n'avoir pas été choisi par la Providence comme l'héritier du Canonge.

– Et les vingt francs, monsieur, vous me croirez si vous voulez… eh bien… il me les donna ! trois jours après !

On sentait que ce trait d'honnêteté de Latrinque étonnait encore Magaud.

Il remit lentement les débris de son pauvre repas dans le carnier qu'il suspendit à l'arbre, but une gorgée encore, posa, dans un creux du vieux tronc d'olivier, bien à l'ombre, sa bouteille presque vide et reprit sa pioche.

Il revint au champ qu'il récavait, planta jusqu'aux chevilles, entre les mottes rougeâtres, ses souliers énormes, souleva par-dessus sa tête, d'un mouvement automatique, sa lourde pioche à deux dents, et, s'inclinant tout à coup, il la piqua à toute volée, dans la friche dure, qui brusquement se fendit.

Alors, tout courbé, Magaud saisit par l'extrémité le manche de bois horizontal et, au moment de le tirer à lui, de bas en haut, il parla sans se relever :

– Voilà pourquoi le fils de Latrinque, que vous venez de voir passer, est si fier sur sa çarrette… il me dit encore bonzour quelquefois, oui, mais il ne m'aime guère.

Et Magaud conclut, avec le ton sourd de la sagesse qui vient des profondeurs :

– Les gens à qui on a fait du bien, c'est toujours comme ça !

Magaud souleva brusquement le manche horizontal de sa pioche, et la force du levier détacha un gros bloc dentelé de cette terre pareille, pour la dureté, à de la rocaille.

Les deux mains sur le bois luisant, Magaud, le dos voûté, le front tout courbé vers la terre, parla encore :

– C'est égal, fit-il, il y a des gens heureux tout de même ! Grâce à moi, qui ai donné le bon conseil, il a eu pourtant, ce Latrinque, cent mille francs au moins de fortune… et *rien à se reprocher !*

M. Rinal ouvrit sa tabatière, y puisa une pincée de tabac qu'il y laissa retomber, puis il referma la boîte et frappa sur le couvercle avec impatience.

Maurin secouait la tête.

– Eh bien, Maurin, que dites-vous de celle-là ? interrogea M. Cabissol.

– Je dis, monsieur Cabissol, que lorsque vous nous contez des histoires d'hommes, vous nous réjouissez le cœur, mais si vous vous mettez à nous conter des histoires de cochons, alors ça ne va plus !

– Qu'appelez-vous des histoires d'hommes ?

– J'entends, dit Maurin, des histoires où, même quand ils ne sont pas des saints, les hommes ne sont pas pour cela pareils à de sales bêtes.

– Eh bien, contez-nous-en une, de vos histoires d'hommes.

– Ce sera, dit Maurin, une histoire de chasse au canard. Je n'ai jamais beaucoup aimé la chasse au canard, d'abord parce qu'elle se fait dans la fange des marais et que j'aime mieux, de beaucoup, le terrain sec des collines qui chante sous la semelle et d'où l'on voit tout l'horizon lointain, et souventes fois le grand large de la mer… Et puis, si je n'aime pas la chasse au canard, c'est peut-être aussi parce que mon grand-père m'a souvent conté que dans sa petite enfance, au temps des rois, tous les canards de Solliès-Pont, où il était né, avaient pris parti pour la République.

– Que nous chantez-vous là ?

– La pure vérité. Vous savez que la rivière du Gapeau traverse la ville de Solliès. La ville, d'ailleurs, le lui rend bien, et elle traverse la rivière, sur un pont. Ce pont, les habitants ont eu la bonne idée de le jeter, comme les ponts de Paris, en travers de la rivière ! ce qui prouve une grande sagesse, car s'ils l'avaient fait cheminer dans le sens du cours d'eau, vous comprenez bien que jamais ils n'auraient pu passer d'une rive à l'autre.

» Il y a donc un pont à Solliès. Et sous le pont un peu d'eau et beaucoup de canards, des troupeaux de canards appartenant aux gros riches de la ville.

» – A l'époque où j'étais petit, disait mon grand-père – lequel était un républicain dans le temps où il n'y en avait pas plus de dix-huit en France – ce nombre n'est jamais dépassé de beaucoup sous les rois –, à l'époque où j'étais petit, il y avait tous les jours nombre de canards sous le pont de Solliès, et quantité d'imbéciles dessus, qui occupaient leur temps à regarder les canards jouer dans l'eau.

» Or, tous les riches étaient royalistes, aussi bien et même mieux que tous les pauvres de ce temps-là, parce que les uns et les autres croyaient que c'était leur intérêt. Tous les canards de Solliès appartenaient donc à des royalistes. Alors, moi, j'eus l'idée de faire porter aux canards, à tous les canards de Solliès, les couleurs de la République. Et voici comme j'y parvins. Je préparai un tas de cordelettes, longues comme la distance du bec d'un canard à son estomac… et j'attachai à un bout de ces cordelettes un appât alléchant, lard ou vermisseau ; à l'autre bout une cocarde rouge. Vous devinez ce qui arriva.

» Un beau matin, tous les canards de Solliès (ils étaient des centaines et des centaines !) apparurent avec une cocarde rouge, collée au coin du bec… ils avaient avalé l'appât, la ficelle avait suivi vivement, et la cocarde était venue, à droite ou à gauche du bec, s'appliquer elle-même comme au bord d'un bonnet de la Liberté.

» Et « coin ! coin ! coin ! » les canards dans tout Solliès allaient de-ci et de-là, comme des fous, ne pouvant ni avaler ni détruire la cocarde, et proclamant malgré eux la République, à la barbe de tous ces imbéciles de royalistes qui s'attroupaient sur le pont, pendant que les canards se réfugiaient dessous.

» Voilà, poursuivit Maurin, ce que me racontait mon grand-père ! et c'est une des raisons qui font que je ne tire pas volontiers sur des canards : il me semble que je tire sur des amis, vu qu'ils ont proclamé la République à Solliès, quand il y avait du danger à le faire. C'était bien malgré eux, j'en conviens, mais, de cette manière, ils n'en sont que plus pareils à beaucoup d'hommes.

» Je n'aime donc pas la chasse au canard. En voici pourtant une que je vous veux conter :

» Un chasseur de la ville rentrait chez lui, sans perdreau ni lièvre dans son sac, comme de juste, bredouille enfin. Il avait de belles guêtres, un carnier à filet, fermé par une couverture reluisante, poilue comme les malles du temps passé, mais il n'avait rien tué.

» Tout en un coup, comme il arrivait près d'une ferme, il aperçut, sur une petite mare, une famille de canards privés.

» A quelques pas de là, assis sur un tronc d'arbre, pas bien loin de la bastide, où personne d'autre ne se montrait ni aux portes ni aux fenêtres qui étaient fermées, un paysan fumait tranquillement sa pipe.

» – Brave homme ! lui dit le chasseur, combien ça me coûterait-il pour tuer une de ces jolies bêtes qui ressemblent à des canards sauvages ?

» – Va saï pas ! je n'en sais rien, répondit l'homme en regardant à peine le chasseur et en haussant les épaules.

» – Quarante sous ? ça serait-il assez payé ?

» – Si vous voulez ! dit l'homme qui fumait sa pipe.

» – Bon ! se dit le chasseur, ça n'est vraiment pas cher.

» Il posa quarante sous sur le tronc d'arbre qui servait de banc au paysan, ajusta son canard et le tua.

» – Bonjour, l'ami.

» – Bonjour, bonjour !

» Le paysan empochait les quarante sous quand le chasseur, qui s'éloignait, se ravisant tout à coup, revint sur ses pas…

» – Eh ! l'homme ! j'ai bien envie d'en tuer encore un, de ces beaux canards ! ils ne sont pas chers. J'inviterai mes beaux-parents… Eh ! l'homme ? si j'en tuais encore un pour encore quarante sous ?

» L'homme ne répondit pas.

» – Allons, laissez-moi faire… tenez : voilà, cette fois-ci, trois francs…

» Et il déposa trois francs à côté du paysan qui les prit et les mit en poche. Trois et deux font cinq.

» Le chasseur tua un second canard. Puis, tout aussitôt, excité par la grande facilité de cette chasse et le bon marché du gibier :

» – Je réfléchis, dit-il, qu'un troisième canard ferait bien mon affaire ! je dois une politesse à un avocat qui m'a fait perdre un procès. Ça ne vous ferait rien, dites-moi, brave homme, si je vous tuais encore un de vos canards ?

» Le paysan, qui se trouvait assez payé, tira de sa pipe une bonne bouffée et il la rejeta avec ces quatre paroles :

» – Que voulès qu'aco mi fouté ? aqueleï canars soun pas mioú (Que voulez-vous que ça me fasse ? ces canards ne sont pas miens…)

» Et voilà, dit Maurin en riant, une bonne histoire d'hommes ! car la canaillerie qu'on y voit est petite, pas calculée à l'avance, rachetée par le plaisir qu'elle vous donne… Et l'honnêteté, à la fin, prend le dessus !…

CHAPITRE XXXII

OÙ MAURIN DES MAURES, PAR LA FAÇON DONT IL PENSE A SE FAIRE CONNAÎTRE DE SON BATARD CÉSARIOT PROUVE BIEN QU'IL N'EST PAS UN HÉROS DE ROMAN-FEUILLETON

Aux yeux de Tonia, l'aventure du miracle de Saint-Martin et du *Cuoù l'embaro* grandit Maurin de mille coudées.

– Ah ! pensait-elle, si Sandri en avait de pareilles !… Mais les gendarmes ne sont pas libres !

Aussi, lorsque, peu après, elle aperçut, à la cantine du Don, Maurin venu pour la revoir, elle courut à lui et lui sourit de bon cœur :

– Je n'oublie pas que c'est vous qui m'avez sauvée, Maurin, et puis, c'est à vous qu'on le doit, si ces deux malfaiteurs sont arrêtés et si l'on peut maintenant se promener dans les bois en sûreté.

– Parbleu, gallinette (petite poule), dit Maurin, si je les ai arrêtés, c'est bien pour les punir de la peur qu'ils vous avaient faite, et pour vous mettre l'esprit en repos.

Elle lui tendit la main.

– C'est gentil ça, me voilà payé, fit-il, si nous sommes amis !

Ils causaient, Maurin sur le pas de la porte du cabaret, Tonia arrêtée sur la route, aux regards de qui pouvait passer.

– J'ai bien le droit, disait Tonia, de me montrer reconnaissante envers vous ; j'en ai même, pardi, le devoir.

– Entrez donc, mademoiselle.

Mais elle refusa. Et, ce qui charma Maurin, elle fit une allusion à l'histoire de l'aigle dont elle ne lui avait pas parlé encore. Il n'avait, à l'époque où il chassait l'aigle, aucun engagement envers Tonia (en avait-il à présent ?) et, cependant, elle eut l'air de se plaindre de ce qu'il avait été comme qui dirait infidèle à quelque chose qui était entre eux !…

– Bon, elle est jalouse ! pensa Maurin qui s'y connaissait.

Il comprit que l'amour la prenait, la pauvre, un peu davantage chaque jour. Quand il lui nomma Sandri par deux fois, elle eut un petit haussement d'épaules, et alors il affecta de ne pas parler en mal du gendarme. Il s'attacha à paraître indifférent à ce sujet; elle en fut piquée comme il y comptait bien. Et quand elle le quitta, elle se sentit toute songeuse, plus impatientée que jamais contre Sandri.

Et tout à coup, rentrant dans la cantine :

– Tenez, Maurin, dit-elle, ce qui est mal de votre part, je dois vous le dire, c'est l'affaire du cabanon où Sandri vous a trouvé avec la Margaride !

– Oh ! moi, dit Maurin, j'étais libre de me trouver avec qui bon me semblait. Mais Sandri, lui, c'est différent. Il est votre fiancé. Et j'ai voulu le punir.

– Dites tout de suite que c'est pour me rendre service que vous avez recherché cette belle fille, car elle est belle, dit Tonia irritée. Vous vouliez sauver votre amie Misé Secourgeon, voilà tout !

– Chut ! dit Maurin en riant.

– Ah ! vous êtes, dit Tonia, un fameux bandit !

Elle partit sur ce mot qui était, de toute évidence, le plus haut terme de l'admiration sur ses lèvres de Corsoise.

Quand le rusé don Juan de la forêt eut compris que la belle Tonia était en colère contre lui, il s'en alla, profondément persuadé qu'il en aurait tôt ou tard la joie, et que sur le terrain d'amour il infligerait à Alessandri la suprême défaite.

Il avait fait à peine cinq cents pas sur la route qu'il aperçut, se baignant en pleine poussière, avec de joyeux frémissements d'ailes, une compagnie de perdreaux. Hercule pointa, esquissant un arrêt sans fermeté.

– Ce sont les perdreaux de Saulnier, pensa Maurin. Quelque jour il se les fera tuer ! Ah ! le voici lui-même avec sa belette et son renard.

Masqué de ses larges œillères, Saulnier tapait à tour de bras sur un tas de cailloux; il était assis à terre et il frappait, frappait. Sa belette dormait entre les pattes de son renard.

– De loin, lui dit Maurin, on voit tes perdreaux avant de te voir; on te les tuera.

– Non, dit Saulnier, mon renard les garde. Quand un étranger approche il s'inquiète et grogne. J'ai compris, à sa figure, que celui qui s'avançait était un ami et les amis reconnaissent mes perdreaux. Et puis, ils savent qu'en ce moment c'est ici mon quartier de travail. J'espérais bien te voir, Maurin.

– Et de neuf, qu'y a-t-il ?

– Il y a de neuf que j'ai vu passer par ici Césariot.

Césariot était le fils aîné de Maurin, celui dont il ne parlait guère, et pour cause.

– Ah ! tu as vu Césariot ?

– Oui. Il revenait de Toulon. Il est allé dans la mauvaise ville dépenser son argent de six mois. Et maintenant, il est retourné à Saint-Tropez en gagner encore qu'il dépensera de même. Mais cela ne serait rien, s'il n'avait pas d'autres intentions qui ne sont guère bonnes ! Je ne sais qui lui monte la tête. Si les gens connaissaient ce qu'il est pour toi, c'est-à-dire ton fils, on y regarderait à deux fois, je pense, avant de s'exposer à ta colère. On le bourre d'idées mauvaises, et comme il aime l'aïguarden, cela lui fait une mauvaise tête.

– Et qui donc, répliqua Maurin en fronçant le sourcil, le bourre d'idées comme ça ?

– Des gens qui lui donnent à lire toutes sortes d'histoires. C'est surtout la *liture* (lecture) qui le perd. Il m'a conté qu'il a chez lui des papiers où l'on voit des enfants de rien perdus ou volés, qui retrouvent leur père prince et qui deviennent des rois après avoir été des mendiants, et il dit qu'il lui en arrivera autant, ou bien que, s'il ne devient pas roi, il fera sauter des rois avec des machines infernales. Il dit que, sur la terre, il faut être ou empereur pour le moins ou voleur comme plusieurs de ses amis.

– Oh ! dit Maurin, je les lui ferai passer de la tête, moi, ses idées de *féna* (mauvais sujet), et s'il veut un père, eh bien ! je lui en donnerai un, moi, de père, et qui me ressemblera comme deux gouttes d'eau. Ah ! il veut le connaître, son père ! Eh bien, je lui ferai faire sa connaissance !

– Il devient pire tous les jours, ton garçon. Je te dis qu'il parle de faire sauter les riches avec des coups de mine ou des bombes chargées de poudre de contrebande.

– Ah ! le méchant bougre ! fit Maurin. Voyez-moi ces idées : il veut être fils de roi et déteste les fils de roi parce qu'il n'est pas fils de roi ! Et l'animal, si on lui donnait un gouvernement, serait plus méchant que les plus méchants ! Je vois qu'il faudra lui remettre un peu et bientôt la cervelle à l'endroit. Quand on se plaint de ceux qui ont les bonnes places, ça doit être pour faire mieux qu'eux, Saulnier, le jour où on les met par terre. Lui, avec les idées que tu racontes, il ferait pire que les pires. Et quelle instruction ça a-t-il, d'abord, un jean-foutre comme ça, il me fera dire – tout mon fils qu'il est ? Quelle science a-t-il pour vouloir faire la justice à lui tout seul, lorsque tant de savants n'arrivent pas seulement à deviner où elle se trouve ? Est-ce qu'il la connaît, la justice ? Qui veut conduire la voiture doit savoir mener un cheval… Ah ! pauvre France !

– Je lui ai dit tout ça, fit Saulnier.

– Et qu'a-t-il répondu, le gueux ?

– Qu'il savait où il allait : que ça ne regardait personne… Et puis, il y a encore quelque chose de plus inquiétant…

– Quoi ?

– Voilà. On lui a fait accroire à Toulon… des mauvais farceurs lui ont mis ça en tête… après l'avoir fait boire…

– Et quoi donc ? fit Maurin avec impatience.

– Qu'on savait qui étaient son père et sa mère et que c'est des grands personnages.

– Et qui est-ce, d'après lui ?

– Son père, à ce qu'il dit, est un grand amiral qui serait devenu gouverneur aux colonies, et sa mère, qui l'a eu quand elle était fille, a épousé, selon lui, au lieu de son père, un autre savant qui est devenu ministre par son mérite. On lui a dit qu'elle vient habiter des fois à Saint-Raphaël et il jure qu'il ira lui parler.

– Je vois, dit Maurin, que c'est un fier imbécile et qu'il est temps que je me fasse connaître à lui. Sans cela, cette tête pas finie fera quelque escooufestre (scandale) et troublera le ménage de quelque pauvre dame avec ses imaginations qu'un diable lui souffle ! Je paraîtrai. Pour peu que je tarde, il se croira fils de pape !

– Tu aurais dû paraître plus tôt, fit le vieux Saulnier.

– Eh ! je n'ai pas pu. C'est toute une histoire. J'ai cru bien faire en ne disant jamais rien, rapport à la mère… Mon secret n'est pas à moi… Merci, Saulnier. Tiens, voilà mon « merci ».

Maurin payait de temps en temps de quelque gibier, poil ou plume, les services de son brave ami le cantonnier.

Il lui offrit, cette fois, deux lapereaux que l'autre pourrait vendre au conducteur de la diligence.

– A propos, dit Maurin, en le quittant, je te ferai donner une gratification par le préfet.

Il dit cela simplement, comme un sultan qui annonce à un pauvre qu'il lui enverra son vizir, porteur d'une bourse bien garnie.

Et l'autre ne s'étonna pas.

– Merci, Maurin, dit-il, tu es brave. Un peu de protection, ça n'est jamais de refus. Tout va par protection sur la terre. Le mérite, on s'en fiche !…

Maurin s'en alla méditant, se demandant à quel jour, à quelle heure, de quelle façon, en quels termes il ferait irruption dans la vie de l'enfant perdu, en train de devenir comme il disait : « un mauvais homme ».

– Ah ! Dieu t'a abandonné, mon gaillard ? Eh bien ! attends un peu : je vais te le rendre.

CHAPITRE XXXIII

DE LA RENCONTRE QU'EURENT POUR LA PREMIÈRE FOIS MAURIN DES MAURES ET SON FILS CÉSARIOT SOUS UN ARBRE QUI EST CÉLÈBRE DANS LE VAR SOUS LE NOM DE *PIN BERTHAUD*, ET COMMENT LE DON JUAN DES BOIS SE RÉVÉLA PÈRE DE FAMILLE A LA ROMAINE ET A LA PROVENÇALE

Décidé à avoir une conversation avec le jeune Césariot, Maurin partit un beau matin pour Saint-Tropez. Il se trouva que le même matin Césariot, muni de quelque argent que lui avaient donné ses patrons à la suite d'une pêche miraculeuse, prenait de nouveau le chemin de Toulon, où il allait « s'amuser ».

Maurin le rencontra sous le *Pin Berthaud*, pin gigantesque bien connu dans tout le golfe, mais dont la célébrité est devenue universelle, depuis que sous son ombre le roi des Maures et son dauphin de la main gauche s'y rencontrèrent pour une mémorable conversation. On le trouve, depuis, cité dans tous les guides. Il offre d'ailleurs, à tous les passants, une ombre véritable sous laquelle il est agréable de se reposer un instant.

Césariot, qui ne connaissait Maurin des Maures que pour en avoir entendu parler comme tout le monde, cheminait d'un air préoccupé, sournois, la tête basse, l'œil inquiet… Son idée fixe le tourmentait. Maurin l'arrêta d'un mot.

– C'est à toi qu'on a mis Césariot ? (Cela signifie : « C'est bien toi qu'on a baptisé Césariot ? »)

Il y avait dans cette tournure de phrase provençale une raillerie à l'adresse de son nom, que Césariot releva à sa manière :

– Ça vous regarde, vous ? fit-il d'un ton bourru.

– Il faut bien que ça me regarde, dit Maurin, sans ça, je ne te le demanderais pas, espèce de petit âne !

La conversation s'engageait mal.

– Je n'ai pas envie de causer, dit Césariot. Est-ce que je vous demande votre nom, moi, à vous ?

– Non pas, mais je vais te le dire et ça te rendra, je pense, un peu mieux parlant. Je m'appelle Maurin.

– Maurin des Maures ? s'exclama l'autre, avec un respect involontaire et mêlé d'une vague inquiétude.

– Tu l'as deviné, mon garçon.

Césariot esquissa un salut :

– Qu'est-ce qu'il y a pour votre service ?

– Je connais tes pensées, dit brusquement Maurin, entrant, sans crier gare, dans la conscience du personnage. Eh bien, elles sont mauvaises… Tu cherches ta mère ! Tu crois que, des fois, elle vient dans ce pays-ci. Tu as tort et tu te trompes. Tu lis de mauvais livres et tu aimes des boissons mauvaises. Ça te gâte l'esprit et l'estomac ; prends-y garde.

– Je vous respecte, dit Césariot baissant son front têtu, mais tout ça, c'est mes affaires !

Maurin reprit posément :

– Je vais te donner un bon conseil.

– Je n'en demande pas !

– Si ta mère ne t'a pas avoué, quelle qu'elle soit, celle-là, c'est sûrement, mon garçon, parce qu'elle n'a pas voulu, ou qu'elle n'a pas pu… C'est trop clair… Si elle l'avait pu, si elle le pouvait, je m'imagine qu'elle le ferait. Comprends-tu ? Alors, de la rechercher malgré elle, c'est agir avec bêtise…

On touchait à l'idée fixe de Césariot. Il fit mine de se dérober.

– C'est agir avec bêtise ! reprit Maurin, en le retenant par le bras, à moins que ce soit par canaillerie !…

Et avec une expression finaude qui plissait sa tempe :

– Tu voudrais d'elle de l'argent, *preutrêtre ?*

– Et quand ça serait ça ! dit Césariot avec un mauvais regard.

– Ah ! le bougre ! fit Maurin, d'un air plus ironique qu'irrité et d'une voix fluette et câline. Je vois, clair comme le jour, la petite canaille que toi tu es !

Sa voix redevint forte et se fit sévère :

– Eh bien ! écoute, coquin ! Tu vas rallier chez tes patrons. C'est moi, Maurin, qui t'en donne l'ordre. Et dans ton affaire, c'est moi, Maurin, qui y regarderai à partir d'à présent ; je m'en charge… Et si tu files de Saint-Tropez, c'est moi, Maurin, qui t'irai chercher par les oreilles.

– J'irai où je voudrai, gronda Césariot. Lâchez-moi, à la fin ! Il n'y a pas de Maurin qui tienne ! Les hommes sont libres… Je veux aller chez mes patrons si je veux et n'y pas aller si je ne veux pas.

– Vé ! fit Maurin d'une voix satisfaite ; il a du sang, le drôle !

Puis, de sa voix de commandement et de colère :

– Tu vas me promettre d'obéir, bougre de gamin ! Tu n'es qu'un gamin et qu'un polisson, en train de préparer une action de bêtise et de mauvaiseté : et je t'empêcherai, sûr comme je m'appelle Maurin !

– Vous m'empêcherez ! vous ! et de quel droit ? hurla Césariot.

– Du droit de ceci, répliqua Maurin.

Il avait saisi le « pitoua » par la cravate et il le secouait en le poussant devant lui. Le jeune homme, qui reculait d'un pas à chaque saccade, vint s'adosser au tronc énorme du pin centenaire.

Hercule, voyant qu'il y avait bataille, voulut en être et sauta aux jambes de Césariot.

– Couché, Hercule ! ne me l'abîme pas ! cria Maurin.

Hercule obéit. Césariot râlait dans sa cravate.

– Promets-tu ? demanda Maurin.

L'autre, sans répondre, chercha sournoisement à sa ceinture, dans la gaine de cuir, un de ces couteaux de marin qui ne se ferment pas.

En voyant luire la lame, Maurin eut un de ces mouvements d'exaspération durant lesquels un homme a le temps de faire un grand malheur.

– Ah ! fils de garce ! murmura-t-il… Que ta mère me pardonne !

Son adversaire, qui était vigoureux, échappa, d'une secousse brusque, à son étreinte ; son gilet s'était déboutonné ; un lambeau de sa chemise était resté aux mains de Maurin. Et le don Juan des Maures tout à coup demeura stupéfait, saisi d'une émotion terrible, en présence de son fils armé.

Maurin, immobile, pâle, regardait Césariot, qui, également immobile, demeurait prêt à reprendre la lutte avec son large couteau luisant au soleil.

La figure de Maurin eut une expression extraordinaire de terreur et d'énergie qui, sans doute, paralysa les moyens de défense de son adversaire car, en un tour de main, Maurin, se jetant sur lui tout à coup, l'eut désarmé. Cela fait, il prit le couteau par la pointe entre le pouce et l'index, et le lança à toute volée dans les branches du pin, avec tant d'adresse qu'il y resta planté, très haut, dix fois hors d'atteinte; puis, empoignant Césariot par un bras, Maurin se mit à le battre coup sur coup, à grands plats et revers de main, puis, à coups de poing et à coups de pied, sans que l'autre pût parvenir à se protéger avec son bras resté libre…

Sous cet orage de coups, le pauvre garçon, si hardi tout à l'heure, oubliant subitement toute révolte, tout orgueil, redevint un petit enfant et se mit à trembler à la fin, en répétant plusieurs fois, sur un ton touchant d'écolier pris en faute :

– Pourquoi ça ? Pourquoi ça, maître Maurin ?

Et entre deux maîtresses gifles, le don Juan des Maures lui répondit, d'une voix de tonnerre :

– Parce que je suis ton « péro » !

Cette révélation ne produisit pas dans l'esprit de son fils l'effet qu'en attendait Maurin; Césariot n'éprouva aucune joie. Bien au contraire !

– Ce n'est pas vrai ! ce n'est pas vrai ! hurlait-il, ne voulant point se résoudre à n'être pas le fils d'un ministre pour le moins, ou d'un amiral !

Et de rage et de désespoir à l'idée que Maurin pouvait dire vrai, il se mit à sangloter.

– Et maintenant que tu es mon fils, dit Maurin placide, et sans lui lâcher le bras – marche, drôle ! que je te mène où tu dois aller.

Le drôle obéit.

Le paternel Maurin ramenait Césariot à Saint-Tropez, chez ses patrons, à qui il comptait le recommander fortement.

Césariot, tout d'abord, ne desserra pas les dents. Il se soumettait à la force en rechignant. Il espérait que ce diable de Maurin finirait bien par le lâcher. Et dès qu'il aurait retrouvé sa liberté, il irait où bon lui semblait. Comment Maurin savait-il ses secrets ? Cela lui paraissait surnaturel et ne laissait pas de lui inspirer du respect.

Tenter d'échapper à la forte poigne de ce diable de Maurin des Maures, il n'y songeait pas. Il éprouvait de plus en plus auprès de lui une sorte de terreur superstitieuse. Quant à l'idée d'être le fils d'un tel homme, en mieux y réfléchissant, il commençait à l'admettre, car il lui paraissait impossible qu'un Maurin eût parlé à la légère. Et puis, la correction qu'il avait reçue ne semblait acceptable à son orgueil que venue d'une autorité paternelle. Cependant, malgré la gloire du nom de Maurin, qui était un roi à sa manière, Césariot eût préféré pour père l'amiral ou le ministre qu'il avait rêvé avec sa cervelle farcie de romans-feuilletons…

Maurin, nature fruste et fine, laissait l'enfant à ses réflexions. Il avait de l'expérience, l'homme… nulle sentimentalité, un esprit clair et libre.

Il se faisait midi passé. Césariot qui, sans sa mauvaise rencontre, se fût attablé là-bas, au cabaret de la Foux, commençait à sentir les tiraillements de son estomac de matelot. Rien ne creuse comme une alerte un peu vive. Il dit tout à coup :

– Alors, de tout aujourd'hui, on ne mettra rien sous la dent, hé ?

– Ça, ça serait dommage, fit doucement Maurin. A ton âge, mon homme, on a droit à la ration double. Té, entrons ici, on nous prêtera des chaises et une table où poser la bouteille et le pain que j'ai – par précaution – toujours au carnier.

Il poussa Césariot dans une maison de sa connaissance dont la porte s'ouvrait au bord du chemin.

– Bonjours, Capoulade. Je te demande asile.

– Tu es chez toi, Maurin… dit l'autre. Que veux-tu ?

– Ta table, pour manger à notre aise le dîner que j'apporte.

– Nous autres, nous avons dîné, répliqua Capoulade. Fais à ta volonté.

Sous le manteau de l'immense cheminée brûlaient quelques troncs d'arbre. Une bouillotte chantait. Un chat ronronnait à côté de deux chiens courants, qui regardaient s'écrouler les braises.

Capoulade alla à ses occupations au-dehors, laissant Maurin maître de sa maison. Maurin tira de son carnier vivres et bouteille et mit le tout sur la table.

Les deux hommes, le père et le fils, mangèrent en silence, d'un air de grand appétit. Maurin avait tiré d'une terrine deux gros morceaux de « bœuf en daube ».

Voyant que Césariot cassait son pain, le père se mit à rire :

– Tu as perdu ton petit couteau, qué ? dit-il de sa voix la plus flûtée. Eh bé, té, prends le mien !

Il passa au jeune gaillard son couteau, tout pareil à celui qu'il lui avait arraché des mains sous le pin Berthaud.

Après s'en être servi, Césariot voulut le lui rendre.

– Garde-le, fit gaîment Maurin, en souvenir de ton père ! Où j'ai laissé le tien, j'irai le reprendre au retour. Le diable m'emporte si quelqu'un se doute qu'il y a un couteau là-haut, dans les pignes. Personne ne le ramassera, vaï !… C'était bien envoyé, qué ?

Césariot ne répondit pas.

– Tu boudes ? A ton aise !

Puis brusquement, avec un grand éclat de voix joyeuse :

– Ah ! grande buse, va ! Tu cherchais une mère, tu trouves un père, et tu n'es pas content ?… bestiasse !…

Il but rasade, essuya sa bouche du revers de sa main et, avec son large rire plein de santé :

– Rappelle-toi qu'être sûr de son père c'est ce qu'il y a de plus difficile au monde, car, de mère, on n'en a jamais qu'une, pitoua !

La chaleur du repas le mettait en belle humeur :

– Té ! dit-il, puisque tu es mon fils, je vais te donner une cuisse de lièvre que je me gardais pour mon déjeuner de demain.

Et, gentiment, l'œil clair et tout brillant d'on ne sait quelle tendresse paternelle de bête heureuse, Maurin poussa devant Césariot, sur un morceau de pain taillé en assiette, le cuissot de lièvre promis.

– Té ! dit-il avalo, couyoun !

L'autre, peu accoutumé à ces bombances, prit le bon morceau et se mit à le dévorer gloutonnement.

Maurin le regardait faire avec une satisfaction qui éclata dans toute sa physionomie :

– Tu es comme un petit loup de l'année ! fit-il avec admiration.

Il ajouta aussitôt, en manière de réflexion philosophique :

– C'est pas l'embarras : un pin fait un pin, et un chêne fait un chêne… Tu es ma race, quoique tu me paraisses tenir un peu de ta mère pour la lecture !

Tout à coup, sa physionomie s'attrista :

– C'est dommage que tu m'as l'air de partir comme pour être une fameuse petite canaille !… Mais ça finira mieux que ça n'a commencé ; Dieu t'avait abandonné, pechère ! Eh bien ! fit-il en se désignant du doigt, eh bien, tu le retrouves !

Puis, après un silence :

– Je ne te perdrai pas de vue, bougre d'âne ! Et si tu ne marches pas droit, gare à tes côtes ! Tu connais mon poignet, hein, à cette heure ?… Je n'entends pas que tu finisses au bagne ! ça me dérangerait beaucoup.

Césariot, en ce moment, rongeait l'os le plus résistant du lièvre.

Il le cassa tout à coup entre ses dents. Alors, Maurin s'écria, enthousiasmé :

– Ce n'est pas pour de dire, mais entre ta mère et moi, noum dé pas Dioû ! nous t'avons f…ichu dans la gueule deux rangées de dents qui feraient le bonheur d'un chien, qué, mon homme !… Dommage, que d'après ce que je vois, pour le cœur, je ne sais pas de qui tu tiens, et peut-être, malheureusement, tu l'as dur comme le reste.

A ces mots : « ta mère et moi », Césariot avait relevé la tête et il regardait Maurin attentivement :

– Voui, voui, je te comprends ton genre de folie, répliqua avec indulgence le bon Maurin, à ce regard inquiet. Et je n'ai dit que ce que j'ai voulu dire… Vois-tu, triple imbécile que toi tu es, je te répète qu'on a toujours une mère et qu'il ne faut jamais lui faire contre. Eh bien ! si elle ne veut pas te connaître, la tienne, soyons de bon compte : pourquoi la contrarier ?

Et sentencieusement :

– Pas plus de sa mère que des femmes on n'est aimé quand on le veut, pitoua !… Quant à chercher si la tienne est riche, comme je t'ai dit, c'est une pensée de canaillette, mon fisto !… Pour moi, tu vois, je suis venu te parler en père dès que je l'ai cru nécessaire. Ni les perdreaux, ni les sangliers, ni le chasseur Maurin, entends-tu, ne laissent leurs petits sans nourriture, et je t'ai aidé, sans que tu le saches, plus d'une fois, et surveillé toujours. J'ai fait ce que j'ai cru le meilleur d'après les circonstances. On n'est pas toujours le maître des choses… Et à présent, il faut, écoute-moi bien, il faut que tu te tiennes tranquille chez ton patron Arnaud…

» Si j'ai du bon pour tes affaires je te l'apporterai, compte là-dessus, foi de Maurin ! mais je ne veux pas, comprends bien, entendre mal parler de toi. Si ta mère t'a oublié, c'est, je te dis, qu'elle a ses raisons. Fais comme moi. N'y songe plus… Tu es jeune, pense aux jeunes. Aime-les toutes. N'en trompe aucune. Ne t'engage jamais à rien. Elles viendront toutes seules et tu dormiras tranquille… Sinon, le père Maurin, comme un revenant, te viendra, la nuit, tirer par les pieds…

Et c'est assez de paroles. Ça suffit pour le premier jour. Té ! achève la bouteille… Et en route chez maître Arnaud ! Je t'ai dit pour l'heure tout ce que j'avais à te dire…

Maurin avait allumé sa pipe.

– Tu fumes, petit ?

– Oui, dit l'autre.

– Alors garde aussi ma pipe, en souvenir ; j'en ai trois autres dans le carnier.

C'était une pipe dont le tuyau était un roseau très fin et le fourneau un bout de racine de bruyère creusée au couteau.

– Bien entendu, celle-là, je l'ai faite moi-même, dit Maurin… mais Pastouré est plus drôle que moi pour les pipes. Il leur sculpte très bien des caricatures de singes ou des grimaces de députés.

Ils fumèrent longtemps, silencieux.

Césariot s'habituait déjà à l'idée d'avoir pour père ce fameux chasseur, dont on parlait très loin à la ronde et que tout le monde vantait.

Capoulade entra, ne les entendant plus jaser.

– Et alors, dit-il, veux-tu prendre un coup d'aïguarden, hé, Maurin ?

– Ça n'est pas de refus, Capoulade. L'aïguarden est une chose bonne, quand on n'en abuse pas.

Une heure après Maurin remettait son fils au patron Arnaud.

– Je lui ai donné un père, dit-il simplement, un bon, vu que c'est moi. Et s'il se dérange encore, écrivez-moi. Voici mon adresse :

» Monsieur Rinal, médecin de la marine en retraite, à Bormes (Var), pour remettre à Maurin des Maures.

Quand il repassa tout seul sous le pin Berthaud, Maurin leva le nez, cherchant à apercevoir parmi les pignes le couteau de son fils. Il le vit, grimpa dans l'arbre, non sans peine, et comme il était là-haut, au milieu des branches, des paysans qui traversaient la route lui crièrent :

– Eh, là-haut ! que fais-tu, l'homme ?

– Je cueille des pignes, parce que je n'ai pas d'allumettes ; c'est pour allumer ma pipe.

– Et comment allumes-tu les pipes sans allumettes, toi ?

– Je mets les pignes en tas et je leur tire un coup de fusil à bout portant… ça les allume et je m'allume… Oh ! ça n'est pas la première fois. Seulement, ça coûte cher, au prix où est la poudre !

Et de rire. Et quand il fut redescendu, il contempla une bonne minute avec attendrissement le terrible couteau du marin, et il murmura :

– Quand on ne connaît pas son père, pas moins ! regardez un peu à quoi on s'expose !

CHAPITRE XXXIV

D'UNE CONVERSATION QU'EUT ANTONIA AVEC SON PÈRE ET DE CELLE QU'ELLE EUT DEUX JOURS PLUS TARD AVEC DEUX DÉVOTES

Depuis quelque temps, les querelles devenaient fréquentes dans la maison du garde forestier Orsini. Ses chefs le malmenaient un peu, et il prétendait que c'était à cause de son histoire avec Maurin et Alessandri.

L'aventure s'était ébruitée en effet et ses supérieurs lui en avaient parlé sur un ton de blâme sévère.

Orsini, de mauvaise humeur, ne manquait plus aucune occasion de « mal parler » du braconnier en présence de sa fille. Elle lui rappelait inutilement le service qu'elle devait au chasseur si décrié. Elle se lamentait. Elle alla plus d'une fois jusqu'à pleurer de rage. Et de souffrir ainsi pour le beau Maurin, cela ne pouvait pas le lui faire oublier plus vite.

Un jour son père lui dit gravement :

– Viens ici, Tonia. Écoute ; je n'ai qu'une parole – et toi aussi, j'espère, car j'ai remplacé de mon mieux ta mère morte et je t'ai élevée, non comme les femmes élèvent les femmes, mais comme un brave homme élève un brave garçon. Eh bien, je te sens sur le chemin de manquer de parole à Alessandri. Tu penses trop à l'autre… à ce bandit de Maurin. Cela me contrarie, je te laisse voir ma mauvaise humeur à toute minute ; je me fâche trop souvent ; tu m'en veux, tu t'irrites ; cela n'arrange pas les choses… au contraire, tu n'en penses peut-être que davantage à ton mauvais sujet. C'est pourquoi j'ai résolu de te parler sérieusement et c'est ce que je fais en ce moment-ci. Si tu es ensorcelée ou près de l'être, pour l'amour de Dieu, résiste ! Va voir un curé. Adresse-toi à la Madone, mais ne te laisse pas perdre. Ce Maurin est un gueux qui trompe les filles, tout le monde le sait, et qui tromperait sa femme. Et avec ce gendre-là je serais bien sûr de rester toute ma vie sans avancement, ou même d'être forcé de prendre ma retraite.

Ce discours toucha beaucoup la violente Tonia. Les colères habituelles de son père la mettaient en révolte. Cette ferme douceur, cet appel à sa raison la soumirent du premier coup.

– Hélas ! répondit-elle, vous avez raison, mon père. Je me dis cela bien souvent. Et, comme vous le devinez, je me sens ensorcelée ; et si, oui, la Madone ne me délivre pas, je suis sûre que les choses n'iront pas bien. Alors, pour vous obéir, je fais le serment d'aller, pieds nus, jusqu'à Notre-Dame-des-Anges, de Pignans, en m'arrêtant à chaque saint pilon, et en la priant à genoux devant chacune de ses images, afin qu'elle me délivre de ce mauvais sort.

– Je suis heureux de te voir sage, dit le père. Je vais chercher les moyens de te faire conduire jusqu'à Pignans. De là, tu monteras à Notre-Dame ; puis, au jour dit, tu en redescendras de ce côté-ci, en marchant vers Collobrières, qui est proche d'ici et où je t'attendrai.

Orsini alla trouver un vieux marchand de châtaignes qui devait se rendre à Pignans en carriole, et qui, peu de jours après, prit avec lui la Corsoise. Ils passèrent par Hyères et par Pierrefeu, et ils arrivèrent à Pignans à l'hôtel *Bon Rencontre*, chez les dévotes.

Les dévotes étaient deux sœurs, vieilles filles, fort maussades, groumant sans cesse contre les voyageurs et contre tout au monde, même contre les saints et contre le bon Dieu, qui laissent aller si mal les affaires d'ici-bas. Elles avaient, sur le marbre de leur commode, la statue d'un saint Antoine qu'elles mettaient en pénitence, quand elles avaient à se plaindre de lui, ce qui arrivait souvent. Alors, elles le retournaient face au mur, en l'accablant de reproches.

Mais, malgré leur méchante humeur légendaire, leur auberge était fort bien achalandée, parce que tout y était d'une propreté méticuleuse, et la cuisine digne d'un évêque gourmand.

On avait annoncé aux dévotes la visite de Tonia.

Un jeune ami d'Orsini, passant par là deux jours auparavant, les avait priées d'être aimables pour la Corsoise et de veiller sur elle. Elles la reçurent comme si elles l'eussent toujours connue.

– Comme ça, vous allez à Notre-Dame-des-Anges ? C'est un vœu ? oui ! Pieds nus ? Oh ! ne faites pas ça ! Ni les saints ni le bon Dieu n'exigent qu'on se rende malade.

» Dans cette saison, un mauvais rhume est vite pris.

» Songez qu'il y a en ce moment un gros passage de bécasses et que cela est marque de grand froid… Pourquoi avez-vous fait un vœu ?

» Nous vous demandons ça, mais ça n'est pas pour le savoir, pechère ! ça ne nous regarde pas. C'est pour « de dire », pour parler, pour le demander enfin.

» Quelque amourette, pardi, nous connaissons ça. Mais ça passe. Les hommes n'en valent pas la peine. C'est égal, ce n'est pas du bon sens, même pour prier Dieu, de s'en aller seule dans les bois comme ça !

– Je n'ai pas peur, dit Tonia.

Elle tâtait sous les plis de son corsage son stylet corse.

– Tu n'as pas peur, mais il ne faut qu'une fois, ma belle, pour que « le malheur » arrive aux filles ! Enfin, ça te regarde… Si tu avais prévenu d'avance, on aurait pu trouver quelque femme pour t'accompagner. Mais, de ce moment, elles travaillent toutes aux châtaignes. Ce soir, on te donnera la chambre près de la nôtre. En attendant, pour ton dîner, tu auras de la soupe grasse, avec des vermicelles, puis le bœuf bouilli, puis le bœuf en daube, puis des côtelettes, puis des becs-fins rôtis, puis du lièvre ; nous n'avons pas davantage, pechère ! Après ça, tu auras un chou farci, puis le fromage et le dessert : des figues, des châtaignes et des confitures. Et si, avec ça, tu n'as pas ton compte, c'est que tu es difficile. Et tout à se lécher les doigts !

– Il faut deux heures, n'est-ce pas, dit Tonia, pour monter à la Bonne Mère ?

– Deux heures, répondit l'une des deux dévotes, sûr ! deux heures au moins, déchaussée surtout. Et si tu fais des prières longues devant les piliers, tu en peux mettre quatre, d'heures, et autant que tu voudras. Songe ! il y a deux douzaines de saints pilons !

– Ah ! vaï! rectifia la seconde dévote avec aigreur : deux douzaines ! Une, à peine, vu qu'ils sont démolis presque tous !

– Enfin, n'importe, il y a des pins marqués d'une croix, devant lesquels la prière est aussi bonne…

Le lendemain matin, Tonia se mit en marche vers Notre-Dame-des-Anges.

Avant la première pointe du jour, elle traversa la plaine.

Arrivée au pied de la colline, à l'endroit précis où le chemin se fait pierrailleux et commence à monter sous les pins et les chênes à travers les bruyères, elle s'assit sur une grosse « roque », ôta ses souliers qu'elle lia l'un à l'autre au moyen des lacets, les mit à cheval sur son bras, ôta ses bas qu'elle plaça dans ses souliers, retroussa un peu ses jupes courtes à cause des ruisseaux qui, après les pluies d'automne, traversent les chemins et débordent les ornières, et telle, le bord de sa robe pris dans sa ceinture, les chevilles nues sous le cotillon court rayé de blanc et de bleu, elle commença le pèlerinage en murmurant :

– Faites-moi oublier, Bonne Mère, sainte Vierge, ce braconnier ensorceleur afin que je devienne de bon cœur l'honnête épouse d'Alessandri !

La pauvre naïve Tonia ne se disait pas que l'aveu le plus grave de son amour, c'était d'attribuer à la seule sainte Vierge le pouvoir de le lui retirer du cœur. Et c'est le cœur plein du nom de Maurin et plein de son image, qu'elle montait le rude chemin de la colline à travers les hautes pinèdes que traversait, en les faisant toutes roses, le premier rayon de l'aurore.

L'automne finissait. Le ciel était bleu, d'un bleu uni, et, dans cet azur de couleur fraîche, la lumière était tiède comme en avril. C'était l'époque où les arbousiers sont à la fois en fleurs et en fruits. Fruits rouges, fleurs blanches. Tous les rouges-gorges du monde s'y donnent alors rendez-vous, et les emplissent de leurs petits cris d'appel, semblables à des grésillements d'étincelles… Autour des arbousiers, à terre, fruits et fleurs tombent par myriades, et l'on dirait du sang sur de la neige.

CHAPITRE XXXV

COMME QUOI LES BELLES FILLES FAISAIENT QUELQUEFOIS ENCORE AU XIXe SIÈCLE, SUR LES RIVAGES PROVENÇAUX LA RENCONTRE D'UN PIRATE MAURE

Elle montait en priant.

A la première heure, dans la plaine, il avait fait frisquet (petit froid aigrelet).

Maintenant, déjà un peu animée par la marche, Tonia avait chaud sur la colline. Chaude, en effet, s'annonçait la journée. Pas un souffle n'agitait les aiguilles des pins. L'appel des rouges-gorges innombrables pétillait de tous les côtés. Au-dessus de la plaine qui s'éloignait et s'abaissait derrière Tonia, des vols d'alouettes jetaient leur friselis limpide dans la limpidité du ciel parfaitement bleu. La poussée d'automne après les pluies avait été vigoureuse, et les herbes bien vertes jaillissaient çà et là entre les pierres du chemin, dans les fêlures des rochers, partout où un peu de terre et d'eau pouvait faire de la vie.

Des perdreaux qui buvaient dans un petit champ de vigne firent sursauter la voyageuse lorsqu'ils s'enlevèrent derrière elle, avec ce bruit de vent subit qui se déchaîne... Elle les regarda se perdre sous bois devant elle, mais ne devina pas qu'un chasseur les avait fait partir... Si elle avait eu cette idée, elle aurait pu apercevoir Maurin des Maures qui, caché dans les bruyères, la suivait.

Il avait appris le projet de pèlerinage de Tonia par son ami le cantonnier, qui, lui, l'avait su par la femme de la cantine du Don, et il s'était mis en tête d'accompagner la voyageuse, sans se faire voir, afin de la protéger au besoin ; mais c'était là une mauvaise excuse qu'il se donnait à lui-même. Au fond, il était jaloux ; et croyant qu'elle avait un rendez-vous avec Alessandri, il voulait en avoir le cœur net. Il épiait donc Tonia depuis la veille au matin. Il avait passé la nuit à Pignans. Là, quand il sut Tonia installée chez les dévotes, il passa une nuit tranquille, mais il était persuadé qu'elle devait rencontrer le gendarme ou en route ou tout là-haut, à l'arrivée. Et c'est pourquoi il la suivait.

Les perdreaux, il s'était bien gardé de les tirer, pour ne pas se dénoncer. Il la suivait en chasseur, comme si elle eût été un perdreau elle-même ; il allait en silence, le fusil sur le bras, son chien sur ses talons.

Ou encore il la guettait comme jadis les Sarrasins, ses aïeux, épiaient, sur nos rivages ligures, les petites Provençales chrétiennes, pour les emporter sur leurs barques de pirates ou seulement pour les mettre à mal, sous bois ; tels les satyres antiques, rapteurs de nymphes.

De fait, c'était tout cela. Et le passé était le présent, car tout se recommence.

Les saints pilons ou oratoires, gros piliers surmontés d'une niche où, sous un grillage, rêve une madone ou un saint, – sont innombrables en Provence.

Et s'il faut en croire les archéologues, ce ne sont que les anciens termes païens, les priapes transformés – mais gardant toujours, dans leur configuration générale, la pensée sacrée, celle de l'instinctif amour. Érigés maintenant pour attirer la prière mystique comme ils le furent autrefois pour honorer le désir charnel, ils sont les témoins fixes des âges changeants. Ils répètent sans fin l'idée de la vie maîtresse de tout, et, tels que des styles d'horloge solaire, ils écrivent, sur la terre féconde, avec leur ombre, le signe éternel de l'éternel recommencement des choses.

Sous le petit dôme dont ils sont coiffés, ces pilons païens portent une statuette de la Vierge chrétienne.

C'est au pied de ces termes que l'amoureuse s'agenouillait dévotement de quart en quart d'heure, ayant en elle le double amour qu'ils représentent : le volontaire appel à la chasteté et l'appel involontaire au sauvage amour…

Elle était bonne à suivre, sous bois, à cette heure et dans cette saison délicieuse. Le pas souple et léger de Maurin ne s'entendait pas. Ses espadrilles choisissaient la place muette – d'où la pierre ne se détachera point, où la branchette tombée ne craque pas. Il se retournait parfois pour mesurer – à la fuite de la vallée, là-bas, et des villages lointains – la distance parcourue. Et la largeur de la plaine, ouatée de brumes que frangeait la dorure du soleil, lui dilatait la poitrine. Il croyait, à chaque respiration, respirer tout l'espace. La tiédeur du sol, bossué et comme gonflé de racines puissantes, passait dans ses veines. Quelque chose fermentait en lui comme en la terre rebondie où se posait son pied. Sous sa semelle, il sentait la tiédeur mouillée de la vie automnale ; elle entrait en lui et lui montait des talons à la nuque.

Il éprouvait une plénitude douce et forte. Il suivait d'assez loin la belle Tonia, mais quand le fourré lui permettait de se bien dissimuler, il se rapprochait d'elle et voyait alors, comme s'il eût pu les toucher, les pieds blancs de la fille, lavés à chaque instant par l'eau pure des petits torrents qui traversaient tous les chemins.

Une fois, elle poussa un cri ; un caillou tranchant l'avait blessée. Maurin eut grand-peine à s'empêcher de courir à elle, mais il se retint, ayant compris qu'elle n'avait pas grand mal. « Les filles crient très fort, souvent, pour si peu de chose ! » Le pied saigna. Elle s'assit pour le laver au ruisseau et, relevant sa jupe, elle trempa jusqu'au genou ses jambes. Maurin, à travers les branches, la regardait, et tout le désir et toutes les jeunesses étaient en lui… Cependant, sans bien savoir pourquoi, il ne se montra pas. Un instinct lui disait que le moment de plaire n'était pas venu.

On approchait peu à peu de la cime, et Maurin commençait à comprendre que Tonia faisait sincèrement son pèlerinage de dévotion.

Seule ainsi dans le bois, n'étant vue de personne, pourquoi aurait-elle, si elle n'eût pas été sincère, prié si longtemps devant chaque oratoire ? Et pourquoi se serait-elle imposé la véritable peine de marcher pieds nus ?

Pour sûr, elle n'avait point de rendez-vous. Peut-être, tout au contraire, était-elle venue prier la Madone de combattre en elle l'amour. Il sentit qu'il devinait juste. Mais qui aimait-elle ? Lui, Maurin ? peut-être ! En tout cas il se faisait temps de le savoir. Pourquoi donc ne se montrait-il pas ?

C'est qu'il se répétait malgré lui : « Tout à l'heure. » Il prolongeait cette joie de la poursuite que tous les chasseurs connaissent bien. Oui, il se sentait le maître de la minute. Il jouissait, comme le chasseur à l'affût, de voir la bête guettée vivre comme si elle eût été seule dans le naturel de ses mouvements libres… Et il attendait encore. Peut-être espérait-il aussi entendre à la fin une des paroles qu'elle prononçait parfois à voix haute, au pied des oratoires…

Elle était prosternée en ce moment même devant l'un des saints piliers. Maurin s'approcha le plus qu'il lui fut possible.

Tonia était à genoux, la tête sur ses bras, les bras contre terre, et elle priait. Il put arriver en silence presque à ses côtés, à trois pas d'elle, à l'abri du pilier devant lequel, absorbée dans sa prière, elle s'écrasait à genoux.

Hercule, le griffon, obéissant à un signe de son maître, s'était couché là-bas sous les bruyères.

Maurin dévorait des yeux la nuque ronde et solide où dansaient les cheveux fous, tout tortillés comme des vrilles de vigne sauvage. Il regardait ces fermes jambes nues où la jeunesse éclatait comme au tronc lisse des jeunes platanes. Il voyait, aux chevilles de la belle fille, perler des gouttes d'eau sur une égratignure. Du sang d'églantine sous de la rosée !

Enfin, elle se releva, avec ses mots à voix haute dits en provençal :

– Bouan Dioû, bouano mèro ! que l'oòublidi, aqueòu Maourin ! (Bon Dieu, Bonne Mère, faites que je l'oublie, ce Maurin !)

Alors il ne vit plus rien, la force de la vie le commanda… il bondit sur elle et ses deux larges mains saisirent la tête brune. Pour la défense, vite, au bruit, elle s'était retournée, les bras en avant, et elle était tombée sous l'assaut, le corps tout contourné, contre la terre, la face vers le visage du cher bandit qui respirait dans son souffle.

– C'est toi ! dit-elle. Ah ! Maurin, Maurin ! va-t'en, va-t'en, que tu me perds !

Et comme il tendait sa bouche entr'ouverte toute prête au baiser sauvage, elle lui mordit les dents !

Alors il l'emporta sous bois. Il la portait assise sur le fer de son fusil, entre les deux bras qui tenaient l'arme. Elle se laissait faire, les bras autour du cou de son ravisseur ; ses souliers toujours suspendus à l'un des coudes battaient contre elle, et ses jambes nues et fraîches frôlaient la main velue du chasseur…

CHAPITRE XXXVI

IL N'Y A PAS DE BON MARIAGE MORGANATIQUE AUQUEL NE PRÉSIDE AU MOINS UN ERMITE

Ils étaient assis côte à côte sur un lit de braïsse dans une baume étroite, une grotte ouverte sous une grande roche, où bien des fois il s'était abrité.

Après qu'ils eurent partagé le matinal déjeuner du chasseur, servi sur la souple peau flottante qui recouvre les carniers de cuir des Provençaux, elle lui dit :

– Maintenant, tu sais, tu es mien… Je veux être ta femme. J'obtiendrai tôt ou tard le consentement de mon père – mais, femme ou maîtresse, je te veux pour moi toute seule. On dit que tu « les as toutes » et je le crois bien, car tu es beau, courageux et fort… Mais à partir d'aujourd'hui tu ne seras qu'à moi… Est-ce vrai que tu les as toutes ?

Le Sarrasin répondit négligemment :

– Oh ! moi, j'ai des femmes un peu partout.

La chrétienne bondit, se mit toute droite sur ses pieds :

– Il les faut quitter. Penses-tu que j'aie été sacrilège et que je t'aie donné mes lèvres, sous l'image de la Vierge, pour accepter d'être une de celles-là ?

– Il fallait parler avant, dit l'imperturbable Maurin ; et je n'aurais pas consenti à ce que tu me demandes parce que ce serait vraiment difficile, mais au moins nous aurions joué franc jeu. Maintenant c'est trop tard et je ne veux pas, moi, promettre une chose presque impossible. Un autre te dirait : « Oui », pour se débarrasser de ta demande, mais moi je ne te mentirai pas. Toutes me tiennent un peu et je tiens un peu à toutes. Je ne peux pas les toutes fâcher.

– Aimes-tu mieux n'en fâcher qu'une et que ce soit moi ? Tu sais bien que je suis Corse ?

– Oh bien ! moi, dit Maurin tranquillement, je suis *Teur* (turc), pauvre de moi !

Le Turc, pour un Provençal, c'est l'homme aux mille femmes. Le grand Turc a un grand sérail et les petits Turcs ont de petits sérails. Des Turcs, voilà tout ce que sait le bon Provençal, le Sarrasin de Provence, le Maure ; mais cela, il le sait bien.

– Regarde ! dit-elle.

Et elle lui montra son stylet, qu'elle tira enfin de sa poitrine et dont elle fit briller hors du fourreau la lame triangulaire.

– Celui-là vient trop tard, beaucoup trop tard !... répéta Maurin en riant. Les filles ne le sortent jamais qu'après.

– Prends garde à toi, je te dis.

Et son front se plissa, son œil jeta une flamme.

Elle tenait son stylet de la main gauche. Il lui saisit le poignet gauche et détourna la main droite de Tonia qui cherchait à reprendre son arme très aiguë.

– Voyons, ma belle, réfléchis. Je t'ai bien expliqué qu'un autre, quitte à faire plus tard à sa guise, promettrait vitement tout ce qu'il te plaît de demander. Un autre serait lâche. Moi, ça m'ennuie de mentir. Je t'aimerai par-dessus toutes, si tu veux, car par-dessus toutes tu me plais ! mais je ne veux pas les chagriner, pecaïre !

Elle se dégagea d'un mouvement violent et lui porta maladroitement un coup de son fin stylet, au hasard, comme elle put et de haut en bas. Si prompt qu'il eût été à se reculer, il eut la main égratignée du poignet à l'ongle. Il regarda tranquillement sa blessure.

– On dirait, dit-il, une piqûre d'*argeria* (genêt épineux) ou d'*agulancier* (églantier). Tu es une fleur qui pique, mais qui sent bougrement bon !

Elle le regardait, surprise de lui, et malgré tout charmée ; déjà elle regrettait son geste de colère.

– Console-toi, dit-il, ça n'est rien. En frappant comme ça, tu ne pouvais pas me faire grand mal. Les agulanciers piquent et les vrais Corses aussi – mais mieux que ça. On voit que tu as depuis longtemps quitté ton île. Attends que je t'apprenne le jeu, quoi qu'à dire vrai il ne me plaise guère !

Il lui saisit les deux poignets, un dans chaque main ; il fit alors, du poignet droit jusqu'à la main de Tonia qui tenait le stylet, glisser sa main fermée en anneau coulant, et prit l'arme terrible sans peine : « Comme on cueille une figue… une figue mûre », dit-il.

Elle s'étonnait de lui toujours davantage, et de plus en plus l'admirait. Il le voyait bien et il souriait.

– Tiens ! fit-il, jamais de haut en bas ! Il ne faut frapper que comme ceci :

Et abaissant l'arme serrée à plein poing, il porta un coup dans le vide, d'avant en arrière.

– A ton tour, essaie.

Gravement il lui rendit le stylet.

Elle eut envie de se jeter à son cou, mais elle se contint et reprit le poignard pour le lancer rageusement à terre, se sentant impuissante et vaincue ; puis, cachant sa tête entre ses mains, elle se mit à pleurer.

Il s'approcha d'elle alors, la saisit à pleins bras ; elle se débattait ; il attira sa tête contre lui et murmura :

– *Ah ! vaï*, aime-moi comme je suis !

Il enlaçait sa taille. Elle fléchit, se laissant aller de tout son poids entre ses bras. Il s'abandonna à ce mouvement de chute et tomba près d'elle sur le souple lit d'herbes séchées… Elle se taisait, donnée et furieuse de l'être, consentante et révoltée.

Autour d'eux, au niveau de leurs visages, au seuil de la grotte, parmi quelques touffes de bruyères, des champignons orangés dressaient leur parasol qui semble ouvert pour abriter les bestioles de l'herbe.

Et un peu plus tard, elle lui disait :

– Tu ne m'as pas trompée, c'est vrai. Sans ça, vois-tu, je t'aurais tué. C'est égal, cache-toi de moi si un jour tu me trompes ! Et si jamais je deviens ta femme, c'est que tu m'auras promis fidélité.

– Quand je t'aurai promis fidélité, alors, voui, tu seras ma femme ! dit Maurin avec solennité.

La réponse était insolente, mais Tonia ne la releva point. Pourquoi ? c'est qu'elle ne s'appartenait plus.

Voilà bien cinq heures qu'ils étaient ensemble ! Le déjeuner du matin était oublié.

– J'ai faim, dit Maurin. C'est une chose beaucoup connue qu'il faut manger pour vivre. Allons faire chez l'ermite notre repas de midi ; nous aurons là une table et une chaise, et du café bien chaud.

Le temps n'était plus aux paroles. Il leur fallait gagner en toute hâte la chapelle où ils arrivèrent vers midi. Et dans la chapelle, Tonia disait maintenant : « Sainte Vierge couronnée, ce n'est plus moi, mais lui qu'il faut convertir ! »

Du haut de Notre-Dame-des-Anges, le sommet le plus élevé des Maures, le spectacle est magnifique.

A l'horizon, vers le sud, par-delà le moutonnement des collines aux vagues de verdure, la mer bleue flamboyait, berçant à pleine houle les îles d'or.

Pendant que Maurin enlevait soigneusement une épine de la patte de son chien, l'ermite, qui habite une cabane près de la chapelle, montrait les îles à Tonia :

– Et d'ici, disait-il, quand il fait beau temps, on voit même la Corse !… Tenez, tenez, la brume a fondu ; voyez cette ligne là-bas, si mince, c'est elle, c'est la Corse !

– Un fameux pays ! dit Tonia, où l'on sait ce que c'est qu'un serment, et ce que c'est qu'une vendetta.

– Vous la connaissez, la Corse ?

– Je suis Corsoise, répondit-elle en regardant d'un air menaçant Maurin qui s'avançait.

Et Maurin saluant l'ermite :

– Bonjour, saint homme ! fit-il. Vous voyez deux amoureux qui se contenteraient de votre bénédiction, si avec ça vous leur donniez la table et le couvert. J'ai des perdreaux au carnier ; pour la salade nous comptons sur vous ; pour les champignons aussi, et surtout pour le café chaud. Le café ! dites-moi si on peut boire quelque chose de meilleur ? Rien ! Rien !

– Il y a à cela une raison, dit l'ermite, c'est que cette graine toute brûlée et par conséquent couleur de nègre fut apportée au berceau de Jésus par un des rois mages, celui qu'on nomme Gaspard, et qui était noir comme… l'âme de Simon.

CHAPITRE XXXVII

OÙ L'ON VERRA QUE LES HABITANTS D'UNE BOURGADE PRÉDESTINÉE APPELÉE *GONFARON* OU *GONFLERON*, EN PROVENCE ONT INVENTÉ LA MONTGOLFIÈRE A LA FORME PRÈS

L'ermite était un ancien valet de ferme, un fainéant venu on ne sait d'où, qui avait eu (comme tant d'autres en maint autre lieu) l'idée de s'affubler d'une méchante robe de bure, de se ceindre les reins d'une corde et d'attendre les pèlerins, dévots à Notre-Dame-des-Anges, pour tirer d'eux quelques petits profits.

Il habitait une cahute où il fit entrer les amoureux, et commença de préparer leur repas. Maurin tira de son sac deux perdreaux sur quatre qu'il avait gardés de sa chasse de la veille ; et Tonia se mit à plumer, tandis que l'ermite allumait le feu et que Maurin taillait en brochette une tige de bruyère. L'une des extrémités se terminait en une double fourche, propre à maintenir, fixée à la brochette, la perdrix qui devait être suspendue verticalement par l'autre extrémité, au bout d'une cordelette, devant le feu de bruyère et de pignes.

L'ermite prit dans son placard de la salade fraîche et un méchant huilier, coupa trois coûtons de pain qu'il frotta vigoureusement avec une gousse d'ail pour être mis dans la salade où ils prennent le nom, manceau ou bressan, de *chapons*.

Puis il posa sur un gril d'admirables champignons de pins, bien sains, couleur de safran, et les arrosa d'huile vierge.

Tout en vaquant à ces préparatifs et à d'autres, l'ermite jacassait :

– C'est ici, dans notre église de Notre-Dame-des-Anges, que fut dite par M. Pignerol, curé de Pignans, chasseur et cavalier, la fameuse messe restée célèbre sous le nom de *Messe de la Lièvre*... Je l'ai connu, ce Pignerol ; je la lui ai servie plus d'une fois, la messe. Il arrivait ici à cheval, sautait à bas de sa monture, sa soutane haut retroussée laissant voir les culottes de velours gris côtelé ; il la relevait ainsi toute la jupe sur son bras, de peur qu'elle s'accrochât à ses grands éperons ; et, en entrant dans l'église, il allait poser d'abord, avec une génuflexion, sa cravache sur l'autel.

– Ce n'était pas bien, dit la pieuse Tonia.

– C'était sa manière, dit l'ermite, et le bon Dieu le prenait comme il était… Le plus souvent sa chienne Franquette, la bonne Franquette comme il l'appelait, une courante fameuse pour les lapins dans tout le pays, s'asseyait ou se couchait sur la première marche de l'autel (je vous ferai voir la place) et regardait son maître pendant toute la cérémonie, avec une patience un peu mêlée…

» Un jour, – c'est une histoire, celle-là, bien connue en Provence ! – un jour, comme il en était à la communion, où le prêtre dit par trois fois ces paroles : « *Domine non sum dignus* », coupées par trois appels de clochette que sonne le servant, un coup seul, puis deux ensemble, puis trois à la suite, M. le curé Pignerol entendit au loin, dans les bois qui entourent l'église, plusieurs chiens donner de la voix.

» Il dit tout doucement à son *clion* (clerc) qui s'appelait Joóusé :

» – Joóusé, je reconnais à la voix des chiens qu'ils poursuivent un lièvre.

» – Sûremein, moussu lou cura.

» –*Domine non sum dignus…*

»Drin, drelin, fit la clochette.

» –*Domine non sum dignus…* Je ne vois pas ma chienne. Est-ce qu'elle est avec les autres ?

» – Oui, monsieur le curé, elle est dans le bois… drin, drelin, drelin…

» – Donime non sum dignus… *Alor la lèbr' es foutudo !* (alors la lièvre est… fichue !)

» – Amen ! Drin, drelin, drelin, drelin ! Amen !

Tonia ne riait guère, Maurin, pour l'égayer un peu, voulut exciter l'ermite à conter d'autres galégeades.

– Elle est vieille comme le monde, ton histoire, lui dit-il. Mon père la tenait de son père qui la tenait du père Adam. Mais, dis-moi, depuis que j'existe (quoique mon père en connût beaucoup, de ces histoires drôles de notre pays), jamais je n'ai pu bien savoir pourquoi on dit toujours, en parlant de ce Gonfaron que l'on voit d'ici : « C'est le pays où les ânes volent ! »

Gonfaron (où l'on est aussi bête que partout ailleurs et pas davantage, mais c'est bien assez) est au Var ce que Martigues est aux Bouches-du-Rhône, le pays béotien aux habitants duquel la malignité publique prête toutes les sottises. Et, chose curieuse, le Provençal, qui partout ailleurs aime tant la plaisanterie, même dirigée contre lui, se montre, dans ce pays-là, fort susceptible, et se refuse à rire de lui-même. Et si sérieusement vous lui demandez pourquoi, il répond : « Quand la plaisanterie est trop longue elle vous embête à la fin. Celle-ci date de toujours. C'est un peu de trop. » Cette opinion se peut soutenir.

– Ah ! ah ! dit l'ermite, tout le monde me la demande, l'histoire de l'âne de Gonfaron ! et quand je ne serais ici que pour la conter, j'aurais eu bien raison de me faire ermite – car je prends deux sous pour la commencer.

– Et pour la finir, combien ? dit Maurin.

– C'est à la générosité de chacun.

– Té, voilà deux sous. Accommence.

– Il y avait une fois à Gonfaron, dit l'ermite, voilà longtemps, longtemps, un sacristain petit, bossu, et paresseux. Un jour qu'en procession, le bon Dieu, porté par le prêtre sous le dais, devait monter jusqu'ici, au sommet de Notre-Dame-des-Anges, le curé dit au clion :

» – Joóusé ?

– C'était donc toujours le même clion ? fit Maurin.

– Mettez-lui Piarré si vous voulez, dit l'ermite ; moi ça m'est égal.

» – Piarré, balaie un peu la rue, du seuil de l'église jusqu'à la sortie du village, pour enlever les crottins des mulets et des chèvres, pour afin que le bon Dieu puisse passer proprement.

» – Voui, moussu lou cura.

» Mais l'ouvrage que fit le méchant bossu ce ne fut guère, et quand l'heure de processionner fut venue, le curé et tout le village trouvèrent que la place et la rue étaient aussi sales qu'auparavant et même un peu davantage, parce qu'il était encore passé des chèvres et des mulets. Le paresseux bossu n'avait pas balayé.

» – Mauvais âne ! lui dit le curé ; le bon Dieu dans un si sale chemin, véritablement, ne peut pas passer !

» – Eh ! répondit cet âne de clion avec une insolence qui était un blasphème, s'il ne peut pas passer par le chemin, le bon Dieu, il volera !

– Bon ! dit Maurin, et la fin de l'histoire ? Si elle vaut le commencement, tu auras encore deux sous.

– Elle vaut davantage, dit l'ermite, mais pour vous il n'en sera que ce prix. A Lourdes, vous paieriez la même beaucoup plus cher. Or donc la procession se mit à monter la colline, et tout le monde en route chuchotait, maugréant contre la réponse sacrilège de cet âne de bossu.

» – Dieu, disait-on, pourrait bien nous punir tous de l'insolence de cet âne rouge !

» Et, tenez, voilà que se lève un mistral, à arracher la queue d'un âne. Bouffe, mistral ! quelle sizampe !… Quand la procession arriva sur ce plateau où, au bord du chemin, il y a un grand précipice tout en rochers, le mistral qui soufflait en tempête, par la permission de Dieu juste, enleva le chapeau de cet âne de clion ! Le clion voulut retenir son chapeau, sauta, la main tendue pour le rattraper en l'air, perdit pied, et, soulevé par la bourrasque comme une plume, il descendit dans l'abîme à la suite de son chapeau… Dieu ait son âme ! Et les gens tout de suite s'écrièrent :

» – Té ! l'âne a volé ! Le bon Dieu l'a puni ! L'avez-vous vu voler, cet âne ?

– Je regrette mes quatre sous, fit Maurin.Mais alors, dis-moi un peu : à Gonfaron, ce n'est pas les ânes qui volent, comme je l'ai cru bonnement jusqu'ici ? ce sont les Gonfaronnais ?

– Espérez un peu, dit l'ermite gravement. Par la suite des temps, on oublia cette aventure ; et tout ce qui en resta, même à Gonfaron, ce fut cette phrase : *A Gonfaron les ânes volent.* Les Gonfaronnais, des cent ans après, se dirent entre eux : « Du temps de nos pères les ânes volaient : si nous en faisions voler au moins un ? » Ils amenèrent sur la place publique un vieil âne qui n'était plus bon à rien, pensant que si celui-là montait au ciel et ne reparaissait plus on ne perdrait pas grand-chose ; et ils se mirent en posture de le gonfler de leur respiration, en la lui soufflant – sauf votre respect – par le trou que tous les ânes ont sous la queue.

– Les lions eux-mêmes, interrompit Maurin, en ont un à la même place.

– Les gens de Gonfaron, poursuivit l'ermite, plantèrent donc un fort tuyau de roseau dans le trou de l'âne, et tour à tour tous les gens du village y passèrent ; chacun soufflait selon sa force en tenant d'une main le tuyau qu'il fallait boucher bien vite avec la paume de l'autre main posée à plat sur le trou, de peur que la bête ne se dégonflât, entre chaque souffleur, du vent qu'elle avait pris du précédent.

» Le bon coup fut au dernier. C'est le maire qui devait passer le dernier, comme le bon Dieu à la procession.

» – A votre tour, monsieur le maire !

» – Par ce roseau où tout le monde a mis les lèvres, dit le maire, non, décidément, je ne soufflerai pas ! De trop vilaines bouches ont passé par là !

» Mais tous se mirent à crier contre lui, indignés, et disant qu'il allait faire manquer le résultat d'un si long travail. Et le maire de Gonfaron dut en venir à mettre sa part de respiration dans le derrière de l'âne. Mais comme il était très délicat, il lui vint une bonne idée : il retira le roseau, le retourna vivement et l'ayant replanté par l'autre bout dans le pertuis que vous savez, il put souffler plus proprement par l'orifice où personne, excepté l'âne, n'avait mis de bouche avant lui… Et si l'âne ne vola pas, c'est qu'en retirant le roseau, le maire l'avait dégonflé du vent de tout le village ; et comme tout Gonfaron était fatigué, tous durent remettre, d'un commun accord, à une autre fois, la réalisation de leur beau rêve. Mais la chose se fera, soyez-en sûrs, un jour ou l'autre, peut-être demain, peut-être ce soir.

– Allons, dit Maurin, à table ! Toutes ces belles histoires ne valent pas en ce moment un chapon bien huilé, accompagné d'une aile de perdigaoù. Faites-vous des forces, Tonia, que tout à l'heure il vous faudra redescendre jusqu'à la ville des Pignes.

Et se tournant vers l'ermite :

– Ta première histoire, saint homme, ne vaut pas, bien sûr, le prix que je t'en ai donné. La seconde vaut mieux, mais je la connaissais. Je ne te l'ai fait conter que pour amuser cette demoiselle. Et cette fois tu as réussi… Repasse-moi la salade… Ton vin vaut mieux que tes histoires.

– Il y a en ce monde, dit l'ermite, des vignerons charitables ; d'ailleurs le vin se vend si mal, cette année, qu'ils peuvent facilement en donner aux pauvres, sans même y avoir aucun mérite devant Dieu. C'est pourquoi j'en ai reçu de bon, sans avoir, moi, à en être reconnaissant.

Sous l'ombre des pins trouée de taches de soleil, ils mangèrent de grand appétit, tous trois, en silence, longtemps. Quand on fut au dessert de figues sèches, à la liqueur de fenouillet et à la pipe, l'ermite aux lèvres reluisantes reprit la parole :

– Si cela vous amuse, fit-il, je puis vous en conter d'autres, de mes histoires. Tenez, j'ai vu ici, pas plus tard que l'autre jour, une compagnie de chasseurs qui, au dessert, jouaient à imiter une chasse : « Vé ! vé ! lou lapin ! vé ! vé ! la lièvre ! vé ! les perdreaux ! » Et chacun sur la bête annoncée tirait, selon ses munitions, un coup seul, pan ! ou un coup double, pan ! pan ! ou deux coups doubles, pan ! pan ! pan ! pan !… vous ne devinerez jamais avec quel fusil…

– Saint homme ! dit gravement Maurin, silence ! je ne vous comprends que trop ! Cela suffit… Je vous excuse parce que j'ai toujours entendu dire que les gens qui ont fait des vœux de chasteté aiment certaines plaisanteries qui les aident à prendre gaiement leur malheur… Mais j'ai là-dessus mon idée ; et mon idée, c'est qu'il y a des chasses qu'on ne doit faire que tout seul et des paroles qu'un homme ne doit dire qu'à lui-même, comme fait par habitude mon ami Parlo-Soulet. Ta dernière histoire me déplaît.

– Cela m'étonne, dit l'ermite, car une chose rend drôles toutes mes histoires, à ce que m'ont assuré l'autre jour des dames de Paris, c'est la robe que je porte.

– Je m'en doutais ! fit Maurin, tu es un imbécile quand tu es tout nu !

– Monsieur, dit l'ermite, complètement ivre mais profondément vexé, je peux vous faire voir…

– As-tu un lit ? interrogea Maurin.

– Parbleu, dit l'ermite. Et de paille toute fraîche.

– Eh bien, va te coucher.

L'ermite, avec la docilité d'un ivrogne qui a été sacristain, y alla.

CHAPITRE XXXVIII

EN QUELS TERMES LE DON JUAN DES BOIS REFUSA MARIAGE A LA BELLE CORSOISE AVEC UNE SINCÉRITÉ DIGNE D'ESTIME

Quand l'ermite les eut laissés seuls et se fut allé coucher, les deux amoureux se répétèrent à loisir ce qu'ils s'étaient déjà dit. Maurin décida qu'il accompagnerait Tonia jusqu'aux abords de Pignans.

– Quand tu seras sortie des bois et que tu arriveras dans la plaine habitée, je te quitterai, pas avant, afin de te garder de male encontre.

– De male encontre, répliqua-t-elle étourdiment, je n'en crains point !

– Et tu vois bien que tu n'as pas raison, dit-il en riant, car il t'en est arrivé une ce matin.

Elle le regarda d'un air grave.

– Ne plaisante pas, dit-elle, que ce n'est pas bien le moment. Ce qui est arrivé sera triste si tu n'es pas un brave garçon, car, si tu n'es pas un brave garçon, tu ne m'épouseras pas et alors, acheva-t-elle avec beaucoup de simplicité, je crois que je finirai par te tuer.

– Que je t'épouse ! C'est donc une idée qui te plaît énormément ? Je vois que (comme il est d'habitude avec les femmes) nous allons nous chamailler longtemps sans que ton idée te lâche d'un cran !

– C'est que cette idée ne me quitte que pour me reprendre.

– Elle pourrait être selon la justice, dit Maurin qui fumait tranquillement, si je t'avais volée malgré toi à toi-même ! Mais de ma vie je n'ai fait chose semblable, car c'est là action de canaille… Tu savais très bien au contraire ce que je voulais, et tu avais une aiguille corse pour m'arrêter.

– Enfin, dit-elle, m'aimes-tu ?

– Pour sûr, fit Maurin sincère, pour sûr ! et non guère ! je te l'ai dit et répété.

– Et voudras-tu de moi pour femme ?

– Tu as là décidément une idée qui tient comme une arapède au rocher, dit Maurin ; mais raisonne un peu. Si je te voulais épouser, ton fiancé se fâcherait, ton père me refuserait, et tout cela c'est une mauvaise affaire.

– Mon fiancé ira au diable et mon père où il voudra ! et l'affaire ne regarde, au bout du compte, que moi.

– C'est que... ma liberté, j'y tiens beaucoup ! dit Maurin. Certainement, ce me serait grand plaisir, en rentrant à la maison, de trouver chaque soir la gentille femme que toi tu es, assise près de la lampe allumée et de la soupe chaude, mais je n'y rentre guère à la maison, vois-tu. Les maisons ne sont pas faites pour moi. Ma mère rarement me voit. Je suis comme le lièvre qui a tous les gîtes et qui n'en a point. Aie donc avec moi un amour de peu de temps et songe que les gendarmes deviennent brigadiers avec des protections.

– Ainsi, tu supportes l'idée, fit-elle en se levant, de me voir donner à Sandri ?

– Pas maintenant, non, fit Maurin sans sourciller, mais je sais bien que je la supporterai un jour, quand il le faudra.

– Et moi, dit-elle énervée par toutes ces flegmatiques résistances, jamais je ne supporterai que tu sois, même une heure, à une autre femme ou fille !

– Une seule poule ne suffit pas à entourer un coq, fit sentencieusement Maurin. Comment veux-tu que je réponde de moi ? Ça ne serait pas dans la nature... Tu le vois bien, par là, que je ne peux t'épouser.

– Et crois-tu que si je reste tienne sans être ta femme, je serai moins jalouse, et t'en permettrai d'autres ? Tiens, Maurin, voici, pour en finir, mon idée sur toi et sur moi. Ce qui est arrivé était dans mon destin, soit ; je reconnais qu'après tout je l'ai voulu comme toi et en même temps ; et qu'à la bonne Mère, tout en la priant pour qu'elle me délivrât de penser à toi, j'étais surtout contente de ne parler que de toi. Tu m'as ensorcelée, et c'est, je le veux bien, malgré toi-même, et je te le pardonne parce que tu me dis tout, franchement ; mais aux conditions que tu me fais, je n'accepte pas le marché pour l'avenir. Va-t'en tout de suite et ne me vois plus, ne me cherche plus. Adieu !

Elle s'était levée, pâle sous le noir de ses cheveux un peu défaits, ses lèvres tremblaient d'indignation et de douleur. Sa poitrine battait. Elle était belle. Maurin envisagea sans plaisir l'idée de renoncer à cette proie magnifique.

– Tonia ! dit-il (et il la prit dans ses bras), ne sois pas si méchante. Ce qui est fait est fait. Qu'une fille soit à un homme une fois seule, ou vingt fois, le nombre des baisers ne change rien à la chose : on est à lui tout à fait dès le premier, et à s'en tenir au premier on renonce à de la joie sans regagner ce qu'on a perdu. Ne me fais pas ni à toi cette peine inutile de ne me plus revoir. Reste mienne et laissons le temps nous donner conseil. Peut-être toi-même m'aimeras-tu moins dans peu de temps et tu seras alors bien contente de n'avoir pas renoncé à faire la volonté de ton père, et moi je serai satisfait de ne pas t'avoir fait perdre un bon établissement. Se marier avec moi, ce n'est guère pour toi une bonne fortune et je te le dis honnêtement.

Ils étaient debout. Il la tenait par la taille ; il la renversait un peu sur son bras et lui parlait bouche à bouche. Les paroles de Maurin n'étaient déjà plus qu'un son murmurant et confus pour elle. Le sens des raisonnements lui échappait peu à peu. Son esprit s'efforçait de se ressaisir et n'y parvenait pas. La tête rejetée en arrière, elle voyait, au-dessus d'elle, le visage de Maurin, ses yeux ardents, son air de libre et énergique chasseur, et elle lui dit :

– Je ne sais ce que tu dis, Maurin… je ne sais plus… je t'aime… je suis jalouse… je suis tienne… je ne veux plus te voir… et tu es le maître…

Il la raccompagna vers Pignans jusqu'au bas de la colline. Ils ne raisonnèrent plus de rien. Il fut dit seulement que, quand ils pourraient, ils se reverraient. Et Maurin la quitta, par prudence, dans l'intention de passer la nuit au village voisin, chez des chasseurs amis, à Gonfaron.

CHAPITRE XXXIX

COMME QUOI, GRACE A L'INGÉNIOSITÉ DE MAURIN
LES GONFARONNAIS VIRENT ENFIN VOLER UN ANE
ET COMMENT LE ROI DES MAURES CONNUT
A L'INSTAR DE TOUS LES VRAIS HÉROS
SON HEURE D'IMPOPULARITÉ

Les chasseurs gonfaronnais, amis de Maurin, n'étaient pas chez eux. Ils étaient allés battre la montagne.

Maurin se demandait s'il n'irait pas chercher un gîte, sur la route des Mayons-du-Luc, chez un vieux paysan de sa connaissance, et il était là, au mitan de la place, devant l'église, son chien sur ses talons, incertain de ce qu'il ferait.

Voyant un « étranger du dehors », un à un, quelques écoliers qui ne le connaissaient pas s'attroupèrent autour de lui, parlant de lui à voix basse, s'étonnant de son immobilité, de son air indécis et singulier.

Les générations nouvelles ignorent celles qui les ont immédiatement précédées, et tel reconnaîtrait Henri IV sur la grand-route, qui voit passer un Maurin des Maures sans se retourner.

Donc les enfants chuchotaient entre eux :

– Que cherche-t-il celui-là ? Il a perdu quelque chose ?...

Derrière les enfants, peu à peu, se forma un cercle de vieilles radoteuses dont la présence attira quelques jeunes paysans sans expérience qui rentraient du travail ; et tout ce monde regardait Maurin.

– Le connais-tu, celui-là ?

– Non.

Maurin à la vérité n'était pas venu souvent à Gonfaron, cette bourgade étant séparée par une large plaine de ses petites montagnes mauresques.

Il n'y était guère connu qu'aux chambrées, parmi les hommes de son âge, politiciens et chasseurs, ceux justement qui étaient tous absents du village à ce moment-là. Quand le cercle qui entourait Maurin fut devenu une petite foule, le roi s'impatienta :

– Vous auriez l'air moins étonnés, dit-il en riant, si vous voyiez voler un âne, hé ?

Ne pas oublier le mot « âne » lorsqu'on entre dans Gonfaron, ou entrer, sans quitter ses souliers, dans une mosquée, sont deux injures de même gravité, également impardonnables, aux yeux des Gonfaronnais ou des musulmans.

Il y a pourtant des ânes à Gonfaron, mais l'étranger bien élevé ne doit pas s'en apercevoir. Chatouilleuse à l'excès sur ce point, la population « écharperait » l'imprudent qui oserait cette bizarre inconvenance.

Une rumeur de mécontentement entoura donc subitement Maurin. Les enfants les premiers se fâchèrent.

– Il se fiche de nous, celui-là ! C'est pour nous dire ça que tu es là planté comme un cierge ? Regardez-moi cette flamberge : on dirait la tige d'un aloès ! Tu ferais mieux de passer ton chemin, chasseur de carton !… Va tuer des mouches !… Va peindre des cages !

Ainsi grondait le lionceau populaire.

Maurin, qui avait l'habitude de manier les foules, sentit très bien qu'il ne ressaisirait pas la faveur de celle-ci.

Il était maintenant en présence de plus de cent cinquante ennemis, et les plus petits n'étaient pas les moindres.

– Alors, fit-il d'un air bonhomme, je n'ai pas voulu vous faire peine ! Ce que j'ai dit peut se dire partout. Laissez-moi passer.

Les foules sont lâches. On prit pour un accent de crainte le ton conciliant de Maurin.

– Zou ! à lui ! en avant les pierres ! cria un gamin de quatorze ans. Ôtez-vous de là, les femmes !… qu'il a *insurté* la patrie !

Maurin s'élança, saisit le jeune tribun par un bras et lui tirant les oreilles :

– Je te les allongerai si bien que pas un âne de Gonfaron ne les aura si longues. Tu les auras si longues qu'elles seront comme des ailes, et Gonfaron, alors, verra un âne voler !

Ces paroles furent le signal d'une attaque générale contre le récidiviste. Sans souci d'atteindre ou non celui qu'ils défendaient, les petits Gonfaronnais se mirent à lancer des pierres à la tête de Maurin, lequel se *voyant mal* comme on dit, embarrassé de son fusil et de son carnier, prit le parti de s'adosser au mur de l'église, pour n'avoir d'ennemis qu'en face; et soulevant son jeune adversaire gigotant et qui essayait de mordre, il s'en fit un bouclier.

Hercule, paisible jusque-là, comprenant que l'affaire devenait sérieuse, chargea la cohorte endiablée. Et Maurin, posant à terre son prisonnier sans lui lâcher le bras, courut sus à la bande de lapideurs, tout en traînant derrière lui le grand gamin qui faisait résistance mais n'osait plus faire le méchant, occupé qu'il était à se garer des projectiles de ses compatriotes. Heureusement, les pierres de la place étaient de petits cailloux. Pas moins Maurin s'était, à deux ou trois reprises, senti frappé rudement à la tête et sur les mains. Son sang coulait.

Déjà une rumeur circulait dans tout le village : « On se bat sur la place publique ! Aux armes, citoyens ! » Les gens sortaient des maisons, et bientôt le maire en personne apparut, ceint de son écharpe et suivi d'un garde coiffé du képi, la plaque sur la poitrine. Le malheur voulut que le maire – un Lucquois établi à Garfaron et en fonctions depuis peu de temps, comme successeur d'un maire récemment décédé, lequel était un ami de Maurin – ne connût pas le braconnier. Au lieu de prendre le roi des Maures par la politesse et la douceur, ce qui sans doute aurait réussi, il l'apostropha de haut :

– Hé ! l'homme ! je calcule que vous feriez bien de quitter la place et sans regarder en arrière !

Maurin n'y put tenir et tout d'un trait riposta :

– Je vois à votre écharpe, que c'est vous qui avez, quand on a gonflé l'âne, *déviré le tuyau !*

– Arrêtez-moi cet insolent ! cria le tyran de village en se tournant vers son garde.

Le garde s'apprêta à obéir.

– Si tu touches au roi des Maures, dit Maurin, tu m'en diras des nouvelles !

Le garde s'était arrêté, comme changé en statue de sel.

La magie du nom fameux avait opéré sur lui, mais non sur le maire qui était un peu dévot et à qui on avait conté l'histoire de saint Martin; il cria :

– Ah ! c'est toi le fameux Maurin ? Arrêtez-moi ce mandrin-là ! il paiera, en une fois, pour beaucoup d'autres histoires !

– Faites excuse, monsieur le maire, dit Maurin. Pour empêcher le désordre, je dois obéir et m'en aller, c'est sûr, encore que la place soit à tout le monde ; mais pour ce qui est d'arrêter un Maurin, il faut plus d'un homme ! Et d'hommes, ici, je calcule qu'il n'y a que moi !

– Je ne compte donc pas au moins pour un ! cria le maire suffoqué. Et que suis-je donc ?

– Ah ! lui dit le garde respectueux, vous n'êtes pas un homme, puisque vous êtes le maire.

– Il ne peut donc compter que pour un âne, dit Maurin, car le maire d'un pays provençal où l'on ne comprend pas la plaisanterie n'est vraiment qu'un âne, et des gros ! De la plaisanterie, si vous riiez les premiers, gens de Gonfaron, on vous laisserait tranquilles, mais ânes vous naissez, ânes vous mourrez ! Qui naquit pointu ne meurt pas carré, et quand un peuple est bête il est bête par millions !... Ah ! pauvre France !

Le maire et le garde se consultaient. Maurin continuait :

– Rien qu'en entendant mon nom de brave homme, les petits enfants d'ici, comme ceux de partout ailleurs, devraient me respecter ! Mais vous ne connaissez rien, sauvages ! Il vous faut des Parisiens, pechère ! qui vous appelleront *mocos* sans vous mettre en colère parce que l'âne veut être bâté !... Allons, adieu, bonnes gens ! Pour sûr, vous n'avez jamais eu d'ailes. Et je dirai partout qu'à Gonfaron les ânes ne volent pas. Oh ! non !

Il s'éloigna sous les derniers cailloux des enfants intimidés, laissant derrière lui un peuple stupéfait, mais plein de désirs de vengeance.

Il gagna la plaine qu'il lui fallait traverser dans toute sa grande largeur pour regagner son royaume des Maures.

A peine fut-il hors du village, que le maire dit à tout le monde :

– Allez chercher chacun votre fusil et les femmes leur manche à balai, et nous lui ferons la conduite. Il faut qu'on le prenne et qu'on me le mette dans la prison.

Et se tournant vers le garde :

– Toi, bats le rappel sur la caisse pour assembler le monde et dis au curé de sonner le tocsin, comme pour le feu !

Ainsi fut fait, et quand tous, armés de bâtons et de fusils, et les enfants de leurs frondes, se furent ramassés au milieu de la place, au son d'un tambour sur lequel le garde exécutait des ran-tan-plan terribles, le maire dit aux enfants :

– A présent, montez au sommet du village (Gonfaron est bâti sur un mamelon), et de là-haut vous verrez quelle direction il a prise, ce maòufatan ! Et nous pourrons alors le joindre à coup sûr.

La petite armée enfantine monta au sommet du village.

– Il a pris le chemin des Mayons-du-Luc. Il traverse la plaine, il a bien trois quarts de lieue d'avance.

– Suivez-moi, dit le maire, en avant ! Et que personne ne recule.

Pendant ce temps, Maurin se disait :

– Quand le peuple se mêle d'être bête, pechère ! il ne connaît plus rien. Je les ai mis en révolution pour peu de chose… Té, vé, un âne !

Il s'arrêta, voyant à quelques pas devant lui un fils d'ânesse, pas plus gros qu'un gros chien et qui broutait l'herbe des bords du chemin, attaché par le cou, au tronc d'un vieil olivier. L'âne était tout bâté.

– Il me vient une idée drôle, dit Maurin, car je vois là-bas que les bougres se sont mis à ma poursuite. Deux cents contre un, les braves !

Son idée, il l'exécuta sans plus de réflexion. Avec la corde, qui était longue et solide, il fit au bastet comme qui dirait une anse, attachée par un bout au pommeau, par l'autre au troussequin. Au milieu de cette anse, il fixa l'extrémité de la corde doublée, et, faisant passer cette corde doublée par-dessus une maîtresse branche horizontale et basse, il hissa l'âne dans l'olivier, comme on hisse un seau dans un puits ; ensuite il amarra la corde au tronc de l'arbre et la bête resta suspendue, l'air plus bête qu'avant, à trois pieds au-dessus du sol.

La pauvre créature ne disait rien, et, ses quatre jambes pendantes comme des pattes de poulpe mort, l'âne penchait sa tête piteusement vers la terre et vers les chardons rares qu'il regrettait. Et puis, il se mit bien involontairement à tourner au bout de sa corde, comme la flèche d'un vire-vire de foire.

Et Maurin dit :

– Au moins une fois dans leur vie, ils en auront vu un en l'air, d'âne ! je leur devais bien ça.

Il coupa de son couteau les quatre ailes des deux perdreaux qui lui restaient et, proprement maintenues bien ouvertes par une baguette où il les avait liées d'un fil de fer, il les fixa en deux tours de main aux deux côtés de la croupière.

– Arrangé ainsi, fit Maurin en s'éloignant et se retournant plusieurs fois pour admirer son ouvrage, il a bien l'air d'une hirondelle !

Et il fila avec ses longues jambes…

Quand l'avant-garde de ses ennemis aperçut cet âne volant, la corde lui étant cachée par les branches de l'olivier, elle s'arrêta stupéfaite.

– Diable ! dit un Gonfaronnais qui était né aux Martigues, peut-être que cet homme n'a pas menti, et que des fois, il y en a qui volent, des ânes !

– Ah çà ! vaï! dirent les autres, il y a, là-dessous, quelque malice.

Et tous, à pas prudents, s'approchèrent.

– Je vois ses ailes ! cria l'un.

– Elles sont bien petites ! fit le maire qui arrivait tout essoufflé, car il était, lui, de la grosse espèce.

– Bien petites, dit le garde, et placées justement où il ne faut pas.

– Les anges peints dans les églises, fit une dévote, les portent comme ça !

– Cette bêtise ! riposta une commère. Les anges peints dans les églises n'ont qu'une tête et portent les ailes à leur cou !

– L'insolent, dit le maire, s'est encore fichu de nous ! Au pas de course, mes enfants ! *Agantâ-lou !* (attrapez-le !) Zou ! En avant !

Et les Gonfaronnais volèrent.

Mais voyant que Maurin allait plus vite qu'eux, le maire poussif s'arrêta, commandant : « Halte ! » d'une voix éteinte.

– Nous ne l'aurons pas en courant, dit-il, mais je sais qui il est, son nom, et tout. Il n'évitera pas le procès-verbal. En attendant, faisons-lui, de loin, la chamade : il verra bien que nous n'avons pas peur !

Et hurlant, criant, injuriant, gesticulant, montrant le poing tous ensemble, les gens de Gonfaron firent de loin à Maurin une conduite de charivari, une chamade de carnaval ; et à qui mieux mieux ceux qui avaient des fusils, à plus d'une demi-lieue de distance, tiraient sur lui avec du plomb pour les fifis, les futis-fùs et les becs-figues, tant et tant que les bravades de Saint-Tropez sont moins bruyantes et moins effroyables !

Alors, tel Boabdil, le roi Maurin, qui pour mieux dominer l'armée ennemie commençait à gravir les premières pentes des Maures, se retourna, s'arrêta debout sur une roche avancée ; et contemplant à ses pieds ce désordre vain mais injurieux, cette fumée inutile d'où sortaient des éclairs et des tonnerres mêlés aux cris d'une humanité souffrante, mais dont il avait honte, il murmura tristement, en secouant la tête :

– Et dire que voilà mon peuple !

CHAPITRE XL

DE LA MÉMORABLE CONVERSATION QU'EURENT ENSEMBLE MAURIN DES MAURES ET SON AMI CABOUFIGUE, EX-ROI DES NÈGRES, BERGER DE CROCODILES, CONSERVATEUR RADICAL ET CANDIDAT A LA DÉPUTATION

Le premier magistrat de Gonfaron fit envoyer à qui de droit son procès-verbal qui suivit le cours ordinaire.

« Insulte à un agent de la force publique et à un magistrat dans l'exercice de ses fonctions ! » En France, rien n'est plus grave ; dans ce pays de liberté, l'insulte à un honnête citoyen ne se paie pas ou coûte vingt sous à peine, tandis que le juste reproche à un policier indigne s'expie dans les fers des sombres cachots, ce qui a fait dire à un illustre républicain de Venise voyageant en France : « Vive le roi d'Italie ! »

Le procès-verbal gonfaronnais réveilla contre Maurin plusieurs griefs endormis. Les journaux du département, chacun selon sa couleur politique, avaient raconté l'histoire de saint Martin avec des commentaires aggravants. Les uns dans l'intention d'exagérer la faute de Maurin, les autres pour exalter sa gloire dénaturèrent si bien les faits que l'aventure fut connue en haut lieu ; et, à cette occasion, les coupures des journaux constituèrent au ministère de l'Intérieur, malgré les explications favorables du préfet du Var, un dossier ambigu concernant Maurin, dit le roi des Maures ou le don Juan des Maures, « personnage à surveiller ».

– Qu'on nous amène, une fois pour toutes, ce diable d'homme qui fait trop parler de lui ! déclara le parquet.

Toutes les brigades furent avisées et Alessandri trouva des prétextes pour faire sur les routes des Maures de plus fréquentes incursions.

Maurin fut prévenu par M. Rinal, qu'avait prévenu M. Cabissol. Rendez-vous fut pris chez M. Rinal entre ces trois personnages.

– Vous êtes incorrigible, Maurin, dit Cabissol, mais vous suivez votre nature et il serait un peu ridicule d'insister. Cependant, tâchez, nous vous en prions, de vous résister un peu à vous-même. Surtout, évitez plus que jamais la rencontre des gendarmes. Ne faites pas quelque sottise qui achèverait de vous mettre à dos les pouvoirs constitués. Cette alerte passera comme le reste. En attendant, les élections approchent et je suis chargé de vous prier : premièrement de préparer çà et là, au hasard de vos promenades, la candidature Vérignon ; deuxièmement de combattre celle du comte de Siblas qui peut nous gêner beaucoup ; troisièmement d'empêcher, s'il se peut, celle de votre ami Caboufigue.

– Caboufigue se présente ! dit Maurin suffoqué d'étonnement. Ah ! par exemple, celle-là elle empoisse !

– Il en a parlé ; il n'est pas sans influence. Il est énormément riche ; il a doté telle commune d'une fontaine Wallace, telle autre d'un buste de la République en fonte bronzée. Donc, il peut nous gêner beaucoup.

– Caboufigue se présente ! murmurait Maurin stupéfait. Ah ben ! ce n'est donc pas à Gonfaron seulement que les ânes veulent voler ! Vous pouvez compter que je parlerai à Caboufigue.

» Nous avons été pauvres ensemble quand j'avais huit ans et qu'il en avait seize. Nous fûmes alors mousses sur le même bateau de pêche. Il bedonnait déjà, le porc ! Nous nous roulions ensemble, à moitié nus, sur les plages de Cavalaire et du Lavandou. Depuis, il a fait fortune dans les mers lointaines, au diable ; on dit qu'il a été roi chez les nègres ; il s'est enrichi, je crois, dans les dents d'éléphants et dans les peaux humaines... Vous pouvez compter que je le verrai et que je lui dirai ce qu'il faut ! Caboufigue député ! Ah ! non, je ne verrai pas ça ! j'en ferais une maladie, misère de moi !

Il ajouta avec un accent d'ironie impayable :

– Qu'on le décore, passe ! mais député, représentant du peuple ! ah ! non, pas ça ! et j'en fais mon affaire !

Le lendemain matin, Maurin emprunta l'embarcation d'un de ses amis, pêcheur au Lavandou, pour se rendre à Porquerolles, l'une des îles d'Hyères. Il emportait son fusil et il avait Hercule avec lui.

Le vent était favorable. Il hissa la voile et se mit à la barre. L'embarcation, inclinée, la quille presque hors de l'eau, filait comme une mouette.

Jamais les chevaux des gendarmes ne pourraient suivre Maurin par ce chemin-là !

Maurin allait rendre visite à son vieux collègue Caboufigue.

Caboufigue était, comme Maurin, un enfant de Saint-Tropez. Mais Caboufigue, neveu d'un oncle propriétaire de chênes-lièges, ayant hérité, vers l'âge de vingt ans, d'une honnête aisance, s'était lancé dans les affaires. Il s'était fait armateur. Il n'avait qu'une instruction sommaire, mais il se trouva qu'il avait le génie du négoce et de la finance. Il avait entrepris plus d'un voyage d'où il était vraiment revenu cousu d'or et chargé d'or.

Ce personnage bizarre avait été roi quelque temps d'une peuplade de nègres chasseurs, tributaires du négus Ménélik. Plus tard, il avait été, durant trois années, un peu médecin du schah de Perse qui, disait-on, l'avait payé d'une cargaison de pierres précieuses.

Caboufigue était trente fois millionnaire et il était en passe de doubler sa fortune, grâce à une opération extraordinaire qu'il dirigeait en Amérique. Au fond, c'était une manière d'homme de génie. Le génie des affaires n'exige pas l'élévation des idées et des sentiments. C'est même souvent le contraire. Caboufigue, sous sa redingote établie par l'un des meilleurs faiseurs parisiens, avait l'air d'un roulier normand plutôt que d'un parvenu provençal. Il continuait à s'exprimer dans un français canaille semé de locutions triviales. Il parlait, si l'on veut, la langue de Maurin. Mais Maurin la parlait en homme de la nature et Caboufigue en homme des rues. Cependant Caboufigue avait trois secrétaires, tous trois licenciés en droit.

Caboufigue, qui avait quarante-deux ans, avait épousé dans sa jeunesse la fille d'une épicière de Sainte-Maxime, Amélie, qu'il appelait Mélia et qui savait à peine lire, mais qui prenait encore aujourd'hui, à quarante ans, des leçons de grammaire, d'orthographe, de piano, de mandoline et de danse.

Sa femme et lui avaient, comme beaucoup d'autres parvenus, le goût le plus vif pour la noblesse ; mais pourtant, on doit le dire, ils ne reniaient ni leurs origines ni leurs anciens amis. Cela les eût réduits à une quasi-solitude.

Caboufigue avait un fils à Paris, gommeux d'importance, qui venait de temps en temps chasser à Porquerolles avec quelques désœuvrés. Caboufigue possédait l'île de Porquerolles. Il avait fait construire là un magnifique château, d'où l'on apercevait toute la côte avec ses golfes et ses caps, d'un côté jusqu'à Camara, de l'autre jusqu'à Saint-Mandrier et à la rade de Toulon.

Or, Maurin, deux heures après son départ du Lavandou, tranquillement assis sur la terrasse du château de l'île d'or, disait à Caboufigue :

– Pas possible ! alors, tu l'as reconnue ?… à Paris ? C'est bien elle ?

– Voui, c'est bien elle, la mère de Césariot ! Je ne l'avais, d'ailleurs, jamais perdue de vue.

– Et qui a-t-elle épousé ?

– Je ne peux pas te le dire… fit Caboufigue d'un air important. Tu comprends, j'ai de grandes affaires, là-bas, à Paris, avec les plus gros messieurs… je ne veux pas compromettre mes intérêts. Il y a des choses que je ne dois pas dire. Et puis, à quoi ça te servirait-il, hé ?

– Bougre ! fit Maurin, comme ça elle a épousé un si gros monsieur !… quelque préfet peut-être ?

– Mieux que ça !

– Oï! un général ?

– Mieux que ça !

– Le fils du président de la République ?

– Mieux que ça !

– Noum dé pas Dioû, fit Maurin, si par malheur il y avait encore des rois, je dirais : le roi ?

Et il ajouta philosophiquement :

– Je crois que je leur porte bonheur à mes femmes. Après m'avoir eu, elles réussissent toutes… Du reste rien ne m'étonne. Tu as bien été roi quelque part, toi.

– Oh ! des nègres, dit modestement Caboufigue.

– Mon Dieu ! tu n'es pas très blanc toi-même, dit finement Maurin en clignant de l'œil vers Caboufigue, comme pour lui faire avouer la noirceur de son âme.

Ils devisaient de la sorte, Maurin « laissant venir » et attendant l'occasion propice pour attaquer la question électorale qu'il était venu régler. Après un moment de silence :

– Tant mieux pour elle, dit Maurin, si elle est devenue une princesse. Qui elle est ou qui elle n'est pas, je n'ai rien à en faire pour le présent, quoique, si je le savais, je n'irais pas trahir « la cause » en mal parlant de la dame d'un de nos seigneurs de la République. Du reste, elle ne m'a fait aucun mal, au contraire.

– En ne pas te révélant son nom, insista Caboufigue, je crois que j'ai raison. J'ai, s'il faut te le dire, de gros intérêts communs avec son mari rapport à mon affaire d'Amérique. Il y a là des millions à gagner. Avant dix ans, j'aurai doublé ma fortune.

– Les porcs sont faits pour faire du gras-double… dit sentencieusement Maurin. Il est naturel que tu veuilles doubler ta couenne !

Caboufigue enchanté se mit à rire lourdement d'un air d'intelligence.

– Et, lui dit Maurin, est-ce que c'est un secret, ton affaire d'Amérique ?

– Non, dit Caboufigue. Ce n'est pas un secret, vu que mon établissement est fondé. J'ai, à ce jour, un troupeau de cinq mille têtes qui est en plein rendement, dans la Floride.

– Des têtes de quoi ? interrogea Maurin.

– D'alligators, dit Caboufigue.

– C'est, je crois, une sorte de bœuf ? demanda Maurin.

– Non, dit Caboufigue, c'est une manière de crocodile.

– Berger de crocodiles, dit Maurin ans s'étonner, ça devait t'arriver, ça, gros goulu ! Et qu'est-ce qu'ils rendent, tes crocodiles ?

– Ils rendent des bottes pour les gentlemen et des bottines pour les ladies. Le prince de Galles m'en a déjà commandé douze paires.

– Et c'est pour arriver à être cordonnier que tu te donnes tant de peine, mon pauvre Caboufigue !

– Cordonnier ! se récria le démocrate Caboufigue indigné.

– Quand tu ferais des savates avec la peau des anges, dit Maurin méprisant, la qualité de la peau ne te changerait pas ton métier…

– C'est une affaire qui étonnera le monde, mon affaire d'alligators, dit Caboufigue. Une affaire d'or. Tout l'hiver, mes bêtes dorment. Donc, elles n'ont pas besoin de nourriture pendant ce temps-là. Et le reste du temps, comme elles n'aiment que la viande gâtée, je les nourris gratis en débarrassant les marchés publics et les fabriques de conserves de toutes leurs pourritures.

– Alors, dit Maurin, que leur restera-t-il, à celles-là ?

– Ce qui m'embête, dit Caboufigue, c'est que les grands alligators ont l'habitude de dévorer les petits.

– Ça ne devrait pas t'étonner, dit Maurin.

– Ça ne m'étonne pas du tout, mais ça me porte préjudice. Il faut que je protège les jeunes. Cela demande, pour la surveillance, un grand personnel, car chaque femelle me donne une soixantaine d'œufs que le mâle guette pour les dévorer ; dès qu'elle les a pondus, la femelle ne s'en occupe plus.

– Aussi, dit Maurin, soixante enfants à la fois ! autant qu'il y a de minutes dans une heure ! Té ! ajouta-t-il, je commence à croire que je suis, comme toi, un homme d'importance, puisque je pourrais gâter de si grosses affaires. Quant à Césariot, sa mère aurait mieux fait de me le confier tout petit, au lieu de me le cacher. Je ne suis pas un de tes alligators, moi !

– Comme ça, dit Caboufigue, tu t'es fait connaître de Césariot ? et tu me disais tout à l'heure que sa manière de se comporter t'inquiète ?

– C'est embêtant pour un chêne, dit Maurin, de voir sortir de sa graine une ortie bonne à pas grand-chose. Quand une fille est devenue mère, on devrait l'estimer pour ça, au lieu qu'on l'encourage à cacher le petit ; et les enfants qu'on abandonne, ça fait des hommes qui s'enragent. J'ai connu trop tard celui-ci. J'étais trop jeune quand je l'ai eu ; ça n'est pas ma faute… S'il tourne bien, il sera de mes héritiers, mais il n'en prend pas la route !

– Il est jeune, il peut changer, dit Caboufigue.

Puis, avec un ton de pitié bête parce qu'elle était dédaigneuse :

– Tu aurais dû être riche de naissance. Tu aurais été plus heureux en femmes, car ce n'est pas le nombre qui fait le bonheur.

– Sur cette question, dit Maurin, j'ai mes idées. L'amour et la fortune ne vont pas toujours par la même route. Un pauvre est souvent plus heureux qu'un roi.

– Quand j'étais roi chez les nègres, dit Caboufigue, en assurant sur sa tête son grand chapeau de feutre posé en couronne, un peu en arrière, j'ai pensé bien souvent qu'il y a une destinée pour chacun de nous, et qu'on ne peut pas la changer. La mienne est dans la richesse et les grandeurs. La tienne, mon brave Maurin, est de transpercer des perdrix, des lièvres et des cœurs de femme.

– Et des sangliers ! compléta Maurin. J'ai trente-quatre queues de porcs à la maison… une vraie fortune, comme tu vois ! Est-ce que tu ne pourrais pas monter une affaire avec mes queues de cochon ? Je te les donnerais de bon cœur !… Tiens, mon pauvre Caboufigue, apprends que je ne changerais pas avec toi ! J'ai beau te regarder, tu ne sembles pas heureux, Caboufigue. Et tu ne devais pas l'être, même quand tu étais roi…

– Je suis heureux, dit Caboufigue, qui mentait par orgueil ; je suis heureux.

– Je suis curieux de ton bonheur, dit Maurin, explique-le-moi.

– Depuis les princes et les ministres, en passant par les préfets et les notaires, pour arriver à mes enfants et à mes domestiques, tout le monde, dit fastueusement Caboufigue, me parle de mon argent, m'en emprunte ou m'en vole !

– Tu as le bonheur facile, dit Maurin. S'il ne faut que te demander ta bourse pour te rendre heureux, passe-la-moi, je te la rendrai.

– Tu me comprends mal ou tu fais semblant, Maurin. J'ai voulu dire que l'or me rend heureux parce qu'il met le monde à mes pieds.

– Le monde ? fit Maurin. Alors, je ne suis pas du monde, car je ne suis pas à tes pieds.

– C'est vrai, fit Caboufigue, tu ne m'as jamais jusqu'ici demandé d'argent. Voilà pourquoi je t'ai toujours aimé.

– Et, dit Maurin, en riant de l'enflure et de la franchise du financier, tu ne m'en as jamais offert !

– En veux-tu ?… un peu ? dit Caboufigue.

– Ça me coûterait trop cher.

– Et quoi ?

– Un rien de ma liberté.

– Sacré Maurin ! s'écria Caboufigue, sais-tu que tu es un phénomène ? Depuis que j'ai beaucoup d'argent, tu es le seul homme avec qui j'aie pu causer deux heures de file sans qu'il m'ait soutiré cinq francs ou cinq cent mille.

– Et, dit Maurin, je ne t'en soutirerai jamais. L'argent brouille les amis.

– Tu as raison, dit Caboufigue d'un ton de conviction inimitable.

Et il ajouta, en serrant la main de son vieux collègue :

– Pas d'argent entre nous !

Là-dessus, pour bien prouver qu'il était heureux, il fit visiter ses nouvelles plantations de végétaux rares et l'aménagement de son château et des dépendances à son hôte, qu'il croyait émerveillé.

– Mon fils et ma femme sont allés à Toulon avec mon yacht. Ils ont profité du beau temps ; tu les verras, si tu restes jusqu'à demain.

– Non, dit Maurin, si le vent s'y prête, je partirai tout à l'heure ; j'ai plus d'une affaire.

– Je connais la phrase, canaille ! fit gaiement le Crésus de l'île d'or. Ça signifie qu'une petite femme t'attend quelque part, qué ? Tu es donc toujours le même ? un don Juan, le don Juan des Maures, comme s'exprime le percepteur de Collobrières !

– Je mourrai le fusil au poing, déclara Maurin.

– Et la main sur le cœur, conclut Caboufigue. Té ! admire un peu mes cygnes sur mon bassin… J'ai de l'eau à volonté, maintenant, avec des citernes qui me coûtent les yeux de la tête.

– C'est cher, dit Maurin, j'aime mieux avoir mes yeux que posséder tes citernes.

– Et regarde-moi ce port que j'ai creusé à la dynamite.

– Je pensais bien, répliqua Maurin agacé, que tu ne l'as pas creusé avec les dents.

– Et ces faisans sauvages, vé ! là-bas, à qui je fais distribuer des œufs de fourmis trois fois par semaine, au temps des amours !

– Peuh ! dit Maurin, des faisans ! des faisans, ça n'est jamais que des volailles qui font des embarras !

– Quel animal ! dit Caboufigue en frappant sur le ventre de Maurin, rien ne l'étonne !

– Ce qui m'étonnerait, dit Maurin de plus en plus agacé, ce serait de voir un riche ne pas vanter bêtement sa fortune devant un pauvre ! Mais ça, je ne l'ai jamais vu. Sur cette question-là, le plus malin d'entre vous devient tout à coup aussi sot qu'un autre.

– T'aurais-je fâché ? dit Caboufigue avec un accent d'inquiétude sincère.

– Pas beaucoup, milord ! riposta Maurin. Quand on me fâche, on n'a pas à me le demander, parce qu'on le sait tout de suite. Seulement, je n'aime pas qu'on me frappe sur le ventre, à moins d'être mon égal en fortune. Et toi, Caboufigue, tu es trop riche pour avoir le droit de le faire, comment ne le comprends-tu pas ? Je ne pourrais, vois-tu, te rendre la pareille qu'en te frappant sur la tête, pourquoi ta tête… elle pense comme mon ventre ! Voilà ce que j'avais à te dire.

Caboufigue avait de brusques retours à des simplicités de cœur vraiment touchantes; il avoua tout à coup ses misères :

– Tu claques sec, Maurin ! dit-il. C'est pour ça aussi que je t'aime… Tous les autres me caressent, je te dis, et lèchent mes bottes… Ah ! si tu savais !… Quand je me dis si heureux, c'est un peu pour faire le fendant, mais j'en vois de dures, va ! Quand un journal me flatte, c'est pour avoir de l'argent. Quand il m'attaque, c'est pour avoir de l'argent. Les banquiers me menacent, les députés me menacent. Les rois même me menacent… Il y a des moments où j'enverrais la fortune au diable…

– Oui, dit Maurin, seulement ces moments-là passent vite; il en vient d'autres à la suite…

– Tiens, mon fils a voulu être baron. Il l'est. Il a acheté ce titre au pape. Une bagatelle : trente mille cinq cents francs, mais je n'ai jamais vu les reçus; et je crois que mon fils a pris le titre en empochant les trente mille cinq cents…

– Il a bougrement bien fait, dit Maurin, de ne pas payer ce qu'on peut avoir pour rien, sans faire de tort à personne.

– Puisque tu as assez vu mes richesses, viens voir mon agachon, un petit cabanon que je me suis fait construire pour moi tout seul, au bord de la mer.

Ils y allèrent. C'était une étroite cabane de maçonnerie, toute pareille à celles où, le dimanche, les pauvres gens de Provence vont manger la bouille-abaisse, quand ils ont le bonheur d'avoir quelques centaines de francs pour *faire bâtir*.

A l'intérieur, deux chaises de paille, une table de bois blanc, un pot ébréché, quelques bouteilles de vin et des instruments de pêche.

– Je viens, ici, des fois, dit Caboufigue grand comme l'antique, pour m'amuser à oublier que je suis riche.

– Ça doit être un gros travail, ce jeu-là ! répliqua Maurin; tu dois être en nage le soir !

– Le gros travail, c'est d'administrer tant d'argent, dit Caboufigue en soupirant.

– Gros travail pour peu de chose, dit Maurin, puisque ça ne te rend pas meilleur un bon œuf à la coque. Mais pourquoi, poursuivit-il, as-tu choisi une île pour y faire construire ton habitation principale ?

– Parce que, expliqua Caboufigue, j'y suis moins dérangé par les uns et les autres, par tous les affamés qui veulent manger dans ma main.

– Pauvre homme ! s'exclama Maurin. Si j'ai bien compris ton affaire, tu es comme qui dirait le prisonnier de ton or, tandis que moi, Maurin, j'ai les ailes de la misère !

Ces derniers mots, dits en français avec l'accent de Provence, eurent une saveur inexprimable et Caboufigue soupira de nouveau.

– Si le bonheur, reprit Maurin, c'était la fortune, il y aurait vraiment trop de malheureux ; et, de désespoir, le monde finirait.

La profondeur de cette parole échappa à Caboufigue.

Maurin reprit :

– Le bon valet d'un maître riche a moins de peine, au fond, que son maître... Et dire qu'il y a des gens qui auraient peur d'être domestiques ! Comme si tout le monde n'était pas le domestique de quelqu'un !

» Chacun de nous sert en ce monde. Tiens, moi qui suis un enfant de la nature, j'ai des clients pour mon gibier et je les sers à l'heure et à la minute !

– Moi, dit Caboufigue fièrement, je ne sers personne.

– Quand ça ne serait que tes « ligators », que tu nourris de pourriture ! dit Maurin, et tes actionnaires qui vivent de tes ligators !... et puis...

Ici, jugeant qu'il était temps d'attaquer la question pour laquelle il était venu, il s'arrêta et, clignant de l'œil :

– Et puis... quand tu seras député, car tu veux l'être... Au fait, pourquoi me parles-tu de tout excepté de ton ambition ? Je t'attendais.

– Ah ! tu sais ça ? fit l'autre étonné, avec une nuance d'embarras ; et comment le sais-tu ? Je n'en ai encore parlé qu'au préfet, à la préfecture.

– Il devait y avoir des murs, dit Maurin.

– Alors, insinua Caboufigue, tu m'aideras un peu, j'espère ?

– Enfin, nous y voilà... Eh bien ! je suis venu ici pour te dire que je te connais trop pour t'aider, dit Maurin, qui touchait enfin au point précis où il voulait en venir. Tu serais trop malheureux.

– Et en quoi ? dit Caboufigue. Je ferais un bon ministre tout comme un autre.

– Pas comme un autre ! dit Maurin. Et beaucoup moins bon que beaucoup d'autres.

– Pourquoi ça, Maurin ? J'ai l'habitude des affaires.

– Des tiennes, Caboufigue. Et c'est ce que je veux dire. Ce sont les tiennes que tu ferais. Je voudrais, bien volontiers, que nos députés sortent tous, comme toi, de la terre du pays. Mais encore faut-il qu'ils aient une autre figure. Regarde-toi, Caboufigue, avec tes vingt mentons, tu sues ton égoïsme ! Et si tu veux m'en croire, tu n'essaieras pas d'être député. Tu ne peux l'être qu'à coups d'argent. Tes électeurs te demanderont la lune, et il faudra bien la leur promettre. Bien des pauvres gens parleront, si tu le veux, en ta faveur, et pour toi se feront canailles, et pour cent sous te vendront leur voix, autant dire qu'ils essaieront de te vendre la pauvre France. Des candidatures comme la tienne, ça vous détruit un pays.

» Fais ta fortune, Caboufigue, mais ne te mêle pas de faire la nôtre ; que le grand saint Martin, quand il aura remplacé Dieu, nous en garde ! Nous y perdrions les plumes qui nous restent. Ton argent nous coûterait trop cher. C'est avec des bons diables comme toi, avec des bergers de crocodiles sans grande méchanceté au fond, mais gonflés d'eux-mêmes comme tes faisans, qu'on fait la bassesse d'un peuple. J'aime mieux être, quoiqu'un peu maigre, un vieux coq de montagne, qui vit d'un gland et qui a la pépie !

– Comme ça, dit Caboufigue, tu seras contre moi ?

– Et avec moi, tout mon pays des Maures, comme un seul homme, foi de Maurin !

– Alors, dit Caboufigue, je suis…

– F…ichu ! dit Maurin.

– Et si je me fâchais ? dit Caboufigue.

– Toi ? tout cochon que tu es, tu n'es pas bête. Et tu sais bien que j'ai raison… Té ! s'exclama-t-il, tout à coup, illuminé d'une idée subite… J'ai mieux pour toi que la candidature. Si tu ne te présentes pas, je te ferai décorer !… Ça, voui, c'est fait pour toi. Ça t'ira comme des manchettes.

– Tu ferais ça ? s'écria Caboufigue ébloui.

– Je sais bien que la croix, dit Maurin, ça ne s'achète pas toujours. Mais, à moins qu'il soit de ceux qui la donnent aux autres, je n'ai jamais vu un homme un peu vraiment riche qui ne soit pas décoré, excepté toi. Comment as-tu fait ? Ça me paraît plus difficile que tout le reste… Alors, rien que parce que tu ne l'as pas, moi, Maurin, je te la donne.

– Et comment feras-tu pour me la faire avoir ? interrogea l'anxieux et alléché Caboufigue.

– Tu me diras, un jour ou l'autre, lequel de nos grands hommes de la République elle a épousé, dit Maurin, et alors, de sûr, je te ferai décorer. Elle ne pourra pas me refuser ça.

– Allons, déclara Caboufigue, je vois bien que tu n'abuseras pas du secret… C'est un secret d'État !

Et il se pencha vers l'oreille de Maurin. Maurin écouta sans broncher la révélation surprenante qui lui était faite et dit seulement :

– C'est en effet le nom d'un des maîtres de la République. Et à présent, pourvu que tu t'engages à ne pas te présenter à la députation, je m'engage, moi, à faire pour toi ce que j'ai dit.

Ainsi le roi des Maures disposait des plus hautes récompenses nationales. Il se sentait fort de l'appui du préfet et de M. Cabissol. Il avait conscience de remplir en ce moment une mission diplomatique.

– Alors, dit Caboufigue convaincu, c'est dire, je m'y engage : je ne serai pas candidat… Tu pars ?

– Oui, dit Maurin, je vais à tes affaires ; à te revoir.

Tout en devisant, ils étaient revenus vers la petite baie où Maurin avait amarré sa barque. Il sauta dedans, suivi d'Hercule, s'éloigna en quelques coups d'aviron, et hissa sa voile latine.

Le vent, qui avait tourné juste à point pour le servir, le conduisit à Port-Cros où il comptait tuer, dans la chasse gardée de M. de Siblas, deux faisans qui lui avaient été « commandés » pour une noce au Lavandou.

CHAPITRE XLI

COMMENT UN GENTILHOMME DE L'ANCIEN RÉGIME CONTRACTA TRÈS NATURELLEMENT UN TRAITÉ D'ALLIANCE AVEC LE POPULAIRE ROI DES MAURES

Maurin ne s'attendait guère à ce qu'il devait trouver à Port-Cros. Il n'imaginait pas que, si vite, le procès-verbal de Gonfaron eût fait son effet. De plus, les gendarmes de Bormes, commune dont le Lavandou est une section, avaient appris que les gens de la noce avaient commandé à Maurin deux faisans, et, sachant que le braconnier se rendait toujours, quand il voulait un faisan, dans l'île de Port-Cros, ils avaient averti, à la grande joie de Sandri, les gendarmes d'Hyères, – les îles d'or faisant partie intégrante de la commune d'Hyères. Sandri allait donc agir, cette fois, sur son territoire. Il fut enchanté.

Maurin avait coutume d'accoster au sud de l'île, dans une petite baie, à Port-Mui. Il y alla tout droit. La baie était déserte. Il poussa jusqu'au bord, sauta à terre, tira à demi sa barque sur le sable, et, suivi d'Hercule, se mit en chasse aussitôt.

Cette crique est assez éloignée de l'habitation du comte de Siblas qui se trouve à l'ouest de Port-Cros.

Devant Maurin s'ouvrait une ravissante petite vallée. Sur le mamelon de gauche, des genêts épineux.

Au fond de la mignonne vallée, quelques vignes.

Des figuiers sur la pente de droite, et, partout, des pins d'Alep ou pins blancs.

Les îles d'or sont des fragments des Maures, séparées par un large bras de mer du massif auquel elles appartiennent.

Il regarda attentivement son terrain de chasse, et, de son œil de braconnier, autant dire d'aigle, il aperçut deux choses.

Premièrement, à trente pas, à sa droite, sous la dernière vigne de la rangée, un faisan surpris par le bruit de son arrivée, à demi rasé, le cou tendu, se dérobait vivement, à longues enjambées. Deuxièmement, à sa gauche, au-dessus des genêts, dans un massif où ils se croyaient bien cachés, veillaient deux gendarmes. Le fin sommet de leurs chapeaux faisait tache brune sur la verdure des pins qui s'étageaient derrière eux. Maurin allait entrer dans une souricière ! Il se mit à rire tout bas.

Qu'il n'eût pas vu les gendarmes, et il était arrêté. Il devinait très bien leur plan qui était de le laisser s'engager dans l'île et de lui couper ensuite toute retraite vers son embarcation. Son parti fut pris sur-le-champ. Il donna, d'un geste large et silencieux, l'ordre à Hercule de décrire une courbe qui, selon toute probabilité, devait mettre le faisan entre son chien et lui, et il attendit, sans perdre de vue, du coin de l'œil, la double petite tache sombre que faisait, au milieu des genêts clairs, le chapeau des gendarmes à l'affût.

Chasseur chassé, Maurin observait à la fois ses chasseurs et son chien. Il perdait de vue à tout moment, puis retrouvait, entre deux troncs de pins, la queue expressive d'Hercule. Tout à coup le chien pointa. Il y eut comme deux faux arrêts, puis un arrêt ferme. C'était le moment. Comme Maurin l'avait espéré, le faisan n'était pas très loin de l'endroit où il l'avait aperçu. L'oiseau à peine entré sous le couvert n'avait plus bougé. Il allait s'enlever à bonne portée. « Bourre ! » Maurin tira. Le faisan, qui montait en chandelle, retomba aussitôt sur le nez d'Hercule qui, le gibier aux dents, bondit vers son maître. Les gendarmes accouraient. Ils dévalaient bon train, faisant rouler sous leurs pieds ferrés les pierres sonores…

Maurin repartait dans sa barque, et son chien déjà y était entré. Les gendarmes firent une petite halte :

– Arrêtez, Maurin !

– Pas tant bête ! leur cria-t-il.

– Au nom de la loi, arrêtez ! dit l'un.

– Avez-vous la permission de chasser dans l'île ? dit l'autre.

– La permission je l'ai sous ma semelle, quand j'y suis, dans l'île ! et au bout de mes avirons, quand je la quitte.

Les deux gendarmes reprirent leur course. Maurin, de l'aviron manœuvré comme une gaffe, repoussait le fond de sable et de cailloux. La barque se dégageait, flottait, s'éloignait un peu.

A ce moment, devant les gendarmes stupéfaits deux faisans s'enlevaient à grand bruit, montant verticalement d'abord, puis, prenant un parti, s'envolaient pour décrire au-dessus de la mer une grande courbe qui devait les ramener sur un autre point de l'île. Et il arriva qu'ils passèrent à bonne portée du fusil de Maurin… Coup double… Ils tombèrent tous deux… La barque filait… Le braconnier s'inclina pardessus bord, et les ayant cueillis sur l'eau, il les jeta au fond du bateau où gisait le premier sous la garde d'Hercule. Alors, il cria aux gendarmes, debout là-bas sur la colline, véritables statues de l'autorité impuissante :

– Pour ceux-là, vous n'avez rien à dire ; la mer n'a pas de propriétaire : *zibier d'eau !*

Sandri et son compagnon ne disaient rien en effet. Le désespoir entrait dans l'âme du beau gendarme. Mais Sandri et son compagnon avaient une chance de revanche. Le comte de Siblas, averti par eux, et très curieux de connaître le fameux braconnier des Maures, avait annoncé qu'avec son yacht il surveillerait les points abordables de l'île.

La barque s'éloignait doucement ; Maurin faisait mouvoir avec lenteur ses avirons dans l'eau calme. Il s'arrêta, mit ses mains en portevoix et cria encore :

– Sandri ! c'est toit qui les as levés, ceux-là. Comme gendarme, je me f…iche un peu de toi, mais comme rabatteur je t'estime.

Une envie vague de braquer son revolver sur Maurin prit au cœur le Corse vindicatif. Mais son compagnon lui toucha le bras :

– Notre homme est pincé, Sandri. Voici le bateau du comte qui lui coupe la retraite.

Et effet, le yacht à vapeur, svelte, coquet, blanc et or, avec ses deux petits joujoux de canons qui reluisaient au soleil, se mettait en travers de l'embarcation du chasseur. Maurin, l'œil sur les gendarmes dont la vue le réjouissait au-delà de toute idée, n'avait pas aperçu le yacht auquel il tournait le dos. Le bruit léger des vaguelettes sur la grève couvrait le bruit de la marche du petit navire, l'*Ondine*.

– Oh ! du canot !

Maurin sursauta. On entendit le rire des deux gendarmes qui domina le clapotis de la mer.

– Ils m'ont pris ! se dit Maurin tout haut, en examinant le yacht.

Le comte en personne, souriant, était accoudé au couronnement de son joli navire. Maurin, debout, tenait ses avirons immobiles.

– Eh bé, que me voulez-vous ? cria-t-il.

Il se rapprocha du yacht. Les gendarmes n'entendirent plus les paroles qui s'échangeaient.

– Est-ce vous qu'on nomme Maurin des Maures ? interrogea le comte de Siblas.

– C'est moi. Et c'est vous le comte, apparemment ?

– Lui-même. Vous n'avez que deux faisans ?

– Pourquoi deux seulement ? Par un bonheur j'en ai trois.

– Voulez-vous me les vendre ? J'ai du monde à dîner et mon garde est une mazette.

– Je vous les offre en ce cas, bien volontiers, monsieur le comte ; d'autant plus que, il n'y a pas dix minutes, ils étaient encore à vous !

– Voulez-vous avoir l'obligeance de me les apporter, Maurin ?

Maurin prit son parti en homme d'esprit qu'il était.

– Si vous êtes bien sûr qu'on me laissera ensuite me retirer librement ?...

– C'est vous qui devez en être sûr.

– Alors, ça va ! fit Maurin joyeusement.

Il accosta l'échelle qu'on développait pour lui, il y amarra son embarcation et, leste, monta à bord de l'*Ondine*.

– Je désirais vous voir, dit le comte.

– Payez-vous-en ! fit Maurin en repoussant d'un revers de main son chapeau sur sa nuque... J'en vaux la peine. Tel que vous me voyez, il n'en existe pas deux comme moi, dans le pays du moins.

– On parle de vous, même à Paris !

– On est bien bon, monsieur le comte. En dit-on du bien, au *moinsse* ?

– Du bien et du mal, comme de tout homme.

– Allons, ça me fait plaisir... Comme ça, vous me reprenez les petites bêtes ?

Il élevait les faisans à bout de bras d'un air de regret.

– Non, Maurin, je vous les offre, car je sais qu'ils vous sont commandés. Je voulais voir si vous étiez l'homme qu'on m'a dit, et capable de croire à une parole qu'on vous donne.

– Eh bien ! vous avez vu ! Mais, puisque vous êtes si aimable, vous en accepterez au moins un... je l'ai en *trope* !

– Merci. Je l'accepte. Je suis content que vous ayez confiance en moi. Celui qui se fie à la parole des autres sait, à coup sûr, tenir la sienne.

– Oh ! dit Maurin, rien qu'à votre figure, j'ai compris que je pouvais…

– Et si je vous demandais de ne plus tuer de mes faisans ?

– Je n'aimerais pas beaucoup vous promettre ça… dit Maurin. Bah !… vouez-vous, monsieur le comte, je viens si rarement que ce n'est pas la peine d'en parler. Je n'abuse pas !

– Je l'espère bien. Voyons, Maurin, combien en voulez-vous par an, de mes beaux faisans ?

– Ne fissons (fixons) rien, que vous y perdriez. Les commandes sont rares ; et puis, tenez, à l'avenir, je viendrai moins souvent…

– Pourquoi cela, maître Maurin ?

– Parce que vous êtes aimable… J'épargne les amis. Et même, à ce point de vue, j'aimerais mieux ne pas vous connaître.

– Vous êtes républicain, monsieur Maurin ?

– A votre service, monsieur le comte, au banquet de la misère (sic).

– Sacrebleu, ça serait fâcheux pour nous, s'il y en avait beaucoup de votre espèce.

– J'ose le croire, monsieur ! confirma Maurin, avec le geste d'arranger son chapeau en auréole.

– Voulez-vous accepter la place de mon garde, maître Maurin ? J'augmenterai les appointements.

– Cette fois, par exemple, vous faites fausse route. Ça m'étonne de votre part ; regardez-moi bien.

– Allons, prends les faisans et cette bourse.

– Je prends les faisans, que je les ai mérités en tirant droit. Et puis, ces deux-là, je les ai tués au-dessus de l'eau de la mer, qui est à moi autant qu'à vous.

– Pourquoi laisses-tu la bourse ?

– Par la raison que vous voudriez bien que je la prenne !

– Explique-moi ça ?

– Si je la prends vous marquerez, sans devenir plus pauvre, votre supériorité sur moi, puisque je ne serai pas fier.

– Tu es un fameux homme, et je te jure que tu me plais !

Et familièrement, affectueux même, le jeune comte, qui était homme de haute stature, prit Maurin par l'oreille et la lui pinça comme à un enfant ; c'était pure gentillesse, mais Maurin cessa de sourire.

– A quoi penses-tu ?

– A deux choses à la fois.

– Quelle est la première ?

– D'abord que vous ne me prendriez pas comme ça par l'oreille si, au lieu de m'avoir fait venir sur votre bateau, vous m'aviez rencontré dans votre bois.

– Et tu en conclus ?

– Que sur votre bateau vous vous sentez mieux chez vous.

– Et à quelle autre chose as-tu pensé, quand je t'ai pris par l'oreille ?

– A mon ami Caboufigue, qui, pas plus tard que ce matin, m'a un peu tapé sur le ventre.

– Eh bien ? interrogea le jeune comte charmé.

– Eh bien, dit Maurin froidement, sur le ventre c'était, monsieur le comte, l'impertinence d'un bourgeois... Je le lui ai dit, ou du moins j'ai tâché de le lui faire entendre.

– Maître Maurin, dit le comte, touchez là. Vous êtes un homme ; et tout ce que j'ai fait n'était que pour vous éprouver. Pardonnez-moi. Et quand vous voudrez un faisan qui vous aura été commandé, venez le tuer dans mon île. Je vous donne ma parole que vous avez un ami.

– Monsieur le comte, dit Maurin avec noblesse, j'accète (j'accepte) et je vous donne ma parole que vous ne vous repentirez pas de votre bonté... Au lieu de manger du faisan les gens de noce à l'avenir mangeront du lièvre... Je suis fier d'être votre ami, pourquoi vous êtes un brave homme... C'est drôle, vous m'avez remué le sang.

Il secoua la main que lui tendait le gentilhomme, en ajoutant :

– Les opinions ne doivent pas empêcher les sentiments.

Il prit le plus beau des trois faisans, le déposa sur le pont et dit : « En vous remerciant ! »

Et comme il avait déjà le pied sur l'échelle, il revint sur ses pas, secouant la tête :

– Puisque nous sommes une paire d'amis, monsieur le comte, j'aurais tout de suite quelque chose à vous dire... Il faut saisir les occasions.

– Dites, Maurin.

– Vous permettez ? véritablement ?

– De tout mon cœur.

– Eh bien, pourquoi est-ce que vous vous présentez aux élections qui viennent ?… C'est une bêtise !

– Je veux faire plaisir à mes amis.

– Ça vous regarde. Mais, à votre place, j'aimerais mieux me faire aimer dans le pays que m'y faire dire… ce qu'on vous dira. Moi le premier, vous savez, je serai contre vous, et ça me fera de la peine.

– Je suis sûr d'un bel appoint. J'aurai tout Hyères pour moi.

– Possible, mais, vous savez, vous y resterez quand même. A quoi est-ce que ça vous avancera, dites un peu ? Et si je touche cette question, c'est bien par amitié, à cause de vos gentillesses, vu que votre candidature nous sera plutôt utile.

– Oh ! oh ! comment cela ?

En profond politique Maurin s'expliqua. Des deux candidats républicains qui, selon lui, avaient le plus de chances, un était douteux, tellement douteux que si le comte retirait sa candidature, les voix « réactionnaires » iraient au moins bon des deux, compromettant ainsi l'élection du meilleur.

Le comte de Siblas ne souriait plus.

– Monsieur Maurin, dit-il, vous êtes sûr de votre homme ? de celui que vous appelez le bon ?

– Sûr, répliqua Maurin qui, parlant d'après l'intègre M. Rinal, aurait donné sa tête à couper pour répondre de M. Vérignon.

– Comment s'appelle-t-il ?

– Vous devez le connaître : il a fait des histoires dans les livres ; c'est Vérignon.

Il disait : « C'est Vérignon » d'un ton qui signifiait : *le grand Vérignon*, que tout le monde connaît en France, Vérignon enfin, l'ami Vérignon !

– Ah ! dit le comte, c'est en effet un esprit vigoureux et fin, et c'est un caractère d'honnête homme. C'est un vrai savant et un désintéressé, l'espèce d'hommes la plus rare qui soit. Si vous êtes pour Vérignon, je maintiendrai ma candidature à seule fin de retirer à son rival les voix qui vous font peur. Ce qu'il nous faut, à la Chambre, puisque nos opinions ne peuvent pas y triompher, ce sont des adversaires intelligents et honnêtes, des caractères. Votre Vérignon est de ceux-là. Vous pouvez compter que ce que je vous dis, je le ferai.

Maurin, cette fois, regardait M. de Siblas avec une admiration sourde, béate. Il demeura longtemps pensif, immobile, éprouvant une émotion telle que seul M. Rinal lui avait donné la pareille.

– Eh bien, Maurin, qu'y a-t-il ? dit doucement le comte, qui comprenait fort bien à quelle nature il avait affaire.

– Noum dé pas Dioû, Moussa lou Comté ! fit Maurin, sioù aqui qué mi songi qué sé i' avié qué dé noblé coumo vous et dé couyoun coumo ioù, ti foutrian une Franço, voleur dé sort, numéro ùn ! – ce qui veut dire : « Par Héraklès, monsieur le comte, s'il n'y avait que des nobles de votre sorte et des pauvres diables tels que moi, en vérité nous réaliserions bientôt la plus exquise des républiques athéniennes ! »

Et le bras droit tendu, le poing fermé, le pouce vertical un peu rejeté en arrière, il exprimait du geste, à la façon provençale, les énergies fécondes de la France plébéienne.

Et jamais parole n'exprima si bien que son geste viril la déférence du peuple pour toutes les aristocraties qui ont la vraie élévation, celle du cœur. Ce geste disait, du même coup, son mépris pour la plate suffisance de l'égoïste bourgeois satisfait de soi-même. Entre Caboufigue, le parvenu, et M. de Siblas, qui représentait les traditions et la politique de la vieille France, Maurin n'eût pas hésité, mais il préférait Vérignon. Et le pape ayant affirmé le droit nouveau des démocraties, que Dieu tolère, M. de Siblas servait, sans rougir, quoique à regret, la république de Maurin des Maures, l'aristocrate d'en bas.

Jamais les gendarmes ne comprirent ce qui s'était passé à bord du yacht, et pourquoi, pouvant leur livrer le braconnier, « M. le comte » lui avait permis de hisser sa voile au vent, lequel s'était mis à souffler du large.

CHAPITRE XLII

OÙ L'ON VERRA L'IMPORTANCE QUE LE GOUVERNEMENT DE LA RÉPUBLIQUE FRANÇAISE ACCORDE AU ROI DES MAURES LEQUEL N'EN DEVIENT PAS PLUS FIER

Les visites à Bormes devenant dangereuses, Maurin fit prier M. Cabissol de le rejoindre à Collobrières, où il lui rendrait compte de sa mission.

Ils s'y rencontrèrent à l'hôtellerie de M. Blanc.

– Eh bien, qu'avez-vous de nouveau, Maurin ?

– Voici : nous craignons, n'est-ce pas, la candidature Poisse ?

– Oui, dit Cabissol ; c'est un faux républicain qui fait le jeu des adversaires dont il aura les voix, outre une partie des nôtres, diminuant ainsi les chances de Vérignon.

– C'est ce que j'avais compris, dit Maurin. Eh bien, M. de Siblas maintient sa candidature pour retirer à Poisse cet avantage qui, au premier tour, pourrait le placer premier.

– Il la maintient ! il la maintient ! s'écria Cabissol, qu'en savez-vous ? Et s'il la maintient, ça ne sera pas pour nous aider, croyez-le.

Le grand seigneur populaire qui s'appelait Maurin fut inimitable dans le ton de sa simple réponse :

– Je vous demande pardon : il fera comme j'ai dit ; j'ai sa parole !

Il raconta son entrevue avec le comte.

– Maurin, dit Cabissol, vous faites des miracles. Je vous jure que si j'étais allé offrir cet arrangement à M. de Siblas, j'aurais été repoussé avec ironie.

– Qui est cet *Ironi* ? dit Maurin.

M. Cabissol se mit à rire.

– Comme quoi, dit-il, l'intelligence et la connaissance du vocabulaire sont deux !

– Parlez-moi français, dit simplement Maurin.

– Eh bien, votre entrevue avec M. de Siblas est une manière d'événements. Le pape aidant, vous en avez fait un rallié sincère.

– Que vient faire là-dedans le pape ?... grommela Maurin. Vous savez que je n'aime pas trop les curés ni les ermites.

– Et que vous ont fait les curés et les ermites ?

– Ce sont des gens, dit Maurin, qui promettent une culotte à un pauvre et qui le font trembler pendant une heure avant de la lui donner ! Ils vous font payer deux sous le commencement d'une histoire et exigent deux autres sous pour vous en conter la fin !

» On ne peut naître ni mourir sans leur payer à boire.

– Ils ne sont pas tous pareils.

– Il y a des braves gens partout, c'est entendu !

– Eh, dit M. Cabissol, avez-vous vu M. Caboufigue ?

La physionomie de Maurin s'éclaira d'un air de gaieté équivoque.

– Il est assez visible ! fit-il. Gros comme il est, voui, que je l'ai vu ! Il a les joues roses comme le dedans de ces porcs frais qu'on voit tout ouverts chez les bouchers dans les villes, la veille de Noël, et qui sont tout enguirlandés de lauriers-sauce !

– Se présentera-t-il ? Il est dangereux ; beaucoup se tromperont sur son compte. Il a garde de nombreux amis parmi les pauvres gens, sans faire grand-chose pour eux. Il donne des fontaines Wallace aux communes. Il a l'égoïsme habile. Il nous roulera.

– Non, fit Maurin. Je te lui ai mis dans les pattes une jolie petite ficelle rouge et il est tombé sur le nez !

– Vous parlez, Maurin, comme un rébus, dit Cabissol.

– *Rébus ?* Encore un citoyen que je connais pas, répliqua Maurin. Il n'est pas d'ici ?

– Quelle ficelle avez-vous mise dans les pattes de notre sanglier couronné ?

Inimitable en sa drôlerie, convaincu et gouailleur, Maurin prononça :

– Je te vous l'ai décoré !

M. Cabissol se demanda si Maurin perdait la tête. La folie des grandeurs l'avait-elle mordu ? Prenait-il au sérieux son titre de roi des Maures ?

– Il n'y a rien à dire là-contre, poursuivit Maurin ; ce blanc a été roi des nègres. Et, décorés, tous les rois le sont.

– Le diable m'emporte si je vous comprends. Quelle farce lui avez-vous jouée ?

– Aucune, dit Maurin ; mais j'ai pensé qu'être député ça ne serait pour lui qu'une manière de se faire honneur… et que *preutrêtre*, alors, il aimerait mieux la croix – qui lui donnerait moins de travail. Et, acheva-t-il simplement, je la lui ai promise.

– Parbleu ! dit Cabissol en riant à gorge déployée, si cela ne dépendait que de moi, il l'aurait, ne fût-ce que pour que, en qualité de roi des Maures, vous ayez décoré quelqu'un, Maurin ! Nous en parlerons au préfet, mais je crains bien que votre recommandation ne suffise pas.

– Vous croyez ? dit Maurin. Quand est-ce que ça se donne, les croix ? Il y a une saison, on m'a conté, où ça pousse comme la sorbe au sorbier.

– Mais, confirma Cabissol, nous voici en janvier. Les journaux annoncent les promotions pour cette fin de mois. C'est juste le temps de cette récolte.

– Voulez-vous, demanda Maurin, me faire un mot de *billette* pour une dame ?

– A vos ordres. Et pour qui, maître Maurin ? Et que faut-il dire ? Dictez.

M. Cabissol appela l'aubergiste Blanc, qui, sur sa demande, apporta plume et encre, et Maurin dicta le sens d'une billette dont M. Cabissol rédigea les phrases à son idée. La lettre suivante fut le résultat de cette collaboration :

« A madame ***… en son hôtel,
« Champs-Élysées, n°… à Paris.

« Madame,

« Dans la très haute situation que vous occupez aujourd'hui, peut-être voudrez-vous bien vous rappeler avec indulgence un petit pêcheur de Provence pour qui vous avez eu des bontés lorsque, il y a déjà bien longtemps, il vous servait de modèle sur les plages de Saint-Tropez, et qui vous demande aujourd'hui, très humblement, une grâce : non pas pour lui, mais pour un de ses compatriotes que M. le préfet, je le sais, recommandera de son côté au gouvernement… Je n'ose pas espérer que vous vous souviendrez de moi, mais je ne veux pas croire que vous ayez oublié le mousse de Saint-Tropez dont vous avez fait le portrait lorsqu'il avait seize ans et que vous habitiez la *villa des Mussugues*.

« Lui, il n'a pas oublié… Il est aujourd'hui un très humble mais très dévoué serviteur de la République.

« La faveur qu'il vous demande servira notre cause, comme d'autres l'expliqueront à M. votre mari, mais j'ai pensé que peut-être la voix du petit pêcheur de Saint-Tropez aurait, par votre intermédiaire, quelque influence sur cette affaire, et j'ai spontanément demandé à un ami avocat de tenir la plume à ma place. La note ci-jointe expliquera à vous, madame, et à qui de droit, l'affaire dont il s'agit.

« Veuillez agréer l'hommage le plus respectueux de votre humble serviteur.

« MAURIN dit Maurin des Maures.

« Mon adresse : *chez M. Rinal, médecin principal de la Marine en retraite, Bormes (Var).* »

Quand M. Cabissol à qui, bien entendu, Maurin des Maures ne donna sur ses relations avec la dame que les renseignements les moins confidentiels, lui eut relu à haute voix cette lettre à deux reprises :

– Noum dé pas Dioû ! dit Maurin, je parle comme un livre ! Là, voui, que je parle bien ! Si elle ne répond pas comme nous le désirons, c'est qu'elle n'a rien dans la poitrine ! Mais elle répondra. Si vous saviez, elle était si gentillette ! Elle dessinait comme un ange ! Elle me mettait dans tous ses tableaux. Une fois, elle m'a habillé en saint Jean dans le désert avec une peau de chèvre sur mon dos tout nu.

– Tranchons le mot, dit M. Cabissol en riant : vous l'aimiez !

– Oh ! dit Maurin évasivement, moi, vous savez, depuis mon enfance, je les ai toujours aimées toutes ! Je la regardais comme une sainte Vierge dans un oratoire. Je la menais en barque. C'était un beau temps… Mais passez-moi la plume. Je vais lui mettre un peu de signature.

Il prit la plume gauchement :

– C'est moins lourd qu'un calibre douze ! dit-il, et il signa maladroitement : « Maurin des Maures. »

Huit jours plus tard les promotions de janvier paraissaient à l'*Officiel*, par ordre alphabétique.

Chevaliers de la Légion d'honneur : ... *Alexandre-Marius-Attila-César Caboufigue*, armateur et explorateur, services exceptionnels.

– Sacrebleu ! dit en riant le préfet à Cabissol, si j'avais su que ça n'était pas une plaisanterie, j'aurais préféré sérieusement employer pour moi-même le crédit de Maurin ; je serais officier !

Quant à Maurin, il se dit simplement :

– Je l'aurais parié, mais ça ne me flatte guère, pourquoi je devine qu'elle a eu peur que je parle trop, la petite coquinette ! Et ça m'offense !

Et quand M. Cabissol lui fit remarquer les mots « services exceptionnels » :

– Je le crois bien, dit-il, tout le monde n'élève pas des crocodiles !

Il s'en alla, l'*Officiel* à la main, annoncer la nouvelle énorme à Caboufigue. Cabissol, toujours curieux, avait demandé à être de la partie, Ils frétèrent une embarcation au Lavandou, et en route pour Porquerolles !

– Tu m'as promis, dit Maurin à Caboufigue, de renoncer à toute candidature si tu étais décoré ?

– C'est entendu, confirma Caboufigue.

– Monsieur est venu pour témoin, dit Maurin, et tu vas nous écrire une lettre qui t'engage un peu comme il faut, à ne pas être candidat à la députation.

Cabissol sortit de sa poche la lettre qui était toute préparée.

– Mais qui me garantira ?

– Notre parole. Signe !

Caboufigue effaré, décontenancé, signa.

– Alors, voici, dit Maurin, la chose que je t'ai promise.

Et tirant de sa poche un ruban rouge dont il s'était muni, il l'attacha gravement à la boutonnière de Caboufigue.

– Je comprends la plaisanterie, dit Caboufigue, mais si jamais la chose devient véritable, il ne sera pas nécessaire d'en apporter une. J'en ai acheté deux douzaines. On ne sait jamais ce qui peut arriver.

– Quand je te dis que tu l'es ! Regarde !

Il lui tendit l'*Officiel*.

Caboufigue prit le journal d'une main tremblante et ne parvint que péniblement à le lire. Étonné, congestionné, il sonna ses gens et se fit faire du tilleul.

En Provence, toutes les émotions les plus diverses n'ont qu'un même cri : « Vite ! du tilleul ! » Si le feu prend à la maison, avant même de demander l'eau pour l'éteindre, les commères s'écrient : « Vite, vite, du tilleul ! qu'il y a le feu ! »

Caboufigue, après avoir demandé du tilleul, songea à appeler sa femme : « Mélia ! Mélia ! » Il perdait la tête.

– On a beau ne pas la mériter, prononça Maurin, ça fait toujours plaisir !

Enfin, oubliant grâce à quelle humble influence il obtenait cette distinction inouïe, convaincu de ses mérites, ému par la grandeur cachée du symbole, Caboufigue parla en ces termes, d'une voix tremblante, quand toute sa maison fut rassemblée devant lui :

– Certainement… la République s'honore… en couvrant de cette distinction purement honorifique… un homme qui n'a jamais rien demandé à personne… que l'honneur… que l'honneur… de contribuer pour sa part à la prospérité de son pays, par le commerce des blés et l'exploitation des alligators, comme aussi par le don gratuit et généreux que j'ai fait à diverses communes de statues et de fontaines, dans une région où l'art et l'eau potable sont, comme on le sait, assez rares…

Maurin l'interrompit :

– Ne te fatigue pas !… Vive la République !

Et à l'oreille de Cabissol :

– Ça le réhabilite !

Caboufigue demanda à revoir sa lettre de désistement à la candidature de député… Il la relut avec douleur…

Mais les engagements ne sont pas éternels… Il n'avait pas promis pour la législature suivante… Et, tout gonflé de mille émotions diverses, il se prit tout à coup à pleurer de vraies larmes.

– Si ça te fait tant de peine que ça, affirma Maurin, tu sais, ça peut se rendre. D'abord, tu n'as qu'à avouer toutes tes vérités et tu te redéshonores. Si tu veux qu'on te la reprenne, tu n'as qu'à dire comment tu l'as obtenue.

Mais Caboufigue n'entendait plus rien. Il se croyait roi de France et il l'était bien un peu.

Maurin revint avec Cabissol sur le continent, où pullulent les gendarmes.

CHAPITRE XLIII

OÙ L'ON VERRA COMMENT, SANS L'AIDE DE MAURIN LUI-MÊME JAMAIS GENDARME N'EÛT ARRÊTÉ MAURIN, ET COMMENT PARLO-SOULET RÉPONDIT A CETTE MONSTRUEUSE ARRESTATION PAR L'INCONGRUITÉ LA PLUS MONSTRUEUSE ET LA PLUS SONORE QUI FÛT DANS SES MOYENS

Tonia semblait tenir parole et ne plus vouloir rencontrer Maurin.

Il avait beau rôder aux environs des forêts domaniales du Don, il ne l'apercevait jamais.

Cette disparition, habileté ou dédain, n'était pas pour apaiser le violent chasseur. Ce qu'il avait eu de la Corsoise excitait en lui, avec l'espérance, une force de désir toute nouvelle.

Le don Juan des Maures n'avait pas l'habitude de tant attendre. Le pirate sarrasin qu'il était, le sylvain primitif, retrouvait facilement d'ordinaire les chrétiennes ou les nymphes qui vaguent par les forêts.

Maurin pensait donc à Tonia plus que de raison, si bien qu'un jour il s'aventura très proche de la maison forestière.

A travers la fenêtre de la salle d'en bas, où elle était avec son père, elle le vit et, sortant sous un prétexte, courut à lui :

– Je ne veux pourtant pas qu'il t'arrive malheur : va-t'en ! dit-elle, je ne me suis montrée que pour te dire de t'en aller. Mon père peut nous voir causant ensemble. Songe qu'il me tuerait s'il pouvait deviner ! Si tu ne me rencontres plus, c'est que je tiens parole. Quand tu m'auras promis fidélité d'abord et ensuite mariage, alors, de nouveau, je serai tienne. Je ne suis pas une de tes filles perdues. Va-t'en.

Tout en parlant, elle l'éloignait de la maison, pour le mettre hors de la vue de son père.

Il l'écoutait, le cœur navré à la fois et content.

– Tonia, dit-il, tu es méchante pour moi. Tu m'as bien voulu un jour. Pourquoi maintenant dire non ? Toutes les paroles du monde ne peuvent rien changer à ce qui a été.

– J'ai réfléchi, et cela change beaucoup. Si tu me veux encore, gagne-moi, mérite-moi ! La manière, tu la connais. Pense que si, la fois première, j'ai bien voulu, c'est que je t'aime. Mais que je t'aime, est-ce une raison pour que je veuille être méprisée de toi ?

– Moi, mépriser une fille, s'écria-t-il, parce qu'elle est amoureuse ? Oh ! dit Maurin, je mépriserais la nature, alors. Ou si c'était parce qu'elle est amoureuse de moi, c'est moi, alors, que je mépriserais !

– Ce que tu veux dire par ce mot de « mépriser » je ne le sais pas, dit-elle. Mais je sais bien qu'un homme comme toi, lorsqu'il peut retrouver une fille aussi souvent qu'il le veut, fait d'elle ensuite comme d'une orange pressée qu'on jette quand on en a bu le meilleur. N'appelle pas ça mépris. C'est, pas moins, l'abandon. Adieu. Tu sais mon dernier mot et que je suis Corsoise. Apporte-moi deux paroles quand tu reviendras, à moins que tu ne préfères me les dire tout de suite : fidélité et mariage.

– Embrasse-moi, dit Maurin.

Il la saisit à pleins bras, par la taille.

Elle lui donna de son solide petit poing sur le visage et, comme il la pressait davantage, elle l'égratigna et le mordit, et, souple, elle lui échappa.

– Écureuil, dit-il, je t'aurai !

– Si tu y mets le prix, dit-elle en s'enfuyant.

De mauvaise humeur, il gagna, sur un plateau des collines voisines, certaine cachette où l'attendait Pastouré.

Dans tout le massif des Maures, ils avaient plusieurs cabanes.

Lorsqu'ils trouvaient un *cazaoù*, vieille bâtisse en ruines au toit crevé, cabanon ou étable à chèvres, ils se faisaient, dans l'angle le plus abrité de la masure, un gîte à leur usage. Une toiture de bruyère sur des madriers croisés. Quelquefois la cachette était faite seulement de branchages.

Celle où il arriva, vers midi, était un ancien poste de chasse, en assez bon état, ayant une cheminée et une méchante porte, qu'on pouvait cependant fermer à clef.

La clef, on la cachait sous une grosse pierre, cachée elle-même sous des broussailles.

Ils avaient là-dedans un vieux fusil à piston, toujours chargé, enfoui sous des fagots de bruyère : on ne sait pas ce qui peut arriver. Une arme de plus, même en médiocre état, peut être utile. Il y avait là aussi un peu de vaisselle : deux verres et deux assiettes fêlées. A de certains jours, un peu de luxe fait plaisir.

Maurin trouva Pastouré en train de faire rôtir un lapin sauvage, de quoi fort bien déjeuner.

Sur une table rongée des tarets, les deux verres et les deux assiettes brillaient bien propres, et, à côté, deux fourchettes d'étain. Le sel était dans une salière faite d'un morceau de liège difforme. Tout cet intérieur, noir de fumée, sentait bon le romarin brûlé. Les sièges étaient deux tronçons de gros chênes-lièges avec toute leur rugueuse écorce.

Quand Maurin arriva, Pastouré, à son ordinaire, parlait puisqu'il était seul.

Maurin, pour l'entendre, s'arrêta un peu, avant de se présenter à la porte.

Pastouré disait :

– S'il était un vrai gibier, ce Maurin, on ne lui donnerait pas plus souvent la chasse, mais des chasseurs qui chasseraient un gibier comme le font ces gendarmes (que le tron de Dieu les brûle !) ça serait des chasseurs de la ville, des chasseurs de rien, des chasseurs de ma tante, des chasseurs de carton, des phénomènes de chasseurs, de ceux qui ont des costumes de chasseur et toutes les armes nouvelles et toutes les poudres nouvelles et tous les nouveaux systèmes de tout, mais qui sont adroits comme mon soulier.

» Et de ce que je viens de dire là je demande pardon à mon soulier, qui, dans l'occasion, ne manquerait pas le derrière qui mériterait que mon soulier l'amire (le vise). Pour ce qui est de dire d'attraper au vol un cheval ou un âne, l'âne des Gonfaronnais, puisque c'est celui-là qui vole, jamais un de ces chasseurs si bien arnisqués (harnachés) ne l'attraperait, quand cet âne ou ce bœuf serait gros comme une maison.

» Ils manqueraient, ces chasseurs-là, un bœuf dans un corridor ! Dans un corridor, ils le manqueraient, un bœuf ! Et pareillement Maurin, les gendarmes le manqueront toujours ! Quand ils l'auraient entre les mains, il leur fondrait comme du beurre ou leur coulerait entre les doigts comme un lapin qui se peigne le poil entre deux touffes de gineste !…

» Et maintenant, je crois que mon lapin est cuit, et même il sent bon, le camarade !

» Mais j'en reviens à mon idée : pourquoi le chasse-t-on, cet homme ? Pourquoi ? Toujours pour du bien qu'il fait ! Quand il a dit, pour la Saint-Martin, à tout ce peuple qui se régalait de la misère d'un misérable, qu'ils étaient des sauvages, n'avait-il pas raison ? Foi de Pastouré, raison il avait !

» Quand il a dit aux Gonfaronnais : « Vous me regardez comme si vous voyiez voler un âne », pourquoi se fâchaient-ils, ces gens, puisque le rôle de l'âne c'est pour lui-même qu'il le prenait, et puisqu'il les traitait eux, conséquemment, comme des chrétiens ?

» Et quoi encore ?

» Quand il a pris les chevaux des gendarmes pour faire leur service et arrêter des voleurs au nom de la loi, il avait encore raison, raison mille et un coups, raison, je vous dis. Et je me ferais piler pour le dire. Alors ? alors, je vous le dis comme je le calcule : il y a quelque chose de mal arrangé dans les affaires du monde, et le pauvre bougre a toujours tort.

» Faites du bien au peuple, on vous fait la chamade. Dites-lui la vérité, on vous fait la chamade. Sainte Vierge, je ris, ça me fait beaucoup rire. Coïons nous sommes, coïons nous resterons. Il leur faudrait un de ces Napoléon qui leur mettrait le pointu de la baïonnette à l'endroit par où ils gonflent leur âne !

» Ô misère de moi !

» Et qu'est-ce qui corrigera un Maurin d'être ce qu'il est et de s'occuper des affaires du peuple ? Rien ni personne ! Et voilà la raison pourquoi je ne dirai rien, je ne le parlerai qu'à moi, je me le confesserai tout seul à moi-même, mais à lui ni à d'autres jamais je ne le dirai !

» Ils me galègent, des fois, parce qu'ils me voient, de loin, quand je suis seul, faire aller, qu'ils disent, les bras comme un télégraphe. C'est qu'alors, tout seul, je me vide, je me soulage de mes pensées, je me dégonfle comme l'âne de Gonfaron quand le maire des imbéciles lui rend la liberté de lui-même ! Si je leur disais ce que je pense, pechère ! ils ne voudraient pas entendre, et si je le leur disais avec des gestes, ma main se fatiguerait de leurs figures et mon pied de leur derrière !...

» Ah ! nom de nom ! bourrique que je suis ! Je suis allé au puits tout à l'heure laver les « siettes » et les verres, et je n'ai pas rapporté d'eau pour boire, qu'elle fait trouver le vin meilleur !

Il s'apprêtait à sortir quand Maurin entra.

Le pauvre Maurin ne se doutait guère qu'entre lui et les gendarmes, la distance, en ce moment, n'était pas longue.

Ils l'épiaient depuis sa conversation avec Tonia, et plus habiles qu'en d'autres occasions à se cacher de lui, ils le virent entrer dans la cabane ; ils se concertaient.

– La cheminée fume, disait le gendarme Sandri. Ils déjeuneront là. Rien ne presse. Comment nous y prendre ? Maurin n'est pas homme à ne pas nous résister. Ils sont deux. Laissons-les se mettre à table.

– Tu es toi, Maurin ? dit Pastouré, en voyant entrer son ami.

– Je suis moi, bonjour, dit Maurin. Ça sent bon, ici. Surveille ton rôti. Je vais au puits chercher l'eau et me mouiller le museau. Ça fait du bien aux chevaux.

– Va quérir l'eau fraîche. J'ai, justement, oublié.

Maurin avait quitté son carnier et son fusil.

– Où est le vieux fusil ? dit-il. Une arme est un compagnon. Je verrai s'il ne s'est pas trop rouillé ! Un lapin peut me partir !

– J'ai battu aux alentours, dit Pastouré. Il n'y a rien de rien, tu peux croire.

– Il peut en être venu depuis tout à l'heure. On ne sait jamais.

– Il n'y a rien, rien, pas un poil, pas une plume.

– Alors, sans risque, je peux prendre le vieux fusil.

– Il est rouillé, prends le tien.

– Mais puisqu'il n'y a rien, dit Maurin, je n'aurai pas à tirer. Je prends le fusil à piston.

– Alors, si tu ne le tires pas sur un perdreau, tire-le sur une cible pour savoir comment il marche et puis tu le rechargeras. Té ! voici des capsules.

Maurin sortit, la cruche vide au poing, le vieux fusil pendu par la courroie à son épaule.

Il fait vingt pas, et, surpris et joyeux, s'arrête, voyant son chien en arrêt.

L'attitude d'Hercule était significative :

– Noum dé pas Dioû ! Un lapin !

Il pose à terre sa gargoulette :

– Bourre !

Le lapin part. Maurin épaule, tire… cra ! Le coup rate.

– Voleur de sort ! dit Maurin. Ça semble un fait exprès. Un lapin à ma porte et mon vrai fusil dans la maison. Carogne !

Il voyait le puits tout proche, à soixante pas. Que d'ici au puits il dût rencontrer un autre lapin, cela n'était pas à supposer. Hercule, très étonné, regardait de travers l'arme qui, au lieu de *boum*, faisait *clac*.

Maurin passa une paille fine dans la lumière du vieux fusil, s'assura que la poudre y apparaissait, mit une amorce neuve, reprit sa cruche, et, son fusil en bretelle, se dirigea vers le puits.

Mais, à mi-chemin, de nouveau il s'arrêta.

La queue d'Hercule se faisait horizontale et rigide avec un bout frémissant. On était à contrevent.

Ce fin bout de la queue d'Hercule disait à sa manière très clairement à Maurin : « perdreaux ! »

Maurin posa à terre sa cruche paisiblement, prit en mains son vieux fusil et… une compagnie de perdreaux se souleva de terre avec un grand ronflement d'ailes lourdes.

Il visa, regrettant toujours son fusil à deux coups.

Il pressa la détente : cra !… coup raté.

– Brigand de sort ! dit Maurin, c'est à devenir enragé ! En voilà une d'histoire ! Elle empoisse, celle-là !

Hercule, cruellement déçu, regarda son maître et fit : « ouah ! » ce qui était contraire à son premier devoir de chien d'arrêt.

– A présent, mon pauvre Hercule, lui dit Maurin, c'est chasse terminée, nous voici au puits. Les perdreaux sont loin.

Et il ajouta, vraiment irrité :

– Un peu s'il n'y a pas de quoi briser un fusil pareil !

Il regarda avec mépris le vieux canon rouillé, la vieille crosse piquée des vers.

– Il n'y a, dit-il, que la courroie de bonne. Changeons tout de même l'amorce. Je tirerai à mon chapeau pour voir l'effet ! C'est égal, j'aurais dû prendre mon fusil à système !… jamais plus je n'en aurai d'autre.

Consciencieusement, il introduisit dans la cheminée une fine paille, la retira, s'assura que la poudre se présentait à la lumière, coiffa la cheminée d'une amorce neuve.

– Encore dix pas pour arriver au puits. C'est ça, si je voyais ici encore un gibier !… Té ! Vé !

Hercule était immobile, le cou tendu.

Le redressement de la base des oreilles du griffon disait : « lièvre ! »

Cette fois, Maurin eut envie de laisser son chien à l'arrêt et de courir chercher son vrai fusil. « Bah ! celui-ci ne ratera pas trois fois de suite, peut-être ! » Il posa à terre sa cruche, regarda la capsule, la retira, en mit une autre qu'il assura fortement sous le chien poussé de la paume, tout cela sans perdre de vue Hercule ni, devant le nez d'Hercule, une certaine touffe de nasque très épaisse et qui avait grandi, enchevêtrée à une touffe de gineste, contre le mur du puits.

A ce moment le lièvre déboula, énorme en plein découvert ; Maurin le visait. Pour Maurin, lièvre visé était lièvre mort…

« Je l'ai au carnier ! » pensait-il.

Il attendait la bonne distance… Vingt-cinq pas… Il presse la détente… Cra ! Coup raté. « Ouah ! ouah ! » fit Hercule au comble de l'indignation et de la colère.

Alors Maurin, le grand chasseur, saisi lui aussi d'une colère sans nom, Maurin exaspéré, furieux, hors de lui, Maurin le roi des Maures, prit son vieux fusil par le milieu du canon, et sur la margelle du puits, à tour de bras, il en brisa la crosse… « Boum ! » cette fois le coup partit, faisant retentir l'écho des collines à deux lieues à la ronde !

Et pendant qu'à ce bruit qu'il aime, Hercule, visionnaire et sûr de la proie, court la chercher en vain, une chose extraordinaire se passe entre Maurin et son vieux fusil. La crosse, rompue, séparée du canon mais rattachée encore par la courroie à ce canon que tient Maurin, tournoie suivant l'élan que lui a imprimé le geste violent du chasseur… la courroie autour de son cou fait deux tours, le serre avec violence, et le bois de la crosse lourdement vient frapper au front l'homme qui, étourdi, vaincu, tombe, ne sachant ce qui lui arrive ! Et tandis que, aussitôt relevé, il s'efforce, avec ses deux mains nerveuses, de désentortiller la courroie qui l'étrangle, que voit-il tout à coup ? Il voit, à ses côtés, deux gendarmes narquois qui lui disent : « Au nom de la loi ! »

Maurin, le front un peu saignant, s'était relevé. Il regarda ses deux adversaires, et tranquillement dit :

– Ne faites pas les fiers ! que je me suis bien arrêté moi-même.

Les gendarmes semblaient embarrassés de leur capture. Cet événement leur semblait si imprévu ! Il les dépassait ! Et ils se taisaient comme surpris de leur propre audace, embarrassés de leur succès.

Alors Maurin se mit à rire :

– Vous avez maigri, Sandri, depuis notre dernière entrevue… Les pommes d'api se flétrissent.

Au bruit du coup de feu, Pastouré avait mis le nez dehors. Il n'eut pas de peine à deviner ce qui s'était passé, et sans étonnement, rentrant dans le cabanon, il en ressortit aussitôt, portant à Maurin son carnier :

– Té, dit-il, que tu n'as pas déjeuné. J'ai mis là-dedans le lapin entier et cuit à point, et tout ce qu'il faut. Bon voyage.

– Soyez content, dit Sandri à Pastouré, que nous n'ayons pas d'ordres contre vous. Votre tour viendra.

Pastouré regarde Maurin et leurs yeux se comprennent.

Maurin sait bien d'ailleurs que Pastouré le suivra pour l'aider dans la peine. Mais ce qu'il a compris c'est qu'il est près de midi, et qu'à cette heure-là un lapin bien rôti peut adoucir l'humeur du plus féroce gendarme.

– En route ! dit Sandri.

– Ce serait l'heure de manger, grogna son compagnon.

– Une idée ! fit Pastouré. Déjeunez ici, gendarmes. Maurin est pris, c'est entendu. Vous avez une consigne. On ne vous en veut pas de faire votre devoir. Au contraire ! Eh bien, déjeunez ici avec nous. S'il vous promet de ne pas chercher à se sauver pendant le repas, il tiendra parole. Et, après, vous vous mettrez en route gaillardement.

Maurin se taisait, un peu farouche, dédaigneux et ennuyé.

– Non ! merci bien !… Nous nous arrêterons à La Verne pour le repas de midi, répliqua Sandri qui se méfiait. Eh ! Eh ! nous emmenons deux lapins… Et tous les deux sont cuits !

Maurin haussa les épaules.

Mais le nom de La Verne, tout de suite, fit naître dans son esprit l'idée d'un expédient qui assurerait sa fuite.

– Si vous avez peur, dit-il à Sandri, que je m'échappe, ôtez-m'en les moyens.

Il tendait ses mains rapprochées. Pastouré, ne comprenant pas, ouvrit de grands yeux mais ne souffla mot, songeant : « Patience, tout s'explique un jour ou l'autre ! »

Maurin dit à Pastouré :

– Garde mon chien.

Et à son chien d'un signe :

– Reste avec Pastouré.

Les gendarmes, d'un air de triomphe, lui lièrent les poignets. Alors, il leur dit :

– Je vois que j'avais bien raison d'éviter votre rencontre !

Et digne et tranquille, les mains derrière le dos, croisées avec nonchalance comme s'il les eût portées ainsi volontairement :

– Maintenant, dit-il sur le ton du commandement, suivez-moi, messieurs les gendarmes !

Et pendant que s'éloignait Maurin, Pastouré, avec de grands gestes, disait tout seul et tout haut, en vaquant dans la cabane à ses préparatifs de départ :

– Qui trouve que les choses vont bien apprend aussitôt qu'elles vont mal ; je disais tout à l'heure : « ils ne le prendront pas », et ils l'ont pris. Parler du malheur fait venir le malheur. Il ne faudrait jamais parler, même tout seul. Trop parler nuit, trop gratter cuit. Si on ne disait jamais rien, elles iraient mieux, les choses. Les bavards toujours nous perdent. La politique n'est qu'un bavardage, puisqu'ils ont une Chambre exprès pour parler, et c'est ce qui fait que tout va mal. Fais tes affaires en silence. Ne parle pas du loup, que tu en verrais la queue. Qui parle ? Les femmes. Aussi, on peut dire : « Qui fait tout le mal ? La femme. » Ne parle que pour dire qu'il ne faut pas parler, et tu parleras encore trop. Si tu avais parlé devant ces gendarmes (que le tron de Dieu les cure comme il cure les châtaigniers des Maures !) que serait-il de toi, Pastouré, maintenant ? car pourquoi leur aurais-je parlé, sinon pour leur dire ce que je pense d'eux ? Et si j'avais dit, à eux, ce que j'en pense, où serais-je à présent, pauvre de moi ! Je tremble d'y songer : je serais avec eux, entre eux ou devant eux, et hors d'état de porter mon fusil et celui de mon collègue ! Ils ont dit qu'à La Verne ils déjeuneraient. Ils l'ont dit et ils ont trop parlé, puisque je le sais et que plus facilement je vais les suivre afin que lorsqu'il leur échappera – car il leur échappera, le renard ! il coulera entre leurs pattes, le lapin ! il leur fichera le camp, le lièvre ! – je puisse lui rendre son fusil, qu'on pourrait lui voler ici. Tu porteras deux fusils, Pastouré : tu as donc quatre coups à tirer… Si je pouvais, pas moins, faire coup quadruple ! c'est ça qui serait « faire bien parler la poudre ! » S'il n'avait pas parlé comme il ne fallait pas, ce bon à rien de fusil, que j'ai vu là-bas par terre en mille morceaux, les gendarmes peut-être ne seraient pas venus. Mais comment savoir quand il faut se taire ? Un fusil est fait pour parler… Dans mon trouble, tenez, j'ai laissé là-bas la cruche et les morceaux du vieux fusil ; allons les prendre. Des vieux morceaux de fer, ça peut toujours servir. Un canon de fusil est du moins un tuyau, et quand il ne serait bon qu'à gonfler un âne, il serait encore agréable aux gens de Gonfaron… Si je ne m'étais pas tant parlé, j'aurais pensé à ramasser le fusil et la cruche… Qui n'a pas bonne tête, il faut qu'il ait bonnes jambes.

Il alla ramasser cruche et fusil et revint, disant :

– Et maintenant, Pastouré, mon ami, mange ton pain sec ; mais bois un coup d'aïguarden. Ça te tiendra debout.

Il dit au feu, en y versant de l'eau : « Éteins-toi, feu ! que quand tu ne fais pas le bien tu peux faire le mal, comme un homme. » Il dit à la porte en sortant : « Ferme-toi, porte. Grince, ma vieille. Tu parles comme une femme en colère. Grince, mais obéis… Toi aussi, tu parles trop. » Et il ajouta : « Adieu, le bon déjeuner des deux collègues. L'un est encatené comme un voleur et le second suit le premier à la manière des oies. Le tron de Dieu cure les gendarmes ! »

Il se mit en route, satisfait d'entrevoir, tout là-bas, ceux qu'il suivait, et de s'être assuré, les voyant dans la direction annoncée, qu'ils allaient bien à La Verne. Et Pastouré continuait à parler, toujours gesticulant, suivi de son chien Panpan et de l'obéissant Hercule.

– Les femmes ! ce sont les femmes qui sont la bêtise de l'homme. S'il n'était pas allé voir cette fille, voulez-vous jouer (parier) que les gendarmes n'auraient pas su où le prendre ! Pour épier Maurin ils rôdaient toujours autour d'elle ; il leur a donc été facile de le suivre, et ils l'ont pris comme un perdreau à l'engrainage… On engraine aussi le lièvre et le sanglier. Toute bête vient au piège en venant à ce qui lui plaît. L'amour est le roi des pièges. Où attend on le lion d'Afrique ? à l'abreuvoir, pardi ! Et à l'abreuvoir ils ont pris Maurin ! Que faire à présent, sinon attendre ? J'avais une femme, elle est morte. Où me prendrait-on à présent ? nulle part. L'abreuvoir est vide, et moi je suis libre. Il faut boire à tous, et qu'on ne sache pas où est votre habitude. J'ai bien la maison de mon frère, où je vais quelquefois et qui est un brave frère, mais il ne parle pas et on ne sait jamais où je suis.

Il s'arrêta, regarda au loin les gendarmes qui disparaissaient derrière l'autre versant de la colline, soupira et reprit sa marche et son discours :

– Le jour de mon mariage, il y a vingt-cinq ans – quelle sottise de se marier ! –, moi aussi ils vinrent pour me prendre, les gendarmes, à cause d'une méchante amende que je n'avais pas payée. Ils vinrent le soir même de mon mariage. Celle-là, d'histoire, était un peu forte ! – Ils frappent à ma maison à la fin du jour. Ils ouvrent et il me disent : « C'est vous qu'on vous dit Pastouré ? – Oui. – Suivez-nous ! »

» Ma femme, mariée du matin, était couchée depuis une minute à peine. Aussi, je l'eus leste, la réponse ! et je leur dis seulement : « Demain matin de si bonne heure que vous voudrez, mais ce soir, c'est impossible. » Ils voulaient m'emmener quand même ; mais le maire – c'était à Roquebrune – était intelligent, et apprenant ce qu'ils voulaient faire, il vint et leur dit : « Laissez-le tranquille jusqu'à demain : il n'a pas été condamné à coucher seul la nuit de ses noces ! »

» Et c'est pourquoi naquit Pastouré, mon fils, Pastouré Firmin, qui depuis longtemps chasse et court la fille, le gueux !... Et ce même soir, au moment de me coucher avec ma femme – non ! quel rire quand j'y pense ! – je songeai tout à coup à un oubli que j'avais fait. – Voilà où vous mènent les femmes : à oublier vos plus importantes affaires ! Elle vit que je me rhabillais et elle me demanda : « Où vas-tu ? – Prenez le temps en patience, lui dis-je, en attendant que je revienne. J'ai oublié de faire boire le mulet ! – Tu iras plus tard », me dit-elle.

» Mais tout de même j'y allai tout de suite, content de lui montrer que si, un moment, les femmes nous font perdre l'idée de ce que nous avons à faire, on la retrouve bientôt et l'on s'y tient quand on est vraiment un homme ! Malheureusement, cette histoire, je l'ai contée à un collègue, et des plaisanteries, là-dessus, toute la vie on m'en a fait... Quand je vous le dis, mes amis de Dieu, qu'on parle toujours trop !... Vé, vé ! attention, Hercule ! Doucement, Panpan !... Deux fusils c'est vraiment beaucoup... Oh ! la belle lièvre !...

Un lièvre détalait, celui sans doute qu'avait manqué Maurin une demi-heure auparavant.

Le coup de fusil de Pastouré fut plus heureux.

– Il en tient !

» Apporte, Panpan ! A Maurin ce coup de fusil, qu'il entend là-bas, fait comprendre que je le veille, car j'ai tiré avec son fusil ; et son maître en reconnaîtrait le son entre mille... Il faut qu'il leur échappe, voleur de sort ! c'est *euss* qui rentreront sans rien au carnier, canaille de sort !

A peine venait-il d'attacher le lièvre par les pattes, de façon à pouvoir le porter en bandoulière comme une musette, qu'il s'arrêta dans ses gestes, au moment précis où son gibier, tenu en l'air à deux bras, le couronnait d'un trophée de victoire.

Dans cette attitude, il demeura un instant silencieux, la tête un peu inclinée et l'oreille tendue comme s'il écoutait attentivement un bruit encore éloigné.

– Je crois, murmura-t-il, que le tonnerre approche !

Enfin, ce qu'il attendait arriva. Et ce fut un bruit sorti de lui-même, et d'une telle importance que l'ombre de Rabelais et celle de Sancho en durent tressaillir de gaieté. Quand cela fut fini, Pastouré, toujours immobile et tenant toujours son lièvre au-dessus de sa tête, car, jusque-là, un faux mouvement aurait pu compromettre l'heureuse arrivée de l'événement qui se préparait en lui, reprit tranquillement d'une voix calme et haute :

– Si c'est un coup de canon, il n'est pas raté, celui-là ! Et si c'est une parole, elle est bougrement bien dite. Dans bien des cas, il ne devrait y avoir de paroles que celles-là – pourquoi le monde ne s'en mérite pas davantage. Mais vous verriez qu'on se mettrait encore dans son tort, car les gens apercevraient le sens caché de ces imprudentes paroles, et on les paierait avec le reste.

Il se tut, puis au bout d'un petit moment il ajouta :

Et si cela sort d'un canon, c'est ce canon-là qu'il faudrait pouvoir tourner contre l'armée des imbéciles et des méchants qui ne s'en méritent pas mieux ; mais, vaï, pauvre Parlo-Soulet, de quelque manière que tu parles, tu fais entendre paroles perdues… tu… p… dans le désert !

N'ayant plus rien à ajouter d'aucune manière, il abaissa ses longs bras et arrangea son lièvre sur son échine.

CHAPITRE XLIV

OÙ LE ROI DES MAURES EST UN INSTANT COMPARÉ POUR SA FINESSE DE DIPLOMATE AU ROI LOUIS XI

Ça lui faisait tout de même un effet, à Maurin, ainsi qu'il le conta plus tard, de marcher de la sorte, les mains liées comme les pattes d'un sanglier *à la barre*, à travers ces bois sauvages où chaque pas lui rappelait les joies de sa vie libre. Il ne dit rien d'abord, ruminant en silence ses pensées et ses chances d'évasion et craignant, s'il parlait à Sandri, de s'emporter jusqu'à l'insulter encore dangereusement.

Et dans cette tête d'homme de bon sens, dans ce cerveau clair, une idée stupide à travers toutes les autres revenait sans cesse : « La première créature que j'ai rencontrée ce matin, c'était Misé Rabasse, la vieille femme dont on n'a jamais su si elle n'est pas un homme... Quand je rencontre ainsi Rabasse avant d'avoir aperçu toute autre créature humaine, vite à l'ordinaire je rentre dans quelque maison où je dépose mon fusil que de tout le jour je ne touche plus ! car la vieille masque porte malechance, et tout ce qui m'est arrivé de fâcheux, depuis ce matin, en un rien de temps, ne m'est advenu que parce que j'avais rencontré Rabasse. Si maintenant je rencontre un homme jeune, alors seulement je serai désemmasqué ! » Maurin n'eût pas volontiers laissé dire qu'il croyait à Dieu ou au diable, mais il était persuadé que la vieille Rabasse avait fait rater son fusil par trois fois et avait permis aux gendarmes de l'arrêter ! Ainsi les plus grands hommes ont leurs petites faiblesses. Les droits de l'inconnu sont imprescriptibles, et qui leur ferme la porte de la religion leur ouvre souvent la chatière de la superstition, par où entrent les rats.

Tout à coup Grondard se montra, aux yeux de Maurin, comme on n'était pas loin de La Verne. Déjà on apercevait les premiers châtaigniers de la forêt qui appartient au couvent, et Maurin se dit :

– Grondard est noir, mais c'est un homme jeune ; me voilà désensorcelé par mon ennemi même !

Et du plaisir qu'il en avait, il souriait à Grondard, qui ne comprenait pas ce sourire.

Et quand il se vit proche du charbonnier, Maurin s'arrêta dans l'étroite sente. Derrière lui s'arrêtèrent les gendarmes – et Maurin, regardant Grondard avec le mépris qui lui revenait enfin, lui cria tout à coup d'une voix de colère :

– Si c'est toi, comme je le pense, qui m'as espionné ce matin et qui m'as livré, tu as fait là une affaire mauvaise pour toi, bête brute ! On t'a bien nommé la Besti de père en fils.

– C'était, dit Grondard avec un rire mauvais, le surnom donné à mon père. Ce n'est pas le mien.

– La Besti, dit Maurin, n'a pu qu'engendrer une Besti et Besti tu seras nommé quand tu serais bâtard ! oui, tu as mal arrangé tes affaires, car souviens-toi que lorsque tout ce pays-ci verra Maurin encatené et en prison, il se lèvera tout entier pour être témoin comme quoi je suis un brave homme et toi une canaille. Quand ils verront que c'est sérieux et que les tribunaux me veulent mal, les pins et les châtaigniers d'ici parleront pour moi et diront qui je suis, et ils diront aussi qui toi tu es. Quand ils me verront véritablement en position de malheur, même les gens de Gonfaron oublieront ma galégeade et ils reprocheront à leur maire de ne pas avoir ri de ce qui est risible, et d'avoir mis la loi en mouvement contre le crime d'avoir planté (ah ! pauvre France !) deux ailes de perdreau sur la croupe d'un joli petit âne, qui ne m'en a pas voulu, lui, de ma plaisanterie, vu qu'elle n'a fait de mal à personne. Et même les gens du Plan-de-la-Tour témoigneraient que je croyais bien dire et bien faire en empêchant leur mendiant de trembler, ne voyant pas la nécessité qu'il les fît rire avec le souvenir de ses douleurs ; et ils jugeront leur sottise aux conséquences.

» Alors, tous ces gens-là, pour me défendre, je te dis, t'attaqueront, toi ! car il y a une justice, et quand vient son moment, les sots cessent de l'être, et comprennent. Il y a alors des méchants qui se repentent et ce qui est caché paraît. Je parle pour que ces deux-ci, qui m'ont pris par obéissance à leur devoir, se souviennent. Entendez-vous, Sandri ? ce n'est pas une histoire de femme qui peut perdre un honnête homme qui n'a jamais trompé personne. Et c'est pourquoi, bientôt, mon pauvre charbonnier, tu ne seras pas blanc ! On te verra l'âme plus mascarée encore que ton visage. Les coquineries de ton père et de toi, une à une sortiront des trous où elles se cachent, comme sortent, au tambour des limaces, toutes les sales bêtes visqueuses. Les pins et les châtaigniers d'ici, qui sont pour moi, seront contre toi et contre ton père et tes sœurs, parce qu'ils ont vu vos malices et vos abominations et ils savent ce qu'ils ont à dire. Tous vos secrets viendront au-dessus de l'eau. Vous aurez contre vous des hommes que vous avez volés au coin du bois, au soleil trémont ; des femmes que vous avez insultées et malmenées ; et des enfants qui viendront dire comment vous êtes pires que les bêtes puantes contre qui, en tout temps, la chasse est permise. Des voleurs et des bandits, voilà ce que vous êtes. La lâcheté de tous fait votre assurance, mais la lâcheté va finir quand il faudra délivrer Maurin, comme c'est juste, et tu auras été cause de ton malheur ! tu l'auras voulu et tu l'auras fait et tu le porteras sans rien dire, pourquoi, lorsqu'on est la canaille abominable que toi tu es, on garde le silence comme la fouine qui se terre, comprenant que si elle est vue elle est perdue.

» A présent, laisse-nous passer, que mes gendarmes ont faim !

Les gendarmes avaient fait signe à Grondard de se taire. Ils laissaient Maurin vider son sac, espérant surprendre quelque parole compromettante pour lui. Mais non, il parlait avec indignation au nom de la justice, en honnête homme qu'il était.

Sandri commençait à entrevoir clairement que peut-être ce qui pouvait arriver de mieux à Maurin, c'était une occasion publique de se défendre à voix claire et haute devant une cour d'assises par exemple, et il regrettait presque de l'avoir arrêté.

– Allons, Maurin, c'est assez, dit-il. En avant ! Faites-nous place, Grondard.

Grondard aurait voulu tenir ce Maurin, bien enchaîné comme il l'était, sous sa vilaine patte d'ours noir ; il se rangea en grommelant :

– A se revoir, Maurin ! qui vivra verra !

Et il s'enfonça dans la forêt.

Maurin et les gendarmes arrivèrent à La Verne.

C'est un couvent d'architecture romane et qui est tout en ruines. Les encadrements des fenêtres et des portes, les clefs de voûte, les consoles, les niches, sont en belle serpentine noire de Cogolin, et, luxe sur des haillons, ornent des murs dégradés où, dans les fentes, poussent des herbes.

Le couvent est planté au bord d'un plateau qui s'avance comme un cap sur le ravin. Au-dessous de la construction, des roches verticales, murs naturels, prolongent par en bas ceux qui sont faits de main d'homme, en sorte que, du fond des ravins, le couvent paraît haut de toute la hauteur de la colline. Du pied de la roche montent, jusqu'au faîte de la toiture, des lierres collés aux murailles comme de gigantesques arborescences sur les pages d'un herbier démesuré.

Et c'est un luxe plus beau encore que les sculptures, ces lierres qui couvrent le monastère d'un manteau de velours vert aux plis pleins d'ombre, frangés par l'or et la pourpre des aurores et des couchants. Là-dedans, aux mois printaniers, nichent les oiseaux du ciel. En toute saison, ils s'y abritent et en agitent les feuillages bruissants. Les rouges-gorges batailleurs y pullulent à l'automne et y font pétiller leur cliquetis de duel pareil au battement de deux féériques épées qui ne seraient pas plus grosses que des aiguilles.

La grive, qui aime les baies du lierre, y fait en novembre son « tsik, tsik », léger comme l'appel d'un lutin qu'une seule feuille de pin cacherait tout entier. Les merles au bec jaune y sifflent des roulades. Les ramiers y roucoulent. Le cabreïret, la nuit, y parle seul et fait croire aux passants de la route lointaine que le chevrier nocturne rappelle des chèvres mauresques… Elles sont toutes blanches, les chèvres des Maures, très petites, avec de grandes cornes en forme de lyre.

Et il y a aussi, autour de ces lierres, des guêpes bourdonnantes qui y attachent leur nid et qui descendent boire au torrent.

Et toute cette vie frémissante des êtres, dans ces vastes lierres si larges, si hauts, attachés depuis des siècles au monastère antique, bénit obscurément le Dieu qui, non content de leur donner l'asile des feuillages, a fait bâtir pour eux ces murailles, ces cours, ces toitures, ces cellules et ces chapelles, c'est-à-dire des abris heureux contre le vent, et où se réjouissent aussi la tarente et le lézard qui, dans les endroits chauffés par le soleil, ouvrent, entre les joints de la bâtisse chaude, leurs doux yeux gris qui donnent un regard aux pierres.

Et le couvent est magnifique ainsi, au beau milieu des Maures, tout au bord de la forêt de vieux châtaigniers, si vieux et si gros que chaque tronc peut abriter deux hommes, parce que le temps et les tonnerres les ont presque tous creusés, évidés, en ont fait, dit Pastouré, autant de guérites; ils sont noirs au-dedans, argentés au-dehors, et dans la saison des feuilles, la forêt ruisselle de leurs grandes musiques mouillées.

Maura passa sous l'arc noir de la grande porte, et, suivi des deux gendarmes, entra dans la première cour, où chante une fontaine et où sont aujourd'hui des demeures de paysans. Dans cette ancienne cour d'honneur, les poules maintenant picorent et les fumiers répandent leurs vapeurs tièdes et malodorantes.

On frappa aux portes. Elles ne s'ouvrirent point, mais Fanfarnette, la petite pastresse, sortit tout à coup d'un trou des murs crevassés.

– Personne n'est ici pour l'heure, dit-elle. Il y a, je ne sais pas où, un mariage, et tous ceux d'ici y sont allés.

Elle regardait Maurin d'un air d'impertinence, de défi, qui était étrange.

– Diable ! dit Sandri; aurais-tu du pain, au moins, à nous vendre ?

– J'en ai pour moi, et pas guère.

– Et du vin ?

– Voici la fontaine.

Elle vint se planter devant Maurin, et le regardant bien dans les yeux :

– Ça ne vous a pas porté bonheur, de tuer l'aigle des Secourgeon ? Faut-il que j'aille lui donner de vos nouvelles, à Secourgeon ? Sa femme sera bien malheureuse !

La bergerette impressionnait Maurin désagréablement, comme une créature de songe, irréelle, ni enfant ni femme. Elle l'inquiétait. Sous son regard, il finit par détourner les yeux. Alors, avec un grand éclat de rire, elle disparut dans une crevasse des ruines, en criant aux gendarmes :

– Buvez à la fontaine !

Les gendarmes faisaient la grimace. Pastouré avait compté fort sagement sur la mésaventure qui leur arrivait.

– Il est une heure, dit Sandri.

– On est loin de tout, ici ! dit l'autre gendarme.

Maurin prit la parole :

– Sandri, ce que j'ai au carnier, par la prudence de mon ami Pastouré, nous le partagerons.

– Ce n'est pas de refus. On te le paiera.

– Alors, dit Maurin, tu n'en auras rien.

– Bon ! nous le prendrons, fit l'autre gendarme.

– C'est ici, dit Maurin, l'occasion de voir si deux gendarmes oseront voler un pauvre.

– Nous le réquisitionnerons, corrigea le camarade de Sandri.

Toutefois, incertains de leur droit, les deux gendarmes se regardaient avec embarras.

– Nous le partagerons en frères, reprit Maurin, à condition, bien entendu (et je me déclarerai payé mais honnêtement payé), qu'on me détache, le temps de prendre mon repas, dont j'ai grand besoin.

– Tu veux nous échapper ! dit sévèrement Sandri ; tu nous prends pour d'autres.

– Mais, dit Maurin, jouant la surprise, n'est-ce pas moi qui t'ai demandé de m'attacher lorsque tout à l'heure, avoue-le donc, tu n'osais pas le faire ? Et sans ça peut-être je serais déjà loin. Seulement voilà, il ne me déplaira pas, comme tu me l'as entendu dire à Grondard, d'en finir avec les juges, une bonne fois ! et de leur dire ce qu'ils doivent connaître.

– Il parle bien, affirma le camarade de Sandri ; seulement si nous le détachons, sûr, il s'échappera !

– Eh bien ! répliqua Maurin, voici ce que vous pouvez faire. Allons dans le cimetière des moines là où sont, tout autour, leurs petits « chambrons ». Mettez-moi dans une de ces prisons. Barricadez-en la vieille porte et laissez-moi tout seul en prisonnier, mais, pas moins, avec les mains libres, que je puisse manger comme un homme, et, en échange, à vous deux vous aurez bonne part de mon manger et de mon boire. Le lapin sauvage rôti est une nourriture de princes !

– C'est convenu ! fit le second gendarme. Il parle avec bon sens. Je n'aurais pas trouvé ça.

Ils allèrent dans le cimetière des moines, encadré par les arcades du cloître, sous lesquelles s'ouvrent les cellules délabrées.

– De ce côté-là, expliqua Maurin désignant le nord, les chambrons s'ouvrent sur le précipice. Je serai donc mieux, pour votre tranquillité, dans un de ceux-là.

Il savait bien qu'on ne lui en donnerait pas d'autre. Les gendarmes choisirent une cellule avec les soins les plus méfiants. Par la fenêtre sans boiserie, aux appuis à demi écroulés, on voyait, en se penchant, vingt mètres de précipice ! Ce chambron ayant servi naguère, selon toute apparence, à mettre en sûreté des outils de paysan, avait une porte raccommodée, solide, qui s'ouvrait du dedans au-dehors.

Maurin fut délié.

– Qui m'aurait dit, fit-il en soupirant, que le ventre de ma mère et ma caisse de mort ne seraient pas mes seuls cachots, celui-là m'aurait bien étonné ! Les mains attachées, je ne les ai jamais eues, non plus que la langue. Tenez, gendarmes que Dieu bénisse, voici le lapin cuit, qui sent la farigoule et le romarin dont Pastouré l'a bourré avant de le mettre sur le feu… Donnez-m'en un tiers. Et du pain, donnez-m'en ma part ; et du vin, hélas ! je n'en ai que deux fiasques. Prenez le plus gros. Voici de l'aïguarden encore. Et faisons chacun nos affaires, vu qu'elles pressent. J'ai une faim de chien… Ah ! mon pauvre Hercule ! tu m'embarrasserais bien à cette heure, attendu que nous vivons déjà trois sur un lapin fait pour deux.

Plus volontiers que d'être aimable ainsi avec eux, il les aurait battus, les gendarmes, mais il faut savoir, à de certaines heures, être diplomate. Et le roi des Maures, en ce moment, c'était Louis XI à Péronne.

Les gendarmes affamés prirent les vivres, qu'ils payaient honorablement en accordant pour une heure à Maurin la liberté de ses deux mains. Mais qu'avaient-ils à craindre puisqu'ils fermèrent et, du dehors, étayèrent la porte avec un gros *cabrin* (poutrelle) qui traînait là pour cette fin même ? Ils eurent un moment l'idée de s'y adosser, mais, pour dire la vérité, le seuil et les entours étaient si fâcheusement souillés d'ordures de poules qu'ils s'en écartèrent un peu, et s'assirent, encore assez près de là, sur deux grosses pierres, sous un arceau du cloître.

S'étant donc assis, ils commencèrent à attaquer le lapin sans rien dire, car le silence est d'or pour les gens affairés.

Et puis il fallait prêter l'oreille au moindre bruit qui pourrait venir de la prison improvisée. Tout à coup :

– Bigre de bigre ! dit Sandri, nous lui avons laissé son carnier !

On ne saurait penser à tout.

Ils se levèrent et débarricadèrent la porte, mais Maurin avait déjà fait son coup : il avait pris, tout d'abord, la longue et solide cordelette qu'il avait toujours dans son carnier ; il avait pris aussi son couteau à gaine, et il avait mis le tout, en se penchant par la fenêtre, dans un trou de muraille sous les feuilles de lierre épais.

Il entendit venir ses geôliers et à peine touchaient-ils la porte qu'il leur dit, avec la voix d'un homme qui mange, la bouche pleine :

– Il vous manque quelque chose ?

Aussi, quand brusquement la porte s'ouvrit, les gendarmes le trouvèrent-ils assis à terre devant son carnier grand ouvert, la bouteille au poing, prêt à boire et mangeant lentement, comme un homme qui n'a rien de mieux à faire.

– Ton carnier, donne-le, dirent-ils.

– Prenez-le, fit Maurin, mais vous n'êtes pas aimables.

» Croyez-vous que je vais le gonfler en ballon et ensuite m'asseoir dessus pour m'envoler par la fenêtre ?

Dans le carnier béant qu'ils visitèrent, ils ne virent rien de suspect, et s'étant regardés encore pour se demander ce qu'il fallait faire, ils sortirent, disant :

– Allons ! il est sage… Nous te le laissons, ton carnier.

Ils ressortirent, étayant de nouveau la porte avec la poutrelle.

Maurin les écouta s'éloigner, puis causer ensemble, d'une voix alourdie par le plaisir du repos et de la sécurité. Par un trou de la porte, il put même les voir paisiblement assis l'un près de l'autre. Alors, les surveillant de temps à autre d'un regard furtif, il prépara, en toute hâte et adresse, la fuite méditée. Pour accrocher la corde dans la cellule, rien. Pas un clou sur la porte. Pas une ferrure à la fenêtre. Il coupa contre le mur extérieur une branche de lierre des plus fortes. Il agissait sans bruit, comme un renard qui frôle à peine la broussaille… Avec un morceau de sa corde, il attacha solidement une pierre de moyenne grosseur, ficelée en croix, au bout du bâton noueux que lui avait fourni le lierre. A l'autre bout du bâton il amarra ce qui lui restait de sa corde, et il lança au-dehors toute la longueur de l'amarre. Puis il fit pendre du rebord de la fenêtre, à l'intérieur, toute la longueur du bâton, assez court pour que, lorsque la corde serait tirée du dehors, la pierre ne touchât point le sol. Et alors il se vit sauvé ! Il pouvait en effet descendre, au moyen de cet appareil, jusqu'à cet endroit où le lierre dru formait comme un pont entre la muraille, d'un côté, et de l'autre la cime d'un chêne auquel il s'enlaçait par ses mille bras et ses mille racines. Et quant à la résistance de l'engin, elle venait de cette raison qu'il eût fallu un poids bien des fois plus lourd que le poids de Maurin pour soulever ce levier vertical : le bâton qui portait la pierre. Maurin les connaissait toutes, les ruses ! Il avait, comme on dit, des notes et des remarques.

Tout cela fut fait très vite. Un dernier coup d'œil au trou de la porte : il vit les gendarmes qui buvaient, confiants, sûrs d'eux-mêmes. Il mit sur son échine son carnier, enjamba la fenêtre, posa ses pieds dans un joint du mur, se suspendit d'une main au rebord de la fenêtre, tira à lui la corde jusqu'à ce que le bâton fût bien bloqué, à son point d'attache, contre l'angle intérieur du mur d'appui, et, ses pieds bien appuyés maintenant sur les saillies des branches du lierre, il descendit, guidé et soutenu par la corde, et faisant fuir de tous les côtés les merles surpris… A présent, le bruit de sa descente se perdait dans le murmure continu des pinèdes et des châtaigniers.

Une fois dans le chêne, il y attacha la corde tendue, de peur que le bruit de la pierre retombant dans la cellule n'attirât l'attention de ses ennemis. Il se jugeait sauvé. Du haut de son arbre il jeta son carnier en bas… Il ne laissait là-haut que sa bouteille vide.

Les gendarmes étaient en train de boire, à même la gourde, son eau-de-vie, et, oubliant toute précaution, ils tenaient de joyeux propos, ravis de leur capture, à mille lieues de prévoir leur déconvenue.

En dix minutes, il était loin, Maurin ! Il pensa qu'il fallait virer du côté où n'étaient pas les chevaux des bons gendarmes… Ils avaient dû les laisser sur la route de la cantine. Il fila donc vers Collobrières. « Pastouré, pensait-il, aura bien deviné qu'il faut aller par là. »

Pastouré, assis dans la grande forêt de châtaigniers, en ce moment mangeait du pain et un oignon trempé dans du sel, au bord d'une fontaine, et tout en gesticulant, disait :

– Je n'entends rien d'aucun côté. C'est pourtant drôle que le mâtin qu'il est leur reste entre les pattes. Ça, non je ne veux pas me le croire ! Je n'ai rien dit mais, comme à l'ordinaire, il m'a compris, le collègue, j'en suis sûr. Il n'est pas, non, la moitié d'un âne ! Moi sans rien lui dire, et lui sans rien me dire, nous nous entendons plus et mieux que les avocats de l'avocassserie, vu que, où nous allons, nous le savons, nous autres. Que je sois son meilleur collègue, on s'en étonne des fois : c'est qu'on n'a pas ouvert ma caboche. On y aurait vu que tout ce qu'il fait, lui, je voudrais, moi, le faire, si je pouvais ! et ne le pouvant pas, j'aide qui le fait. Et qui veut bien faire, fasse comme moi !

Un hululement doux de machotte traversa la forêt humide. Les vieux châtaigniers s'y trompèrent. Un *picatéoù* (un pic), à ce cri, s'envola effrayé. Mais Pastouré regarda le picatéoù et dit :

– Si les oiseaux se mêlent d'être des bêtes, qu'est-ce qui restera aux gendarmes ?… Pauvre picatéoù ! tu ne le comprends pas que cette machotte est un homme ? Maurin m'appelle ! Vive lui !

La chouette répéta son cri plusieurs fois, à intervalles égaux.

– Le nombre y est, dit Pastouré. C'est bien lui…

Et il répondit comme chouette à chouette.

L'oiseau de nuit qui répliqua par un certain nombre de cris espacés – langage convenu entre les deux braconniers – parla clair comme le jour.

– A Collobrières, dit Pastouré, chez Moustegat ? Bon !

Il se dirigea vers Collobrières ; mais, au croisement de deux sentiers, il aperçut Maurin qui l'attendait.

Pastouré ne dit rien. Il avait envie de pleurer. Il tendit à Maurin son fusil. Maurin le prit et, dans un geste puéril mais d'une sincérité touchante, il le baisa.

– Té ! dit Pastouré, embrasse-moi aussi, que je puisse te le rendre !

A la nuit, ils recevaient asile chez un braconnier de Collobrières à qui Maurin, devant une nombreuse assistance, contait en riant les trois coups ratés qui avaient amené son arrestation. Et il expliquait tous les détails de sa fuite au milieu des gaietés sonores, des grands coups joyeux frappés du plat de la main sur la cuisse du voisin, parmi une fumée de pipes épaisse, mon ami ! comme la fumée de toute une escadre !

CHAPITRE XLV

– ET DE QUOI RIEZ-VOUS AINSI, ROSETTE, BELLE FILLE ?

Grondard, un peu ému par l'extraordinaire harangue de Maurin, se demandait quel avantage, en effet, il allait bien retirer de l'arrestation de son ennemi. Et déjà il regrettait un peu d'avoir mis les gendarmes dans ses affaires.

La Besti était de ces intelligences d'impulsifs bornés qui ne voient jamais qu'un objet à la fois, celui qui fait leur convoitise et sur lequel aussitôt ils se précipitent.

De celui-là on les détourne au moyen d'un autre, aussi souvent que l'on peut, comme l'*espada* fait volter le taureau en lui présentant la cape. Grondard voyait très bien maintenant qu'il n'y avait rien de bon pour lui dans cette arrestation de Maurin, sottement favorisée. Sa sœur et lui seraient hués dans les rues de la ville où aurait lieu le jugement ; toutes leurs vilaines histoires seraient racontées l'une après l'autre par tous ceux qui, effrayés jusque-là, s'étaient tus lâchement. Le meurtre de son père serait approuvé. Vraiment, pensait Grondard, il eût mieux valu faire ses affaires soi-même et trouver une occasion de se venger au coin d'un bois, avec un bon coup de matraque. Si, à cette heure, M. le juge eût interrogé Grondard sur la valeur des soupçons qu'il avait élevés contre Maurin, Grondard eût déclaré qu'il ne soupçonnait plus personne.

Pensant à ces choses, il rencontra Tonia devant la maison forestière, et lui annonça que Maurin était arrêté.

– Quel malheur ! dit la fille.

Et ne pouvant s'empêcher de pleurer, elle rentra vivement chez elle.

– Tiens ! tiens ! songea Grondard, en s'éloignant aussi rêveur qu'une brute peut l'être. Tiens ! tiens ! un secret est une chose dont on peut tirer profit…

Tonia, étant seule à la maison, tout en vaquant aux choses de son ménage, pleurait comme une Madeleine. Des larmes, grosses comme des olives, glissaient sur ses joues couleur de pêches dures ; et quand son père entra tout en un coup, elle ne put les lui cacher.

– Tu pleures ? Qu'y a-t-il ? fit Orsini, plutôt sévère.

Elle ne répondit rien.

– Que t'est-il arrivé ? parle !

Même silence.

– T'es-tu piquée ou brûlée ?

Un garde forestier entra.

– Brigadier, dit-il, je viens vous dire une chose qu'on raconte et qui est sûre. Le braconnier Maurin des Maures, arrêté par Alessandri, a été vu à La Verne par une petite pastresse qui le connaît très bien. Il était *enchaîné* !

– Ah ! dit Orsini.

– Il va sans doute passer par la cantine où les gendarmes avaient laissé leurs chevaux.

Le garde forestier s'était retiré. Orsini regarda fixement sa fille :

– C'est donc pour ça que tu pleures ? dit-il.

Alors, elle poussa un sanglot éperdu, un sanglot d'enfant qui étouffe. Même les petites filles corsoises, bien qu'elles aient du courage aux heures où il faut en avoir, pleurent ainsi devant le malheur et l'amour, – quand il n'y a plus rien à faire contre la destinée mauvaise.

Orsini, s'asseyant, frappa du poing sur la table.

– Madona ! dit-il en manière de juron écourté, je ne te parlais plus jamais de lui, depuis ton pèlerinage, et tu ne m'en parlais pas non plus. Je croyais que cela valait mieux et que tes idées sur lui s'en iraient peu à peu ainsi, en silence, comme la fumée d'un vieux feu qui se consume et froidit. Mais non ! et voilà comme tu pleures aujourd'hui, pour ce bandit ! J'irai donc le trouver, s'il faut… et lui dirai de prendre garde à lui !

– Et, gémit violemment Tonia à travers ses pleurs, comment pourrez-vous empêcher, mon père, qu'il soit en prison, et que, moi, je l'aime ?

La plus grande douleur ne désarme pas une femme de sa ruse d'amour. La maligne Tonia profitait de son chagrin même, se sachant passionnément aimée de son père, pour lui glisser son plein aveu, une bonne fois – sûre, à cause de ses larmes, de n'être pas battue ni tuée !

– Ah ! bougre de nom de sort ! cria Orsini, qui adoptait parfois les jurons de Provence. Ça c'est pire ! ça, je n'y comptais pas, par exemple !

Et frappé d'une idée et d'une terreur subites, il se leva, courut à sa fille, qui maintenant s'occupait de son linge à mettre en ordre, et, la prenant par les épaules, il la retourna brusquement pour la regarder au visage. Alors elle eut honte d'elle, et se voila la face de ses deux bras qu'il écarta aussitôt à deux mains, de toutes ses forces. Et d'une voix lente et calme, mais où l'on sentait d'autant mieux une farouche résolution :

– Il n'y a rien de plus ? interrogea-t-il, il n'y a pas de malheur, dis ?... Si j'apprenais autre chose, misère de moi ! je ne répondrais plus de rien ! Une fille c'est terrible, quand ça veut !... Mais réponds-moi donc, Tonia ! Tonia ! Tonia ! Dis-moi s'il faut que je te tue ? dis-le-moi ! Pourquoi pleurerais-tu tant, s'il n'y avait rien d'autre qu'un braconnier arrêté ? Pourquoi pleurerais-tu tant, à l'heure où la prison va faire ce que tu demandais à la Dame des Anges, c'est-à-dire te séparer de lui, et éloigner ton esprit d'un homme assez mauvais pour être livré aux juges ? Qui te dit que cela même n'est pas le miracle que tu as demandé ? car c'est miracle d'être enfin parvenu à mettre la main sur ce gibier – et Sandri pour toi a gagné aujourd'hui ses galons de brigadier !

A mesure que parlait son père, elle sentit tout le péril où elle s'était mise en laissant voir toute sa douleur. Elle essuya doucement ses larmes, faisant, au-dedans d'elle-même, un grand effort pour demeurer tranquille ; puis, calmée en apparence :

– Mon père, dit-elle, je ne vous ai plus parlé de lui parce que je me croyais guérie de ma peine ; je n'y pensait plus autant, mais c'est bien vrai que, de nouveau, j'y pense toujours ; bien vrai que si ce Maurin était à la place de Sandri, je serais heureuse sans nul regret, bien vrai aussi que je suis toujours reconnaissante du service qu'il m'a rendu, et que ce m'est un crève-cœur de savoir un tel homme en prison et qu'on l'y traîne les mains liées. Et quand je songe qu'ils vont passer par ici tout à l'heure... avec lui !

Elle regarda à travers les vitres et poussa un cri :

– Les voilà !

Elle se recula vivement, pour ne pas voir Maurin qu'elle supposait avec les gendarmes dont elle venait d'entrevoir l'uniforme à travers les pins…

Sandri pensait bien reprendre ses chevaux où il les avait laissés, à la cantine du Don, sans entrer chez Orsini, pour n'avoir pas à confesser la ridicule aventure qui venait de lui arriver, mais il comptait sans son futur beau-père qui lui cria :

– Sandri !… Ce n'est donc pas vrai, ce qu'on raconte, ou bien avez-vous confié à ceux de Collobrières l'honneur de conduire l'homme où il faut ?… Arrive et entre un peu, qu'on boive un coup en parlant de cette affaire !

Force fut à Sandri d'accepter l'invitation.

– Bonjour, Tonia !… fit-il. Vous avez les yeux bien rouges ?

– C'est que je viens, dit-elle, de hacher des oignons.

– Et ton prisonnier, Sandri ? interrogea Orsini.

Sandri se tut, hésitant.

– Le bougre nous a échappé, avoua l'autre gendarme nettement.

Tonia regarda Sandri. Il était pâle à faire peine et se mordait la moustache. Elle eut beaucoup de mal pour s'empêcher de rire. Elle ne dit rien et apporta sur la table des verres pour tout le monde, les bouteilles qu'il fallait, puis se mit à soulever et à reposer cent fois les couvercles de ses marmites et les pots à épices alignés par rang de taille sur la haute cheminée.

– Échappé ! disait Orsini en versant à boire. Pas possible ! comment as-tu fait ton compte ? Quand on tient un pareil oiseau, on s'y prend de manière, en l'attachant, qu'il s'étrangle plutôt avec la corde, que de pouvoir s'en tirer !

– Que voulez-vous ? il est rusé comme le plus rusé des renards. Il nous a enjôlés.

Il fallut bien conter l'aventure par le détail.

– Vous comprenez, Orsini, expliquait Sandri avec un visible désir de s'excuser, nous avions faim, beaucoup… Et la faim est une chose qui trouble les idées. Nous ne pensions plus guère qu'à manger. En tout autre moment nous aurions eu à coup sûr plus d'esprit et de malice. Et puis, ce bougre-là, je vous dis, nous avait endormis, par sa manière d'agir. Il semblait désirer en finir avec toutes les menaces qu'on lui fait ; il demandait lui-même les juges pour être jugé, condamné ou pardonné, mais de toute façon débarrassé. C'est ce que je croyais du moins, tant il avait bien su nous le faire croire, oh ! si bien que, tout en mangeant, j'en parlais à mon camarade ici présent, lequel partageait ma façon de voir, comme il vous le certifiera lui-même.

Le collègue de Sandri inclina le menton en signe d'adhésion pour le relever en le faisant suivre de son verre.

– Le diable était donc enfermé dans cette cellule ; et par la fenêtre (nous avions bien regardé) il n'était pas possible d'atteindre avec la main les branches du lierre. Cela du moins nous avait semblé ainsi… Celles qui arrivaient près de la fenêtre n'étaient pas plus grosses que des tuyaux de plumes de pigeons… Son carnier, nous avions pensé à le visiter mais trop tard sans doute.

– Il avait contenu un lapin rôti, dit l'autre gendarme, maudit lapin qui fleurait bon et qui nous a fait oublier tout le reste !

– L'homme, reprit Sandri, ne faisait aucun bruit… Nous aurions pu aller le voir plus souvent, c'est vrai, nous aurions pu appeler de temps en temps, – mais toute l'affaire n'a pas duré plus d'un quart d'heure !

Tonia écoutait de toutes ses oreilles.

– Nous aurions pu faire, dit mélancoliquement l'autre gendarme, tout ce que nous n'avons pas fait… Quel lapin !

Orsini crut que le gendarme parlait de Maurin :

– Il faut qu'il vous ait ensorcelé pour que vous fassiez encore son éloge !

– Je l'avoue. Il était cuit et doré à point, avec un bon goût de farigoule à se pourlécher les doigts.

– Ah ! bon ! ce n'est donc pas ce Maurin que vous flattez de cette manière ?

– C'est ce lapin dont nous avons déjeuné… quoique ce soit lui, après tout, la cause de tout le mal. Sans lui, Maurin vous rendrait visite à cette heure en même temps que nous. Car réfléchissez, Sandri, que ce lapin, c'est Maurin qui nous l'avait donné, le vin aussi et tout le reste ; et ce fut, je pense, pour nous endormir dans les plaisirs du manger et du boire. Comment se méfier d'un homme qui si bien vous nourrit quand vous crevez de faim ?

– C'est justement de quoi il fallait se méfier ! dit Orsini.

Tonia écoutait toujours avec la plus grande attention, et elle souriait en silence.

– Nous l'avons reconnu trop tard, confessa Sandri, piteusement.

» Et lorsque à la fin l'idée nous prit de l'appeler pour voir s'il y était encore – car, bien que l'évasion nous parût chose impossible, nous appelâmes le prisonnier (mais trop tard) pour être en règle avec la prudence –, rien ne répondit. Je voulus me lever pour aller voir : « Non, dit mon camarade, il s'amuse à ne pas nous répondre ou bien il s'est endormi… Nous voyons d'ici la porte qui n'est pas à trente pas et comment veux-tu que par la fenêtre il s'envole ? Il faudrait être pour ça l'âne de Gonfaron lui-même ! » Cette plaisanterie nous fit rire, nous rappelant le tour, drôle tout de même, que joua Maurin aux Gonfaronnais… Cependant quelques minutes après : « Je vais voir, dis-je : si le bougre s'est tué ? on ne sait pas ! » Nous débarricadons la porte. Rien qu'une bouteille vide et une pierre pas très grosse entortillée plusieurs fois d'une grosse ficelle et attachée au bout d'un bâton qui était droit contre le mur. Nous regardons par la fenêtre : quatre mètres de corde reliaient ce contrepoids aux branches d'un chêne qui est là-dessous… L'oiseau s'était envolé ! Car pour glisser sur ce fil il faut des pattes de picatéoù et des ailes, non pas des pieds et des mains. Alors, nous nous regardâmes, mon collègue et moi, je dois le dire, d'un air plutôt bête que fier et content, et nous regrettâmes ensemble d'avoir accepté son lapin qui, en effet, est cause que si sottement nous avons mal exécuté notre surveillance.

A ces mots, n'y tenant plus, Tonia qui jusque-là avait pu cacher sa joie, Tonia, ravie et énervée, se mit à rire, comme une folle, à rire, à rire autant qu'elle avait pleuré, à rire sans pouvoir s'arrêter.

Sandri se leva, lui jeta un regard féroce et prononça :

– Je comprends maintenant pourquoi tu avais les yeux rouges, Tonia, quand je suis entré. Ta gaieté de maintenant m'explique trop bien ta tristesse de tout à l'heure…

Et masquant son dépit de gendarme sous sa jalousie et sa colère d'amoureux, il cria violemment :

– Il faudra que cela change, Tonia ! Je te préviens que si je m'aperçois de la moindre chose dans l'avenir, je cesserai de te voir et de t'aimer. Un mari, tu en chercheras un autre.

– Je ris, dit-elle redevenant sérieuse, je ris, comme c'est mon droit, de ce qui est risible…

– En effet, dit l'autre gendarme ; cette jolie fille, Sandri, a vraiment le droit de rire de notre bêtise.

– Toi, tais-toi ! cria Sandri.

Avec beaucoup de dignité, trouvant que sa fille en ce moment n'avait pas tous les torts, Orsini prit la parole :

– Tu feras comme tu jugeras bon, Sandri, mais j'aime mieux, au bout du compte, voir rire ma fille que la voir pleurer. C'est une honnête fille, ne l'oublie pas. Quant à la menacer de rompre nos engagements, tu es libre. Il faudrait n'être guère fier pour ne pas te le dire en ce moment et ne pas te le répéter, après ce que tu viens de dire toi-même ! Du reste, si tu fais souvent des beaux coups comme celui d'aujourd'hui, tes galons de brigadier ne te tomberont pas du ciel… ce serait miracle… Et dans ce cas, comme tu le sais bien, pas n'est besoin de chercher sujet à rupture puisque le marché de lui-même sera rompu de notre côté !

Alessandri suffoquait.

– Au revoir ! fit-il. On recausera un autre jour. Pour aujourd'hui, c'est assez ! Le chasseur est excusable d'avoir de l'humeur quand il voit le lièvre qu'il croyait tué, sortir de sa gibecière pour gambader dans la plaine. Il ne vous est pas facile d'être bien aimable quand de votre mésaventure, qui devrait vous faire plaindre, votre future rit à votre nez comme d'un bonheur qui lui arrive !… Au revoir ; on verra la suite !

Il sortit, suivi de son acolyte, tandis qu'Orsini haussait les épaules et rallumait sa vieille pipe.

– Mon père, dit Tonia, je vous remercie ; vous êtes bon de m'avoir défendue.

– Je n'ai que toi, Tonia… dit simplement Orsini.

Et il ajouta avec un dédain dont il ne sentait pas le comique :

– Après tout, est-ce que je le connais, moi, ce gendarme ? Ils nous ennuient, à la fin, ces beaux soldats qui font les vantards et qui nous prennent tout d'un coup nos filles, quand nous les avons faites grandes et belles !

La jolie et rusée fillette alla à son père et, câlinement, l'embrassa.

CHAPITRE XLVI

COMMENT ET POURQUOI, NON SANS REGRET MAURIN FIT A UN GENDARME UN CADEAU PRINCIER CE QUI L'AMENA A CONTER A SES AMIS *LA LIÈVRE DE JUIN*

A quelques jours de là, M. Cabissol apprit que Maurin serait traqué à la fois par toutes les brigades des Maures.

Il le fit prévenir par l'ami Pastouré, et lui fit savoir en même temps que M. Rinal le cacherait chez lui, aussi longtemps que cela paraîtrait nécessaire.

Maurin arriva de nuit chez M. Rinal, à l'insu même de Cigalous à qui on se fit un devoir de ne rien dire.

Cigalous était le maire. On aurait pu le compromettre en lui confiant le secret.

Maurin, bien navré de ne plus courir les bois durant le jour, sortait chaque nuit, allait se mettre à l'affût du sanglier et de la lièvre, sorte de braconnage qui, en temps ordinaire, lui plaisait peu; mais il faut bien vivre, et nécessité n'a pas de loi.

Il passa ainsi chez M. Rinal environ deux semaines.

Sous prétexte de chasse, M. Cabissol, pour la circonstance, s'était fixé à Bormes; Pastouré y fit de fréquentes apparitions, et tous deux, Pastouré et Cabissol, l'un presque muet, l'autre agréablement bavard, passèrent avec Maurin, chez M. Rinal, plus d'une soirée joyeuse.

Un soir, Maurin, qui était resté, à son ordinaire, tout l'après-midi dans le grenier chez M. Rinal, déclara qu'il ne sortirait pas cette nuit-là.

Pastouré, qui était venu le chercher, s'étonna. M. Cabissol et M. Rinal parurent également fort surpris.

– Et pourquoi ne sortiras-tu pas ce soir ?

– A cause, dit Maurin, d'une rencontre que j'ai eue et d'un cadeau que j'ai fait aux gendarmes de Bormes, la nuit dernière.

– Oh ! Oh ! Contez-nous ça, Maurin.

M. Rinal, confortablement assis dans un vieux fauteuil au coin du feu, fumait une cigarette ; de sa main fine, élégante parmi la manchette brodée et souple, il en offrit une à M. Cabissol, qui, le dos aux coussins, s'était installé sur le divan recouvert d'un tapis oriental.

Maurin et Pastouré, malgré les invitations réitérées du maître de la maison, n'acceptaient pas les sièges moelleux ; ils s'y trouvaient mal à l'aise, et préféraient les durs escabeaux de bois de chêne, sans dossier.

– Contez-nous ça, Maurin. Et d'abord, allumez vos pipes.

Les pipes allumées :

– Voici, dit Maurin. Je revenais cette nuit de l'affût, et je rapportais ici ma lièvre, une lièvre de quatre kilos, mon ami ! une chose comme un loup ! qui me remplissait ton carnier, ô Pastouré, et même davantage – car c'est ton carnier, Pastouré, que j'avais emporté, avec ta permission, vu que le mien est grand comme une malle et que je ne croyais pas en avoir besoin, ne comptant pas tuer plus d'une lièvre, comme de juste.

» Je revenais donc avec mon carnier, c'est-à-dire le tien, jeté sur mon épaule, et cette lièvre dedans qui devait bien aller dix livres, mon ami ! une chose comme un petit veau ! et j'avais pris à travers bois pour ne pas suivre le chemin afin de ne pas faire de mauvaise rencontre.

» Mais, figurez-vous, monsieur Rinal, qu'en un certain moment, pas très loin de Bormes, il m'a fallu quitter le bois et traverser la route. La route traversée, je comptais rentrer dans le bois de l'autre côté, pour attraper les sentiers que je connais et me rendre ici en passant pardessus la colline.

» Eh bé ! voyez un peu ma chance, monsieur Cabissol : au moment où, dans la solitude du gros bois, je me serais fait l'effet d'être à cent mille lieues de toutes les gendarmeries – si j'y avais pensé, aux gendarmes ! – voilà qu'une chose extraordinaire me surprend. Il faut dire qu'il n'y avait dans le ciel qu'un petit rien du tout de quart de lune mince comme une faucille qu'on a usée à force de la passer à la meule.

» Je voyais mon chemin, comme un aveugle, avec les yeux de l'habitude. Je descendais la colline ; et j'arrive enfin devant la route en contrebas que je voulais traverser ; j'étais sur le talus, au-dessus du fossé, je saute sur la route, d'un mètre de haut, et voilà-t-il pas que je tombe juste devant un gendarme arrêté dans l'ombre d'un chêne-liège, et qui, je pense, m'écoutait venir !... Il était à l'affût, lui aussi.

» Noum dé pas Dioû qué mi diou ! Paouré tu, Móourin, siès perdu ! » Il ne devait pas m'attendre si tôt, car, lui aussi, il était là, saisi, gelé, pétrifié, quoi ! mais, tout en un coup, il avance les deux mains pour me prendre.

» Une idée alors me vient du ciel ! J'ôte vivement mon carnier de l'épaule et, sans souffler un mot, je te le lui flanque dans les bras, le carnier avec la lièvre, une chose énorme, comme tu n'en as jamais vu, mon homme, une chose comme un bœuf !

» Et frrutt ! je disparais dans la bruyère comme un petit lapin, avant qu'il ait pu se reconnaître, ni me reconnaître. C'est drôle, qué ? Je ne sais pas comment il aura pu se tirer d'affaire avec un paquet pareil entre les bras ! Il est peut-être encore là-bas sur place ! Imaginez donc ! une lièvre comme on n'en a jamais vu, mon ami, une chose lourde et grosse comme un chameau !... C'est beaucoup regrettable. Et cependant, pour me n'en sauver, pechère, je la lui ai offerte de bon cœur !

Pastouré retira sa pipe de sa bouche avec la main gauche et tendit son poing droit, le pouce levé, bien roide.

– Ce que je regrette le plus, dit Maurin, c'est le carnier de Pastouré, mais ce qui me console, c'est que son nom n'est pas dedans.

Pastouré fit un geste d'insouciance.

– C'est égal, dit Maurin, elle est forte celle-là ! On a bien raison de dire que, même quand il est dans le carnier, le gibier n'est pas encore au chasseur. On ne le tient bien qu'au bout de la fourchette.

Les auditeurs de Maurin s'attardèrent un moment à commenter l'aventure, s'égayant à l'idée de l'étonnement du gendarme.

Ce soir-là, les histoires de chasse défrayèrent seules la conversation, et M. Cabissol ayant émis cette opinion que, par avarice, tout paysan qui a pris un lièvre en fraude se ferait tuer plutôt que de l'abandonner aux gendarmes, comme l'avait fait Maurin, celui-ci s'indigna :

– Vous connaissez bien des choses, monsieur Cabissol, et j'ai bien du respect pour vous, mais si vous pensez cela, alors c'est que vous ne connaissez pas mon peuple. Tenez, le printemps dernier, voici ce qui est arrivé à Pitalugue.

Et Maurin poursuivit ainsi :

LA LIÈVRE DE JUIN

Pitalugue labourait son champ, dans la plaine au-dessous de Bormes. Tout en un coup, tirant sur les brides de corde, il arrêta doucement et en silence son cheval et, les yeux écarquillés et fixes, il regarda attentivement un creux de sillon dans son labour de la veille, à vingt pas devant lui, à sa main droite, sous le vent.

Voyons, il ne se trompait pas : cette espèce de paquet gris et rougeâtre qui ne remuait pas, c'était une lièvre. Elle dormait. Noum dé pas Dioû, qué lèbre !... Une chose grosse comme un gros chien, mon ami !

Que faire pour l'avoir ?

Se taire d'abord et réfléchir, mais réfléchir un peu vite et prendre un parti au plus tôt.

Adonc, Pitalugue réfléchissait, immobile, les deux mains serrant, d'émotion, les manchons de l'araire, derrière son vieux cheval.

Qu'heureusement il y avait du vent, et pas de mouches ! – pourquoi, s'il y en avait eu, des mouches, le cheval, en les chassant du pied, aurait peut-être fait du bruit à réveiller la lièvre.

Elle dormait comme un plomb, pechère !

Alors, Pitalugue se pensa : « Si je voyais là-bas quelqu'un de mes enfants, je lui ferais signe de m'apporter le fusil, mais je n'en vois pas. Quand on laboure, on devrait toujours être armé !... »

Pitalugue avait laissé son araire en plan, il avançait à pas silencieux vers la bête endormie.

Voici ce qu'il comptait faire :

Arrivé près de la lièvre, quand il l'aurait presque à ses pieds, il se baisserait tout doucement, puis, d'un coup, laisserait tomber tout son corps de tout son poids sur elle, comme tombe la lourde pierre d'un *quatre de chiffre*... il l'écraserait ainsi sous sa lourde poitrine, car sans cela, de la prendre tout bonnement avec la main comme on cueille la figue à la figuière, il n'y fallait pas songer. C'est fort, une lièvre.

Donc, c'était décidé, il allait faire, de tout son corps, une pierre de *lesque*. Et malgré cela, en se détendant et se débattant, elle saurait peut-être se faire lâcher !

Il approcha, approcha. La lièvre ne s'éveilla point. Quelle lièvre, mon ami ! un petit âne d'Alger !... Pitalugue jeta encore un regard vers sa bastide : personne.

Alors, résolument, il se laissa tomber comme un bloc de carrière sur la lièvre qui dormait toujours. Elle ne s'éveilla que sous le choc avec un cri, mon homme ! que tu aurais dit de trois cents rats qui ont tous à la fois la queue prise dans une jointure de porte.

Quand il sentit la bête chaude et remuante contre son estomac : « Vé ! que je l'ai ! » cria-t-il, joyeux.

Et il travailla à lui prendre les pattes, deux dans chaque main !...

– Ah ! par exemple ! c'est « un bon affaire » ! Je n'ai pas manqué mon coup !... Voyez un peu, sans fusil, ce que peut faire le génie de l'homme !

Quand il se releva, il aperçut ses quatre enfants et sa femme qui venaient à lui.

L'aîné de ses trois « drôles » portait le fusil ; sa petite dernière courait devant la mère. Tous avaient vu de loin les manières de Pitalugue, et ils avaient compris, les monstres ! Car un paysan aux champs voit tout ce qui se passe aussi loin que peut porter sa vue et, à la manière des mouvements d'un homme, il devine, au loin, si l'homme se gratte pour une puce ou pour une mouche.

Pitalugue cria à son aîné qui n'était plus beaucoup loin :

– Pitalugue, j'ai de la ficelle à la poche, va vite la prendre dans ma veste qui est pendue à l'olivier le plus proche.

Mais de la cordelette, Pitalugue fils en avait sur lui, et la lièvre fut liée par les quatre pattes, au milieu du rond que faisaient autour d'elle la femme, les quatre enfants et le père.

– Père, ne lui « fasse pas de mal » ! disait la petite en se haussant, pour voir ce grand lapin sauvage qui gigotait de son mieux, pechère, mais sans pouvoir se tirer de ce mauvais pas.

La lièvre liée, chacun voulut lui tâter le râble.

Seule, la petite ne caressait que le poil.

– Quelle lièvre ! Ça pèse bien huit livres !

– Ah ! çà, vaï, huit livres ! Elle en pèse au moins dix !

– S'il te fallait l'acheter, tu la paierais bien dans les sept, huit francs !

– Ah ! ça, vaï, sept, huit francs, dans cette saison ! Pour quinze tu ne l'aurais pas !

– C'est à Paris qu'ils seraient contents d'avoir la pareille, au mois de juin !...

– De lièvre, moi, dit l'aîné, je n'en ai pas mangé deux fois dans ma vie.

– C'est bon ? dit le second.

– Meilleur que du poulet, bien sûr !

– Quand est-ce qu'on la mangera ? demanda le plus petit des trois garçons.

A ce moment, Misé Pitalugue s'écria :

– Bou Dioû ! Elle a du lait, voyez, pechère ! C'est une mère... c'est facile à comprendre que ses petits l'attendent quelque part...

Elle pressait les mamelles de la pauvre bête épouvantée et haletante. Les gouttes de lait venaient au bout des tétines.

– C'est embêtant, dit l'homme.

Et tous, un long moment, gardèrent le silence, bien ennuyés.

– Pourquoi, embêtant ? dit l'aîné. Est-ce qu'elle sera mauvaise ?

– C'est embêtant qu'elle ait des petits, dit la femme. Ça fait peine, tout de même, de penser qu'ils vont mourir dans un trou !

La lièvre, bien liée par les pattes, fut déposée à terre. Et tous s'assirent autour d'elle, tenant conseil.

Il y avait un bon moment, poursuivit Maurin, que, passant par là, je m'étais approché d'eux. Ils m'expliquèrent toute l'affaire.

– J'étais avec Maurin, confirma alors Pastouré, qui suivait attentivement tous les détails du récit en remuant les lèvres comme s'il eût répété mot à mot tout ce que disait Maurin, lequel continua ainsi :

– Que faut-il faire ? demanda Pitalugue. C'est bon, la lièvre. Et puis, il y a de quoi faire un gros repas à nous six. Ça compte, ça, dans une maison pauvre comme est la nôtre !... Qu'allons-nous faire, Maurin ?

Je lui dis :

– Je ne sais pas ; la lièvre est tienne. C'est des choses qui ne regardent que ceux qui y ont leur intérêt. Mais si j'étais « de toi », je la lâcherais.

– Ce sont ses petits qui me tourmentent, dit Pitalugue. J'ai tous ces petits levrautons dans ma tête.

– Ils vont pleurer à fendre le cœur, dit sa femme.

– Et crever sans être utiles à personne, dit Pitalugue.

Alors, la petite dernière se mit à sangloter :

– Je veux pas qu'on la tue, père ! Père, il ne faut pas la tuer.

– Allons, dit la femme, ne contrarie pas la petite… c'est quinze francs de jetés par la fenêtre ; lâche-la tout de même.

Avec beaucoup de précautions pour ne pas lui casser les pattes, ils la délièrent.

Et quand elle fut déliée, Pitalugue et sa femme et tous en eurent comme un remords. Ils ne voulaient plus la lâcher :

– C'est dommage ! un si beau morceau, et si bon ! une lièvre de vingt francs, pour le moins !… Remets-lui vite la ficelle aux pattes, Pitalugue.

Mais la petite fille cria :

– Laisse-la aller à sa maison, père !… ses petits l'appellent et puis, d'abord, moi, je la veux voir courir !…

– Ses petits ne sont pas loin, probable !… dit le père. Elle en doit bien avoir trois ou quatre… Il faudra veiller. Nous les tuerons quand ils seront grands. Ne prenons pas les bêtes par traîtrise, quand elles ont des petits…

Que vous dirai-je, messieurs, la compassion l'emporta :

– Regardez bien ! y êtes-vous ? Pas de regrets ?… une, deux !… adessias !

Posée à terre, la bête bondit…

Ici, entraîné par la force de ses souvenirs, Pastouré, interrompant Maurin, s'écria :

– Ah ! messieurs !… si vous l'aviez vu filer, *cette mère* !

– Et voilà le cœur de mon peuple ! conclut Maurin.

– Bravo ! dit M. Rinal ému. Là-dessus, je vais me coucher… Et je vous engage, Maurin, à ne pas sortir du tout avant quelque temps, pas plus la nuit que le jour. Demain nous reprendrons cette conversation.

– D'autant plus volontiers, dit M. Cabissol, que j'ai appris sur le compte d'un gros personnage, mari d'une femme dont l'influence, à Paris, nous est tout acquise en faveur de Maurin, une histoire des plus divertissantes, et je brûle de vous la conter.

– Parbleu, dit M. Rinal, vous me donnez envie d'être à demain !…

Et les quatre amis se séparèrent.

CHAPITRE XLVII

QU'IL NE FAUT PAS LIRE, PARCE QU'ON Y RELATE LA PROFONDE ET ENNUYEUSE CONVERSATION QU'EURENT ENSEMBLE – EN PRÉSENCE DE MAURIN DES MAURES ET DE PARLO-SOULET –, M. RINAL ET M. CABISSOL, LEQUEL SE DÉCIDA, POUR EN FINIR A CONTER DEUX GALÉGEADES

Le lendemain du jour où il avait conté à ses amis La lièvre de juin, Maurin ne fut pas oisif.

Désireux de se rendre utile à son hôte, pour lui témoigner sa reconnaissance, il passait, en effet, ses après-midi devant un banc de menuisier, réparant une porte ou un volet, un pied de table ou de chaise, car il faisait de ses mains, comme on dit, tout ce qu'il voulait, notre homme, et, dans une île déserte, pourvu que le naufrage lui eût laissé quelques outils *à peu près*, il eût été capable de construire une péniche presque aussi bien que le charpentier du bord.

Le soir, après le dîner auquel assista M. Cabissol et où, bien entendu, fut servi un poulet sans tête, la conversation prit un tour singulièrement philosophique.

Lorsque arriva Pastouré qui, silencieux à son habitude, s'assit sur son escabeau tout en allumant sa pipe, la discussion entre l'avocat et l'ancien chirurgien de marine battait son plein.

Les deux chasseurs écoutaient, s'efforçant de comprendre, et comprenant en effet bien des choses, mais non pas tout, et pour cause.

Les deux interlocuteurs parlaient de Nietzsche.

A quel propos ?

A propos du sentiment de pitié auquel le lièvre de Pitalugue avait dû sa libération.

Le philosophe allemand, dissertant de la pitié, dit en propres termes : « Les petites gens la tiennent aujourd'hui pour la vertu par excellence… Gardons-nous de la pitié. Soyons durs. »

– Il a bien raison, s'écriait M. Rinal. Robespierre et Marat pitoyables, c'est la Révolution française, l'émancipation du monde rendues impossibles.

– Cependant, répliquait M. Cabissol qui partageait, au fond, l'opinion de M. Rinal, mais qui s'amusait à le contredire à seule fin de l'exciter aux répliques – cependant vous ne pouvez pas voir dans votre assiette une tête de poulet ?

– Les poulets sont des innocents. Toutes les bêtes sont innocentes.

– Maurin est un chasseur ; il tue des bêtes.

– Il les tue pour en vivre. La vie inférieure doit être sacrifiée à la vie supérieure, et celle-ci a le droit d'être impitoyable lorsqu'il s'agit pour elle d'assurer sa conservation et les moyens de s'élever encore. Les miséricordieux sont les protecteurs de la vie ; mais ils doivent la protéger, par pitié suprême, contre les premiers mouvements de leur pitié instinctive, laquelle pourrait donner la victoire aux vrais impitoyables… N'en doutez pas, c'est le fond de la pensée de Nietzsche.

Il faut croire que Maurin avait compris, car il grommela :

– Il vaut mieux tuer le diable…

– Que si le diable vous tue, proféra Pastouré le taciturne.

– Le difficile, continua M. Rinal, c'est de distinguer entre les véritables *durs* capables de sacrifier l'humanité entière à leurs convenances personnelles, et les autres, ceux qui ne sont inexorables qu'en vue du bien général.

– Théorie dangereuse.

– Théorie féconde. Et tenez, dans la vie courante, à toute heure, il faut savoir broyer en soi, douloureusement, toute compassion envers ceux qu'on aime, afin d'assurer leur progrès moral et par conséquent de les aider à être heureux un jour. C'est l'idée éducatrice par excellence. Jésus n'eut-il pas ses heures de colère ? Nietzsche n'a rien inventé ! – Au demeurant, poursuivit M. Rinal, les philosophes ne me plaisent guère parce qu'ils ont la prétention, chacun, de trouver la définitive formule de la vérité. La vérité est éparse et il n'est encore au pouvoir de nulle créature humaine d'en raccorder les fragments disséminés. Le secret, la clef de cet accord ont été cachés dès l'origine sous une pierre des fées ou dans un antre de pythonisse. Il y a plus de vérité dans l'intuition intermittente des simples en général et des poètes en particulier, que dans les systèmes prétentieux d'un philosophe. Les philosophes ne sont que des poètes manqués et, ce qui est plus grave, de simples gens de lettres, du moins pour la plupart.

– Qu'entendez-vous par là ?

– J'entends par là des artistes qui se préoccupent surtout de leur gloire. Le désir de se signaler gâte leur sincérité. L'univers nous apparaît comme contradictoire à lui-même ; notre esprit est encore incapable de concevoir que le conflit des forces opposées, la lutte des antinomies, vie et mort, bien et mal, est la condition même de l'ordre dans le monde. Or, malgré eux, les philosophes, dont la logique est mise en déroute par l'inexplicable, finissent par se préoccuper avant tout de paraître originaux. Il faut fonder un système qui ne ressemble pas au système des aînés, sans quoi on n'est que leur écolier, et il s'agit de se poser en maître. Nietzsche est un douloureux attendri qui porte sa robe à l'envers. De quoi est-il vêtu ? Quelles couleurs singulières ! Retournez l'étoffe de Nessus qui emprisonne sa chair et vous reconnaîtrez la pitié. Il la hait parce qu'il en meurt. Grand poète, un peu obscur, que la mort de Dieu a rendu fou, admirateur de l'énergie parce qu'il se sentait faible, et de la dureté parce qu'il était top tendre.

M. Cabissol toussa.

– La pitié, la pitié, dit-il, c'est, au bout du compte, un acte instinctif par lequel nous nous supposons à la place de l'homme qui souffre ; nous nous y voyons, par une opération imaginative qui nous fait souffrir son mal ; et c'est nous que, égoïstement, nous soulageons ou voulons soulager en lui.

– Même ainsi comprise, dit M. Rinal, la pitié est noble. Elle est la protection de chacun dans tous, de tous par chacun. Elle fait éclater aux yeux de l'esprit le mystère de l'unité dans l'innombrable.

– Les mots peuvent tout dire. Toutes les thèses se peuvent soutenir, s'écria M. Cabissol. Où est la vérité, je vous le demande ?

– Dans tout, vous dis-je ; la vie ne se trompe pas. Le singe flaire une pomme vénéneuse et la rejette.

» Le besoin d'une morale préexiste, dans l'homme, à toute morale formulée. Ce besoin est un fait physiologique, comme la faim.

» Et l'homme, pris en masse, en tant qu'être moral, ce comporte vis-à-vis des idées comme le singe avec les fruits : il reconnaît au flair les doctrines qui empoisonnent, ou s'il y mord, il ne s'en nourrit pas.

M. Cabissol toussa de nouveau.

– S'il y goûte, il peut en mourir, dit-il.

– Individuellement ; mais en tant que race, en tant qu'humanité, l'homme résiste à tous les poisons que produit son cerveau, car la volonté de vivre est infinie, et indépendante de son raisonnement. La cause reste la plus forte. L'espérance indéfinie, si voisine de la foi, est, comme le besoin d'une morale, un fait physiologique.

Pastouré, émerveillé, renouvela un mot célèbre :

– C'est bougrement beau : je n'y comprends rien.

– Tout de même, poursuivit M. Rinal, l'idéal, le rêve du meilleur et du plus beau, produit par le cerveau humain, est un fait. On peut très bien admettre que ce rêve est une étape vers la réalisation positive des plus nobles chimères.

» Il ne me paraît pas absurde d'affirmer que Dieu, ainsi compris, et qui n'existe pas encore pour qui n'en a pas la conception, existe déjà réellement pour celui qui l'aime !…

» Pourquoi, dans l'infini, le progrès ne serait-il pas indéfini ? Il n'est pas nécessaire aujourd'hui d'avoir du génie pour constater que, dans l'ordre social, tout évolue et que tout monte.

– Vous trouvez ? dit M. Cabissol.

– Parbleu ! quand on ne s'en aperçoit pas, c'est qu'on oublie le passé. Mais, à travers toutes les cruautés, les trivialités, les stupidités de notre vie sociale, il est facile, en comparant les conditions de l'existence moderne avec ce que nous savons du passé, de voir que tout est mieux. Un peu de mieux suffit à l'espérance d'un autre « peu de mieux ». De jour en jour, l'homme s'installe plus confortablement sur le globe et par suite il a le loisir de jouir mieux que jamais, et de mieux comprendre les beautés de la nature et celles des arts.

– En vérité ! dit M. Cabissol, vous croyez que le peuple se soucie de l'art ?

– Pas encore beaucoup, mais donnez-lui le temps. Éduquez-le. Voilà Maurin qui nous écoute… et voilà Pastouré. Eh bien, leur manière de raconter ou d'écouter prouve qu'ils ont le goût de la vie, de la pensée et de l'expression artiste.

– Je vous avoue que bien souvent je me dis au contraire (et j'en demande pardon à Maurin) que la masse est aveugle, stupide et indécrottable. Elle n'aime que les cabarets. Et sans des bourgeois comme vous, qui la conseillent et la guident, elle ne serait même pas capable de revendiquer les libertés qu'elle ne comprend point et qu'elle s'imagine conquérir parce que vous les lui accordez. Qu'est-ce que le socialisme, sans les bourgeois de gouvernement ? Un tas d'ignares, une tourbe envieuse, imbécile et mauvaise ; ça, c'est le peuple.

– Mais sacrebleu ! s'écria M. Rinal, les bourgeois de gouvernement c'est le peuple, c'est le *surpeuple* si vous voulez, mais le peuple d'aujourd'hui sera le surpeuple de demain. Sans doute le monde, vu superficiellement, est bête, mauvais, vilain, mais n'est-il pas admirable que de tout ce chaos se dégage en somme une idée d'humanité supérieure, un simple petit espoir, mais lumineux, une vision d'homme plus doux, plus fort, plus civilisé ? Et ces bourgeois qu'on accuse – je les accuse – qu'on méprise – je les méprise – n'est-il pas magnifique, après tout, que ce soit eux qui se fassent les instruments de l'évolution du prolétariat à laquelle ils perdront quelque chose de leurs avantages ?

– Ils n'y perdent rien, dit timidement M. Cabissol ; ils y gagnent momentanément le pouvoir. Cette compensation leur suffit.

– Un pouvoir qu'ils emploient à préparer leur chute de demain !… Vous m'agacez à la fin.

» De quel droit suspectez-vous leur bonne foi ? Pourquoi pas la mienne ? Qu'ai-je à gagner, moi par exemple, à l'avènement de Maurin, de Pastouré et de tous les prolétaires de France ? Rien. Je professe une opinion qui les sert et qui peut me desservir, puisque je ne brigue ni le mandat de député ni celui de conseiller municipal. Et pourquoi suis-je avec eux ? Parce que je les aime, tout bêtement, et parce que j'aime la justice.

– Oh ! vous ! vous !… vous êtes un saint laïque, grogna Cabissol.

– Noum dé pas Dioû ! dit Maurin, vous me faites venir la chair de poule, monsieur Rinal, à force de bien parler. Ah ! si nous en avions « de comme vous » pour les envoyer là-haut, on te la referait, la France ! Qu'en dis-tu, Pastouré ?

– Je suis là que je me le pense, dit le colosse-enfant.

M. Cabissol semblait réfléchir.

– Alors, reprit-il enfin après un long silence, vous croyez vraiment qu'il y a un autre progrès que le progrès industriel, matériel ? Non ! L'homme s'installe de jour en jour plus confortablement sur ce globe, mais il est resté la méchante bête qu'il fut et sera toujours.

– Mon cher Cabissol, dit M. Rinal, voici à quoi je pensais, pendant que Maurin nous contait hier sa jolie histoire de *La lièvre de juin*…

Quelques années avant la Révolution française, une troupe de jeunes gens, tous apparentés, de près ou de loin, à MM. les membres du Parlement d'Aix, revenaient, un soir, d'une partie de campagne. Ils avaient avec eux d'aimables femmes. Ils étaient gais, excités par les propos libres et les bons vins qu'ils avaient bus dans la journée. Ayant rencontré, près de la ville, un paysan qui s'en retournait chez lui monté sur son âne, ils le plaisantèrent à qui mieux mieux et, de fil en aiguille (le paysan répondant à la galégeade par la galégeade), ils lui proposèrent de jouer avec eux… au Parlement. S'il consentait à tenir le rôle de l'*accusé* dans la comédie qu'ils allaient improviser, il aurait pour sa récompense un bel écu d'argent. Le paysan, bonhomme, y consentit. On prit goût au jeu, on s'échauffa, et ayant jugé le manant pour rire… on le pendit pour de bon !

» Ce crime ne fut pas puni. Un procès en règle aurait compromis des noms de juges trop illustres !

» Voilà à quelle conception de l'inégalité des hommes en étaient arrivés quelques-uns au moins des puissants du jour, ceux que la Révolution allait abattre. Ces illustres, ces bien-nés pouvaient tout faire, tout se permettre contre le droit des humbles.

» Tout une caste, ou du moins (et cela suffit) les plus orgueilleux d'une caste orgueilleuse, se croyaient tellement au-dessus du peuple qu'ils prenaient avec lui toutes licences. C'était, devenu légion, Néron, incarnation de toute-puissance et d'orgueil. C'était la tyrannie d'une seule classe de citoyens sur toutes les autres, et, dans le crime commis contre tout ce qui n'était pas elle, elle goûtait des joies sadiques, monstrueuses. Voilà ce que la Révolution vint détruire d'une façon immédiate, sans pitié, au nom d'une pitié supérieure, à longue échéance.

» A ce meurtre du paysan d'Aix, pendu par des fils de parlementaires en humeur de rire (histoire exceptionnelle, je le veux bien, mais qui ne serait plus possible de nos jours, sinon au fond de l'Afrique et contre des nègres, et pour les mêmes motifs d'orgueil maladif), l'évolution morale, le progrès moral de notre civilisation libertaire répondent aujourd'hui par l'histoire (exceptionnelle aussi, je le veux bien) de *La lièvre de juin*, que Maurin nous a contée hier.

» L'homme est devenu meilleur pour l'homme et même pour les bêtes.

» Et je n'ajouterai qu'un mot : Le génie lui-même ne met pas l'homme au-dessus des hommes. Le savant ou l'artiste n'est digne du respect universel que lorsque, bien loin de s'isoler dans des œuvres d'orgueil, inaccessibles aux masses, il devient au contraire le cœur multiplié qui se donne aux foules pour les consoler ou les guérir.

» Allons ! allons ! conclut M. Rinal, vous nous avez promis une histoire gaie, Cabissol, contez-nous-la.

Cabissol commença ainsi :

LES CANARDS DU LABRADOR...

CHAPITRE XLVIII

LA MERVEILLEUSE HISTOIRE DES *CANARDS DU LABRADOR*

La famille des d'Auriol est bien connue en Provence depuis le XVIIIe siècle.

C'est vers 1786 que l'aïeul illustre de cette noble famille, boulanger de profession, prononça le mot historique dont tout le monde en Provence connaît la formule : *Íou síou d'Óourùou : m'en fouti.*

Si vous avez oublié cette histoire, permettez-moi de vous la rappeler.

Un certain Jean, natif d'Auriol, était allé passer son dimanche à Roquevaire. A Roquevaire il assista au prône. Le sermon endormit l'assistance, et maître Jean – le plus endormi de tous les auditeurs – ronflait insolemment. Le curé, alors, frappant sur le bois de sa chaire sonore un coup de poing retentissant pour réveiller ses ouailles, leur cria :

– Gens de Roquevaire, vous serez tous damnés !

– *Oh! íou*, dit maître Jean, réveillé en sursaut, *oh! íou síou d'Óourùou : m'en fouti!* c'est-à-dire : « Moi, m'sieur le curé, veuillez croire que cela m'est bien égal, vu que je suis d'Auriol. »

Il existe actuellement trois descendants du d'Auriol qui a fondé la gloire de la famille.

L'aîné, Jean d'Auriol, licencié en droit, vit à Auriol même, dans une heureuse médiocrité.

Son cadet, Paul, cinquante ans, est secrétaire de la mairie d'Auriol. Les maires passent, il reste. Il est, à la mairie d'Auriol, ce que les bureaux sont aux ministères. Et la ville prospère.

Le plus jeune enfin, qui n'est pas du même lit, n'a que trente-trois ans. Il s'appelle Pierre. Ce qui nous donne : Jean, Pierre et Paul.

Seul des trois frères, le secrétaire de mairie est marié, et, au moment où commence cette histoire, son fils, Théodule, il y a de cela quatre ans, avait seize ans à peine et se trouvait à la veille de passer son examen de bachelier ès sciences.

Or, le plus jeune des trois d'Auriol, Pierre, sorti de l'École Normale supérieure de Paris, fut quelque temps professeur de philosophie au collège d'Auriol.

Se jugeant victime d'une injustice, de celles qu'un homme averti doit supporter tous les jours avec patience, il donna sa démission. C'était un idéaliste.

Tombé sur le pavé, du soir au lendemain, et sans un sou, ce jeune fou ne tarda pas à s'apercevoir que les diplômes et titres universitaires ne sont d'aucune utilité à un homme qui veut gagner son pain.

Aidé d'abord par son frère, Jean d'Auriol, et par son frère Paul, il ne souffrit pas l'idée d'être longtemps à leur charge. Il alla tenter fortune à Paris. Là, tout en donnant des leçons dans une boîte à bachot, il se mit à écrire des romans et des pièces de théâtre, mais il ne trouva ni directeur ni éditeur disposés à faire représenter ou à imprimer ses ouvrages. Il avait pourtant du talent, mais il manquait de cette suffisance qui mène à tout. Il croyait que la modestie est une élégance, l'imbécile !

Un beau matin il vit entrer chez lui un juif qui lui dit :

– Mossieu, je fiens te la bart t'un homme tu monde qui tésire fous ageter un manuscrit te théâtre afin te le signer te son nom. Foilà teux mille francs.

Ce marché conclu, Pierre ne trouva rien de mieux que de partir pour New York.

Quand il en revint, ayant dû à sa qualité de philosophe idéaliste l'insuccès de toutes ses démarches en Amérique, il possédait pour seule fortune deux canards enfermés dans une cage somptueuse qui portait cette inscription sur une belle plaque de cuivre reluisante :

CANARDS DU LABRADOR, *spécimen rare.*

C'était le cadeau bizarre que lui avait fait un milliardaire américain, en le mettant à la porte après l'avoir chargé quelque temps de faire à son jeune fils un cours de français, mais non pas d'idéalisme.

Dès son arrivée au Havre, Pierre d'Auriol, bien embarrassé de la cage fastueuse, la fit pourtant transporter à l'hôtel avec son humble malle.

Puis il alla au café et demanda les journaux du matin.

Il les parcourut avidement.

Et tout à coup, son regard fut attiré par cette ligne composée en gros caractères :

GRAND CONCOURS AGRICOLE A AURIOL.

– Voilà, se dit Pierre, des nouvelles toutes fraîches de ma petite patrie. Il sera question sans doute, dans cet article, de mon frère le secrétaire de la mairie.

Il lut l'article.

La petite ville d'Auriol organisait une importante exposition agricole ; il y avait un grand nombre de sections : horticulture, apiculture, pisciculture, aviculture, poulets, dindons, faisans… CANARDS.

Quel trait de lumière ! il allait pouvoir se débarrasser des siens !

« Il sera accordé un prix de quatre mille francs à l'exposant qui aura présenté le plus beau couple de canards modèles !

« Messieurs les exposants peuvent retenir à l'avance des cages d'un, de deux, trois et quatre mètres carrés pour leurs volatiles. Donner exactement noms, prénoms et adresse. Ces emplacements sont accordés gratuitement.

«*Nota.* – Si le jour de l'inauguration du comice agricole, l'emplacement, qui doit être retenu par lettre, n'est pas occupé, il sera payé un dédit de cent francs par mètre carré.

« Adresser toutes demandes à M. Z., directeur de la section 4, telle rue, tel numéro, à Auriol. »

Pierre d'Auriol écrivit une lettre détaillée à M. Z. pour retenir un emplacement de deux mètres carrés, avec bassin et eau courante, et revint à l'hôtel.

Les canards, dans la cour de l'hôtel, le saluèrent de leurs coin-coin d'affamés.

Il leur fit donner une pâtée abondante et déclara au patron de l'hôtel qu'il partirait le lendemain ou le surlendemain, emmenant ses précieux canards.

Le patron lui conseilla de les expédier le jour même.

– Mais, dit Pierre, on n'acceptera là-bas les envois des exposants que dans quinze jours exactement.

– N'avez-vous pas dans cette ville un ami qui leur donnera l'hospitalité ?… Du reste, vous arriverez presque en même temps que ces intéressantes volailles. Je vous avoue qu'ici elles me gênent un peu. Et puis... Si l'envie vous venait de demeurer trois jours au Havre pour vous reposer ?...

– Coin ! coin ! coin ! dirent les canards.

– Parbleu ! pensa Pierre d'Auriol, j'ai, à Auriol, mon frère Paul, le secrétaire de la mairie. Je vais lui expédier mes canards.

Il les expédia et négligea d'écrire à Paul.

Pierre passa deux jours au Havre, où il avait rencontré un bon camarade d'école, puis il s'oublia une dizaine de jours à Paris.

Et quand il arriva chez son frère à Auriol, le premier mot qu'il lui adressa fut celui-ci :

– Eh bien, et mes canards ? Comment les as-tu trouvés ?

– Excellents, dit Paul.

Pierre tomba, anéanti, sur une chaise en gémissant :

– Malheureux ! tu les as mangés !

– Hélas ! j'avais arrêté par lettre une cage de deux mètres carrés...

– Il fallait donc me prévenir !

– C'étaient des canards d'exposition, ils valaient deux mille francs pièce, puisqu'ils m'auraient donné le grand prix du concours qui est de quatre mille... Et maintenant... je dois un dédit de deux cents francs ! Et je ne possède plus sur terre que treize francs soixante et quinze !

» Je suis perdu, définitivement perdu !

– Et pourquoi perdu, mon oncle ? dit le jeune d'Auriol, Théodule, qui revenait juste à ce moment-là du collège où il était externe.

Son père expliqua l'aventure à ce jeune gaillard de seize ans qui pouffa de rire.

– Et voilà ce qui vous désole ? Ah ! mon oncle, je vais vous tirer de ce mauvais pas. Laissez-moi faire. Qu'on m'apporte la cage. On ne l'a pas mangée, j'espère, la cage ?

Pendant qu'on la recherchait au grenier, Théodule sortit.

Quand il rentra, un quart d'heure plus tard, la cage était retrouvée, et il tenait par les pattes, pendus à son poing, la tête en bas, deux magnifiques canards assez semblables à ceux dont il avait déjeuné quelques jours auparavant.

Il les introduisit dans la cage :

– Vous ne paierez pas le dédit, mon oncle ; ces deux canards sont du

Labrador, comme en témoigne cette magnifique plaque de cuivre reluisante que Catherine va fourbir encore.

– Que veux-tu dire ? interrogea anxieusement l'idéaliste Pierre.

– Je m'en doute ! proféra le bureaucrate Paul, que sa vie dans les mairies avait accoutumé de longue date à ne s'étonner de rien et à tout prévoir.

– Je veux dire, répliqua l'arriviste Théodule (seize ans, l'âge de la rhétorique, au temps aboli des humanités), je veux dire que vos canards du Labrador n'ont pas été mangés, puisque les voici – et que je ne désespère pas de vous faire obtenir le prix de quatre mille balles !

– Mon neveu, dit gravement l'ex-professeur de philosophie idéaliste, cette substitution serait un odieux mensonge.

– Mon oncle, répliqua l'écolier Théodule, externe au collège d'Auriol (seize ans, ô Roméo, l'âge de Juliette !), mon oncle, vos scrupules vous honorent. Voulez-vous, ou seulement pouvez-vous payer les deux cents francs de dédit ?

Le professeur, vaincu, courba la tête.

– Non ? reprit l'écolier. Alors laissez-moi faire. Voyez-vous, mon oncle, vous appartenez à une génération très coco (mille excuses), vous avez des idées préhistoriques, car elles datent d'environ sept ou huit ans... En ce temps-là les autos se mettaient à peine en mouvement. Laissez-moi faire. Deux cents francs ne sont pas une bagatelle et quatre mille francs non plus ! Je vais arranger vos affaires. Ce qui m'ennuie un peu c'est la préparation de ce diable de baccalauréat. Mais bah ! il sera supprimé dans peu de temps, et dès lors les bacheliers reprendront dans la société le rang subordonné auquel ils ont droit. Le sens pratique de la vie crée seul les supériorités sociales, c'est-à-dire celles que donne l'argent, comme cela est de toute justice dans une société démocratique et égalitaire fondée sur l'inégalité des savoir-faire.

Pierre d'Auriol, ahuri, se tut, faute de deux cents francs.

« Coin ! coin ! coin ! » dirent les canards d'Auriol, nouvellement promus canards du Labrador. Et il faut convenir qu'ils n'avaient pas « l'accent ».

Le lendemain, on les porta au comice agricole, dans la cage qui témoignait de leur provenance.

Trois mois plus tard, à la veille de la distribution des prix, l'heureux exposant, leur maître, apprenait par une indiscrétion de journal qu'il avait obtenu, grâce à eux, la grande médaille de 4 000 francs.

– Quand je vous l'avais dit, mon oncle !

– Mon neveu, dit l'oncle, les meilleures plaisanteries sont les plus courtes. Conduis-moi chez le président de la section des canards.

Le neveu protesta. L'oncle résista. Ils partirent.

Grâce à l'impertinence de Théodule, qui savait parler de haut aux bas employés, on les introduisit dans la salle même où siégeait le comité de l'Exposition.

La section des canards était en séance. Théodule alla dire quelques mots à l'oreille du président – qui n'était autre que le préfet en personne. Le préfet se leva aussitôt, très visiblement troublé, pria son comité de délibérer sans lui et entraîna Théodule et son oncle dans une salle voisine.

– Monsieur le préfet... commença le professeur idéaliste, mon neveu a dû vous expliquer d'un mot la situation. Elle est pénible. Je ne peux vraiment pas arracher à un éleveur sérieux, à un éleveur de carrière, un prix de pareille importance... Ces canards du Labrador n'en sont pas... et ma conscience...

– Il ne s'agit pas de cela, monsieur, interrompit sévèrement le préfet. Vous nous avez trompés, c'est entendu, mais, par suite, nous nous sommes trompés. Or notre erreur nous couvrirait de ridicule si votre conscience la dévoilait aujourd'hui. Votre devoir à présent est de vous taire.

– Mais, monsieur le préfet...

– Monsieur, dit le préfet, du ton d'un Bonaparte menaçant (ce ton-là est celui de tous les démocrates français dès qu'ils sont fonctionnaires), monsieur, je n'admets pas d'excuses. Vous toucherez le prix de votre mensonge... c'est, comme vous savez, quatre mille francs.

– Cependant, monsieur le préfet...

– Il n'y a pas de cependant.

– Ce que vous me demandez est impossible, monsieur le préfet. J'ai fait acheter deux canards chez le marchand de volailles d'Auriol, pour remplacer deux canards authentiquement nés au Labrador, ceux-là... et dès lors...

– Monsieur, dit le préfet hautain, le comice agricole ne doit pas pouvoir se tromper. Vous aviez exposé deux canards qui sont du Labrador.

Nous nous y connaissons peut-être mieux que vous. Vous toucherez vos quatre mille francs. N'ajoutez pas un mot, s'il vous plaît, vous me désobligeriez.

– Monsieur le préfet, je vous assure que mon honnêteté s'y oppose… et…

– Cet homme ne comprend rien ! dit le préfet en frappant du pied.

– Il ne comprend pas grand-chose, dit Théodule ; il faut l'excuser, monsieur le préfet… c'est mon oncle, le frère de mon père… c'est un homme du temps des omnibus… Ah ! cela ne nous rajeunit pas.

– Monsieur le préfet, dit Pierre avec fermeté, les journaux d'Auriol publieront ce soir même une lettre de moi où je raconterai l'histoire de mes deux canards.

Le préfet devint vert.

– Et moi qui le prenais pour un imbécile ! songea-t-il, c'est un malin !

» Monsieur, dit-il tout haut en tremblant, vous n'êtes pas un ennemi de la République, j'espère ? Voulez-vous donc la faire tomber sous le grotesque ?…

– Je veux une république honnête, dit le professeur d'un air stupide.

Le préfet réfléchit un moment en silence, puis sa physionomie s'éclaira d'un sourire d'intelligence suprême et de haute bienveillance.

– Je vous comprends enfin, monsieur, dit-il ; aux quatre mille francs du prix, nous joindrons les palmes académiques.

Théodule se mit à rire. Son oncle, irrité, haussa les épaules. Théodule, se ressaisissant, prononça d'un air dédaigneux :

– Les palmes ! les palmes ! heu ! heu !

– Cela ne suffit pas ? poursuivit le préfet. Eh bien, soit, messieurs, vous avez raison… et plus d'esprit que je ne pensais. Ne dénoncez pas notre erreur. Ces canards sont du Labrador, puisque nous, comité de l'exposition, nous nous y sommes trompés… Soyez discrets et je vous promets que nous obtiendrons la croix… Chevalier de la Légion d'honneur, hein ?… c'est entendu ?

– Monsieur le préfet, dit Théodule avec une sorte de solennité, c'est tout ce que nous désirions… sans oser l'espérer. Merci.

– C'est entendu ! c'est entendu ! confirmait le préfet qui se retira vivement. Entendu, monsieur Théodule d'Auriol, et comptez sur toute ma reconnaissance. Vous me sauvez plus que la vie !

Pierre d'Auriol demeurait là, cloué sur place, plus stupide que jamais, bouche bée.

– Mon oncle… lui dit Théodule, ceci m'ouvre les yeux. Je renonce à mes études, je me consacre à votre fortune. Dans huit jours vous serez décoré ; aux prochaines élections qui auront lieu dans deux ans, on vous nommera député ; avant trois ans vous serez ministre de ce que vous voudrez… à condition toutefois que vous me promettiez dès aujourd'hui de me prendre comme chef de cabinet.

– Tu m'en diras tant ! répliqua le professeur idéaliste qui commençait à se déniaiser.

La distribution des récompenses eut lieu dans les arènes antiques d'Auriol, les mieux conservées du monde après celles de Nîmes et d'Arles.

Pierre d'Auriol refusa d'aller chercher sa médaille, mais Théodule prit sa place. Il monta sur l'estrade pavoisée tandis que les *Harmonieux Enfants d'Auriol*, soufflant dans leurs cuivres, attaquaient une *Marseillaise* enthousiaste.

Le préfet annonça les récompenses :… Chevalier de la Légion d'honneur : *Pierre d'Auriol*.

A ce moment précis, un événement se produisit qui faillit tout gâter.

Le marchand de volailles qui avait vendu à Théodule les deux faux canards du Labrador vint lui chuchoter à l'oreille :

– Je les ai reconnus : ce sont les miens ! Et je dirai tout… à moins qu'on ne m'accorde un dédommagement, car enfin certaines injustices sont par trop criantes.

Théodule ne se déconcerta pas :

– Qu'exigez-vous ? interrogea-t-il. Puisque vous êtes un ami de la justice, vous êtes des nôtres et vous n'abuserez pas de la situation.

– Le préfet, dit le marchand, a, je le sais, la plus grande influence au ministère de l'Intérieur. C'est l'ami intime du ministre : je désire que mon fils soit nommé sous-préfet.

– Je suis persuadé, répliqua Théodule, que le préfet est, comme vous, trop ami de la justice, pour ne pas vous aider de tout son pouvoir.

Quelques semaines plus tard, le fils du marchand de volailles était sous-préfet et son estimable père était élevé, par la force des choses, au rang de chevalier du Mérite agricole.

Quand cela fut accompli :

– Maintenant, dit-il à Théodule, aidez-moi à vendre mon fonds. Mon métier de marchand de volailles est incompatible avec ma nouvelle dignité, et d'ailleurs il humilie mon fils !

– Fort bien, monsieur, dit Théodule, j'achète en bloc tous vos oisons.

Il les acheta, ayant son idée.

Avec les quatre mille francs du prix obtenu par son oncle – lequel, émerveillé enfin de l'habileté de son neveu, se livrait entièrement à lui – il se rendit acquéreur d'un terrain vague qu'il entoura d'une grille de bois dite « de chemin de fer ». Dans ce terrain, il fit construire quelques cabanes de planches et fit peindre au-dessus du rustique portail ces quatre mots en lettres augustales :

AU CANARD DU LABRADOR

Que vous dirai-je ? La grande faisanderie ou canarderie des d'Auriol prospéra rapidement : « Fabrique de chapons des deux sexes. Deux millions d'œufs fécondés par an ! »

Les fermes-modèles s'adressèrent en foule au *Canard du Labrador*.

Couveuses, gaveuses se multiplièrent dans le parc bientôt trop étroit. Toutes les industries du pays furent délaissées par les indigènes qui, tous, devinrent les ouvriers des d'Auriol. Deux mille cinq cents hommes chauffaient les fours, gavaient les volatiles… Le *Canard du Labrador* nourrissait une population entière – un peuple d'électeurs.

– Il est temps, mon oncle, de vous faire nommer député.

La campagne électorale fut prestigieuse. L'oncle Pierre suivait docilement son neveu dans toutes les réunions. Le neveu, âgé alors de dix-huit ans à peine, pérorait :

– Vous nommerez l'homme qui, par son audace, sa persévérance, son génie industriel, a fait la fortune du pays !

Pierre d'Auriol fut nommé en effet à une écrasante majorité… Il était navré.

– Et dire, s'écriait-il, que, si j'étais un imbécile ou un gredin, j'aurais obtenu le même succès !

– Taisez-vous, mon oncle, répliquait l'adolescent, c'est ça la vie, à laquelle vous n'entendez rien. Laissez-moi faire.

A la Chambre, Pierre reconquit tout de suite l'estime de soi-même en travaillant beaucoup. Son premier discours le classa parmi les orateurs les plus convaincus – et il l'était.

S'il est ministre aujourd'hui, je ne vous le dirai pas. Sachez seulement que les d'Auriol n'ont pas droit en réalité à ce nom illustre ; vous ne le trouverez pas sur les registres de l'état civil. Ce nom d'Auriol est un sobriquet générique que la voix du peuple attribue à plusieurs familles de Provence.

Les d'Auriol dont je parle s'appellent…

Ici, M. Cabissol se pencha à l'oreille de Maurin et murmura un nom.

– Pas possible !… s'écria Maurin stupéfait. Alors, c'est ce Pierrot-là qui a épousé mon ancienne petite amie ?

– Pierre, non ! c'est Théodule, dit Cabissol en se tournant vers M. Rinal. C'est Théodule qui, sur les instances de sa femme, a fait décorer Caboufigue, à la demande de Maurin. Elle a vingt ans de plus que lui, mais ça les regarde.

– On a bien raison, s'écria Maurin, de dire que tout s'arrange à la fin et que seules les montagnes ne se rencontrent pas ! Celui-là a eu une brave chance quand il a reçu en cadeau deux canards qui l'ont fait ce qu'il est, et Caboufigue en a eu une fameuse de me connaître !

– On doit rarement sa fortune à son mérite. On la doit presque toujours à son *Canard du Labrador*, conclut Cabissol. Mais il faut savoir cultiver son canard ou celui de son oncle ! Et pour cela, il faut être, comme le jeune Théodule, un arriviste à tous crins. Il n'a pas encore l'âge d'être électeur, celui-là, et il est déjà un des plus puissants personnages de l'État, une sorte de petite Éminence grise. Il fait et défait des préfets, des gouverneurs, des ministres. Sa femme fait des académiciens. Tous les souverains qui visitent la capitale traversent son salon, et il est, par suite, tout couvert de croix. Il est, de plus, comblé de sinécures ; il vient encore d'être nommé conservateur des Hiéroglyphes de l'Obélisque. On dit que, s'il le veut, il arrivera à la présidence de la République… dès qu'il aura atteint sa majorité. Une seule chose le désole, c'est la décision récente qui ne lui permettra pas d'obtenir sans scandale, avant sa trentième année, les palmes académiques, qu'il fait donner deux fois par an à tout un peuple !

– Mon cher Cabissol, dit M. Rinal, vous êtes, vous aussi, un maître galégeaïré, car pendant tout votre invraisemblable récit j'ai cru à plusieurs reprises qu'il était vrai.

– Parbleu ! dit Cabissol, il est beaucoup plus vrai que la vérité, ce qui, pour les contes, n'est point rare.

Et, sur ce mot, chacun s'alla coucher.

CHAPITRE XLIX

OÙ L'ON VERRA L'HISTOIRE JOLIE DE LA *POULE VERTE*, COMMENT L'HORRIBLE GRONDARD DÉNOUA LE ROMAN DE TONIA ET DU ROI DES MAURES ET AVEC QUEL DÉSINTÉRESSEMENT ADMIRABLE PASTOURÉ REFUSA UNE HAUTE POSITION

Le lendemain au soir :

– Votre histoire d'hier n'était pas beaucoup gaie, monsieur Cabissol, dit Maurin. J'y ai réfléchi cette nuit : elle veut dire que le gouvernement des hommes n'appartient pas toujours à ceux qui ont le mérite. C'est vrai peut-être, mais ce n'est pas agréable à penser.

» Il n'est peut-être pas agréable non plus de se dire que notre gouvernement de la République favorise tant d'intrigues !

– Laissez donc la République tranquille, Maurin ! s'écria M. Rinal. La moralité d'une époque ne tient pas nécessairement aux formes de gouvernement. On imagine très bien d'excellents rois et même de bons tyrans !... oui... oui... je ne m'en dédis pas, moi, le jacobin ! L'idéal de la République est admirable. C'est le gouvernement des meilleurs et des plus instruits, des plus comme vous dites, mais l'organisation républicaine ne peut que permettre au peuple de se faire gouverner par ceux-là, et d'autre part un peuple peut fort bien ne pas être digne de ses libertés. Laissez-nous le temps de nous instruire de nos droits et de nos devoirs. Nous naissons à peine à la liberté. Nous grandirons. Laissez faire. Et, en attendant, rions de ce qu'il y a de risible, même dans nos malheurs. Voyons, monsieur Cabissol, encore une histoire drôle !

– Connaissez-vous celle de la Poule verte ?

– Non, dit Maurin.

– Non, dit M. Rinal.

Pastouré secoua négativement la tête.

– Oyez-la donc, dit M. Cabissol, il m'est arrivé d'en rire tout seul.

Et il conta ce qui suit :

LA POULE VERTE

Il se passe souvent, dans le vaste monde, des choses bien extraordinaires.

J'ai connu, voici quelques années, un vieux gavot, un paysan de la montagne, qui s'appelait Marius-Sidoine Cabasse.

Cabasse vivait dans la bastide où il était né, en pleine Provence des clapiers, dans l'odeur de la farigoule, là-bas, là-bas, plus loin que Draguignan. Cabasse n'avait jamais rien vu au-delà des clapiers qui formaient tout l'horizon de sa bastide. Où la chèvre est attachée, il faut qu'elle broute – quand ce serait sur un toit.

Il y avait, à la même époque, dans les forêts de l'Amérique, un jeune perroquet qui vivait, mangeait, buvait, voletait, jacassait en oiseau libre.

Il arriva que ce perroquet fut capturé et vendu à un matelot de Marseille. A partir de ce moment, sans le savoir, pechère ! ce *joizeau*, c'est-à-dire cet « oiseau » brésilien se mit à cheminer, chaque jour un peu, par eau, par terre et par air, dans la direction de Draguignan – ou plutôt de la bastide où vivait Cabasse.

Il y a une destinée. Celle de ces deux créatures de Dieu était de se rencontrer un jour, contre toute attente, à travers toutes les difficultés.

Tout en revenant vers Marseille, le marin qui était le maître de Jacquot lui apprenait à parler le français de Provence, et l'animal bien vite le parla couramment, sans comprendre ce qu'il se disait.

L'instruction est-elle un bien ? est-elle un mal ? *Distinguo*. Tout dépend de la qualité du perroquet.

Tenez, j'ai demandé l'autre jour à la fille de mon maçon, laquelle a son brevet : « Qu'est-ce que c'est que Victor Hugo ? » Elle m'a répondu sans bégayer : « C'est le roi d'Italie, monsieur. » Je parie bien qu'un perroquet n'aurait jamais de lui-même trouvé cette bêtise.

Quoi qu'il en soit, Jacquot était déjà beaucoup plus savant, et surtout plus expérimenté que Cabasse, par la raison qu'il avait déjà vu des hommes, tandis que Cabasse n'avait jamais vu de perroquet.

Et puis, il faut bien le dire, les paroles que répètent les perroquets tombent quelquefois avec tant d'à-propos, qu'ils vous ont l'air d'avoir une intelligence surprenante. Aussi, ai-je toujours trouvé naturel le sentiment de cette vieille dévote qui me disait :

– Chaque soir je suis forcée de couvrir d'un voile la cage de ma perruche ; elle parle si bien, monsieur Cabissol, que pour rien au monde je ne me déshabillerais devant elle !

Le maître de notre perroquet tomba malade à bord du bateau, dès le premier jour de la traversée, que le mauvais temps prolongea d'une quinzaine. L'oiseau familier perchait nuit et jour au bord du hamac de son maître, et il se fortifiait d'heure en heure dans la connaissance du parler moco qui est, comme vous savez, un patois provençal francisé, du plus haut ragoût.

Le bateau passa un temps à Marseille, puis il arriva un beau soir dans le port marchand de Toulon.

Le matelot, descendu à terre, croyant son perroquet plus apprivoisé qu'il n'était en réalité, négligeait souvent de le mettre en cage… Il le laissait libre dans sa chambre. Un matin, Coco s'envola.

Son maître eut beau le suivre en criant : « Coco ! Coco ! », par petits bonds et par petits vols il s'éloignait toujours davantage.

Quand la nuit vint, la poursuite fut abandonnée. Le lendemain Coco était arrivé sur les cimes boisées du Coudon, à quatre lieues de notre premier port militaire, à huit cents mètres au-dessus du niveau de la mer.

De là Coco pouvait voir toute la Méditerranée au sud, sur sa tête le plus beau ciel du monde, et Draguignan du côté de l'est.

Le surlendemain, dès la première pointe du jour, il s'envola vers le chef-lieu en récitant aux échos des montagnes son répertoire : fragments de romances, jurons de bord, mots salés du gaillard d'avant. Il déjeunait à toute minute d'une olive ou d'une amande, puis repartait d'un vol plus décidé vers les collines qui entourent Draguignan.

Et voilà que le soir du troisième jour, un peu avant le coucher du soleil, Coco vint se percher sur le frêle amandier qui se dressait au bord de l'aire, à trente pas de la bastide de Marius-Sidoine Cabasse, sur le coteau, au-dessus de Figanières.

Cabasse, pétrifié d'étonnement en voyant l'oiseau inconnu, s'écria :

– Oï! vé ! une poule verte !

Puis, sans autre réflexion, il rentra quérir son fusil, et du seuil de sa maison il épaula… Pauvre Coco ! tu auras traversé les océans, bravé, surmonté les dangers de la tempête, pour venir tomber bêtement sous le plomb d'un Cabasse qui ne sait pas distinguer un perroquet d'une poule ! Ce que c'est que de nous, pourtant !

Le tonnerre d'un coup de fusil éclata et se prolongea longtemps dans l'écho des vallons. Que de bruit, bon Dieu ! pour si petit gibier ! L'homme qui n'avait jamais vu de perroquet courut ramasser sa proie, et tout en soupesant dans sa main le pauvre petit corps frémissant, dont la tête pendait, secouée par les hoquets de l'agonie, il souffla sous les plumes pour les rebrousser, et pour voir si son gibier ferait un bon rôti. Hélas ! il n'aperçut qu'une peau blanchâtre, flasque, toute plissée. Si bien qu'il ne put s'empêcher de s'écrier tout haut :

– Oï! qu'il est « mégre »!

A quoi, Dieu aidant, l'agonisant perroquet répondit, de sa voix caverneuse, par ces paroles, celles – soyez-en sûr – que lui avait le plus récemment apprises son maître :

– Je suis été un peu malade !

Stupéfait, tout saisi d'une terreur subite, l'homme laissa tomber le perroquet à terre, et ôtant vivement son chapeau, d'un mouvement humble et contrit :

– Oh ! pardon, môssieu... Ze vous avais pris pour un « joizeau »!

– Celle-là, voui, dit Maurin, qu'elle est drôle ! J'en rirai jusqu'à ma mort !

Hélas ! le lendemain au soir, Maurin sortit dans l'intention de tuer un sanglier ; et, au matin, il ne rentra pas !

– Tonia, dit, ce matin-là, à sa fille, le brigadier Orsini, tu ne sais pas ? On raconte que Grondard a assassiné Maurin !

Ce n'est pas possible ! je ne le crois pas, dit-elle, épouvantée quand même. Maurin se méfiait trop... Un Grondard ne tue pas comme cela un Maurin, même par surprise !

– Si, si ! confirma le cantinier du Don qui accourait chez Orsini. Ce n'est que trop véritable. Maurin était, cette nuit même, à l'affût des sangliers et il venait de décharger son fusil de ses deux coups, quand, désarmé comme il l'était, et assis dans son étroite cabane de branchages, il fut attaqué par Grondard.

– Mais comment le sait-on ?

– Il paraît que cette brute de charbonnier se vante de son coup.

» Il est fier d'avoir su profiter du moment où Maurin était empêché dans les broussailles sous le couvert bas de sa cabane d'affût. Maurin voyant, au clair de la lune, à travers les branchages qui formaient sa cabane, luire et s'avancer contre sa poitrine la longue canardière de Grondard, la saisit à pleines mains. Alors Grondard tira. Il paraît que Maurin en tombant a poussé un cri de lion. Si bien que son assassin s'est mis à fuir comme si notre pauvre Maurin eût été encore vivant, pechère ! et capable de se revancher !

Tonia s'était évanouie.

Quand Pastouré raconta ces choses, le soir même, chez M. Rinal, Cabissol, ému d'abord, répondit après un silence :

– Cela me semble impossible ; je ne peux pas admettre que Maurin soit mort ainsi ! d'une façon si contraire à son caractère, à la logique de sa vie. Un Maurin ne se laisse pas surprendre par un Grondard. Il l'entend venir, il le déjoue.

– Vous oubliez que plus d'une parmi de très illustres existences s'est terminée par l'accident ou par l'assassinat, répondit tristement M. Rinal.

– Les accidents sont logiques la plupart du temps, s'écria Cabissol, ils arrivent à ceux qui les attirent. Quant à l'assassinat, il ne réussit jamais avec un Napoléon ! Oui, oui, il y a des hommes plus grands que la destinée. Et Maurin était de ceux-là. Maurin n'est pas mort !

– Vous oubliez que Maurin n'est pas un personnage de roman. Et quand il ne serait pas autre chose, pourquoi son histoire ne se terminerait-elle pas au plus beau moment ? en vertu de quelle esthétique ? Si le roman doit peindre la vie telle qu'elle est, il doit pouvoir s'interrompre brusquement. Et quant à la vie elle-même, elle n'a cure des procédés du romancier !

M. Cabissol protesta :

– Rien ne m'ôtera de l'idée qu'il n'est pas mort. Il a trouvé son île d'Elbe, voilà tout ; il reviendra, ne fût-ce que pour cent jours.

Il y eut un silence :

– Je l'aimais, cet homme-là, ajouta-t-il.

– Et moi donc ! dit M. Rinal que l'émotion gagnait de plus en plus.

– S'il était mort, grogna Pastouré, quelque chose me le dirait !

– Voyez-vous, dit Cabissol, sentiment à part, la mort de Maurin me laisserait aujourd'hui l'impression d'une belle destinée interrompue avant l'heure… Et, à propos, savez-vous que Jean d'Auriol… ?

– Quel Jean d'Auriol ?

– Le licencié en droit, Jean, le frère de Paul et de Pierre.

– Bon. Et qu'alliez-vous nous dire de lui ?

– Je devais vous l'amener un de ces jours ; c'est une surprise que je voulais vous faire. Il a commencé, sur mes instances, une sorte de biographie de Maurin des Maures, une manière de roman tout coupé d'anecdotes et de récits, sur le ton de nos contes populaires… La mort de Maurin va le consterner ; il rêvait pour son héros une longue suite d'aventures… Depuis quelque temps je lui envoyais journellement des notes… Il m'écrivait hier : « Si Maurin laisse le gendarme épouser la Corsoise, le roman se terminera fort mal. »

– Il me semble, dit M. Rinal, qu'un romancier a le droit et presque le devoir d'imaginer au moins un dénouement. Votre d'Auriol n'est-il qu'un réaliste ?

– J'ai donc eu tort, dit M. Cabissol, de me servir du mot *roman*. Jean d'Auriol voudrait être l'historiographe de Maurin : il le connaît fort bien, lui aussi, et l'aime beaucoup : il prétend avec moi que son histoire jusqu'ici est expressive de tout un aspect du caractère méridional… le côté jovial et gouailleur.

– Hélas ! soupira M. Rinal, il est probable que si Maurin venait à mourir en ce moment, la belle Tonia se consolerait avec Sandri !

– Noum dé pas Dioû ! s'écria Pastouré, j'aimerais mieux l'épouser moi-même, bien que j'aie pris les femmes à l'*ŏdi* (en horreur), plutôt que de la laisser à ce gendarme de carton !

Il y eut encore un assez long silence.

– Voyez-vous, dit M. Rinal, il est bien probable que, par des moyens que j'ignore et pour une raison qui nous échappe, Maurin aura jugé bon, tout à coup, de faire courir le bruit de sa mort !

– Vous devez être sorcier, mon brave M. Rinal, dit Pastouré, je mettrais ma main au feu que les choses sont comme ça et pas autrement… Allons, adieu… que je vais aux nouvelles !

– Et où cela, mon bon Pastouré ?

– Laissez-moi faire, dit Pastouré, je finis toujours par retrouver mon Maurin, moi ! Mort ou vivant, je le trouverai. Aussi bien moi que mon chien Panpan, quand nous sommes sur une piste, nous rencontrons au bout ce que nous cherchons… A vous bientôt revoir ; maintenez-vous !

Pastouré sortit, et quand il fut seul sur la route, au clair de la lune, il se parla ainsi à haute voix :

– Qu'il soit mort, notre Maurin, n'en croyez rien, braves gens ! Il en a encore à dire et à faire, et qui seront toutes meilleures les unes que les autres. Il les fera trimer encore, les gendarmes ! Il en aura encore, des procès-barbaux ! Il n'a pas fini d'en tuer, des lièvres et des lapins ! Et il n'a pas fini de plaire aux belles filles, croyez-moi, puisque c'est moi que je vous le dis… Nous en conterons encore ensemble, des galégeades, mon vieux Maurin !… Non, non, il n'est pas mort. D'abord, voyons un peu… en quel endroit était-il à l'affût, cette nuit ? Il me l'a dit hier en partant. Il est allé au *Suvé dé Rampaoù* ; oui, cela est cela. Eh bien, quelle distance y a-t-il d'ici au Suvé ? Une petite lieue, à peine. Et alors, connaissant son chien comme je le connais, je suis sûr et certain qu'il serait revenu, le brave Hercule, chez M. Rinal, où il savait que je veille à l'accoutumée tous les soirs, et il m'aurait tiré par la veste comme pour me dire : « Ouah ! ouah ! viens vite, que le maître a besoin de toi ! »

» Ce n'est pas la première fois que cela serait arrivé. C'est arrivé notablement cette fois où Maurin, tombé dans un trou avec une entorse, voilà quatre ou cinq ans – comme le temps passe ! –, n'en pouvait plus sortir. Son chien vint me chercher et je suivis son chien, un chien qui vaut plus que beaucoup d'hommes, et je tirai Maurin d'affaire. C'est pourquoi je peux me jurer que Maurin n'est pas mort et je ne me trompe pas, croyez-le-vous !… Pourtant, je sais très bien qu'une mort dans ce genre, c'est son destin, mais quelque chose me dit que ça n'est pas encore son heure…

» Et cependant, que sommes-nous en ce monde ? Pas grand-chose, si peu que rien, des rien-du-tout qui ne pèsent rien, et la mort travaille comme elle veut. Tu es là aujourd'hui, mais demain tu n'y es plus ; et, pechère ! où l'un va, l'autre finit toujours par y aller ! Mais il est vrai aussi que, des fois, lorsque vous croyez avoir fini, voilà, vous recommencez ; et, des fois, vous accommencez à peine, que, voilà, tout est fini… une tuile avec encore une tuile, ça fait deux tuiles… deux tuiles avec encore une tuile, ça fait trois tuiles… trente et un, trente-deux ; c'est tantôt le tiers, et tantôt le quart ; quand il n'y en a plus, il y en a encore ; aussi bien il me pleut par-devant que par-derrière ; ce qui est marqué, tu ne peux pas le changer ; l'un va devant, et l'autre le suit ; si c'est ton moment, rien à dire ; on ne sait ni qui vit ni qui meurt, et le dernier fermera la porte…

» C'est égal, celui qui tient le registre – il faut qu'il ait une fameuse tête pour marquer, sans s'y embrouiller, les entrées et les sorties, les naissances et les morts, les baptêmes et les mariages ! Ça serait trop d'affaires pour moi… Qu'heureusement je ne suis par leur saint du Plan-de-la-Tour, car autrement il me faudrait, un de ces quatre matins, remplacer le bon Dieu en personne ! Et ce sont là des positions qu'on ne peut pas occuper sans une grosse expérience ; l'expérience ne s'attrape qu'avec la vieillesse et la vieillesse ne vaut rien ! Voilà pourquoi je ne voudrais pas de la place du bon Dieu. Non, je n'en voudrais pas, de sa place, quand bien même, suivi de tous les anges qui joueraient tous ensemble de la flûte et du tambourin, et accompagné du grand saint Pierre, il viendrait me l'offrir lui-même à genoux, avec les clefs de son Paradis portées sur un coussin de velours subredoré et tout brodé de fleurs par la sainte Vierge ! « Non, Seigneur, que je lui dirais, c'est bien de l'honneur que vous me faites, mais ce serait véritablement trop de soucis pour moi ! Adressez-vous à d'autres pour vous débarrasser du gouvernement ! Dans votre métier, bon Dieu ! que deviendrais-je ? Rien que pour écouter les imbéciles qui tous les jours vous demandent la lune dans leurs prières, il doit y avoir trop de cassements de tête. Et pour faire la justice, dans tant de pays différents et qui tous bataillent les uns contre les autres, comment m'y prendrais-je, pauvre de moi, puisque – parlant par respect – vous-même n'y parvenez pas tous les jours ! Non, non, excusez-moi bien, Mestre, et adressez-vous à d'autres… pourquoi moi, voyez-vous, je suis d'Auriol… Et ceux qui n'en sont pas, je leur conseille de dire qu'ils en sont. – Ainsi soit-il !

Les Lauriers-roses. – La Garde. – Var

TABLE

Sans entraves, par Jean-Claude Izzo 9

I Lequel débute comme un proverbe de M. Alfred de Musset et où le lecteur apprendra que les Provençaux sont les seuls à savoir rire d'eux-mêmes avec un esprit particulier qu'ils nomment la *galégeade* 15

II Où l'on verra la silhouette d'un nommé Parlo-Soulet, ou Parle-Seul, qui inventa le monologue, et le bon tour que jouèrent aux gendarmes Maurin des Maures et son muet associé 23

III Dialogue d'un préfet et d'un secrétaire archiviste, par où l'on verra qu'en Provence la chasse à la casquette n'enrichit pas les chapeliers 32

IV Grâce aux renseignements de M. Désiré Cabissol, policier par amour du pittoresque, plus d'un lecteur trouvera amusant le présent chapitre 37

V Où l'on verra comment M. Désiré Cabissol et M. Désorty, préfet, continuèrent, inter pocula, leur conversation amusante et comment le premier de ces deux personnages fut conduit à narrer au second l'histoire du *Marchand de larmes*, sans pour cela oublier l'illustre Maurin, roi des Maures 45

VI Maurin, prince des braconniers, duc des maires, empereur des gendarmes, roi des Maures, fait la police de son royaume 56

VII Pour quels motifs Pastouré prend la résolution de graisser ses bottes 60

VIII Où l'on verra comment les habitants des Maures auraient pu devenir tous aveugles – et l'opinion de Parlo-Soulet sur son ami Maurin, flambeau des chasseurs 65

IX On ne peut pas à la fois casser des cailloux sur la route et bien garder sa fille *69*

X Cent mille têtes humaines ne valent pas une tête de poulet *72*

XI Un sauvage entrevoit que la science n'est pas la justice, mais qu'un grain de justice peut germer dans le fumier des civilisations *76*

XII M. le préfet a la parole. – Parlo-Soulet l'interrompt *80*

XIII M. Cabissol explique le rôle du chapeau haut de forme considéré dans ses rapports avec le jeu de boules et, à propos de la pluie et du beau temps, répète le sermon aimable que fit un bon curé pour la fête de Sant-Estròpi *83*

XIV A Corse entier, Corsoise et demie *89*

XV Où l'on verra le don Juan des bois courir deux gibiers à la fois, non pas deux lièvres, mais un sanglier et une jeune fille *94*

XVI Où l'on verra les motifs qui peuvent empêcher un braconnier d'accepter à dîner chez un préfet et ceux qui font de la préfecture du Var la meilleure de France *101*

XVII Comment M. Labarterie fut conduit par Maurin à la chasse aux merles, et comment M. Cabissol fut entraîné à conter, lui aussi, une galégeade *107*

XVIII Le purgatoire du frère Pancrace *112*

XIX Où apparaît, pour le grand ennui de Maurin et la plus grande satisfaction de la gendarmerie nationale, un nouveau personnage noir comme un diable *118*

XX Le gendarme Sandri établit l'orthographe du mot *pennes* *122*

XXI D'où il appert qu'un pardessus d'été est le vêtement ridicule par excellence, et où l'on verra comment le don Juan des bois, pour conquérir une femme du Var, s'assura la complicité d'une aigle des Alpes *127*

XXII Méfiez-vous d'un cantonnier qui a pour amis un renard femelle, quinze perdreaux et une belette *132*

XXIII Entre un conditionnel et un présent, entre « je m'en *flatterais* » et « je m'en *flatte* », il n'y a pas, pour un bon gendarme, l'épaisseur d'un poil de barbe *140*

XXIV Mes bons amis, quand on la tient, il faut plumer la poulette *149*

XXV Si l'on ne mangeait de cerises que celles qui vous appartiennent, beaucoup de gens ne sauraient pas quel goût a le fruit des cerisiers *155*

XXVI Où le roi des Maures met entre lui et la loi non seulement une lourde table, mais l'honneur même de la Corse, patrie du grand Empereur *158*

XXVII Où l'on verra le roi des Maures sacré, non pas à Reims, mais à Draguignan ; et d'une conversation de haute portée entre un policier amateur et un savant inconnu *165*

XXVIII La voix du peuple nomme Maurin général et Pastouré colonel *170*

XXIX Comment Pastouré, ayant tiré un lapin sans le rouler, rendit Dieu en personne responsable de sa maladresse *176*

XXX Comment les fêtes publiques des Plantouriens furent troublées, le beau jour de la Saint-Martin, et comment un heureux miracle termina cette lamentable aventure *181*

XXXI Comme quoi Maurin et Parlo-Soulet doivent être comparés, par les gens qui s'y connaissent, aux plus grandes figures de l'histoire et de la légende, et où l'on se convaincra que M. Cabissol a pénétré tous les dessous de l'âme populaire, en lui entendant raconter *Le bon conseil de maître Maguud*, histoire à laquelle Maurin riposta par une autre non moins amusante : *La chasse au canard* *188*

XXXII Où Maurin des Maures, par la façon dont il pense à se faire connaître de son bâtard Césariot, prouve bien qu'il n'est pas un héros de roman-feuilleton *201*

XXXIII De la rencontre qu'eurent pour la première fois Maurin des Maures et son fils Césariot sous un arbre qui est célébré dans le Var sous le nom de *Pin Berthaud*, et comment le don Juan des bois se révéla père de famille à la romaine et à la provençale *206*

XXXIV D'une conversation qu'eut Antonia avec son père et de celle qu'elle eut, deux jours plus tard, avec deux dévotes *215*

XXXV Comme quoi les belles filles faisaient quelquefois encore, au XIXe siècle, sur les rivages provençaux, la rencontre d'un pirate maure *219*

XXXVI Il n'y a pas de bon mariage morganatique auquel ne préside au moins un ermite *223*

XXXVII Où l'on verra que les habitants d'une bourgade prédestinée, appelée *Gonfaron* ou *Gonfleron*, en Provence, ont inventé la montgolfière, à la forme près *227*

XXXVIII En quels termes le don Juan des bois refusa mariage à la belle Corsoise avec une sincérité digne d'estime *233*

XXXIX Comme quoi, grâce à l'ingéniosité de Maurin, les Gonfaronnais virent enfin voler un âne, et comment le roi des Maures connut, à l'instar de tous les vrais héros, son heure d'impopularité *236*

XL De la mémorable conversation qu'eurent ensemble Maurin des Maures et son ami Caboufigue, ex-roi des nègres, berger de crocodiles, conservateur radical et candidat à la députation *242*

XLI Comment un gentilhomme de l'ancien régime contracta très naturellement un traité d'alliance avec le populaire roi des Maures *254*

XLII Où l'on verra l'importance que le gouvernement de la République française accorde au roi des Maures, lequel n'en devient pas plus fier *262*

XLIII Où l'on verra comment, sans l'aide de Maurin lui-même, jamais gendarme n'eût arrêté Maurin, et comment Parlo-Soulet répondit à cette monstrueuse arrestation par l'incongruité la plus monstrueuse et la plus sonore qui fût dans ses moyens *268*

XLIV Où le roi des Maures est un instant comparé, pour sa finesse de diplomate, au roi Louis XI *280*

XLV – Et de quoi riez-vous ainsi, Rosette, belle fille ? *290*

XLVI Comment et pourquoi, non sans regret, Maurin fit à un gendarme un cadeau princier, ce qui l'amena à conter à ses amis *La lièvre de juin* *297*

XLVII Qu'il ne faut pas lire, parce qu'on y relate la profonde et ennuyeuse conversation qu'eurent ensemble – en présence de Maurin des Maures et de Parlo-Soulet – M. Rinal et M. Cabissol, lequel se décida, pour en finir, à conter deux galégeades *304*

XLVIII La merveilleuse histoire des *Canards du Labrador* *311*

XLIX Où l'on verra l'histoire jolie de la *Poule verte*, comment l'horrible Grondard dénoua le roman de Tonia et du roi des Maures, et avec quel désintéressement admirable Pastouré refusa une haute position *322*

PHÉBUS
libretto

des livres au format de poche
faits pour durer

MARCEL LÉVY
La Vie et moi

JOHN M. FALKNER
Moonfleet

VLADIMIR BARTOL
Alamut

ALAIN BOMBARD
Naufragé volontaire

DAPHNÉ DU MAURIER
Le Bouc émissaire
Mary Anne

CLAUDE SEIGNOLLE
La Malvenue
Intégrale des Romans et Nouvelles
Les Malédictions ☆
Les Malédictions ☆☆

JEAN-BAPTISTE LABAT
Voyage aux Isles

T. C. BOYLE
Water Music
La Belle affaire

W. WILKIE COLLINS
La Dame en blanc
Pierre de lune
Sans nom
Armadale

LUDWIG LEWISOHN
Le Destin de Mr Crump
Crime passionnel

DEBORAH SCALING KILEY
Albatros

JEAN MALAQUAIS
Les Javanais

WILLIAM TREVOR
En lisant Tourgueniev
Ma Maison en Ombrie

CHARLES MATURIN
Melmoth

AHMAD AL-TIFACHI
Les Délices des cœurs

CHRISTIAN CHARRIÈRE
La Forêt d'Iscambe

VICKI BAUM
Shanghaï Hôtel
Grand Hôtel

HEINRICH VON KLEIST
La Marquise d'O… et autres nouvelles

MARTINE ROFFINELLA

Elle

SHUSHA GUPPY

Un jardin à Téhéran

CHRISTIAN DEDET

La Mémoire du fleuve

Le Secret du Dr Bougrat

GEORGE SAND

Consuelo

La Comtesse de Rudolstadt

OLIVE SCHREINER

La Nuit africaine

MEYER LEVIN

Crime

PATRICIO MANNS

Cavalier seul

ROBERT MARGERIT

L'île des Perroquets

La Terre aux Loups

NEIL BISSOONDATH

Retour à Casaquemada

MAURICE COYAUD

Fourmis sans ombre

JACK LONDON

Le Peuple d'en bas

Les Enfants du froid

John Barleycorn

(Le Cabaret de la Dernière Chance)

Patrouille de pêche

Le Fils du Loup
Le Vagabond des étoiles
La Route
Martin Eden
Contes des mers du Sud
La Vallée de la Lune
Le Loup des mers
Avant Adam

LEO PERUTZ
Le Cavalier suédois

CHARLES SIMMONS
Les Locataires de l'été

MIKA WALTARI
Les Amants de Byzance

PIERRE MAC ORLAN
L'Ancre de Miséricorde

JAMES MORIER
Les Aventures de Hadji Baba d'Ispahan

MERIWETHER LEWIS
WILLIAM CLARK
Far West
I. La Piste de l'Ouest
II. Le Grand retour

La Poésie arabe

JOSEPH O'CONNOR
Desperados

SIR ERNEST SHACKLETON
L'Odyssée de l'«Endurance»

WALLACE STEGNER
Vue cavalière
La Vie obstinée

ROBERT PENN WARREN
L'Esclave libre

ALEXANDER KENT
Cap sur la gloire
Capitaine de Sa Majesté
Mutinerie à bord

FERDYNAND OSSENDOWSKI
Bêtes, Hommes et Dieux

HELEN ZAHAVI
Dirty week-end

MAX AUB
Crimes exemplaires

SERGE FILIPPINI
L'Homme incendié

ROBERT LOUIS STEVENSON
La Route de Silverado
Intégrale des Nouvelles (2 vol.)

MATHIEU BELEZI
Le Petit roi

ANTOINETTE PESKÉ
La Boîte en os

DANIEL ARSAND
La Province des Ténèbres

NORMAN LEWIS
Le Sicilien

Les Mille et Une Nuits, tome I
Les Mille et Une Nuits, tome II
Les Mille et Une Nuits, tome III
Les Mille et Une Nuits, tome IV

GILLES LAPOUGE
Les Pirates

SIR ARTHUR CONAN DOYLE
La Compagnie blanche
Sir Nigel

CHARLES MORGAN
Portrait dans un miroir

EDWARD JOHN TRELAWNEY
Mémoires d'un gentilhomme corsaire

PETER FLEMING
Courrier de Tartarie

FAWN BRODIE
Un diable d'homme
Sir Richard Burton ou le démon de l'aventure

SVETLANA VELMAR-JANKOVIĆ
Dans le noir

LOUIS GARNERAY
Corsaire de la République
Le Négrier de Zanzibar
Un corsaire au bagne

Les Aventures de Sindbad le Marin

Les Aventures de Sindbad le Terrien

DANIEL VAXELAIRE
Les Mutins de la liberté

VAMBA
Giannino furioso

ANONYME ARABE

Le Livre des Ruses

La Stratégie politique des Arabes

MATT COHEN

Le Médecin de Tolède

PESKÉ MARTY

Ici le chemin se perd

DANIEL DEFOE

Histoire des plus fameux pyrates

I. Les Chemins de Fortune

II. Le Grand rêve flibustier

NICCOLO MANUCCI

Un Vénitien chez les Moghols

Italia magica

RAFAEL SABATINI

Captain Blood

CHARLES NORDHOFF

J. N. HALL

Les Révoltés de la Bounty

Dix neuf hommes contre la mer

Pitcairn

CARLO GOZZI

Mémoires inutiles

JEAN-PIERRE OTTE

L'Amour au jardin

FRANCISCO COLOANE

Le Passant du bout du monde

DOMAINE FRANÇAIS

AUX ÉDITIONS PHÉBUS

(extrait du catalogue)

JEAN AICARD

Maurin des Maures, roman
Préface de Jean-Claude Izzo
L'Illustre Maurin, roman

RENÉ ALLENDY

Journal d'un médecin malade

MICHEL ALVÈS

Le Livre d'heures, récits

GEORGES ARNAUD

Les Oreilles sur le dos, roman

DANIEL ARSAND

La Province des Ténèbres, roman
En silence, roman

ANDRÉ BARRET

Sautecœur, roman

MARCEL BÉALU

Journal d'un mort, récits
Présentation de Georges-Arthur Goldschmidt

Contes du demi-sommeil, récits
Commentaire d'Antonin Artaud
L'Aventure impersonnelle, roman
Mémoires de l'ombre, récits
L'Expérience de la nuit, roman
La Vie en rêve, essai
L'Araignée d'eau, récits
Préface d'André Pieyre de Mandiargues

MATHIEU BELEZI

Le Petit roi, roman
Les Solitaires, roman

ROLAND BRIVAL

Le Dernier des Aloukous, roman
Bô, roman
Biguine Blues, roman
La Robe rouge, roman
En eaux troubles, roman

PATRICK CARRÉ

Le Palais des nuages, roman
Yavana, roman

CHRISTIAN CHARRIÈRE

Les Vergers du ciel, roman
Mayapura, roman
La Forêt d'Iscambe, roman

COLLECTIF

Première rencontre, récits
Le Cheval et l'Homme
20 écrivains rêvent

ALAIN DELBE

Les Iles jumelles, roman

JEAN-CLAUDE DEREY

Les requins ne mangent jamais les Nègres, roman

ANDRÉ DHÔTEL

La Route inconnue, roman
Lorsque tu reviendras, roman
La Vie passagère, poèmes

PHILIPPE DIOLÉ

L'Okapi, roman

PIERRE D'OVIDIO

La Vie épatante, roman
Demain c'est dimanche, roman
Pertes et profits, roman

PATRICK DREUX

Elle m'attend, roman

SERGE FILIPPINI

La Vie en double, roman
L'Aquarium, roman
L'Homme incendié, roman
Comœdia, roman
Haut Mal, roman

LÉON FRAPIÉ

La Maternelle, roman

PASCALE GAUTIER

Mercredi, roman

ANDRÉ GIDE-JEAN MALAQUAIS

Correspondance

JAMES GRESSIER

La Dernière Fugue, roman
Le Retour du chasseur, roman
Le Lièvre et le Lieutenant, roman

JEAN GRUAULT

Le Sang de Naples, roman

BERNARD JOUIN

De rizières et de pluie, roman

MAURICE LEBLANC

Voici des ailes, roman

PIERRE LESTRADE

La Montagne des Singes, roman
Adagio, roman
L'Ile aux masques, roman

MARCEL LÉVY

La Vie et moi, récit
Conversations aux Champs Élysées,
Nouveaux dialogues socratiques

LO DUCA

Journal secret de Napoléon Bonaparte
Préface de Jean Cocteau

ALAIN LORNE

La Route brûlée, roman
Préface de Gilles Perrault
Les Quatre jeudis, roman

JEAN MAMBRINO

Lire comme on se souvient
Livres pour éclairer la solitude

ROBERT MARGERIT

L'Ile des Perroquets, roman
Le Château des Bois-Noirs, roman
La Terre aux Loups, roman
Préface de Georges-Emmanuel Clancier
Le Dieu nu, roman

La Révolution (4 vol.), roman
Les Amants, roman
Préface de Georges-Emmanuel Clancier

JEAN MALAQUAIS

Les Javanais, roman
Journal de guerre, suivi de *Journal du métèque*
Planète sans visa, roman
Correspondance avec André Gide, 1935-1950
Le Gaffeur, roman

MICHEL MARTY

La Beauté du diable, roman
L'Ile Rouge, roman

ANNE MATALON

Conférence au Club des Intimes, roman

HUBERT MONTEILHET

Les Derniers feux, roman

CÉDRIC MORGAN

Cet hiver-là, roman
Les Ailes du Tigre, roman
L'Enfant perdu, roman
Le Bonheur en douce, roman

JEAN-MARC MOURA

Gandara, roman

PAUL NOTHOMB

N'y être pour rien, roman
Non Lieu, essai
Le Délire logique, roman
Le Second récit
L'autre lecture de la Genèse, essai
La Rançon, roman

BERNARD OLLIVIER

Nouvelles d'en bas, nouvelles

PATRICK REUMAUX

Inamorata, roman

Le Gouverneur sans âme, roman

Chasses fragiles, récits

Le Venin des Borgia, chronique

ALAIN ROEHR

Art de la fugue, roman

MARTINE ROFFINELLA

Elle, roman

Mise à nu, roman

Le Fouet, roman

ANNE-MARIE S.

Crue, roman

CLAUDE SEIGNOLLE

Marie la Louve, nouvelles
Préface de Lawrence Durrell

La Malvenue, récit

La brume ne se lèvera plus, roman

La Nuit des Halles, récits

Le Diable en Sabots, récits

Le Rond des sorciers, récits

La Morsure de Satan, récits

MATHIEU TERENCE

Fiasco, roman

Journal d'un cœur sec, roman

Les Filles de l'ombre, nouvelles

SYLVAIN TESSON

Nouvelles de l'Est, nouvelles

MARC TRILLARD

Eldorado 51, roman
Tête de cheval, roman
Cabotage
A l'écoute du chant des îles, Cap-Vert, 1993
Si j'avais quatre dromadaires, récits
Coup de lame, roman
Campagne dernière, roman

JAN VAN DORP

Flamand des vagues, roman
Le Voilier aux marionnettes, roman
Préface de Michel Le Bris

DANIEL VAXELAIRE

Grand-Port, roman
Cap Malheureux, roman
Les Mutins de la liberté, roman
L'Affranchi, roman

GEORGES WALTER

Les Enfants d'Attila, roman
Wingapoh !, roman
Les Pleurs de Babel, roman
Enquête sur Edgar Allan Poe, poète américain, biographie

W. W

Alter Ego, roman

DANIEL WALTHER

La Mort à Boboli, roman
Ombres tueuses, nouvelles

DANIEL ZIMMERMANN

Alexandre Dumas le Grand, biographie

Cet ouvrage
réalisé pour le compte des Éditions Phébus
a été mis en pages par In Folio,
reproduit et achevé d'imprimer
en mai 2002
dans les ateliers de Normandie Roto Impressions S.A.S.
61250 Lonrai
N° d'imprimeur : 02-1114

Dépôt légal : juin 2002
I.S.B.N. : 2-85940-838-X
I.S.S.N. : 1285-6002